父辈的旗帜

梁凌 主编

② 父辈的形象
已化作心中的丰碑
飘扬的旗帜

四川人民出版社

图书在版编目（CIP）数据

父辈的旗帜 . 2 / 梁凌主编 . -- 成都：四川人民出版社，2022.8

ISBN 978-7-220-12744-1

Ⅰ . ①父… Ⅱ . ①梁… Ⅲ . ①回忆录—作品集—中国—当代 Ⅳ . ①I251

中国版本图书馆CIP数据核字（2022）第107226号

FUBEI DE QIZHI 2

父辈的旗帜 ❷

梁 凌 主编

出 版 人	黄立新
责任编辑	蒋科兰　李昊原
封面题字	任　杰
封面设计	蒋　宏
内文设计	戴雨虹
责任校对	林　泉
责任印制	周　奇
出版发行	四川人民出版社（成都市锦江区三色路238号）
网　　址	http://www.scpph.com
E-mail	scrmcbs@sina.com
新浪微博	@四川人民出版社
微信公众号	四川人民出版社
发行部业务电话	（028）86361653　86361656
防盗版举报电话	（028）86361661
照　　排	四川胜翔数码印务设计有限公司
印　　刷	四川五洲彩印有限责任公司
成品尺寸	170mm×240mm
印　　张	25.5
字　　数	330千
版　　次	2022年8月第1版
印　　次	2022年8月第1次印刷
书　　号	ISBN 978-7-220-12744-1
定　　价	59.80元

■版权所有·侵权必究

本书若出现印装质量问题，请与我社发行部联系调换

电话：（028）86361653

《父辈的旗帜2》
编委会

编委会主任
周南征

编委会委员
梁　凌　胡志刚　吴　淳　查振国　赵冀开　任　兵

主　编
梁　凌

我们的父亲母亲

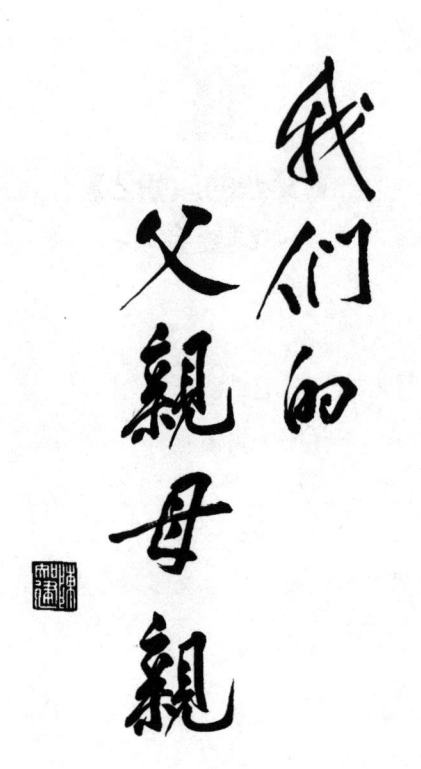

陈知建题字

张鼎丞

韩练成

王耀南

吴立人

目录
CONTENT

序：接过父辈旗帜，传承红色基因 ◎陈知建 / 001

刻在心上的"忠诚老实" / 003
◎张九九

信仰的力量 / 016
◎韩 兢

从安源到延安 / 035
◎王太眉

铁肩担道义　星火再燎原
——父亲吴立人与中共冀中党组织的重建 / 063
◎吴　淳

父辈英姿寒梦去，功臣遗老布衣还 / 091
◎王晓川

八一篇

但将"初心"付一生 / 098
◎杨越鸣

传奇女红军何姨 / 116
◎杨越鸣

父亲的"荣华富贵" / 122
◎胡志刚

父亲的"平江团" / 137
◎梁　凌

黄埔军校、延安抗大、国防大学，
一生与军事教育有缘 / 169
◎王春茅

沿着父辈的足迹前进 / 197
◎马亚明　马亚伶　马亚平

八路军中父子兵 / 216
◎田　野

从沂蒙山走来 / 228
◎马宁生

在革命征途上淬炼人生 / 249
◎史　南　史　晋　史　东　史　阳

不负韶华　初心如磐 / 264
◎李国力

独立自由篇

目录
CONTENT

集结太行山，浴血上甘岭
——父亲和他的团队征战之路 / 277
◎任 兵

父亲的小提琴 / 311
◎许江海

军旅比翼 鸾凤和鸣 / 319
◎杜京 杜恺

黎明前夕
——父亲王维彩与昆明市义勇自卫队 / 338
◎王 励

革命者流血不流泪 父母送儿女上战场 / 367
◎梁 泽

两代人的军礼
——烈士的遗孀遗孤和我们八一同学 / 375
◎高戈里

解放篇

编后记 / 393

序：接过父辈旗帜，传承红色基因

◎陈知建

"欲知大道，必先为史。"2021年2月，习近平总书记在党史学习教育动员大会上指出，我们党历来重视党史学习教育，注重用党的奋斗历程和伟大成就鼓舞斗志、明确方向，用党的光荣传统和优良作风坚定信念、凝聚力量，用党的实践创造和历史经验启迪智慧、砥砺品格。他强调，要教育引导全党大力发扬红色传统，传承红色基因，赓续共产党人的精神血脉，始终保持革命者的大无畏奋斗精神，鼓起迈进新征程、奋进新时代的精气神。这本内容为记叙革命前辈奋斗历史的《父辈的旗帜2》的编辑出版，可谓正当其时。

《父辈的旗帜2》中的主人公，都是建立新中国的亲历者，作者则是他们的儿女，怀着对父辈最真挚的亲情和崇高的责任感，收集整理各类资料，克服困难，字斟句酌，反复修改。从儿女书写父辈的独特角度，用朴实的语言和生动的描述，在党史军史的大背景中，通过回顾父辈革命经历的片段和细节，将历史现场栩栩如生地呈现在读者面前，使读者能够体会到革命前辈们的艰辛历程，是同党和军队的奋斗历史紧密联系在一起的。本书的这一特点，增强了作品的真实性和可读性。相信对于加强革命历史的宣传以及为担当复兴大任的青年一代筑牢信念之基、补足精神之钙，将大有裨益。

时光荏苒，白驹过隙。如今，本书中的主人公绝大多数已经故去。但他们的经历和传奇，已经成为精神旗帜和红色基因。学习和继承党史军史，不能只是守着炉膛里的灰烬，需要让火焰照亮过去与未来。我们的责任和使命，就是要讲好从战火硝烟中淬炼而成的革命故事，接过父辈旗帜、传承红色基因，一代一代、生生不息！

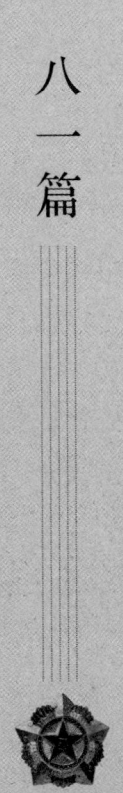

八一篇

刻在心上的"忠诚老实"

◎张九九

我的父亲张鼎丞（1898—1981），福建永定人。1927年加入中国共产党，闽西革命根据地的主要创建人之一。土地革命战争时期，参加并领导了龙岩、永定、上杭等县的农民武装暴动。解放战争时期，任华中军区司令员，在山东工作期间，任中共中央华东局常委、组织委员会书记等职。中华人

1939年初在新四军二支队

民共和国成立后，历任中共福建省委书记兼省人民政府主席、省军区政治委员，中共中央华东局第四书记，华东军政委员会主席，华东行政委员会副主席兼政法委员会主任、中共中央组织部第一副部长、代理部长。1954年至1975年任最高人民检察院检察长。1975年至1980年9月任全国人大常委会副委员长。

父亲、邓发与"闽西肃社"

我父亲是土生土长的闽西佬,在大革命中接受共产主义思想后,就义无反顾,奋勇前行,领导农民武装起义,创建了闽西革命根据地和闽西红军,1929年7月任闽西特委委员兼军事委员会书记,1930年9月任闽西苏维埃政府主席,12月兼任闽粤赣边红军学校政委(此前由毛泽东兼任,校长是萧劲光),1932年3月任福建省苏维埃政府主席。

邓发是广东人,工人出身的革命领袖,省港大罢工的领导人之一,革命意志非常坚定。父亲与邓发是在闽西相识的,1930年10月邓发到闽西,12月任中共闽粤赣边区特委书记,1931年5月至7月任中共闽粤赣省委书记,1931年11月调任国家政治保卫局局长。他们共事一年多,"闽西肃社"正是那一时期发生、发展并结束的。

"闽西肃社"是闽西苏区"肃清社会民主党"的简称。

此时正是王明"左"倾冒险主义开始泛滥之时。受此影响,中央通过派遣中央代表或新的领导干部,将错误路线推行到红军和各根据地中,进行肃反斗争严重扩大化,造成了"闽西肃社""富田事件""陕北肃反""洪湖肃反""湖西事件"等冤案,大批领导干部和战士遭到杀害,给红军和各根据地造成了严重损失。

1931年春节前夕,闽西红十二军在长汀县南阳龙田书院的操场上召开一个多数官兵闻所未闻、新鲜而又陌生的纪念大会——纪念国际共产主义运动先驱、德国共产党领袖李卜克内西、卢森堡。会后例行喊口号,对外国名词生疏的一位红军喊错了口号。闽西苏维埃肃反委员会主席林一株借此以"肃清社会民主党"为名在闽西红军中滥抓滥杀。对此,我父亲并不是一开始就认识清楚的,认为在当时国民党军队封锁围剿严酷的环境下,肃清混入根据地和红军中的反动派和投机分子是应该的。

1931年4月4日,王明把持下的中共中央从在上海发来的《中央给闽粤赣特委信——目前的形势和任务》中做出了具体的指示:"闽西的社会民主党、江西的AB团及其他地方的改组派等,都是敌人积极地打入到党内和红军中来从事破坏活动的。从蒋介石到傅柏翠都有整个的联系和计划的,必须予以最严厉的手段来镇压!"闽西林一株变本加厉,喊出了"抓尽一切社党分子,杀尽一切社党头子"的口号。这时,我父亲和闽粤赣边区特委宣传部长郭滴人已察觉到运动被引入歧途,但因为是中央的指示,对党忠诚老实的父亲虽然心存异议,但也仍服从,在处决布告上签了名。

同年7月,心有疑义的父亲和郭滴人等人分别找新任特委书记卢德光反映"肃社党"的情况。卢德光听后又到各地察看,强烈感受到了大规模的"肃社党"活动给苏区带来的严重危机和灾难,于是立即报告中央。根据中共苏区中央局指示,撤销了肃反委员会,成立闽西苏维埃政府政治保卫处;各县政治保卫局被要求今后不可随意处决"社党"人犯,不可再凭审讯口供抓人,抓人须经政治保卫处批准。8月下旬,中央又发来指示信,严厉批评了闽西的"肃社党"存在扩大化、简单的惩办主义和刑讯逼供三大错误。之后,个人品质恶劣、政治上野心勃勃、利用掌握肃反大权为非作歹的林一株被逮捕法办。

1931年11月,我父亲和郭滴人到瑞金参加中华苏维埃第一次全国代表大会,特地拜望中华苏维埃中央政府主席毛泽东。毛泽东拉住两人的手问长问短,将心中挂记已久的事提出来:"听说闽西的'肃社党'搞得蛮厉害,现在是怎么个样子?"

我父亲和郭滴人做了详细汇报。毛泽东听后不由得神色黯然,沉声而道:"太可怕了,这样搞不等敌人来打,我们自己就要垮台的。这样所谓的斗争要立刻停止,马上放出那些还在关押的人!"毛泽东批了500圆银洋给闽西,用于善后工作,抚恤被害同志的家属。

我父亲和郭滴人回到闽西后,在特委的支持下,以闽西苏维埃政府的名义下发文件,指示各县的政治保卫局,无条件释放所有被关押的

"社党"嫌疑分子,坚决停止抓人。各级苏维埃政权要对被害人员的家属予以抚慰,挤出钱加以抚恤。随后,特委与闽西苏维埃政府联合组织了6个工作组,到各县督察落实。

闽西苏区对"肃社党"严重失误的自我纠偏,很快得到了前往瑞金就任苏区中央局书记的周恩来的支持。1932年2月下旬,周恩来在中共闽粤赣苏区第二次代表大会上传达了中央关于闽西"肃社党"的指示。福建省委代理书记罗明沉痛地承认"省委在指导'肃社党'中犯了重大的指导性错误"。(见《中共闽粤赣苏区党的第二次代表大会决议》,1932年3月14日)至此,闽西苏区"肃社"狂潮被遏制住了。其后,随着对这一事件展开的各种调查证明:所谓的社会民主党,在闽西苏区根本不存在,纯系子虚乌有!

闽西肃反冤案的及时制止和坚决纠正,重新赢得了军心民心。

1932年3月,福建省第一次工农兵代表大会在汀州召开,父亲再次当选为省苏维埃政府主席。在他主持领导下,制定了各项法令、条例,建立了法制,健全了各级苏维埃政府的工作制度。他身体力行,带动政府工作人员深入基层,密切联系群众,为工农大众办事。1933年秋,父亲被调到中央工农民主政府任粮食部副部长。

1934年10月,中央红军主力长征。12月,父亲被苏区分局派回福建,率刘永生、陈茂辉、范乐春等穿过国民党军的层层围堵,回到杭永边坚持游击斗争。第二年初夏,又和从江西突围出来的邓子恢、谭震林等汇合,共同召开在闽西南地区坚持游击斗争的党政军领导人联席会议,成立闽西南军政委员会,父亲被推选为主席。面对10多万国民党正规军和民团的残酷"围剿",他和邓子恢、谭震林等遵照毛泽东制定的灵活机动的游击战争之战略战术,依靠人民群众,坚持了3年艰苦卓绝的游击战争,在特别艰难的岁月里撑起一角红色天地。

1938年春,闽西南红军游击队改编为国民革命军陆军新编第四军第二支队,我父亲任支队司令员,率部到皖南军部集中,待命抗日。

1939年5月，我父亲奉命赴延安向中共中央汇报工作，后入中共中央党校学习，担任中央党校二部主任。1942年，延安开始了整风运动。延安整风运动中也有过抢救运动，有过头的事情。整风一开始，毛主席就一再强调，一个人不能杀，脑袋掉了是安不上的。整风期间，我父亲认真执行中央的整风指示，坚持惩前毖后、治病救人，既要弄清思想、又要团结同志的方针，坚决抵制了抢救运动中的严重错误，受到了党中央和毛泽东同志的表扬。

1944年春，在延安，党中央主持召开了各地区历史问题的座谈会。闽粤赣苏区座谈会由叶剑英、萧劲光和父亲召集主持。参加过闽西工作的同志提起"闽西肃社"，义愤填膺。邓发叔叔也参加了座谈会。虽然"闽西肃社"扩大化的责任不都是邓发的，但那时邓发是闽粤赣的主要领导人，所以与会者批斗了邓发。但光解气不能解决问题，在毛主席的指导下，与会同志读历史资料，看中央指定的《21个文

延安整风学习期间，张鼎丞认真学习马列经典著作与有关文件

件》，毛泽东做了《改造我们的学习》《整顿党的作风》《反对党八股》《矛盾论》《实践论》等报告，统一思想。个别交换意见，小组讨论，大会发言交叉进行。按照知无不言、言无不尽、治病救人的原则，从团结的愿望出发——批评、自我批评——在新的基础上取得一致，达到团结的目的。毛泽东特别指出，不要过分追究个人的责任，而是要总结历史经验，找到错误的根源，最终的目的是为了取得新的胜利。

邓发在这次会议上，对自己做了多次深刻的剖析。他诚恳地说：

邓发1944年在延安

"我刚到闽西,什么情况都不了解,就下车伊始……如果当时我好好地听取鼎丞等熟悉地方情况同志的意见,就不会造成那样严重的后果。"

经过这样的三个月,大家对闽西的问题,终于取得了基本一致的意见,向中央提出给错杀的同志彻底平反的建议。这项平反工作,从1931年9月发现错误开始,到1949年福建解放后,始终认真地进行,搞清楚一个平反一个,前后平反达6352人。"闽西肃社"问题虽然解决了,但我父亲一直心怀内疚,并在长期工作中以之为鉴戒,时时警示自己。

中国共产党人进行的事业是艰难的,是一个在最底层受压迫的阶级推翻另一个阶级的过程,因此也是最复杂的,你中有我,我中有你。方针路线的错误和执行者自己的思想局限,严重错误的事是一定会发生的。但共产党最伟大的是:自己错了,自己改。毛泽东说:失败和错误,教训了我们,才使我们的党成熟起来。错误丝毫不影响伟大。

共产党在闽西一个地区错杀了6000多人,但是闽西的群众仍然跟共产党走;即使红军长征后,国民党反动派那样残酷地镇压共产党人和革命群众,张(鼎丞)、邓(子恢)、谭(震林)仍然能坚持下来;1928年建立的党组织、政权、分配的土地直到1949年都还存在着——真正的红旗不倒。这才是今天的人们应该认真思索的问题,也是今天的学者们应该研究、回答的。研究历史是为了今天和明天。

邓发20岁就领导了省港大罢工,25岁担任闽粤赣特委书记。因为没有经验,思想方法的片面性,犯下了伤害自己人的错误。"闽西肃社"是在邓发担任国家政治保卫局局长前自我纠偏解决的。毛主席曾说过:

"错误和挫折教训了我们，使我们比较地聪明起来了，我们的事情就办得好一些。任何政党，任何个人，错误总是难免的，我们要求犯得少一点。犯了错误则要求改正，改正得越迅速，越彻底，越好。"

延安时期父亲母亲与我

1945年底，邓发参加了在巴黎举行的国际劳工大会。1946年4月8日，他满怀豪情地登上飞机，回延安汇报。同时登机的还有叶挺、博古、王若飞等17位同志。由于国民党特务对这架飞机仪表盘做了手脚，飞机在山西兴县黑茶山失事。这些牺牲的烈士，就是"四八烈士"。邓发牺牲了，那年他40岁。

1945年4月，父亲参加中共第七次全国代表大会，当选为中央委员。次年6月，蒋介石发动全国内战，华中地区首当其冲，他和邓子恢、粟裕、谭震林等指挥华中军民自卫反击，取得七战七捷的胜利，后转移山东。

父亲与福建审干

1949年7月，父亲与叶飞率中国人民解放军第十兵团南下解放福建，任中共福建省委书记、省人民政府主席、省军区政委，领导福建军民进行清剿土匪、土地改革、恢复革命老区生产。

1950年底，福建有关部门在接管工作中，发现一份敌伪档案。这份档案记载了闽南一个地下党组织的负责人被敌人逮捕后的详细情况，包括他的口供以及亲笔写的出狱后怎样破坏共产党地下组织的计划。这个事情上报到了华东局和党中央，上级指示省委采取紧急措施，迅速查清这个负责人在被敌人释放后是否执行了他在狱中写的破坏计划，以及他领导的这个地下组织究竟是党的组织，还是敌人的组织。

这个案件关系到上千人的政治生命，父亲非常重视。他立即主持召开省委会议，讨论党中央的指示，决定成立专门的审查委员会，并抽调得力干部组成了负责具体审查工作的办公室。父亲对这次审查头脑很清醒，对审干工作，他也是很有经验的。他对办公室的同志说："你们一定要按照党的审干方针去做。要注重调查研究，实事求是，重证据不轻信口供。严禁逼供信。党的历史经验证明，过去肃反工作犯错误，往往是逼供信造成的。所以审查时务必保持清醒的头脑。做结论一定要完全根据事实，绝对不能夹杂丝毫的主观因素。"

办公室的审干同志根据他的要求，开展了大规模的内查外调。在调查后，他们向我父亲汇报说："我们发现这个地下党组织在新中国成立前夕的建党建军路线上有不少问题：党员中，有些人政治历史上有问题；游击队中，有些原来是土匪和地主武装。"我父亲对此很冷静，说："我们看问题不能脱离当时当地的具体情况，这里的地下党组织长期远离中央，不能及时得到中央的指示，在工作中有这样那样的错误是不可避免的。不要随意把他们工作中的错误与这个党组织性质混淆起来。你们在审查中，要集中力量弄清这个地下党负责人在被敌人释放后究竟与敌人有没有联系，有没有执行他写的破坏地下党的计划。这是决定这个地下党组织

1952年11月，张鼎丞全家合影

性质的关键问题。"

随后，办公室的同志围绕这个问题，反复进行调查研究，终于查清了这个地下党组织负责人回来以后同敌人并没有联系，也没执行破坏计划，由此可以断定这个地下党组织还是党的组织。他们又向张鼎丞做了详细的汇报，我父亲说："至于这个负责人投降变节，是属于他个人的问题，应当依法处理。党员中有政治历史问题，可以在今后审干中去解决。这个党组织工作中的错误，是属于执行党的路线、方针、政策没有经验，不影响这个党组织的性质。"

最后，华东局和中央批准了这个案件的审查结论。当被审查的同志得知审查的结论以及审查的起因和过程后，个个心情激动，他们感谢党实事求是地弄清了问题。结果，他们虽然被审查了一年多，但对党毫无怨言，高高兴兴地回到了工作岗位。

父亲与最高人民检察院

"高饶事件"之后，1954年初我父亲调任中组部代部长。党内情况复杂，国家政权建设，社会事业的发展，大规模经济建设开始……中央

七届二中全会期间，张鼎丞（左四）同邓小平（左五）、陈毅（左六）、谭震林（右一）、曾山（左一）等在一起

组织部的工作非常繁重、复杂。这时中央提议由我父亲张鼎丞任中组部部长。我父亲立即向中央提出："我仅对华东的情况比较熟悉，其他地区我不熟，还是由一位政治局委员挂帅，我做具体工作为妥。"这样邓小平同志担任了中央组织部部长，而我父亲任第一副部长。

1954年9月第一届全国人大开会前，我父亲正在北京医院住院。邓小平径直走进病房。

1954年父亲任中央组织部副部长时

"鼎丞同志，中央决定，你担任最高检察院检察长。"

父亲勉为其难地说："小平同志，这么重的担子，我挑不起来啊！"

小平同志对曰："你直接向少奇同志反映。"随即转身离开了病房。

父亲则立即赶回家中，接通少奇同志电话，少奇同志告曰："中央已经确定，不要再提了！"

就这样，我父亲担任了最高检察院检察长。他是个认真的人，以"闽西肃社"和党内肃反敌我矛盾混淆，误伤同志的教训为鉴，坚持实事求是。

1957年秋，毛泽东的《1957年夏季的形势》发表后，9月4日，中央法律委员会召开扩大会议，就司法、检察、公安工作存在的问题和整风反右派斗争进行讨论。会上，有人"开炮"，对检察院、法院等提出指责，说检察部门有右倾，该批捕的不批捕，对监督干部违法强调得多，只监督干部违法，不问敌情如何，对共同打击敌人强调不够。结果，中央有人对高法、高检的反右派斗争不满意。随后，在一次中央政治局扩大会议上，康生公然提出取消检察机关的主张。我父亲说："检察制度是宪法和检察院组织法明文规定的,除非中央做出决定国家修改宪法,否则,检察机关不能取消。"

1960年秋,国家机关进行精简,康生又一次公开提出取消检察机关,说:"过去没有检察机关,无产阶级专政不是也搞得很好吗?"于是从中央到地方又刮起了对检察机关的"取消风"。10月中旬,谢富治主持召开中央政法小组会议,讨论精简政法机关时,决定将公、检、法三机关合署办公。但是,遭到我父亲的反对。他举出各种理由和实例,来反复阐明应该有检察机关。但是,谢富治根本听不进去。

1960年父亲(右二)回福建时

几个月后,我父亲只好向刘少奇和彭真汇报。刘少奇听后,说:"要有检察制度和检察机关,这没有问题。现在检察机关不是削弱,而是要加强。"

彭真也说:"关于我国检察制度、检察机关有无实际存在必要的问题,中央从来没有讲过不要。"

1961年1月24日,我父亲在中央政法小组会议上传达了刘少奇和彭真的讲话。经讨论,会议又撤销了"关于公、检、法三家合署办公"的决定。会上，谢富治做了自我批评。

父亲据理力争，在"取消风"盛行时为保留检察系统，建立和健全社会主义法制，巩固人民民主专政，做出了重大贡献。

在中国共产党第八届、第九届、第十届、第十一届代表大会上，父亲都当选为中央委员。在第四届和第五届全国人民代表大会上，又连续当选为全国人民代表大会常务委员会副委员长。

父亲身体不好，检察院的工作对他而言，拿起了放不下，且实在太繁重，着实吃力。第三届人大召开前，他想提出辞呈，却担心被误解为向党伸手，于是打消了请辞的念头。在第三届全国人民代表大会上继续当选为人大常委会副委员长。

1980年8月，在第五届全国人民代表大会第三次会议上，父亲主动辞去人大常委会副委员长的职务，以实际行动响应中共中央关于废除领导职务终身制的决定。

父亲要我做忠诚老实的人

父亲对我说得最多的话是"忠诚老实"，给我写信、题字，也都是"忠诚老实"，对国家、对党、对人民要忠诚老实。我刚懂事就是这句，我已经有了孩子，已经在冶金部担任基层领导，还是这句。

而我的确不是那种什么人

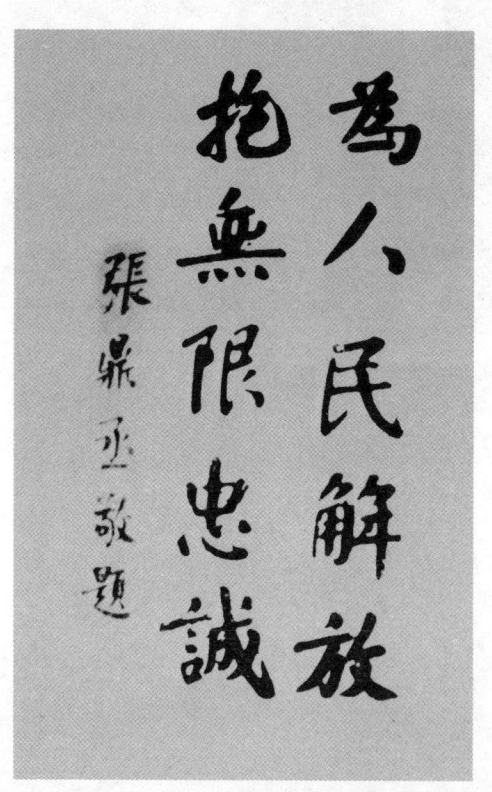

父亲题字："为人民解放抱无限忠诚"

的话都听的人。我对上级和单位的不正之风和党内的贪腐现象都会有不同意见，难道因此我就不忠诚老实吗？我一把火烧了父亲写给我的那中规中矩的颜体题字"忠诚老实"。

如今我终于懂得了，我的父亲和邓发叔叔都是坚守信念，把共产主义信仰刻到骨子里，把对党对人民忠诚老实融化到血液中的大写的人。他们不以物喜不以己悲、忠诚老实地执行党的指示，襟怀坦白地自我纠错，实事求是地处理工作中的问题，是对党忠诚老实的模范，同时也是遵守纪律的模范。做一个对人民忠诚、严守纪律的真正的共产党员，实在不是一件容易的事情。

父亲宝贵的题字已经烧为灰烬，但是父亲对我"忠诚于人民，严格遵守党的纪律"的教导，刻在我的心上。

信仰的力量

◎ 韩 兢

父亲韩练成

父亲韩练成（1909—1984），宁夏固原人。1925年入西北陆军第七师军官教导队，参加过北伐战争，曾任国民党军营长、团长、旅长、师长、副军长，国防研究院第一期研究员。1942年经周恩来介绍加入中共情报工作系统，后任国民政府军事委员会委员长侍从室高级参谋、第十六集团军副总司令兼参谋长、第四十六军军长。解放战争时期，任第四十六军军长兼海南岛防卫司令，整编第四十六师师长，国民政府参军处参军，西北行辕副参谋长。1948年底脱离国民党参加中国人民解放军，1949年8月任解放军第一野战军副参谋长、兰州军事管制委员会副主任、西北军区副参谋长。1950年加入中国共产党，后任兰州军区第一副司令员、中国人民解放军训练总监部科学和条令部副部长、军事科学院战史研究部部长、甘肃省副省长。1955年被授予中将军衔,是第一、二届国防委员会委员,第一、三、四届全国人民代表大会代表,中国人民政治协商会议第五届全国委员会常务委员、第六届全国委员会委员。

沉默是我党隐蔽战线的工作纪律,我的父亲韩练成就是隐蔽战线上一个沉默的老兵。

父亲1909年2月5日出生于宁夏同心县马高庄乡郭大湾村谷地台一个贫苦农民家里。1920年12月16日海原特大地震,家园被毁,只得迁居到固原县城墙下的窑洞栖身。

1925年初,我的祖父母为父亲借了甘肃省立第二中学毕业生韩圭璋的文凭,他以"韩圭璋"之名考入西北陆军第七师军官教导队,随军北伐。

1926年,韩圭璋所在部队改编为国民联军第四路军。国民联军是实行"联俄联共"政策的军队,总司令是冯玉祥,第四路军军长是马鸿逵。韩圭璋在担任军警卫手枪营排长时,认识了时任第四军政治处处长的共产党人刘志丹。韩圭璋接受了刘志丹的革命启蒙,确立了"救国革命"的人生目标。刘志丹认定他是个好苗子,为他指定了两个入党联系人。但在1927年"四一二"反革命政变之后,刘志丹被"礼送出境",韩圭璋还没有来得及加入共产党,就和党的组织断了联系。刘志丹的兄弟媳妇李建彤在长篇小说《刘志丹》里面,写的那个地下党员"韩友诚"及"万友诚"就是以我父亲为原型创作的。

父亲韩练成30岁摄

1929年，北伐结束。阎锡山、冯玉祥、李宗仁、白崇禧等军阀反对蒋介石的部队编遣方案。冯玉祥通电讨伐蒋介石，没想到其部下的韩复榘、石友三、马鸿逵被蒋介石重金收买，率部投蒋倒冯，马鸿逵部改编为讨逆军第十五路军，驻守徐州。韩圭璋是马鸿逵的部下，也随部队到了徐州。

1930年中原大战，蒋冯主力大战河南，蒋介石在归德火车站"总司令列车行营"亲自指挥。韩圭璋时任马鸿逵部六十四师独立团团长，守备归德。5月31日，冯军郑大章骑兵军一个团夜袭火车站。关键时刻，韩圭璋领命亲率主力驰援，解围蒋介石。蒋介石亲下手谕："六十四师团长韩圭璋，见危授命，忠勇可嘉，特许军校三期毕业，列入（黄埔）学籍，内部通令知晓。"

1933年，蒋介石下手谕给江苏省主席陈果夫："学生韩练成，着以行政督察专员兼保安司令尽先任用。"从此，我父亲完全脱离了西北军，历任江苏省保安干部训练团主任、省保安处副处长、独立十一旅旅长（少将）、镇江警备司令等职，用回本名"韩练成"。我父亲任江苏省保安干部训练团主任时题词："智信仁勇严，军人之达德也，吾侪当奉为圭臬，身体而力行之。"他是用《孙子》"为将者五德"的古训来要求自己、勉励同僚，也是为自己确立了职业军人的定位。

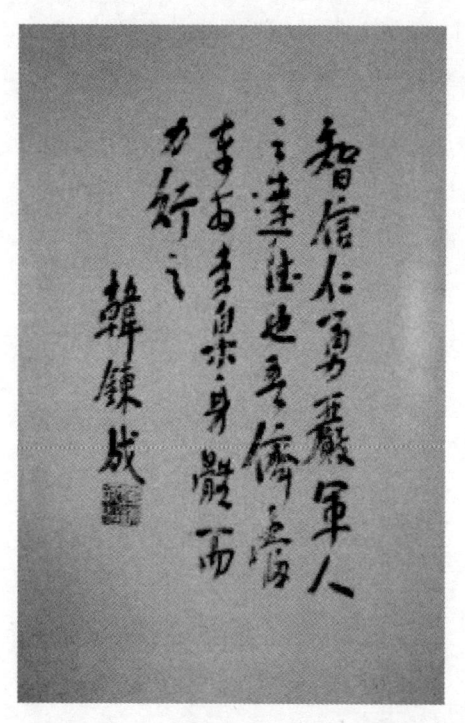

父亲任江苏省保安干部训练团主任时的题词

1935年，我父亲考入陆军大学特别班第三期，系统学习了现代战争的理论。

1937年七七卢沟桥事变，全面抗战正式爆发。当时我父亲还在陆军大学特别班第三期就读，在参加庐山军官训练团集训返回南京后，立即被新任国民政府军事委员会副参谋总长白崇禧邀去彻夜长谈，次日便被白崇禧推荐作为第五战区司令长官李宗仁的高级参谋，并作为李、白与各方联络的军事代表，提前离校。8月中旬，陪同白崇禧会晤了到南京参加国民政府最高国防会议的周恩来、朱德、叶剑英及冯玉祥等。

1938年初，第五战区司令长官李宗仁任命我父亲担任第八十九军一一七师副师长兼三五一旅旅长，李告诉他："这支部队是保安队改编的，战斗力很差，你要尽快整训。"因整军直接触动了军长、师长的私利，我父亲被师长指使部下暗杀。幸好只打中了左臂，没有伤着骨头。他随即被李、白调回第五战区司令部，继续以高参的名义协助白崇禧工作。3月中旬，由我父亲联络、安排，白崇禧请周恩来、叶剑英等商讨津浦路作战方案之后，被调往广西，担任桂系第十六集团军一七○师副师长兼五○八旅旅长。1939年12月，我父亲率部参加昆仑关战役，被炮弹碎片击中左腿。

父亲韩练成

1940年春，蒋介石到柳州召开军事会议，发现我父亲已升任桂系第一七○师少将师长，非常高兴，给了他一笔5万元的特支费："拿去给太太补贴家用。"

1942年初，我父亲由第十六集团军中将参谋长调入国防研究院第一期做研究员。他以理性的思维，用数据分析抗战。研究院的数据显示：全面抗战4年来，中国战场牵制着日本陆军35个师团，接近日本全国陆军

51个师团的七成。日军的35个师团中,有14个师团在正面战场对国军作战,21个师团在沦陷区。国民党在大分裂:国民党革命派宋庆龄、何香凝坚持三民主义、坚决抗战;国民党投降派汪精卫在南京建立伪政府带走了70万国军,成为历史上最可耻的伪军;国民党实力派蒋介石的国策是"安内攘外",实行一面抗战、一面"剿共",对战役的指导思想是"逐次抵抗"。中国共产党的军队包括地方游击队也不过只有50万人,却在沦陷区开辟了15个抗日民主根据地(1亿人口),对日军21个师团和62万伪军作战,这是侵华日军师团的60%和接近伪军人数的90%。

我父亲以职业军人的视角纵观天下:国内外正在进行着一场各国各方都在两面作战的大混战。两面作战本是兵家大忌,在中国战场上,只有中国共产党坚持了抗战、救国这一个方向。他认为:军人的天职是为国作战,他要跟那个坚决抗战的政党走。

1942年5月,在重庆一个普通的居民区,我父亲秘密与周恩来单独会面,简要通报了军事、政治形势之后,明确表示要投身革命、加入共产党。周恩来坦诚地告诉我父亲:中央决定抗战期间不在国民党高层军政人员中发展党员。他希望我父亲:无论是参与战场指挥,还是研究国防战略,只要永远保持北伐的革命精神,一样能够为国为民做出贡献。但当周恩来得知我父亲就是刘志丹在"四一二"反革命政变之前亲自培养的那个入党积极分子时,马上确定了与我父亲的同志关系。

隐蔽战线的老前辈罗青长是这样评价我父亲的:"韩练成出身贫

报道《访带花归来的韩副师长》

寒，但他不是由一个贫苦的劳动人民直接参加革命队伍的，更不是因为兵临城下、走投无路而临阵倒戈的，按周恩来同志的话来说，他是'信仰使然'，从国民党高层内部主动投向革命的。在1942年5月，由周恩来介绍正式加入中共情报系统，成为周恩来在蒋介石身边布下的一颗秘密棋子。他是一位自觉的革命者、一位忠诚的爱国者。"

1943年5月，我父亲调任国民党军事委员会委员长侍从室高级参谋，成为蒋介石的核心幕僚。蒋介石曾介绍儿子蒋经国、蒋纬国与我父亲认识，按照黄埔生的惯例，蒋氏兄弟称我父亲为"师兄"。

1944年5月，我父亲返回广西，任第十六集团军副总司令兼参谋长。10月，参与指挥桂柳会战。1945年2月，我父亲就任第四十六军中将军长，5月，奉命率第四十六军对日军反攻；7月以后，连续攻克镇南关、雷州半岛，打下廉江。

1945年9月，抗日战争胜利，我父亲率部渡过琼州海峡，以第四十六军军长身份兼任海南岛防卫司令官、行政院接收委员会主任委员、整编第四十六师师长等职，集海南党政军权于一身，接受日军投降。

去海南之前，他接到了来自三个方面的指示：

蒋介石："你去海南，一是受降，二是对付共产党。你不仅是一军之长，还是当地的最高行政长官，要多动脑筋。三分军事，七分政治，一切要靠你独断处理。也让我看看你，有没有做封疆大吏的本事。"

国民政府广州行辕主任张发奎："要趁共产党还没来得及把琼崖游击队的存在，提到和谈的议事日程之前，就用狮子搏兔的力量，在一夜之间，

抗日战争时期的父亲（左一）

把它消灭在这个孤岛上！"

周恩来的亲笔信："现在只能运用你个人的影响和你手中的权力，在无损大计的前提下，尽可能保护琼崖党组织的安全，并使游击队不受损失或少受损失。"（董洁：《韩练成：为革命立奇功的"隐形将军"》，《学习时报》2020年9月28日第5版）我父亲知道，如果他按照张发奎的命令去"剿共"、按照蒋介石的指示去学做封疆大吏，他一定会向国民党的统治高层跨上一个大台阶。但他没有一丝犹豫，坚决执行周恩来的指示。然而，怎样在一场戏中，同时演好两个对立的角色呢？他心中有数：只要演好"受降"这一段，"剿共"方面的漏洞可以用"三分军事，七分政治"去搪塞。

侵占海南的是日本海军海南警备府，警备府司令是伍贺启次郎中将，下辖17个作战单位，海军人员共有43583名。11月，开始遣返战俘，1946年4月，全部遣返日本。

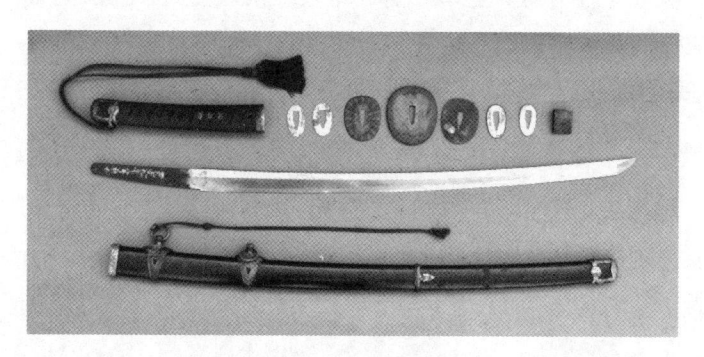

日本海军海南警备府司令伍贺启次郎中将向韩练成呈缴的军刀

为了在"剿共"中保护共产党领导的琼崖纵队，我父亲对蒋介石有个说法："海南的共产党本来就没有几个人，困在山里多少年出不来，我是想用'抚'的方式把他们全收编了，我就不信我管不了他们。"蒋介石同意他自己决断，但要他做出个样子来看。有了蒋介石的默许，我父亲就敢于放手去做了。

我父亲知道琼纵的负责人叫冯白驹，托人带信给他。

在等待琼纵回应的时段，他开始单方面采取行动掩护他们。张发奎命令他把当时3个县保安队扩编成3个团，全部装备缴获的日军武器，我父亲用种种借口，拖延不办；陈诚命令他把海南汉奸警察部队1700多人改编成一个独立旅，列入第四十六军战斗序列，作为"围剿"琼纵的先头部队，我父亲却借"整编"之名，一天之内遣散了这支伪军部队，处死了已被内定当旅长的汉奸詹松年。

冯白驹收到信，却并不认为我父亲是自己人，而是在使用"反革命的两手"，1945年11月初，派出琼崖抗日公学校长史丹与我父亲谈判。

在公开场合，当着第四十六军的部下，我父亲说："我不是要跟你们谈判。摆在贵军面前有两条路：一是接受整编，不管是不是共产党，统统编入我第四十六军序列；二是按'双十协定'的精神，由贵党中央正式提出琼崖游击队是共产党领导的部队，那样，贵军的前途将由贵党中央决定；二者必择其一。"晚上，仅我父亲和史丹二人，我父亲说："你们可以向党中央发电报问，韩练成是什么人？"但我父亲并不知道琼纵的电台早在5年前一次战斗中丢失，与中央的联系已经中断很久了。

1946年1月，我父亲乘小火车由三亚到石禄视察铁矿。不料，在途中遭到琼纵一小支部队的伏击，火车被打翻，随员有死有伤，我父亲腰椎扭伤。这次伏击，打乱了我父亲的精心部署，激怒了国民党反动派，"剿共"气温骤然上升。

不几天，蒋介石召我父亲去南京参加全军整编会议。在此期间，张发奎指派3个中将代表广州行辕直接指挥，把第四十六军编成17个强力突击营，分两个攻击波，向心进攻。这个"向心进攻"是军事术语，当时琼崖纵队的"心"在白沙。

冯白驹回忆："第四十六军对我们的进攻，其战争的残酷性，超过了民国十七年蔡廷锴、民国二十一年陈汉光的进攻，也超过了民国三十二年日寇的'蚕食'战争。"

2015年，中共中央、国务院、中央军委给韩练成遗属颁发中国人民抗日战争胜利70周年纪念章

2月底，我父亲在第一次攻击波进行时返回海口，马上以整编部队为由，把第四十六军撤出了对琼纵的一切军事行动。不久，广州行辕通报处分并下发到各有关单位，我父亲被免去除整编第四十六师师长之外在海南的一切职务。这是张发奎下的令，他曾多次要求撤换我父亲，但不仅桂系不同意，蒋介石也不同意，因为他们都认为我父亲是他们的人。

蒋介石在内战部署基本就绪后，发动了全面内战，投入了全部正规军的80%即193个旅进攻解放区。10月，整编第四十六师调出海南岛，由海口海运北上，参加国民党军对解放区的全面进攻。

我父亲生前曾留有下面这一段文字，是我记录整理的：

1946年10月，国民党整编第四十六师由海南岛运去青岛之际，蒋介石召我去南京住了几天。在这期间，除了汇报、听指示外，我列席了由蒋介石主持的有白崇禧、陈诚等人参加的一次最高级军事会议。我了解到蒋介石全面内战的战略计划，西北、东南两战场的战役部署，同时还了解到蒋美方面间的微妙关系。这都是极为重要的军事、外交情报。我想找到周恩来同志向他汇报，但此时梅园新村中共代表团和周恩来本人都受到特务严密监视，无法见面。通过地下交通，周指示我：速去上海设法找董老谈。我到了上海排除种种困难，终于与董老会面了，我把全部情报交董老速转党中央，董老和我约定了一个与陈毅同志联系的暗号"洪为济"，请董老转报中央指示陈毅同志并向陈说明我和党的关系。

《董必武年谱》中的记录

《董必武年谱》也记录了这次会见：董必武"向韩练成传达了中共中央关于坚决粉碎国民党反动派军事进攻的指示，交代了任务及与华东野战军联络的办法"。

1946年12月初，我父亲率领的整编第四十六师各部陆续通过海运到达山东战场，和第十二军、第七十三军加入国民党军第二绥靖区副司令李仙洲指挥的北线集团，企图与欧震指挥的南线集团南北夹击，"在临沂与共军陈毅主力决战"。

这时，解放军华中军区接到了一封来自中央的密电，内容是：迅速以"洪为济"的名义与整编第四十六师师长联络。但这个师长姓什么，叫什么，什么地方人氏，和共产党是什么关系，都没有具体交代。

整编第四十六师是广西部队，解放军按照常理判断：桂系部队的主官必定是两广人，于是派出原籍汕头的知识分子干部陈子谷先探探路，名义是"师长的朋友洪为济的学生"。但陈子谷一开口说广东话，我父亲就明白了：解放军并不了解自己，甚至连自己的籍贯都不清楚。对这条关系并不明确的联络渠道，我父亲不免忧虑。

1947年1月初，解放军陆续派出华东局秘书长魏文伯、华东军区政治部主任舒同来和我父亲面谈，在我父亲身边留下两位联络员杨斯德、解魁。

由于中央没有交代我父亲的身份，华东野战军对他的判断是：代表桂系的利益，为保存实力和我们拉关系。因此，两位联络员的使命是：对韩练成采取"利用及互相利用"的方针。

直到2月15日，联络员回报：陈司令员已到了蒙阴，华野主力部队也到了常路、东山一带。我父亲心里有了底，他和陈毅之间已经有了互相的信任和默契。

2月21日，在李仙洲召开的作战会议上，我父亲坚持陈诚的错误判断，硬是把李仙洲集团由莱芜向吐丝口后撤的时间推后了一天，为解放军提供了战机。23日凌晨，李仙洲集团后撤之前，我父亲借口脱离指挥，又拖延了一个小时，为解放军合围李仙洲集团创造了条件。

按照李仙洲原令：北线集团以第七十三军居左路、整编第四十六师居右路，两军间隔6华里，齐头并进，由莱芜向吐丝口作战斗后撤。23日10点左右，两路先头部队遇到解放军强力阻击，队形开始混乱，但仍然向吐丝口方面缓慢推进；12点左右，国民党军全部脱离莱芜城，解放军从东南方向抢占了莱芜城北、城东阵地及制高点，攻势更猛；14点左右，吐丝口东南高地国民党军第十二军守军放弃阵地，解放军由东南北三面向国民党军猛攻……23日晚，作战结束，国民党军第二绥靖区前方指挥所、整编第四十六师师部及所属3个旅、第七十三军军部及所属3个师、第十二军一部,共6万余人,被解放军全歼。绥靖区中将副司令李仙洲、第七十三军中将军长韩浚等21名将级军官被俘。此役取胜之快、歼敌之多,使全国战局发生了重要的变化。

战中,我父亲按照联络员杨斯德的安排躲进一个地堡,一直等到解放军大部队到来。战后,华东野战军司令员陈毅和政治部主任唐亮赶来见面,相见甚欢。

我父亲思绪万千,成诗一首《莱芜战后赠陈毅同志》:

下民之子好心肠,且把战场做道场。
前代史无今战例,后人谁说此新章。
高谋一着潜渊府,决胜连年验远方。
一割功成惟善用,还将胜利庆中央。

这首诗是他感情的真实写照,也基本上说清楚了和党的关系。更重要的,是他深知这次战役的后果:双方伤亡都会很小。因此,他写道:"且把战场做道场。"

经华野请示中央同意,我父亲带着另一位联络员张保祥先乘民船夜渡胶州湾到达青岛,又连夜乘船去上海,转坐火车赶往南京。

在正式的、由国防部部长白崇禧主持的战役汇报上,参加的人有参谋总长、战役总指挥陈诚,绥靖区司令王耀武,空军副司令王叔铭等数十名高级将领。我父亲拿出连夜准备的"鲁南会战会报要点",和王耀武的报告互相印证,指出陈诚对于鲁南会战的判断是错误的:"共军主力溃败、向西北方向逃窜。"白崇禧总结:李仙洲之败,是战场上诸多错误的总和,关键在于指挥不当!——他针对的是陈诚。

几天后,蒋介石召见我父亲,说:"鲁南会战的失败,陈辞修虽不能辞其指挥不当之责,但一切由我负全责。"他为什么这样说?是因为白崇禧、王耀武、韩练成这三个人指出陈诚犯的那些错误，全部都来源于蒋介石的指令。

我父亲是因为执行了蒋介石、陈诚的错误命令而战败，跑回来就做详细的战役汇报，这是一个服从上级命令而战败的败军之将能做的一切，绝不是今天有些文人编的什么"由于白崇禧包庇韩练成，蒋介石没办法"，或者"蒋介石为了在'剿共'中消灭桂系异己而包庇韩练成"，又或者"韩练成救蒋有功被赦免"等非军事、非专业的猜想。

1947年3月底，蒋介石亲自下令把我父亲调入参军处。参军处是国民政府最高军事幕僚机构，凡是送蒋介石看的战报最后都要经我父亲过手，蒋介石批出的命令最先经我父亲过目。我父亲深知，这正是周恩来要求他"在战役战略的层面上为党起作用"的最佳位置。

4月15日，蒋介石在出席军官训练团第一期开学典礼时，有一段讲话：整编四十六师韩师长从莱芜带了一百余人，在敌人的后方横行五六百里，历时十余日，最后安抵青岛，并没有发现他们有什么了不起的地方，以韩师长此次行动为例，就可以证明，他们能够流窜，我们也可以横行，他们能够游击，我们当然也可以游击。如果他们真的厉害，韩师长又何能以这样薄弱的兵力横行于这样广大的地区？所以我们要切实研究如何以敌人的方法来对付敌人。……本来作战的失败是兵家之常，无足为异，如果我们依照战略战术的原则，尽到了我们的心力，因为兵力粮弹或其他条件欠缺而终不免于失败，那这样失败，并不耻辱；所以正当的失败我对于负责将领不但不加处罚，而且有时加以嘉奖。

5月的孟良崮战役前，对张灵甫的整编第七十四师到底是走还是守，我父亲在关键时刻说了一句："共军善打运动战，我们在莱芜就是在运动中吃的亏。"这促使蒋介石下了决心，命令整七十四师"择地固守、吸住共军、四面合围、歼灭陈毅主力"。结果大败。

陈诚致友人回信的片段也很耐人寻味："关于作战方面，弟身为幕僚长，在地位言，自应负责。但此中不能告人之事，实在太多。仅就山东东北言，山东军事失败，莫过于新泰莱芜之役，此役之计划，究竟谁人建议于主席，主席如何决定，弟在徐州，均无所闻。"

直到1996年，蒋介石的二儿子蒋纬国还说："韩练成是潜伏在'老总统'身边时间最长、最危险的共谍。"

周恩来给我父亲的任务不是传递情报，而是直接参与制定或影响蒋介石的既定战略，因此在他的情报生涯中很少有情报传递活动，与他有关的、有史料记载、有当事人确认的情报传递活动也只有四大段。第一段是在1942—1944年间，他以蒋介石侍从室高级参谋的身份，在公开的场合多次接触周恩来以及周恩来指定的董必武、李克农、潘汉年、王若飞等同志，但是具体交换过什么情报，现在已经无法知道了。第二段是1946年11月在白崇禧公馆与董必武单独会见，情报的密级高、涉及的范围广，《董必武年谱》有记录。第三段是1946年底到1947年2月中下旬的莱芜战役，华东野战军派出的联络员陈子谷、杨斯德、解魁多次往返的情报传递，战史有记载。第四段是莱芜战役后，1947年2月底至1948年10月，华东局派出的联络员张保祥在南京期间，曾向组织上送出三次情报。但是，我父亲是怎样直接参与制定或影响蒋介石的既定战略、在战役和战略层面上为党起作用，史料上没有留下痕迹。

1948年3月，何应钦就任国防部部长，按照陈诚的建议，调我父亲降任西北行营副参谋长、兰州保安司令兼保安旅长。

10月，何应钦发现了我父亲"通共"的疑点，我父亲听到风声，由张治中、关麟征从旁掩护，拿着总统参军处参军唐君铂在年初提供的空白护照，填上了昆仑电影公司摄影师"许冰"的名字，由潘汉年接应，乘飞机潜入香港。11月，经香港和

父亲韩练成护照照片

第二批爱国民主人士一起乘船北上解放区。

1949年新年后，我父亲到达河北平山东黄坭，在中共中央社会部驻地，归队了。那一阶段，我父亲先后受到了朱德、毛泽东、周恩来的单独接见。朱总司令表扬他："为党、为革命立了大功、立了奇功！"

毛主席对我父亲说："蒋委员长身边有你们这些人，我这个小小的指挥部，不仅指挥解放军，也调动得了国民党的百万大军哪！"

1949年3月，彭德怀在中共七届二中全会后返回西北途中，在石家庄车站约见我父亲。当时他正在华北军政大学为解放军高级将领教授"大军统帅学"，始知中央决定要他去西北工作。8月，我父亲到任第一野战军副参谋长。

1950年1月，我父亲任西北军政委员会委员，主席是彭德怀，副主席是习仲勋、张治中。张治中告诉彭德怀、习仲勋："在何应钦向蒋介石报告韩练成已到了解放区时，蒋介石一把打落了桌上的玻璃杯，指着何应钦等人大喊，'都是你们逼的！如果不是你们贬他一个中将当旅长，他怎么会走？'"张治中还说，他问过周恩来，韩练成是蒋介石身边的红人，并非常人从表面上看到的"杂牌军人"，他不是受排挤、没出路的人，这样的人为什么会跟了共产党走？周恩来回答："这正是信仰的力量。"

当时，我父亲提出了"在自己的工作岗位、按正常程序履行入党手续"的要求，他的入党介绍人是西北军区副司令员张宗逊和副政委兼政治部主任甘泗淇，这两位都是长征干部，对我父亲的历史完全不了解。周恩来作为我父亲的历史证明人，向他俩交了底："这么多年以来，韩练成一直是一个没有办理过正式入党手续的共产党员，他的行动是对党的最忠诚的誓言。"5月，我父亲正式加入中国共产党。

1955年5月，我父亲任兰州军区第一副司令员，9月被授予中将军衔、一级解放勋章。授衔前，周恩来曾征询过他的意见，如果按起义的国民党军军长来算，可以被评为上将，如果按入党以后的级别、职务来算，他应该被评为中将。我父亲表示："我干革命本来就不是为着功名利禄，还争什么上将中将？"周恩来称赞："韩练成要党员身份，不要上将军衔。"他不仅没有接受对起义将领的授衔待遇，连按起义将领对待的奖金都没有为己所用，签收以后，转头就全部交了党费。

1957年底，叶剑英元帅点将组建军事科学院，1958年军事科学院正式成立，我父亲任战史研究部部长。从1952年起，他潜心于国防现代化、正规化研究，先后撰写了《现代国防的军务与军制》《军官养成》《国防指挥系统的构成与职能》《合成军队的训练与编组》《瘫痪战略构想》《合成军队训练基地的建立与运用》等多篇论文。

1961年夏，我父亲因旧伤复发，转业离开军事科学院，调任甘肃省副省长。周恩来总理对甘肃省委书记汪锋，叶剑英元帅对甘肃省长邓宝珊分别都打了招呼：韩练成的任务是养好身体，解放台湾的时候还要让他出山。

1964年10月，甘肃省的五个专区发生口蹄疫疫情，我父亲负责组成了甘肃省消灭口蹄疫战斗指挥部，请来全国各地的畜牧、兽医专家，在兰州军区的协同下，三个月内消灭了疫情。12月，在参加第三届全国人大会议期间，他与周恩来谈到消灭口蹄疫进展时，周总理说："由你负责我就放心了。"

1965年冬，中央军委决定将我父亲与其他几位转业到地方的将军一起调回军队，但他没有返回北京担任新的职务，而以兰州军区第一副司令员名义离休，迁居宁夏银川。

1966年"文化大革命"开始，周恩来先后向陈毅、叶剑英打了招呼，副总参谋长彭绍辉及兰州军区历任司令员、政委对我父亲实施了切实有效的保护。1970年疏散到临潼。

1975年1月，我父亲出席第四届全国人大会议。会议期间，他最后一次见到周恩来，两人只是紧握着手，四目对望没说一句话！事后提起这次最后的握手，他总是忍不住要落泪。

1978年2月，我父亲出席第五届全国政协会议，当选为常委。下图是他在全国政协常委会小组发言的提纲，其中一些内容与当时军改的方向高度吻合。

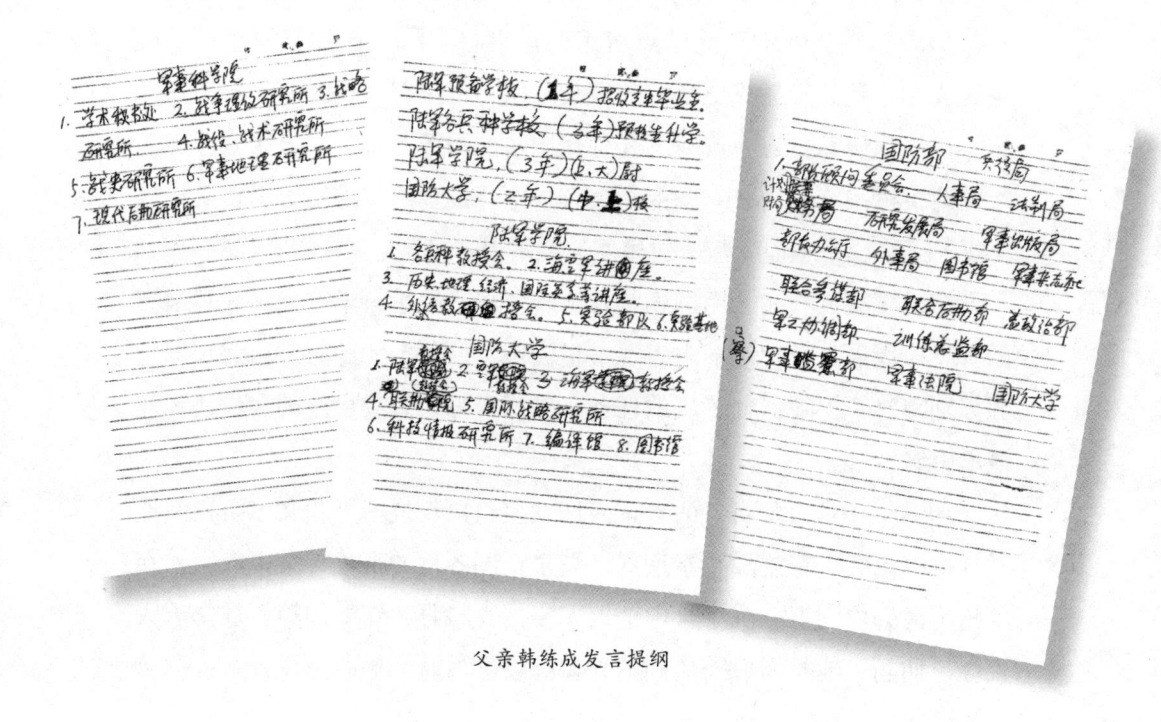

父亲韩练成发言提纲

1980年5月，我父亲迁居西安，开始有针对性地为党史研究部门提供史料。1983年6月，父亲参加第六届全国政协会议，当选为委员。1984年2月27日，病逝于解放军总医院。

在病中，我父亲留有一段录音：

我死后，用最简单、最节约的办法办理丧事。遗体不供解剖，把它洗干净，用白布裹起，送去烧掉。已故妻子汪萍同志的骨灰，连同我的遗体一起烧掉。……作为共产党员，几十年来，不论是在党外的时候，还是入党以后，党要我做的事，全都做到了，可以说毫无遗憾地、安详

1939年，母亲汪萍与光中（左）、光华（中）

1956年，父亲、母亲与我们兄妹

地闭上眼睛。我生前没有个人打算，死后也没有放心不下的事情。

在这份遗嘱当中，他没有一句话提到家事、私事，忘我、无我的情操令人感动。

1984年3月7日，在简单而隆重的遗体告别仪式上，摆放着中共中央十二届中央委员会全体常委胡耀邦、叶剑英、邓小平、李先念、陈云等送的花圈，送花圈的还有彭真、邓颖超、徐向前、聂荣臻、万里、习仲勋、杨尚昆以及中央军委、中央组织部、中央统战部等，真可谓"哀荣极盛"。这一大大超过常规的举动，表彰了他隐秘而光辉的一生。

父亲在险恶的环境中坚守信仰，为新中国的成立、人民的解放沉默地战斗着，正如莫斯科红场无名烈士纪念碑文：你的名字无人知晓，你的功绩永世长存！

1971年，父亲与我在临潼自家院中

从安源到延安

◎王太眉

父亲王耀南（1911—1984），江西萍乡人。在安源煤矿做童工时参与组建并加入共产党领导的第一个少年儿童组织——安源儿童团，之后参加工人运动。1927年参加秋收起义，亲历了人民军队从无到有，从小到大，由弱到强，成长壮大的过程。新中国成立后一直在工兵部队和领导机关担任领导职务。1955年被授予少将军衔，荣获二级八一勋章、一级独立自由勋章、一级解放勋章。

父亲王耀南

父亲王耀南在1922—1923年第一次中国工人运动高潮中参加了安源铁路煤矿工人大罢工，参与组建并加入了中国共产党领导的第一个少年儿童团,参加秋收起义、三湾改编,亲历了"三大纪律八项注意"的产生与完善,是红军的第一个工兵连连长,长征中逢山开路遇水架桥到达陕北。父亲经历了人民军队从无到有,从小到大,转危为安,成长壮大的艰难历程,我把这段历程写出来,希望我辈和我们的后代能够传承红色基因,将革命进行到底。

组织安源儿童团参加大罢工

我的家乡江西省萍乡市上栗镇是中国鞭炮祖师爷李畋的故乡,历朝历代,制造鞭炮烟花的手工作坊比比皆是,高手如云。我们老王家就是其中之一,我家的鞭炮烟花不但销到南昌、长沙、汉口,还远销南洋。我父亲很小就深谙王氏鞭炮原料加工、提纯和鞭炮烟花制造的绝技。

清朝末年,湖广总督张之洞兴建汉冶萍总公司,在安源开了洋煤矿,我祖父和曾祖去当了爆破工。1919年,上栗镇一个鞭炮作坊发生意外爆炸,产生连锁爆炸,大半个镇子夷为平地,幸免于难的父亲和祖母只好沿途讨饭去安源寻找祖父和曾祖。

那时江西、湖南农民迫于生计到安源煤矿做工,煤矿和农村不一样,虽然赚钱不易且非常少,但是可以当天或者至少一个月结算工钱,可解燃眉之急。于是四面八方聚集起来的煤矿工人有一万多人。满怀希望的农民,进了矿井才知道这里的危险和艰辛,矿工身上三尺布:下井包头布,出井洗澡布,回家遮羞布。"少小进炭棚,老来背竹筒(要饭),病了赶你走,死了不如狗。"矿工子弟很小就得帮助家里干活赚钱。

安源煤矿有许多煤层很薄,大人进去很难施展,包工头雇用童工钻进去挖煤。我父亲7岁就下井去挖煤。他在我祖父、曾祖的指点下很快就掌握雷管、导火索、硝氨、TNT炸药的使用,以及岩壁爆破技术和巷道掘进的技巧。

我父亲谈到他家制造鞭炮烟花的绝技为他在红军时期应用这些技术

打击敌人，屡立战功。他说好多人会造黑火药，但是他们不会使用TNT和硝氨炸药，会用洋炸药的不会使用黑火药，既会使用黑火药又会使用洋炸药的他们打仗不如他，所以他总是胜出。

我父亲说，他参加革命是因为受到毛主席、刘少奇、李立三等老布尔什维克的影响。他亲眼看到毛主席到安源考察。1921年秋，毛主席以毛润之的名字，教书先生的身份，身着灰蓝色竹布长衫、脚踏草鞋到安源考察工人的生活和生产情况，领导工人运动。他下到矿井看到工人像牛马一样地劳作，赚取难以糊口的工钱，对工人们讲：一根筷子一折就断了，一把筷子就折不断了。咱们工人团结起来才有力量，才能争取咱们工人的权利。我父亲第一次听到有关工人运动的道理。

这年冬，共产党的负责同志李立三在安源牛角坡办起平民学校，讲述工人运动的道理。我父亲常常去听课。一天，矿井下发生瓦斯爆炸。为了减少矿井损失，总监工王三胡子命令矿警用沙袋封堵井口。李立三得知后，带领在平民学校学习的工人赶到井口，逼迫王三胡子打开井口，救出了井下的工人。以前遇到这样的矿难，井下的工人必死无疑，我的曾祖就是在这样的矿难中死去的。这件事使我父亲看到工人团结起来的力量。

不久，安源煤矿和铁路工人秘密组织起来，成立"工人俱乐部"。

1922年4月初，我父亲约了张正、刘玉汉等6个非常要好的童工去刘振海家。刘大叔说："俱乐部让童工结一个团，现在就由你们几个先结起来。"他说："你们结团要有规矩：这里的事情不要对外人讲，你们结团不能和别人打架。俱乐部交给你们的事情要办好。"于是儿童团正式成立了。

儿童团领受的任务是给工人夜校望风。那次蒋先云同志给工人讲课："资本家的每一块铜板上面都沾着工人的血。"我父亲看到刘工头从远处向学校走来，便和刘玉汉、梁明球、赵古良大声争吵起来。待刘工头走近了，教室里传出蒋先生的教书声。刘工头没探听到消息。

一次，刘振海给我父亲一根小竹竿，说里面藏着一份重要文件，要他迅速送到另一个同志那里。我父亲正走着，突然碰上了工头。我父亲在工人掩护下瞒过工头，把信送到了。

一天，工人们在井下开会。韩工头走来探听消息，被我父亲发现便高声叫："不要往前走了。"工头低声呵斥道："不许叫！"张正用更大的声音叫："小心，前面在装炮。"韩工头举起鞭子就要打他们。听到警报，矿工宋法生走过来用矿工镐挡住工头的鞭子说："孩子们警告你，防止危险。你怎么不知好歹？"又有两个工人提着矿工镐走过来，韩工头见势头不对，赶紧溜走了。

5月1日，安源路矿工人俱乐部正式公开。李立三当选为俱乐部主任。"工人万岁"的口号在安源响起来了。

9月11日，我父亲跟我祖父去接头地点接刘少奇同志并给他担任通信和警卫工作。

9月14日凌晨2点，安源路矿工人大罢工开始了。当日傍晚，北洋军阀的军队开进矿区，实施戒严。军队占领了工人俱乐部办公楼，工人们想把办公楼夺回来。军队与工人发生了对峙。刘少奇派工人纠察队赶来，命令工人后退，避免冲突。戒严官兵不管小孩，儿童团利用这个便利条件，把俱乐部的指示传达给工人。

全国支持安源路矿工人罢工的声浪越来越大。

9月16日上午，刘少奇到驻公事房的戒严司令部去谈判。刘振海让我父亲带儿童团员告诉工人们去公事房，防止军阀谋害刘代表。几千工人得信，聚到了公事房。谈判在刘少奇的斗争下，取得胜利。之后经恽代英、林育南介绍我父亲加入青年团，从此走上革命的道路。2004年，中国少年先锋队事业发展中心、中国新世纪雏鹰集团、长春电影制片厂依据这一史实联合拍摄了电影《安源儿童团》。

跟毛委员走参加秋收起义

1927年9月9日,中共中央毛泽东委员在安源策动领导秋收起义。我父亲和60多个技术工人组成工农革命军一师二团爆破队,杨明任队长,我父亲任副队长。起义部队攻打大城市长沙受挫,人员越来越少。他和杨明认为应该召集干部开会,了解大家的想法。

大家都看到形势非常困难。他们谈起加入安源俱乐部,参加大罢工;讲起反动派杀工人代表黄静源,镇压工人的九月惨案;讲起党在九月惨案后又派干部来领导工人运动。安源工人在党的领导下,前赴后继几经失败,都坚持下来了。

就算有天大的困难也难不倒安源工人。我父亲说:"我们安源工人要跟共产党走,跟毛委员走。"大家纷纷表示同意。

走向井冈山三湾改编定纪律

9月29日,爆破队到达永新县三湾村。当我父亲宣布休息时,挑着炸药走了几天的队员又累又饥又渴,纷纷走到附近农田挖红苕吃;吃饱肚子,脱光衣服,在池塘里洗起澡来,吓跑了塘边的大姑娘、小媳妇。其他部队看到我父亲的部队吃红苕,也都到地里找红苕吃。毛委员路过看到,非常不高兴,但是没有说什么。

在改编的动员大会上,毛委员宣布:去留自愿。要走的一律发给5块钱路费。他说:"只有上井冈山开辟农村根据地才能坚持革命。"

毛委员把工农革命军一师缩编为1个团2个营,共6个连和团部特务连。爆破队的60多个同志,分散到了各个连队,我父亲被编到一连一班当班长。

毛委员对我父亲说:"部队要有严明的纪律,没有严明的纪律打不了胜仗。把你们从领导位置上拿下来,是让你们向懂军事的同志好好学

1977年，父亲在三湾枫树坪留影

习。这里和你们安源煤矿不一样，你们出矿井当众洗澡不奇怪，在农村就不行了。"

毛委员为了加强党对军队的绝对领导和提高部队的战斗力，任前敌委员会书记，他决定：党支部建在连上。他宣布了严格的纪律：

第一，部队的行动要听指挥。

第二，不准拿老百姓一个红苕。

第三，洗澡避女人。

开辟根据地井冈山造盐

从1928年4月下旬起，国民党军开始对井冈山进剿，根据地物资供应非常困难，尤其是食盐。地方党组织设法搞到的土盐又苦又涩实在难咽。

6月底，王良连长命令我父亲的一班和三班跟他到砻市的新城去取谭震林筹集的食盐。他们接到10担食盐。王连长命令一班护送挑夫挑盐，刘荣辉的三班担任掩护。当王连长带队走到茅坪附近，突然遇到乡丁的截击，王连长指挥三班和乡丁打了起来。我父亲看到敌人从拿山方向来了1个班向王连长的背后抄过去，就命令一班，顶了过去。挑夫听见枪响，扔了挑子逃走了。敌人遇到我父亲的阻击，就向后撤。这时，敌人的大部队到了。王连长命令后撤。他们退到茅坪，朱良才党代表带二排赶来接应。退到山里后，党代表问盐呢？这时我父亲才想起来，他把盐丢了。

回到根据地以后，王连长向军值班员袁文才报告。袁文才一听丢了盐，还死伤了弟兄，就命人把王连长绑了。我父亲一看绑了连长，马上说：报告团长，盐是我丢的，要罚就罚我。袁文才呵道：绑了。于是把我父亲也绑了，与王连长一起拖到朱军长那里。

朱军长了解他们取盐的过程后，指责王连长："没有把主要任务放在第一位；没有强调命令的重要性，没有检查一班长执行命令没有；发现一班长丢了盐，没有考虑补救措施。"然后说："三令五申，为将之道，你犯了大忌，处罚你，你有什么说的？"王连长说："没有。"朱军长责打了王连长，然后责问我父亲为什么不执行命令？！我父亲说："看到三班受到敌人的威胁，就去支援。"朱军长问："你去三班，有没有命令？"我父亲回答："没有。"朱军长说："没有命令，为什么擅自行动？"我父亲无话可答。朱军长呵道："不执行命令该当何罪？！"袁文才等呵道："斩！"朱军长命令："把王耀南就地正法。"王良不顾挨打的伤痛，跪下来和刘荣辉一起向朱军长求情。袁文才说："军长，王耀南可是毛委员的人，杀王耀南要跟毛委员说。"朱军长派警卫员萧新槐去请毛委员，然后问我父亲还有什么话说。

我父亲想到他在老家做黑火药提纯毛硝时，会有食盐析出。食盐是毛硝里面的杂质。土盐苦涩也是因为有硝和其他杂质，把土盐里面的硝和杂质提出来，就成食盐了。他赶紧把这个想法告诉朱军长，朱军长命令给他松绑。萧新槐把毛委员请来了，我父亲向朱军长和毛委员报告需要菜油和牛皮胶提纯食盐。毛委员予以批准，朱军长让我父亲戴罪立功。

党代表朱良才得知朱军长交代的任务，派司务长杨梅生去把各个连队的土盐取来。在我父亲的指挥下，用小锅把牛皮熬成胶；支起大锅，挑水架火，把土盐化开；用木棍不停地搅拌大锅里的卤液，适时加入菜油，用勺子撇去浮沫，兑入牛皮胶，慢慢地食盐从锅底析出。他命灭火，大家帮他把锅里食盐上面的硝水倒入水桶，取出食盐。

萧新槐用茶缸子舀了一些盐，跑到军部报告。军长接到报告后，问我父亲还有什么本事。我父亲告诉军长：用盐碱土、墙角和茅厕边上的老土也可以提炼硝和食盐，硝可以制造火药。朱军长布置了搜集含碱土、制造食盐和火药的任务。

晚上，我父亲到连部去看连长。感谢他为自己求情，请他原谅自己连累他挨打。连长说："兄弟，军令大于天呀，违抗不得。今天是你命大，你要是没有这个本事，谁也救不了你。"

父亲（左）与井冈山老战友刘荣辉合影

我父亲用祖传秘方解决了根据地部队和当地老百姓吃盐的难题。

中华人民共和国成立后，父亲带我看望萧新槐和刘荣辉叔叔时，他们谈到这段趣闻，都说军令大于天，违抗不得。他们谈到跟随毛主席创建井冈山农村革命根据地深刻地体会到：如果没有井冈山根据地就不会有朱毛会师，就没有星星之火的燎原。毛主席的农村包围城市，走的是符合中国实际情况的革命道路。

保卫根据地组建工兵连

在井冈山，我父亲参加了保卫黄洋界等多次战斗，下山向闽西进军参加了几十次战斗，作战英勇，指挥得当，先后担任排长、连长、特务营副营长。他当排长、连长的时候注意把有技术特长的同志调到自己的排和连。作战的时候他们担任架桥、爆破任务。部队驻训的时候帮助老百姓修缮房屋、家具，改善了军民关系，受到毛委员、朱军长的好评。

1930年3月，军作战科聂鹤亭科长对我父亲和杨明说："军部决定

父亲（左）和铁道兵郭延林副政委合影

成立工兵连，要你俩负责。"聂科长让我父亲物色矿工、木匠、铁匠、水手、泥瓦匠到工兵连。

1930年6月上旬，红四军到了福建长汀，扩编成红一军团，朱德总指挥找我父亲交代组建工兵连。朱老总说：工兵在历史上就有，1000多年前就有。工兵要逢山开路、遇水架桥。你们过去爆破、架桥，就是工兵。

红一军团工兵连正式成立。我父亲当连长，杨明任指导员。为了培养红军工兵骨干，我父亲先后在红军学校，红军第一、第二步兵学校担任助教、教员、主任教员。

他带领工兵部队参加会昌、赣州、顺昌等战役时，使用坑道爆破对战役胜利起到了决定性作用，多次获得上级嘉奖。坑道爆破以沙县战役最为成功。

1933年10月，蒋介石调集百万兵力，开始第5次"围剿"。红三军团趁"福建事变"的机会东进入闽，将卢兴邦的骑兵旅包围在沙县城内。卢旅凭借沙县城墙据险抵抗，三军团组织几次进攻都未能奏效。

总部令我父亲率总部工兵连到沙县增援。军团参谋长邓萍向我父亲交代军团总指挥彭德怀攻打沙县的决心。他们于当晚接近敌人城墙，侦察敌人城墙上的工事。城墙四角各有一座坚固堡垒，东、西两城楼也被敌军改成堡垒，配置有重机枪和大炮，尤以西部火力最强。

在城西北近200米有个水塘，我父亲建议：在这里做坑道口挖掘坑道，爆破西城楼。他计划挖两条平行坑道，一条为主坑道，一条为备用坑道。彭总指挥、杨尚昆政委、邓参谋长亲临勘察后，同意我父亲的建议；决定三军团工兵连再挖一条坑道爆破另一个方向城墙；并令各师工兵配合作业。彭总指挥强调，坑道爆破的成败是这次攻坚的关键。

我父亲带领工兵趁夜幕到达了指定位置。塘坑在坑道开口处没有水，苇草非常茂盛，利于隐蔽。

夜晚，敌人为了防止红军偷袭，在城墙上挂了多盏汽灯，把城楼和城墙照得清清楚楚。为了准确地把坑道挖到敌人城楼脚下，必须掌握好坑道的长度、方向和水平。没有仪器测量距离，我父亲带人，半夜爬到城墙根下面，用麻绳一段段地量。为了防止出差错，往返量几次，测量时差点被敌人发现。

坑道掘进水平最难掌握，搞不好不是挖"冒"了，就是挖深了。他们每隔一段距离用梭镖在坑道顶上捅个洞，一来可以通风，二来可以通过这个洞测量地表到坑道顶的距离。遇到地面起伏较大的地段，再用水平尺一段一段地测量。

坑道爆破需要大量炸药。直接征集来的黑火药杂质太多，质量难以保证，以前我父亲用这样的黑火药搞爆破吃过亏，所以要自制黑火药。黑火药的成分是硝占75%，硫黄占10%，木炭占15%。制造炸药需要五千多斤硝，木炭需用杉木烧成。彭总指挥要地方党组织提供所需硝、硫黄和杉木炭。我父亲带了几个工兵制造炸药，征集来的硝杂质太多，我父亲就用家传秘方提纯硝。

制造火药关键的工序是把硝、硫黄、木炭研磨，磨得越细越好。这道工序产生很多极易爆炸的粉尘，是最危险的工序。战士们找了一座庙，把它打扫干净，搬来磨盘。为了防止发生事故，进入庙门时所有人员一律去除身上的武器、金属物品和火柴，非火药制造人员严禁入内。

我父亲他们经过十来天的努力，制造出了六七千斤黑火药，并对黑火药抽样做了爆炸和燃烧实验。

另一道工序是挖药室。药室必须准确地挖在城墙根底下。城墙外层砌的是大块城砖，里面是三合土夯成的，挖起来很困难。他们用会昌战役的办法，在城墙周围挖许多土窑，红军战士在里面不断地打夯，干扰敌人的侦听。每隔一段时间，还用土炮向敌人城楼轰击，吸引敌人的注意力，掩护工兵作业。

三军团工兵连掘的坑道被敌人发现了。敌人即以坑道对坑道的办法进行破坏。邓萍参谋长将计就计，组织部队集中火力掩护三军团工兵连的坑道掘进，吸引敌军的注意力。

我父亲组织工兵在敌人城墙根下成功地挖掘了药室。装药时，工兵把两口大棺材用滚木和撬杠推进药室。棺材很重，坑道又矮又窄，工兵费很大力气，才能把棺材推进一点，还没把棺材送到药室，大家浑身上下都被汗湿透了，几次调换作业人员，才把棺材推到药室里。我父亲和几个干部在两个药室同时装药。他们先把棺材装满黑火药，然后把多余的炸药码放在棺材和坑道墙壁之间的间隙里。为了保险起见，每个药室里分别装了6个起爆药块，引出了6条导火索。为了防止坑道顶上的土块掉下来压在导火索上，影响起爆，在导火索外面套上竹管。炸药装好后，用沙袋封死药室。

他们撤出坑道后，彭总指挥命令部队进入了攻击位置。我父亲根据彭老总命令，把12根导火索一齐点燃。不一会儿，只见城墙底部冒出一股火光，城墙便被浓烟、尘土包围了。紧接着，大地颤动，传来沉闷的雷鸣声。瞬间，城墙出现数丈宽的缺口。红军呐喊着冲进城内。

二等红星奖章

驻在临街店铺的敌人主力，大部分被飞石砸死砸伤。卢兴邦被战士们活捉了。

由于沙县战役功绩，我父亲获得中华苏维埃中央政府颁发的二等红星奖章。

高虎恼坑道地雷战

1934年，我父亲到瑞金红军大学任工兵主任教员，不久又担任军委作战科科员兼军委工兵营营长。

在第五次反"围剿"中,红军在广昌战役失利,付出巨大代价。我父亲奉命调查广昌战役失利原因,并提出解决办法。

经过调查,他认为我军用木板石块构筑的堡垒不足以抗击敌重炮和航弹,建议挖掘坑道和防炮洞作为防御工事。对于武器缺乏的困难,他经过反复思考,建议制造土地雷,实际就是造大鞭炮当武器。他找来毛竹,把它按竹节锯开,挖一个小孔填满黑火药,在小孔上贴一个砸炮当起爆药,埋在地下当地雷。经过试验效果很好,周恩来总政委视察后,命令大力推广。

构筑高虎恼阵地时,我父亲又令构筑工事的老表在阵地前栽一些酸枣树枝和大树杈阻敌进攻。

8月6日15时,国民党军汤恩伯纵队向高虎恼主阵地发起猛烈进攻。先以10多架飞机轮番轰炸,然后用重炮轰击。黄团长指挥部队沉着应战,敌人进入鹿砦前,被我方地雷大量杀伤,冲入鹿砦后,黄团长令轻重机枪手一齐开火,敌人退出鹿砦,又踏响地雷,被杀伤。敌人多次冲锋被打退,休整后再次发起大规模冲锋,姚喆团长率部从敌右翼突击,击溃了敌军。

7日上午,汤恩伯纵队集中炮火轰击我方鹅形阵地。敌3个步兵团在飞机、大炮的掩护下,向我方鹅形阵地攻击。守鹅形阵地的红军打退敌4次进攻后,退守楮树坑、万年亭、麻坑、香炉寨地域阻敌前进。

敌人用3天的时间动用6个主力师前进3公里。伤亡团以上军官5名,以下3000余人。重创敌主力第

红旗奖章

89师。敌在高虎恼一线使用炮弹、炸弹2000余发，手榴弹5000余颗，枪弹不计其数。我军阵亡400余人，伤900余人。此战为第五次反"围剿"中最激烈的一仗。敌我伤亡对比与广昌战役相比产生巨大反差。这与红军依赖坑道式支撑点及使用鹿砦、地雷是分不开的。

鉴于我父亲在防御工事构筑中的作用及工事在作战中的效果，中革军委授予他红旗奖章。

在随后的战斗中我父亲大力推广使用地雷，取得优异战绩。在驿前、石城战役中大量使用地雷，极大地杀伤了敌军，这在红军和老表中流传着一句话：驿前地雷三千三，炸得白狗子真没辙。

长征路上第一桥

1934年10月10日，我父亲接到命令，务必于两日内赶到于都执行架桥任务。

我父亲到达于都，和作战科孙毅科长、总部作战局的聂鹤亭科长一起选择架桥点。军委工兵营负责在赖公庙附近架桥。

在军委工兵营上游架桥的是红一军团的工兵部队；下游是红三军团工兵部队。孙毅传达军委命令：由我父亲担任架桥总指挥。10月16日午夜12点前架通所有10座桥梁。

我父亲看了总部准备的材料，差得太远，架10座桥确实没有必要，5座桥足以保障部队过河。即便把10座桥架起来，万一遇到敌机轰炸，炸坏桥梁，连修理的器材都没有了。

我父亲看到他的恩师徐特立，向徐老师报告。徐老师说：要实事求是地向最高领导反映，否则不但完不成任务还会耽误宝贵的时间。

经我父亲反映，得到军委首长认可，我父亲即组织工兵架桥。

我父亲计划：在于都河深水区，用民船作桥脚，杉杆当桥桁，上面铺上门板构成浮桥。在浅水区打木桩做桥脚铺木板建造木桥。由工兵营刘子明政委征集材料。根据地的老表只要听说红军要用材料,不管他的材料是干什么用的,马上抽出给红军送来。有的老人甚至献出了自己的棺材板。架桥作业开始不久,红一军团和红三军团工兵部队先后赶到,我父亲向他们布置了架桥任务。

开始架桥时,因河太宽,船进入桥轴线难以指挥。特别是夜间作业,指挥员的口令听不清,旗语看不见。我父亲规定:在每条船中间挂一盏马灯。每条船的中心都在轴线上,所有船上的灯就会连成一条线;哪条船中心没在桥轴线上,哪条船上的马灯就会出现偏离。这样,船到位没到位,船上的工兵就可以看出来,进行修正。浮桥是由一条条船组成的,每条船在水中的位置,上下由锚控制,左右靠相邻的船制约。我父亲强调:必须把船锚定好,系锚的绳子和水流保持平行,船就不会摆动,浮桥的稳定性好。

14日,孙毅和聂鹤亭陪同周恩来总政委到工地巡视各作业点,了解作业进度。周总政委仔细听取了我父亲关于架桥作业的进展情况、部队

1946年,父亲(右)与长征时的战友耿飚合影

的情绪以及根据地人民对部队的支援等方面的汇报，做了具体指示。然后，周总政委规定了部队的过桥纪律和防空纪律。

17日，红一军团以耿飚所率红四团为先头，午夜前通过于都桥。

18日下午5点多钟，毛主席来了。我父亲和刘政委迎上前去，向毛主席汇报，报告执行纪律时，毛主席说："造一条船要100块大洋。你们把它搞坏了，他再雇工造船，一时不能生产，又不能饿饭，这样花掉30块钱。所以赔130块钱才对。遇到类似情况，要按实际损失考虑赔偿。"

毛主席耐心地给我父亲讲了不能搞碉堡对碉堡的阵地战的道理，解释了运动战的原则，并对如何做好群众工作做了具体的指示。

在此后的长征途中，我父亲率工兵逢山开路遇水架桥，克服难以想象的困难，多次受到全军通令嘉奖，被毛主席誉为工兵专家。红一方面军渡过22条江河都是由他担任渡河总指挥，其中以湘江渡河最为惨烈。在湘江战役中，工兵营牺牲李子明政委、黄山昌参谋长以下600余人。飞机轰炸时，其他部队可以隐蔽，工兵不能隐蔽，要冒着敌机轰炸危险抢修浮桥保障部队过江，湘江战役红军伤亡极大，引得指战员悲鸣：子孙莫饮湘江水，江水血染红；子孙莫食湘江鱼，江中遍尸体。其后以乌江架桥最为困难，以四渡赤水最为艰苦。

乌江天险架竹排

1934年12月31日，红军长征到乌江边，朱总司令令我父亲保障部队渡过乌江。他打电报命张云逸副总长指挥渡河。

电报说：已令工兵营长率土工连并携带搜集之绳索铁丝于明日晨，前往江界河架桥并直受你指挥。

我父亲看完电报，向朱总司令复述后，带领土工连出发。

在江界渡口，前卫团团长耿飚和我父亲到实地进行勘察。对渡口上下游10华里以内的地形进行了详细调查，与渡江有关的物标，都标注在图上。

江面水流速度每秒钟在2米以上；明暗礁石很多；河面宽约250米到300米；渡口南岸是一片起伏地，北岸是峭壁悬崖。贵州军阀侯之担派旅长林秀生带领独立团、教导团和第三团在北岸构筑工事，居高临下，凭险据守。

日本、英国的架桥教范规定：在流速每秒2米以上的河面不宜架设浮桥。红军工兵既没有架桥材料，也没有架桥设备，要渡过乌江，困难可想而知。

张副总长听了我父亲的汇报后，说：材料确实是个问题，架桥困难确实很大，但是，不是一点办法也没有。他要我父亲想办法解决问题。

我父亲提出：用竹篾编成篾绳，代替麻绳；扎竹排，渡送部队过河。张副总长指示：立即组织试验，并将试验情况及时汇报。

我父亲找出会扎竹排的战士捆扎竹排，给其他战士做示范。他们把5根竹子并排摆着，每根竹子的两头和中间都用凿子横打一个眼，然后用小竹子穿在5根竹子中间，并用竹绳捆紧，连成一个整体。竹排的一头，用火烤一下，往上弯曲，以减小阻力。

竹排扎好，放到河里，站一个人，竹排上就漫上水，划起来特别吃力，新砍伐的竹子比重大，浮力小。我父亲考虑每个竹排用10根竹子，把3个竹排叠放加大浮力。经过试验，多层竹排在水中浮力加大了，但是阻力也加大了，一个竹排需要两三个工兵才能操纵。我父亲认为用竹排把全军渡过乌江不太现实，看来必须克服一切困难，用竹排架浮桥保障部队过江。

工兵们用竹篓装上200多斤石块当锚，由于水的流速太快石块重量不够，拖不住下漂的竹排，我父亲买来铁匠用的铁砧做成铁锚，竹排被拉住不再往下漂移了。

试验成功，根据张副总长的命令，红二师全体指战员上山砍竹子。红一师到达后，也参加砍竹子、运竹子的作业。我父亲带军委工兵营和

父亲（左）和红34师100团团长韩伟回忆湘江战役

二师、一师工兵扎竹排。但工兵扎三层竹排没有经验，捆不结实。指导员严雄找来当地百姓捆竹排。二师、一师把当过木匠、铁匠、篾匠、水手、船工的干部战士集中到工兵营当工兵战士。军团机关也征集了好多老百姓来扎竹排。

竹排扎好后，杨得志组织突击部队乘坐竹排攻到对岸，控制了贵州军阀部队占据的河对岸渡口。

工兵开始架桥。几个工兵赤身跃入水中，拉着竹绳向对岸游，因为水流太急，体力不支，游到中途返回来了。我父亲命4个工兵划竹排，4个工兵在水中凫水推竹排，4个工兵在竹排上拉竹绳，工兵竭尽全力终于把竹绳拉到对岸并且固定。

接着，工兵在河面上划着竹排攀扶横跨河面的竹绳，拉第2根竹绳。两根竹绳拉好后，我父亲又命令工兵每隔一段加一个铁锚或石锚，然后将一个个竹排牵引到竹绳中间，固定连接起来。

为了保障竹排的中心在浮桥的轴线上，工兵赤身裸体跳入江中，在冰冷的江水中凫水顶竹排架桥，干不了多久，人就冻僵了，胳膊和腿抽筋，失去凫水能力，不及时救助就会被水冲走牺牲。我父亲命在竹排上作业的工兵发现有人抽筋，就把他拉上竹排，给他灌一点酒暖暖身子，休息一下，再下水作业。我父亲也有好几回冻僵，被其他同志拉上竹排。

在红一师、红二师的全力协助下，上级机关动员了许多识水性的老百姓和工兵一起施工。经过几十个小时的努力，竹排浮桥终于架成了。全军从竹排浮桥上渡过乌江。我父亲再次获得全军通令嘉奖。

四渡赤水

红军占领遵义后，党中央召开遵义会议。会议后，中革军委于2月10日指示：红一方面军总部工兵营和各军团工兵营及各师工兵连合编为总部工兵连。我父亲任连长。

有的领导同志提出异议，王耀南仗着有点技术，别个没有饭吃，没有衣服穿，他却抽烟喝酒。刘伯承总长听到说："只要王耀南有酒喝，红军没有过不去的河。你们要光着屁股下河指导工兵架桥，你们也可以喝酒。谁要抱着炸药包去炸碉堡，谁就有权叼香烟点炸药。只要王耀南有烟抽，红军没有过不去的坡。"

往桐梓县城的路上有个名叫天门洞的大石洞，里面驻扎1000多名地主武装。他们凭借洞口的坚固工事封锁道路，阻拦我军前进。二师打了两天也没有攻下来。朱总司令命令我父亲拔除这个据点。

我父亲对天门洞进行侦察。天门洞是很大的天然岩洞，共有3个洞口，敌人在每个洞口前又高又厚的石墙上开有许多内八字枪眼组成交叉火网。东口、东北口在峭壁上，控制着通往桐梓的交通要道。南洞口护墙上只有3挺机枪，下面有一道二三十米的陡坡可以爬上去。我父亲决定在南洞口实施爆破。

父亲（中）讲述长征时四渡赤水率工兵部队架桥护桥保障红军作战经过

埋伏在洞口附近的部队为了迷惑和麻痹敌人，掩护工兵接近洞口安放炸药，夜幕降临，就向敌人打枪，高喊"冲呀""杀呀"。敌人听到叫喊声，就盲目射击。隔了一会儿，部队再次佯攻，引起敌人骚动。多次佯攻，敌人麻痹，工兵趁机，携带炸药爬上陡坡。凌晨3点爆破成功。

南洞口的敌人几乎全被炸死或震死，洞口被爆炸塌方堵塞。在强大的爆炸波冲击下，天门洞内千余敌人，非死即俘。

洞内储备的大量黄金、白洋、枪支弹药及粮食和食盐补充了红军的给养。朱总司令宣布给我父亲全军通令嘉奖。

一渡赤水

打下天门洞后，部队经桐梓向赤水河前进。红军的先头部队攻占了赤水河上的浑溪渡口，夺取敌人架设的浮桥。一座桥不足以保障大部队渡河，我父亲奉命率部在猿猴渡口，架设浮桥。

1月28日、29日两天，红军全部渡过赤水河。为了防敌尾追，我父亲对所有架桥材料作价赔偿后，炸沉了民船，破坏了浮桥。

再度赤水

红军渡过赤水北上。蒋介石调兵遣将，派四川刘湘的部队沿长江两岸布防，堵截红军北渡；命令薛岳兵团的周浑元、吴奇伟纵队和贵州、云南的军阀部队分进合击，围歼红军在长江以南、赤水以西地区。面临如此态势，红军不可能从宜宾北渡长江。毛主席当机立断，指挥部队向云南的扎西挺进。蒋介石指挥各路敌军向扎西地区靠拢。毛主席乘贵州境内空虚之际，挥戈东指，二渡赤水河，把几十万敌人甩在长江两岸。

部队2月10日从扎西出发前，张云逸副总长命令我父亲率工兵赶到太平渡、二郎滩地区架桥，保障部队东渡赤水河。不到两天的时间，工兵连征集到20多只船和一部分桥面材料，还编织了很多篾绳。

正当工兵连的战士在河滩上准备架桥材料的时候，毛主席同朱总司令、周恩来副主席等首长赶到河边。我父亲请首长乘船过河并保证按时完成架桥任务。经过两晚一天的紧张作业，工兵在太平渡的沙溪渡口、二郎滩和太平渡的九溪口、凤溪口、老鸦沱等地架设了浮桥。

红军各部队19日全部进到赤水河西岸。

红军兼程疾进，重占桐梓，激战娄山关，消灭了贵州军阀王家烈的2个师。占领遵义后，又把中央军吴奇伟纵队诱到预先设伏的老鸦山阵地，消灭其1个多师。在历时6天的遵义战役中，红军取得了长征以来的第一次重大胜利。

茅台策划

遵义战役胜利后，蒋介石赶到贵阳"督战"，调兵遣将，下令大修碉堡，企图在遵义、鸭溪地区围歼红军。

茅台附近有一座浮桥，浮桥用铁索贯穿固定在河的两岸。在我父亲率部赶到茅台前,敌人派飞机把浮桥中间的几只船炸坏了,浮桥不能通行,但固定浮桥的铁索还是完好的。我父亲筹集材料修复浮桥,然后在朱砂堡和观音寺两个渡口架桥。毛主席让刘总参谋长把摆脱敌人的计划告诉我父亲。毛主席决定在茅台渡过赤水、把敌人再西引至川南后,反向东渡赤水,折返贵州,然后直插云南,彻底甩掉敌人。

刘总参谋长对我父亲说:"毛主席让我告诉你,目前最大的问题是部队的机动问题。我们只要把滇军调出来,就能取得决定性的胜利。关键就看部队能不能走得动。"我父亲向毛主席打包票说:只要王耀南有烟抽,红军没有过不去的坡;只要王耀南有酒喝,红军没有过不去的河。毛主席说:能否实现部队的机动就看你这个工兵专家的了。毛主席派我父亲把太平渡和二郎滩的浮桥搞起来。我父亲向刘总参谋长报告说:"在赤水河架桥非常困难,但是比乌江架桥条件好多了。我保证完成毛主席交给我们的任务。"

我父亲带工兵赶到太平渡、二郎滩两个渡口,对几座浮桥全面检修加固。留一些工兵在茅台渡口维护浮桥。

3月17日中午,红军在茅台渡过赤水河,重新进入川南的古蔺。

胜利转移

红军三渡赤水入川,蒋介石认为红军要北渡长江,急令川、黔、湘三省军阀部队及吴奇伟、周浑元纵队向我方逼近,并调滇军主力进到贵州毕节截击。滇军终于调出来了,敌人的主力全部集中到了川南企图剿灭红军。毛主席突然指挥红军回师东进。

3月22日拂晓,红军通过太平渡、二郎滩浮桥渡过赤水河,折返贵州。蒋介石发现贵州空虚,急忙调兵遣将。红军从贵阳边缘擦过,向西疾进,尾追的敌人已远距红军3日以上路程。滇军主力东调贵州毕节,红军进入云南威逼昆明。

正当敌人慌乱之际,红军巧夺皎平渡渡口,于5月9日渡过金沙江,摆脱了敌人的围追堵截，胜利北上。

在两个多月的四渡赤水战役中，工兵不畏苦累，克服重重困难，先后架起了十几座桥梁，保障了部队的机动，对取得战役的胜利做出了突出的贡献。我父亲再次获得全军通令嘉奖。

父亲每次和我们说到毛主席的军事思想，都会说：看毛主席的指挥艺术，用兵天才要看四渡赤水。像林彪这样的军事家，在四渡赤水中，都理解不了毛主席的用兵意图，甚至提出更换主帅这样的馊主意。没有四渡赤水就没有红军的转危为安，毛主席是在长期革命战争中为广大指战员逐渐理解认识，成为他们终生拥戴的领袖。

总部命令：不准开枪

红军胜利渡过金沙江后，又进行了会理战役，继续北上。接到命令后，我父亲率队即从冕宁经大桥镇向安顺场挺进。

到安顺场渡口，必须通过四川凉山彝族居住地。有关单位向我父亲介绍说，彝民的生活习惯和服装打扮与汉族都不相同，他们性情豪爽，诚恳朴实。但由于长期受国民党反动政府的残酷剥削和压迫，再加上汉族奸商对彝族人民进行残酷的经济盘剥和欺骗，因而彝民对汉人疑心重、仇恨大，对汉族官军更是恨之入骨。国民党曾断言红军不可能通过彝民区，并想以此作为阻止红军北上的障碍。

特派员谭政传达了总部的死命令：无论发生什么情况，不准开枪。这是总部的死命令，谁开枪谁就违反党的政策和军队纪律。

凉山山路崎岖，古树参天，野草丛生，地面覆盖着一层腐烂的树叶。彝民听说汉族军队又来了，将一些山涧上的独木桥拆毁，把溪水里的石墩搬开……这样，工兵连只能边行军，边砍树架桥，修整通路。过了俄瓦拉日，工兵连便渐渐从先遣队的前面落到了后面，连队也散开了。隐藏在山林里的彝民不时挥舞着土枪、长矛出现，有时甚至放冷箭、打冷枪。为了安全起见，我父亲把全连集中起来行动。

他远远看见一群人朝着他们迎面走来，便命令部队放慢脚步，他们紧张地注视着来人。那群人越走越近，只见他们有男有女，有老有少，一个个赤身裸体。战士们紧张的心情顿时转为非常惊讶。这伙人走近后，对战士们说："我们是外埠商人，路过'倮倮'区被'蛮子'抢了东西，剥了衣服……"他们过去后，战士们议论纷纷。有人说："我们可别给扒个赤屁股精光。"我父亲心里也是七上八下，自己身为红军指挥员，必须坚决执行总部命令。他和指导员罗荣商量后，分头向战士们做解释工作，反复强调必须坚决执行总部命令的重要意义，并明确告诉大家：无论如何不准开枪，谁开枪谁就违反了党的政策和军队纪律。

工兵连的战士刚走进离巴马房不远的一个山谷里，突然听到远处几声土枪响，随之几个彝民朝我父亲他们跑来。彝民们手里拿着土枪、长矛、弓箭等向战士们挥舞，拦住他们前进的道路，部队被迫停下来。在部队前面的三排长陈亦民向彝民解释，彝民根本不理他。罗指导员带着会说四川话的小程上前解释，刚讲了几句，只听得那几个人叽里咕噜地大喊了几声，山上顿时响起了呜呜的号角，不知从什么地方冒出许多彝民。他们手里拿着大刀、长矛，呐喊着蜂拥而来。大家还没弄明白是怎么回事，就被围在中间了。在这种情况下，战士们虽然不停地向他们解释，可彝民们好像一句也没听懂，嘴里还是"呜嗬！呜嗬！"一个劲地叫喊，彝民也越聚越多。我父亲又急又气，战士们也毫无办法。此时大家真是束手无策，进退两难。不一会儿，彝民中几个人围住工兵连的一个人，开始动手抢战士们的武器和工具。当几个彝民挤到我父亲身边时，他的通信员小刘立刻上前挡住他们。可又高又大的彝民没费什么劲，就把小刘按倒在地，用脚踩住他，连枪带衣服抢个精光。我父亲真没想到他们会这样对待红军，一气之下，拔出了手枪，打开了枪机。这时，周围的战士们也哗啦一声拉开枪栓。工兵连虽然装备不如其他步兵连，但是对付这些手持大刀、长矛、土枪的老百姓还是绰绰有余。我父亲看到战士们的眼睛都紧紧盯着他，他想起了党的政策、军队的纪律、

父亲（右）和刘伯承夫人汪荣华合影

上级的命令，每个党员、每个干部、每个红军战士都要执行，这是起码的觉悟，绝对不能带头违犯纪律。指导员罗荣被扒得精光，但他赤着身子还在大声喊："总部命令，不准开枪！"

我父亲马上收回了枪，向周围的战士命令道："不准开枪！谁开枪谁就违犯党的政策……"他还没说完，几个大个子彝民拧着我父亲的胳膊，把枪抢走了，又把他按倒在地上，把衣服也抢走了……

我父亲带工兵连退出彝民区不远，就看到路边坐满了红军战士。他们一看工兵连这副模样，便捧腹笑起来："工兵连真凉快呀！你们到哪里洗澡去了……"

他们一面笑一面给工兵连的战士们凑衣服。当时虽然大家都很困难，可是他们还是把自己最好的衣服拿出来给工兵连的战士们穿上。这时，营长曾宝堂得到报告后过来了，他马上让通信员把他的换洗衣服拿来给我父亲，并传令凡有三件衣服的（包括身上穿的）拿出一件，凡有两套衣服的拿出一套，马上集中交给工兵连。曾宝堂怕衣服不够，还让供给处把好一点的麻袋拿一些送给工兵连的战士们。杨得志听到报告后，立刻赶了过来制止战士们的哄笑，说谁再笑就脱谁的裤子，他自己却忍不住笑了起来。毛主席、朱总司令、周副主席、邓颖超、贺子珍、康克清、蔡畅等首长闻讯都到工兵连慰问。虽然有首长的关心，但是部队太困难了，工兵连仍然有不少战士光着屁股。当晚，工兵连回到大桥镇宿营。

工兵连从成立以来从未打过败仗，这次不但枪被缴了，连衣服裤子也被扒光了。回来的路上，有的战士又听了些玩笑话，心中更不是滋味，埋怨情绪比较大，有的干部也想不通。罗荣对我父亲说："老王，战士们有些反映你听到没有？"我父亲说："我们有些干部的情绪也不对头。是不是先把干部思想搞通？"罗荣说："好，咱们先开个支委会，意见统一了，再开军人大会，把道理给大家讲清楚。"这时，总部派谭政作为巡视员带了衣物到连队看望，谭政对我父亲说，首长表扬你们工兵连认真执行党的政策。同时告诉我父亲，刘伯承司令员和沽基家族首领小叶丹结拜了兄弟，红军大队明天会顺利通过彝民区。

我父亲向谭政反映，部队有情绪，他正在做工作。在支委会上谭巡视员讲了刘伯承司令员和小叶丹结拜兄弟的情况，以及如果工兵连打了彝民，刘司令员和聂政委就会遭遇不测，红军就过不了彝民区。谭政说："出发前我宣布了总部的死命令：无论如何不准开枪。你们模范地执行了总部的命令，表现得非常突出，给全军做出了榜样。"谭政还宣读了中革军委给工兵连嘉奖和给我父亲全军通令嘉奖的命令。

会后，三军团李富春政委和后勤欧阳钦政委到工兵连了解情况。他们了解得非常细，连彝民穿什么衣服、他们和汉民长相有什么区别都问到。他们得知彝民光是抢东西，并不伤人，只要红军不打，不会激化彝民。李富春告诫我父亲一定要坚决执行党的政策和纪律，称赞我父亲模范地执行党的纪律和少数民族政策。欧阳钦政委给我父亲送来一些经费，并对工兵进行慰问。

父亲（左）和红三军团后方部长唐延杰回忆长征

　　第二天清晨，部队开始向彝民区开进。行军途中，我父亲突然感到肚子疼得难以忍受，几个战士围着他，急得没办法。刘伯承司令骑马走来，让身边的医生给我父亲看病，并风趣地说："休息一下，马上赶路，要不然又扒你个赤屁股精光。"逗得周围几个同志都笑了起来。

　　刘司令员让我父亲骑他的马，我父亲不肯，刘司令不由分说，把他推上马背，自己大步向前走去。

　　这时，路边，山坡上，山寨里，彝民不分老幼都出来了。他们高声欢呼着，许多彝民还加入了红军行列。

　　过了彝民区后刘司令专门找我父亲谈了一次话。刘司令打趣地说：你们小孩子光屁股总比我老头子光屁股好看，你们光了屁股，红军过了彝民区。你们开了枪，不光屁股，让我老头子光屁股，红军就过不了彝民区，彝民就不相信红军，就不和我结拜兄弟，红军的生死存亡就成了大问题。如果别的部队光屁股你们是不是也会笑呢？这件事很离奇，当然会引人发笑，以前你们光屁股架桥从来就没有哪个部队笑过。人家笑你们，你们就受不了了，这样好不好呢？刘司令说：为什么不把你们的

父亲（右）与朱德夫人康克清合影

枪要回来呢？让彝民用这些枪去打国民党军，不让国民党军追我们不是好事吗？没有枪我们可以再从国民党军队那里去夺。我父亲对刘司令说："我知道丢枪是军人的耻辱，过去其他部队的战士丢了枪受非常重的处罚。我们丢了枪，丢了裤子，军委给了我们嘉奖，说明军队首先要遵守纪律。军令重如山！"

刘司令听了我父亲的话非常高兴，说你的认识非常重要，红军就是要遵守纪律，不遵守纪律的部队打不了胜仗。

少年时，父亲给我们讲部队的纪律总要联系在三湾改编时毛主席对革命军队制定的三大纪律和八项注意，朱总司令在井冈山要杀他以正军纪，刘帅在过彝民区的教育和奖励。父亲讲到红军长征那么恶劣的环境，数十万敌军围追堵截，能取得那么大的胜利，第一是有毛主席和党的英明领导，第二是红军严明的纪律及全军将士的自觉遵守。

父亲说他在红军时期两次获得战斗英雄称号，多次获得全军通令嘉奖，这和他受党的长期教育分不开，他教育我们这辈：要继承红军的光荣传统，坚定理想信念，把红色基因传承下去。

铁肩担道义　星火再燎原
——父亲吴立人与中共冀中党组织的重建

◎吴　淳

我的父亲吴立人1915年出生，从学生时代起就积极投身革命。1930年7月，15岁的他考入保定育德中学。1931年7月由保定二师共产党员刘光宗介绍加入了中国共产主义青年团，同年转为中国共产党党员。

生于斯，长于斯，行于斯，中华人民共和国成立前父亲一直在华北，在白色恐怖下先后以北平华北大学学生、《亚洲民报》记者等公开身份进行党的秘密工作，参与或领导了学运、兵运、革命暴动、恢复地方党组织等工作，曾用过吴毅民、吴一民、吴国芳、王爽秋、王韶秋、王绍秋、王韵秋、吴迪、吴悌等若干个名字做掩护，有的名字至今仍不为人知晓。

父亲吴立人

1932年7月，父亲随中共保属特委李之道领导的保定地区十多所大中学校，发动了反对国民党不抗日、"攘外必先安内"、声援保定二师的"七六"学潮斗争，之后父亲被校方开除。8月，父亲作为时任共青团保属特委书记白坚的助手，参加了中共保属特委湘农、黎亚克、白坚领导的"高蠡暴动"，结识了李子逊、王凤斋等共产党员。抗战时期，父亲任冀中九分区地委书记兼政委时，与分区司令员王凤斋同志再次成为亲密战友，共同领导九分区党政军民抗战。

1933年2月，父亲受上级委派，秘密返回家乡行唐县，住在水泉村堡垒户王唤、张洛荣家。他找到水泉村支部书记张金福，经过深入细致的工作，在水泉周围十几个村庄建立党支部，发展党员。3月，与行唐县委书记孙来恒等领导了"水泉暴动"。起义队伍与敌人激战数日后，因众寡悬殊，武器、粮食殆尽而失败。国民党反动势力对这一带党员群众进行了疯狂报复，中共保属特委和中共直中特委遭到严重破坏，行唐、正定、藁城、元氏、井陉、赵县、新乐、束鹿、正丰煤矿等地的党组织负责人连续被抓捕、被通缉。河北团省委书记吴正廷在石门被捕后即叛变，中共直中特委书记李耕田自首变节。父亲受国民党通缉，遂辗转于保定西部地区农村开展地下斗争。4月，父亲任保属特委巡视员，分管领导保定西南地区工作。1933年底到1934年春，安平县委直属领导保属特委的巡视员范克敏叛变投敌，保属特委下属党组织遭到了严重破坏，许多共产党员被杀害，特委书记贝中选回原籍巨鹿不归，其他特委成员多数被迫出走，基层党组织几乎瘫痪。危难中，信仰坚定、有丰富斗争经验的共产党员李菁玉、陆治国、刘秀峰、侯玉田、张君等人和我父亲在白色恐怖的冀中开展对农村党组织的恢复工作。父亲以陆治国的家为秘密联络站，在安平县一带宣传、组织、发动、领导民众继续开展对敌斗争。1934年初，父亲与陆治国、侯玉田商议，决定分别到北平、天津寻找党的组织。父亲于同年秋考入蔡元培创办的私立华北大学，一边读书，一边以学生身份作掩护，积极寻找党组织。

1935年，父亲参加中华民族武装自卫会、黄河水灾赈济会、北平学联等学运组织，任自卫会西安门地区负责人，与北平市委组织部长、代理书记冷楚、彭涛等取得了联系，和黄敬、彭涛、姚依林、周小舟等学运领导人一起参加了"一二·九""一二·一六"等学生爱国运动，加入中华民族解放先锋队。为了扩大抗日救亡的宣传，把学生运动发展为广泛的民众运动，抵制国民党政府用提前放寒假的办法破坏和瓦解学生运动的做法，党组织决定成立平津学生南下扩大宣传团，深入农村，宣传抗日，发动群众，推动爱国学生运动和各界群众相结合。南下宣传团内成立了党团（即党组），书记是彭涛，父亲作为彭涛同志的联络员，参加平津学生南下扩大宣传团，任二团宣传队长，负责联络失散在各地的党团员。中国社会科学院近代史研究所研究员王秦在1985年《党史通讯》第6期《党领导一二·九运动和"民先"工作之部分史料及其初析》一文写道："当时担任北平'中华民族解放先锋队'第一任总队长的敖白枫（现名高锦明）同志说他是通过老党员吴立人秘密与中共北平学联党团领导核心负责人彭涛取得联系的。之后敖即参加了平津学生南下扩大宣传团党团的工作，也即从此时转为中共党员。"南下扩大宣传团到达保定后，父亲与中共保属特委取得联系。中共保属特委书记李菁玉恢复了父亲保属特委委员的身份，后中共河北省委调父亲任直南特委宣传部部长。父亲以公开身份《亚洲民报》记者为掩护，奔波于整个直南地区，寻找失联的各地党组织和中共党、团员，对被敌人破坏了的农村党支部进行艰苦卓绝的重建和恢复，发展党员，组建抗日武装。

播下星火，李大钊建中共第一个农村党支部

从1921年到2021年，中国共产党已走过百年历程，我的父亲也去世42年了。流逝的岁月尘封了多少历史，也尘封了父亲。拂去岁月的尘埃，父亲和他的一些曾经从事秘密工作的战友们显现出来、清晰起来。在"长夜难明赤县天，百年妖怪舞蹁跹"的旧中国，一批信仰马克思主

位于河北省安平县的全国第一个农村党支部纪念馆

义的中华志士于1921年成立了中国共产党,开启了"唤起工农千百万,同心干",砸碎旧世界建立中华人民共和国的历程。

中国共产党的创始人李大钊在建党之初说过:"如果农民能够组织起来参加革命,建立农民武装,中国国民革命的成功就不远了。"(《李大钊文集》下册,人民出版社1984年版,第834页)1923年,李大钊在河北安平成立了中国共产党的第一个农村党支部——中共安平县台城特别支部,支部书记为弓仲韬。

弓仲韬,1886年出生于河北省安平县台城村。1916年考入北京法政大学,开始接触到一些进步思想。毕业后,他结识了李大钊。1922年,安平县李锡九经李大钊介绍入党,成为衡水地区第一名党员,并回原籍安平县宣传革命道理,开展党的工作。1923年4月,李大钊又介绍弓仲韬加入了中国共产党,并派遣他回乡发展党员,建立党的农村基层组织。

弓仲韬回到安平县台城村后卖掉了自家的二十几亩地,办起了"平民夜校";编写了通俗易懂的"平民千字文",宣传马列主义;建起农民的群众组织——农会,吸收思想进步、向往革命的弓凤洲(弓仲韬发展的第一名党员，也是第一个农民党员）、弓成山加入了中国共产党。经中共中央北方局负责人李大钊同志批准，1923年8月的一个晚上，弓仲韬、弓凤洲、弓成山三人在台城村"平民夜校"，由弓仲韬主持召开台城村共产党员会议，组建了"中共安平县台城特别支部"。因中共顺直（河北当时名称）省委和安平县委尚未成立，台城村党支部直接受中共北平区委领导，简称"台城特支"，弓仲韬任党支部书记，弓凤洲为组织委员，弓成山为宣传委员。这是中国共产党第一个农村党支部。中共"台城特支"成立后在中共北平市委指示下，积极宣传党的政策，在工农群众和知识分子中发展党员，扩大了党组织影响。随后弓仲韬又建立起敬思村、北关高小两个党支部。

中共第一个农村支部及河北省第一个中共县委创始人弓仲韬（古一舟绘）

1924年8月15日，弓仲韬召集3个党支部推选出的9名党员代表，在敬思村召开了安平县第一次党员代表大会，建立了河北省第一个中共县委——安平县委，弓仲韬任县委书记。

安平县第一位中共党员李锡九

1925年，安平县委和饶阳党组织合并，弓仲韬任安饶联合县委书记；1926年，安（平）、饶（阳）、深（泽）三县中心县委成立，他任三县中心县委书记。弓仲韬变卖自家的田地解决办学和办公经费，又变卖家产开办工厂解决贫困党员的生活，到1934年时，他的家产所剩无几。在他的影响下，全家都走上了革命的道路。弓仲韬的三个妹妹弓诚、弓蕴武和弓彤轩，两个女儿弓浦、弓乃如，都是中共早期党员。

国民党当局称弓仲韬是赤色分子，其家庭是赤色家庭，于1927年"四一二"反革命政变后多次命县警察局逮捕弓仲韬，弓仲韬被迫四处转移躲避。这段白色恐怖时期，弓仲韬一家为中国革命献出了两名亲人的生命，弓仲韬的大女儿和儿子先后被敌人杀害。

中共安平第一个农村支部建立后，革命的火种在遍布干柴的华北大地像星火成炬，渐成燎原之势，中国共产党领导农民开展各种形式的政治斗争，1930年冀中"五里岗暴动"就是这种开展对敌斗争的早期尝试。1931年7月26日，中国工农红军第二十四军曾经建立过北方的第一个红色政权——阜平县苏维埃政府。1932年7月"保定二师学潮"震惊华北大地，1932年8月中共保属特委领导的"高蠡暴动"，以"悲壮的五天五夜"又一次带来更加猛烈的红色风暴席卷冀中大地；1932年11月的冀中五县42村发动的农民暴动以及"抗捐""扫盐""抢秋"等革命斗争犹如黑暗大地的炽烈火焰。

原中组部部长张全景在《百年潮》2017年第七期"冀中星火"写道，据史料记载："1931年'九一八'事变爆发，日寇发动侵华战争，全国人民掀起抗日救国热潮，而国民党反动派却顽固坚持'攘外必先安内'的反动政策，在南方加紧围剿红色根据地，在北方进一步加大对共产党人的镇压，加上受到'左'倾路线的影响，党的活动遇到极大困难，发展党团工作一度处于停滞状态。1931年初到1932年底，中共河北省委遭到三次大破坏，在1933年的一年里，又遭到了两次大破坏。1933年秋，保属特委因叛徒出卖连续遭到五次破坏。1935年1月，吴立人与弓仲韬取得联系，并拿出20块大洋，帮助安平县委和台城村党支部开展工作。弓仲韬和小女儿弓乃如在吴立人直接领导下，舍生忘死，为恢复和发展安平、饶阳等县的组织和工作四处奔波。"

"特委委员陆治国（原籍河北安平县）和吴立人（原籍河北行唐县）转移到安平县，以陆治国的家为秘密联络站，在安平一带坚持领导民众开展对敌斗争。5月，保属特委负责人、巡视组组长左树春被捕，基层党组织遭破坏。6月，中共河北省委派刘铁牛重建保属特委，并任书记，李洪震、宋之椿、张达为特委委员，工作未满3个月，特委又遭破坏。刘铁牛、李洪震被捕并解往武汉杀害。中共河北省委又派贝仲选任保属特委书记。陆治国、范承浚为特委委员，因保定市白色恐怖严重，特委转移到安新。考虑到特委中的叛徒认识弓仲韬，决定让他暂时隐蔽，通过弓乃如进行联络。在此期间，国民党对共产党的镇压日益残酷，白色恐怖笼罩冀中。到1935年底，包括安平、深泽在内的许多县的党组织找不到上级组织，党的一些活动处于停滞。目标较大的主要负责人因被叛徒熟知，大多隐蔽起来，待机而动。许多党员不甘屈服，想方设法以各种身份为掩护坚持斗争，革命的烈火在地下涌动。"

承前启后，吴立人恢复中共第一个农村党支部

1935年1月，父亲持李子逊的介绍信秘密来到安平县，冒着随时被逮捕的危险，先后与李子寿、弓仲韬、弓乃如、陆治国等共产党员取得联系，了解安平县党组织情况。父亲以陆治国家办的肥皂厂为秘密联系点，进行安平县党组织的恢复工作。据1931年入党担任过冀中文建会副主任、火线剧社社长的王林在日记中记载：1935年1月，吴立人来找仲韬成立抗日救国会，吴留下20元钱。安排李子寿组织县内的热心青年成立了安平县反帝大同盟，为发动群众投入到抗日斗争做了大量的组织和思想准备工作。

据党史资料和老同志回忆，七七事变前，吴立人在恢复饶阳县党委后，又多次秘密潜入安平，代表河北地下党组织寻找失联的弓仲韬、弓乃如等中共党员，恢复了安平台城村党支部和县党组织的工作。

2012年，解放军文艺出版社出版了《中共第一个农村支部》，该书介绍了我的父亲吴立人1936年1月在安平县恢复中共第一个农村党支

部的情况。《中共衡水党史资料》第14页载:"弓仲韬于1935年底受地下党吴立人领导,与女儿弓乃如恢复了安平、饶阳党的组织。"在土地革命时期,父亲与弓家建立的深厚革命友谊,被孙犁写成小说《种谷的人》,发表在1948年的《晋察冀日报》上。文中主人公"树人"的原型即为我的父亲吴立人。

弓乃如回忆,当时我父亲交给她的任务是:找到失联的老党员接头,在找到村、县失联党员后立即恢复党组织,组织抗日救国会。这期间,安平台城村党支部恢复后采取秘密单线联系方式,弓乃如的活动始终处于极其秘密的状态下,对上只与我父亲单线联系。

由于叛徒告密,一天晚上,父亲和陆治国正在肥皂厂研究工作,国民党警察包围了肥皂厂,他们险些被捕。

两个月后,父亲奉调又去了北平开展地下工作。不久,弓乃如收到了我父亲的来信。匆匆赶往北平,住在前门外的万福客店里,很快与我父亲接上了头。按照我父亲的安排,弓乃如的主要工作是为他收转上级党组织和各地的来信,公开身份是一家教会学校北方小学的国文老师。不久,弓乃如搬到了北方小学居住。每次与我父亲接头,都按照严格的规定提前约好,地点选择在公园或商店、舞厅,交付信件后就匆匆离去。一天,弓乃如按照约定与我父亲接头,等了好久也没见到人。弓乃如悄悄地赶往我父亲的住处打听消息,才知他被捕了。弓乃如随即根据组织规定,辞去了北方小学的工作,回万福客店避风,等待我父亲的消息。

幸好国民党反动当局没有抓住什么把柄,又经过在敌人内部的地下党员的营救,大约三四天后,父亲获释。两个人重新联络后,父亲根据上级指示,派弓乃如返回安平,加强安平党的组织工作,继续开展革命活动。在父亲的组织领导下,1937年7月安平县选举产生了安贵普任书记的县委领导班子,之后党团组织得到快速发展,党支部由1935年的24个发展到43个,党员由193名发展到288名,团员由124名发展到240名。如此数量的党团员,在七七事变前国民党统治的北方地区实属罕见。七七事变后，当中国共产党高扬全民抗战大旗振臂一呼时，安平的人民立即响应，奋不顾身投入血与火的战斗，他们以极大的革命热情，书写了这一片土地上抗日战争和解放战争的辉煌和骄傲。

由于党的基础好，群众觉悟高，1938年4月，冀中区党委、冀中行署、冀中军区等均在安平县创建，安平这方中共第一个农村支部的诞生地，这块红色的沃土又成为冀中抗日根据地的诞生地。

安平县党组织的恢复与武装斗争的发展为此后的抗日斗争打下了坚实的基础，扩大了党的影响，使我党成为当地人民抗战的领导核心；建立了人民的抗日武装、群众抗日团体、抗日民主政权，改善了民生，为抗战期间冀中军区根据地的建设和打击日寇建立了坚强的堡垒。这些党支部在抗日战争和解放战争期间被誉为"对敌斗争的模范党支部"。安平县也成为冀中平原抗日根据地长期抗战的指挥中心和军事中心。

恢复饶阳党组织

在恢复安平县党组织的同时，对遭受严重破坏的饶阳县党组织也进行了恢复和发展。

1933年冬，由于保属特委巡视员范克敏被捕叛变，造成1934年1月饶阳县委书记温之蕴被捕，县委组织联络中断。1935年麦收前，范克敏又一次来到饶阳，假借开会名义，把全县小学教员骗到县城，逮捕了其中的共产党员。又调来安平、献县的保安队，按名单逮捕各村的党员。这次被捕党员共计四十多人。这是饶阳党组织第二次遭到的破坏，使饶阳党的活动基本上停止。

1935年6月，父亲以新闻记者身份为掩护，实则是中共直南特委特派员，到饶阳县恢复被破坏的饶阳县委。原河北省政协副主席严镜波在《我的一百年》中回忆："1935年4月，吴立人化名吴迪，和弓仲韬一起来到饶阳，在饶阳县找到了1933年入党的北师钦村堡垒户李文光家。通

冀中八路军战士在战斗

过李文光与饶阳县第一名党员韩子木取得了联系,并住进了韩子木家。先后与焦守成(焦守健的大哥)、严镜波等取得联系,秘密宣传抗日救国主张,发展党的积极分子,开展对敌斗争。"父亲主持召开了县委会,正式恢复了饶阳县委。在征求饶阳县部分党员意见的基础上指定焦守健担任县委书记,严镜波担任组织委员兼妇女工作,路铁岭担任宣传委员。

中华人民共和国民政部编《中华著名烈士》第十九卷《焦守健》中记载:"1935年冬天,焦守健奉命回到饶阳故乡与河北省委派来的吴立人(吴迪、吴悌)重建党组织。"据1973年6月焦守成整理的回忆资料记载,1934—1935年,我和上级派来的王绍秋(吴立人)领导本县工作,在本村培养了焦红光、郭忠、王俊桥、焦丰年等人。1935年我弟守健从天津回来,领导饶阳、安平、深县、武强一带工作。1936年,组织各种抗日组织:组织农民救国会(负责人焦丰年)、学生救国会(负责人焦红光)、教员救国会(负责人吴立人)。党的机关被秘密地设在饶阳县

冀中抗日民兵在训练

冀中八路军战士进行刺杀训练

城内，受中共直南特委领导。由于党员的积极活动，到1937年底，全县已有43个村建起了党支部，党员由之前的70名发展到592名。在此基础上，相继建起了4个区的党委组织。

七七事变后，中共中央通电全国，号召中国军民团结起来，共同抵抗日本侵略者。父亲带领县委立即行动，落实党的指示精神，积极动员民众。父亲指示焦守健、严镜波着手组织抗日武装，组织妇救会、建立抗日政权，进行抗日宣传，做好抗击日寇的准备。他则冒着危险奔走于饶阳、河间、肃宁的地方武装和游击部队之间，团结争取各种抗日的力量，组建了饶阳县的抗日武装——抗日自卫队。一时间，逃亡的学生、青年农民，大批怀着一腔报国热血的青年踊跃报名参军，设在饶阳城里的招兵站每天都围着前来报名参军的青年。队伍人数一天比一天多，以此为基础成立了饶阳县冀中抗日自卫军十八大队，下属饶阳县四个团、肃宁河间各一团、献县独立旅、武强独立营等。后来，这支队伍经过整编于1938年统一归属吕正操、孟庆山指挥的八路军三纵领导。

饶阳还建立起抗敌后援会，焦守健任主任，路铁岭负责宣传。县委创办了油印的《民声报》，开设了青塔书店饶阳分店，全县还建起了52个业余剧团和各种宣传队，广泛宣传我党抗日救国的主张和纲领。党员积极带头，青年村民组成担架队，女生组织起战地救护队，接受救护训练，准备随抗日武装奔赴抗日前线。妇救会组织学生自编自演抗日活报剧到街头宣传抗日，为抗战募捐，动员民众有钱出钱、有力出力，积极参加抗战。县城里的商户和路过的行人慷慨解囊。一天的工夫，妇救会就收到300块大洋的捐款。军队、担架队、救护队从县城走过，喊着嘹亮的口号，迈着整齐的步伐，吸引了县城里的人们。饶阳县军民团结一心、积极抗战的热情高涨。

由于工作成绩显著，饶阳县被中共冀中区党委誉为冀中抗日根据地模范县。

成立武强武邑党的组织

河北省武强县党组织建立较晚，1932年才有了第一名共产党员史大呼（又名史秀歧、史宇震），党的组织比较薄弱。1933年因叛徒范克敏的出卖，党组织遭到国民党反动派的破坏，恢复和发展党组织任务艰巨。

1935年春，史大呼与武邑县的高持真在武邑圈头镇办起消费合作社，组织开明士绅和农民入股，经营日用杂货。不久，史大呼又秘密联络进步青年在武强建立了救穷合作社，一方面抵制官商的高利盘剥，为贫苦群众节省些钱财，另一方面以合作社为阵地联系进步青年宣传抗日救亡。后来这个经商组织便成为掩护地下党干部、发展党组织、开展革命活动的阵地。

1935年到1936年期间，中共河北省委派父亲以特派员和直南特委宣传部长的身份，到武强恢复

冀中军民团结抗战

和发展党的组织，开展对敌斗争。1936年初，父亲作为"一二·九"运动南下扩大宣传团二团宣传团长，多次在武强一带宣传抗日救亡，父亲通过多种渠道找到史大呼做发展壮大武强县党组织的工作。

1936年1月，帝国主义为了加紧其侵略步伐，以武强、献县交界处的立车村天主教堂为阵地，派出神父传教士到马头村、辛庄等村四处传教，在农民、青年中传播奴化思想。

在这种情况下，父亲带领史大呼，及时揭露敌人阴谋，派出一批进步青年到各村办学，提出了"天主教是文化侵略的先锋队、大本营"的口号，反对奴化教育。史大呼为革命奔走呼号，国民党县党部对他恨之入骨，曾多次派人搜捕他，史大呼仍冒着杀头和坐牢的危险进行工作。他的不懈奋斗激励着大批进步青年，后来这些青年中不少经他介绍和引导成为共产党员。

1936年初，父亲和中共直南特委书记张霖之及组织部部长马国瑞在芦口村召开有武强、武邑两县的部分党员和进步青年参加的会议，号召大家准备迎接全面抗战的到来，并要求与会人员做好青年、农民、学生、妇女的工作，把当地的抗日救亡运动推进一步。不久中共党员冀行

冀中八路军战士在战斗

（又名尹继昌）受父亲的委托，以小学教员的身份，在武强南部串联和组织小学教员刘景平、石晓兰、刘春耀等人成立了晨光读书会。开始有会员4人，后发展到7人。读书会组织青年和小学教员阅读进步刊物、文章，宣传抗日，扩大中国共产党在这一带的影响。史大呼同时以教员的身份活动于武强县城北、城南的小学教员和进步青年中，为发展党员、建立党组织物色培养人才。特别是一批进步知识分子，更是自发地接受马列主义，积极进行革命活动。他们利用印刷宣传品、办进步刊物等方式，广泛宣传马克思主义和中国共产党的抗日救亡主张，揭露国民党反动派的卖国罪行。

1936年5月，父亲受特委派遣再次到武邑、武强一带开辟阵地，建立了与省委直接联系的党的地下交通站。

点燃武邑星火

父亲发展了武邑县最早的两名共产党员——高东宾、高持真，组建了武邑县最早的党组织。

武邑县芦家口村爱国进步青年高持真，在第一次国内革命战争时期曾在南方参加过国民革命军，大革命失败后回到家乡。1935年春，为抵制地主、奸商的高利贷盘剥，解救贫苦群众，高持真利用曾在国民革命军中任过职务的有利条件，动员一些开明士绅募集资金，并组织农民入股，主持兴办了工农经济消费合作社，经营日用杂货，价格低于官商，地点设在圈头镇。先后在合作社工作过的有：高东宾、史文波、李治平、史大呼、张景占、蔡元昌等。高持真以合作社为阵地，联系进步青年，组织读书阅报，宣传革命思想。

1936年2月，受省委派遣，时任"一二·九"运动北平南下宣传团二团团长的父亲来到武邑，经深县唐奉镇老党员刘子祥（1938年6月任深县农民抗日救国会主任）介绍，结识了高持真。经过接触，父亲确认高持真是一个爱国、进步的知识分子，便介绍他参加了华北各界抗日救国联合会，同时介绍在圈头消费合作社工作的进步青年高东宾秘密加入中国共产党。同年6、7月间，父亲又介绍高持真加入中国共产党。高东宾、高持真成为武邑县最早的两名共产党员，从此点燃了河北省武邑县的革命星火。

1936年5月底，时任中共直南特委宣传部长的父亲，根据省委决定，负责开展深县、武强、饶阳、安平、武邑、衡水、束鹿一带的工作，建立省委交通站，恢复京汉铁路沿线的党组织。父亲又一次来到武邑县，与高东宾、高持真联系，以直南特委在武邑的秘密联络点——圈头镇消费合作社为阵地，积极宣传党的抗日纲领，开展抗日救国运动，组织武邑县圈头、龙店一带农民反抗地主压迫剥削的斗争。

1936年底，父亲从束鹿派共产党员方纪（1936年5月由父亲、魏东明介绍入党）与其爱人曹英俊来武邑同高持真联系，并在芦家口村小学任教。开学不久，又从束鹿耿家营小学调共产党员赵少和（又名赵少伯，深县人，冀县六师学生）来芦家口村小学。他们以教师的身份作掩护，开展革命活动。不久，方纪介绍在左齐居小学任教的尹继昌（芦家口村人）加入党组织。

父亲对外以新闻记者的身份到深、武、饶、安等地，领导并开展党的活动。高持真以圈头镇工农经济消费合作社为阵地组织发动群众，联系上层人士，发展统一战线。赵时珍以卖文具为名，走遍附近小学，在教师和学生中宣传抗日救国的道理，激发人民的爱国热情。

1937年春，在父亲的领导发展下，武邑县第一个党支部——中共芦家口村支部正式成立。党支部成员有6人：高持真、赵时珍、方纪、曹英俊、赵少和、尹继昌。负责人是赵时珍。

芦家口党支部建立后，一方面积极发展党员，壮大党的组织，另一方面着手组织工农抗日武装。党支部先后发展本村高润田、芦万生、芦凤岗、高云利、孙绍州、高站英6人入党，党员人数发展到十几名。在圈头消费合作社的崔子瑜（武邑县前怀甫人）、姜德昌（武邑县护驾林村人）也先后加入党组织。之后，崔子瑜在本村发展崔化民、庞涛、崔

抗战时期父亲吴立人（中间）与冀中战友

永路入党，成立了前怀甫党支部。姜德昌也在护驾林、韩村、圈头等村先后建立了党支部，其他村庄也有了党员。为了秘密开展党的活动，由尹继昌负责建立了晨光读书会，订阅各种进步书刊，在小学教师和高年级学生中传阅，并通过座谈会、写读书笔记等形式学习马克思主义，宣传革命思想。读书会后来发展到十余人，所有成员在党的培养教育下，很快成为当地开展抗日工作的中坚力量。芦家口村党支部的成立，为武邑地方党组织的建立和发展，以及党领导武邑人民进行全面抗战，奠定了坚实的思想基础和组织基础。至1937年底，全县共建立芦家口、前怀甫、护驾林、韩村、圈头、苗村等6个党支部，党员30余名，成为领导全县抗日的核心力量。

组建武（强）武（邑）工作委员会、成立中华民族解放先锋队第五区队

1936年9月，为加强党的活动，直南特委根据革命形势发展的需要，父亲从衡水县调来冀县六师学生、中共党员赵时珍（化名李子谦，衡水县人，在冀县六师上学时入党），到圈头镇消费合作社工作。同年10月，经父亲报直南特委批准，在圈头镇成立了武邑、武强工作委员会（简称"武武工委"），推选高持真为书记，高持真、冀行、赵时珍、史大呼为委员，负责领导武邑（北部）、武强两县的工作，高持真任工委书记，赵时珍任宣传委员。工委的主要任务是发展党员，壮大党的组织；建立党领导的群众组织；发展统一战线，团结上层分子；广泛宣传发动群众，积蓄革命力量。

1936年冬，在武邑县芦口村秘密建立了"直南民族先锋队中心地方队"，方纪、曹俊英、赵少和等以教员身份，在两县交界一带开展"民先"工作。1937年10月，史大呼同"武武工委"负责人冀行共同介绍李齐居小学青年教师刘景平加入了党组织。由"武武工委"建立起武强

县第一个共产党基层组织,支部书记为刘景平。在"武武工委"的帮助下,又建立了堤南村党支部和堤南村区委会(后称三区区委)。这是中国共产党在武强县最早建立的区一级组织。

1937年3月24日,直南特委书记张霖之在芦家口小学主持召开了会议,父亲和马国瑞、尹继昌等十余人参加了会议。前往芦家口找尹继昌的刘景平也参加了会议。会上张霖之作了题为"政治分析"的报告,分析了日寇对中国侵略的形势,号召准备迎接全面抗战。会上大家进行了认真的讨论,布置了做好青年学生、农民、妇女工作的任务,要求把抗日救亡工作推进一步。之后,直南特委为了加强武邑西部、武强西南部的工作,由父亲和时任特委组织部长马国瑞决定,在芦家口村秘密建立了中华民族解放先锋队(简称"民先队")第五区队。这个党的外围组织主要是在小学教师和学生中发展民先队员,先后参加民先队的有30余人,主要任务是印刷宣传品,开展抗日救亡宣传活动。

七七事变后,中共中央发表了"抗日宣言",发出了"动员全民族抗战"的伟大号召。父亲和马国瑞在武邑县芦家口村召开党的会议,传达党中央和省委的指示:准备武装抗日;加强党的领导;改组民先队为抗日武装,吸收先进的民先队员入党。组织党员在附近村庄广泛发动群众,收缴地主、富农的枪支。9月,以党员和民先队员为主体的抗日义勇军建立。群众见到有了自己的武装,精神振奋,欢欣鼓舞。短短一个月时间,枪支由11支发展到200支,义勇军队员发展到数百人。司令部下设警卫班和3个中队。后来,一中队被武强段海州的抗日义勇军改编为骑兵支队,继续进行抗日斗争。

1938年初,冀中第一分区机关驻深县县城,"武武工委"随分区在深县办公。4月20日,冀中党代会在安平县召开后,"武武工委"从深县移到武强县县城办公。8月,上级决定武邑划归冀南、武强划归冀中,"武武工委"撤销,组建"衡(水)武(强)工委",继续领导衡武地区人民顽强抗战。

1939年秋，冀中军区副司令兼九分区司令孟庆山（左），冀中九分区专员张孟旭（中）与冀中九分区地委书记、游击大队总政委吴立人（右）合影

足迹印深县

保属特委巡视员范克敏叛变后，国民党地方当局根据范克敏提供的名单在深县、安平、饶阳搜捕中共党员。大流村的张增华，院头村的韩培义、张来欣、刘树怀，南史村的郭玉声，陈官屯村的马步英、陈老雷等共产党员也先后被捕。1934年4月，县委书记张敬离开深县，县委组织联系中断。

1936年初，父亲联系到了当地党员刘子祥与马官屯村的杨铁成，在唐奉、刘屯、郭家庄、大召等村秘密发展刘书亭、杨怡然、任佩珍等5人入党，成立了中共深县唐奉区委员会，杨铁成任书记。

父亲组建了中共深县唐奉区委员会后，为深县党组织的发展和抗日斗争打下了坚实的基础。在这个基础上，父亲向保属特委汇报深县已具备建立党组织的条件。根据父亲的汇报，中共保属特委委员肖悌到深县，在马官屯村传达特委指示，恢复建立中共深县委员会，统一领导深县和束鹿党组织。杨铁成担任中共深县县委书记。

1929年10月，中共在深县北溪村乡的院头村建立了深县第一个党支部，由张麟阁介绍入党的韩俊义（韩复光）任书记，王书钦担任组织委员，韩三岭担任交通员。1934年党支部因保属特委巡视员范克敏叛变被破坏。1936年父亲到院头村将党支部恢复，主持了党支部恢复成立会。韩复光在回忆中说："当时吴立人同志给党支部成员宣布了党的纪律：谁要是泄密就要受到党的纪律处分；如果出了叛徒，党内可以直接处置。关于吸收党员的问题，他强调：发展党员要严格慎重，不可靠的人、不正派的人不能吸收。"

1936年8月，父亲到西蒲町村成立村党支部，冀中老同志刘九成在《西蒲町村据点的对敌斗争》（见《冀中抗日斗争资料史》第12期）一文中回忆道："西蒲町村党组织的建立是1934年，任佩珍（泊镇九师学生、共产党员）到西蒲町村学校当教员，把西蒲町村小学作为从事革命活动的秘密联络点开始的。当时有王韶秋（直南特委巡视员，'七七'事变后改名吴立人），常到西蒲町一带活动，也常到西蒲町村小学来宣传革命道理和抗日救国的道理。一九三五年初，继安平抗日救国会成立后，该村也成立了'救国会'。参加'救国会'的有任佩珍、孟汝明（新中国成立后在辽宁省委工作）、赵襄酋（当时学董）、翟瑞林（傅作义部军官，退伍回家）、王济民（中医医生）、孟宪钦（河北水产学校毕业后回家务农）。一九三七年八月，直南特委宣传部长王韶秋（吴立人）来西蒲町村，将'救国会'成员孟汝明、赵襄酋、王济民、孟宪钦转为共产党员，成立了西蒲町村支部，由孟汝明担任支部书记，吴立人代表党组织明确他们四人为一九三五年成立'救国会'时入党。'西蒲町村有个好的党支部，领导全村群众进行对敌斗争'，西蒲町村党支部在冀中区党委的领导下，发动群众，贯彻各项抗日政策，建立各抗日群众组织，打击了敌人，发展和壮大了我们党的组织"。1940年秋，西蒲町村被冀中区党委誉为"冀中军区对敌斗争的模范村"。

父亲在深县的建党工作，为冀中、冀南、冀西区党委合办河北抗战学院，将校址选择在深县打下了坚实的群众基础。经北方局、冀中区党委和冀南行署主任杨秀峰的指示、批准，1938年7月，父亲亲赴深县筹建河北抗战学院，校址就设在深县第十中学旧址。8月，抗战学院开始招生，父亲担任学院党总支副书记、教育副主任，军政院总支书记、教育主任。学院两期录取学员2700多名，仅用一个月的时间就正式开学，获得了北方局和冀中区党委的好评。河北抗战学院为当时的党、政、军及群众团体培养了大批领导骨干，为八路军在敌后抗日根据地的发展起到了重要作用。

临危受命，担任冀六师党的领导

衡水高等学府冀县六师，是冀南最早的革命发源地之一。王慕桓1931年在保定二师读书时加入共产党，1932年在保定二师"七六惨案"中被国民党反动派杀害。1934年4月，在冀县六师学习的张海峰（张一峰、张润生）和李子谦（赵时真），经中共冀枣工委负责人李幼贤、冯化董介绍，加入共产党。同年5月，张海峰担任冀县六师党支部书记。此后，在冀县六师学习的衡水学生张奇峰、李荣璞、种汉九以及在冀县简易师范学校（又称"简师"）学习的王献光等先后入党。

冀县六师党支部组织党员们，联合十四中和简师的学生开展一系列革命活动，学习马列主义思想，宣传救国救民道理。1936年初，他们

1956年的父亲留影

积极组织学生游行示威，热烈声援北平"一二·九"学生爱国运动。1936年5月，冀县第六师范党支部决定组织全体师生罢课纪念五卅运动。在《往事珍影——北京西城老同志的回忆》一书中，张一峰（张海峰）写了《以罢课纪念五卅运动》一文，对这段历史进行了详细地描述："1936年的春末夏初之际，历史上可歌可泣的五卅运动纪念日眼看就到来了。我当时所在的冀县第六师范党支部决定通过纪念'五卅'，对冀师全体同学进行一次爱国主义教育"，"学校当局常理绪等十万火急地向冀县县长告急，开来了大批军警，把冀师四面包围。学校当局虽然以武装包围相威胁，但同学们并没有因为他们调来军警而吓倒"，"我党为了减少损失，避免逮捕进步学生，吸取过去的教训，郑树均、李子汉等同志在同志们的建议下，及早离开了学校。留校的党员和冀南特委、冀师党支部则由马国瑞改为伪《亚洲民报》的记者吴立人来领导。当学校仍处在严密封锁，在军警包围的情况下，吴立人带着几名同学帮助郑、李等同志等到深更半夜，翻过了校园西南角的高墙，跳过洋槐丛，避开了军警的岗哨，安全地转移了。后来郑到北平进行革命活动，李参加了冀枣县委（工委）工作。"

1936年7月，张海峰从六师毕业后，以小学教员身份做掩护，在家乡衡水秘密开展党的工作。《衡水历史名人》一书中的《中流砥柱——张海峰》记载："一日，张海峰向奉命来衡水布置工作的直南特委宣传部长王绍秋（吴立人）汇报工作，王绍秋听完后很高兴，告诉他：'武邑县有个高持真，工作很活跃，回去后你可与他取得联系，联合开展工作。'随后，告诉他接头的地点和暗号。""张海峰听完后，饭顾不上吃，立即收拾一下衣物，连夜赶往武邑县圈头镇接头地点。"据《衡水市志》（第539页）记载："1936年春，中共直南特委宣传部长王绍秋（后改名吴立人）负责衡水党的工作。"在这期间，父亲再次来武邑检查党的工作，决定为迅速组织党员与优秀分子参加到抗日救亡斗争中来，举办了"民族解放先锋队训练班"，用正规的方式培训抗日力量。

星星之火竞逐燎原

在父亲和战友们的不懈努力下，七七事变前，冀中地区已经重建和恢复的农村党支部达到400多个，县党支部20多个，在白色恐怖下坚持斗争的党员800余名，其中不乏一批建党初期和"高蠡暴动"时期的老党员。还有一批在白色恐怖期间已经转移又纷纷被党组织找回，接上组织关系，投入抗日武装斗争的党员。"一二·九"运动后，平津学生分赴冀中各县开展抗日宣传活动，许多在外读书的知识青年回到家乡，投入抗日武装斗争的大潮。

1937年8月中共中央洛川会议前，毛泽东派参加过中央苏区反"围剿"和长征的红军团长孟庆山到河北创建抗日根据地，对孟庆山做出的最为重要的一条指示就是，"要紧

吴立人在石家庄人民代表大会致开幕词

1949年7月21日,《石家庄日报》报道吴立人在石家庄人民代表大会上所作的致辞

紧依靠河北地方党的组织,开展工作"。孟庆山担任保属特委军事部长后,依靠地方党组织在短短的一两年时间就组织了6万人的河北游击军。1937年10月14日,吕正操率领东北军第五十三军一三〇师六九一团的1000多位将士,在河北藁城县梅花镇"梅花岭战役"歼击来犯日军后,在晋州小樵村完成了改编,成立了人民自卫军,成为冀中抗日的劲旅和中坚力量。这期间保属特委并入冀中区党委,黄敬任书记后,将河北游击军与人民自卫军合并成立八路军三纵。冀中抗日根据地的建设和发展如此迅速和成功,与北方局、冀察冀分局和冀中区党委,特别是与黄敬同志来到冀中后创造性的工作和卓越的领导分不开的。

这些如烟往事逐渐廓清了父亲与战友们在土地革命战争时期的那段至今不为人知的艰难历程……

回顾这段历史，父亲常说，抗日战争初期，许多从井冈山、瑞金苏区长征过来的老红军都说："冀中地区兵源充足，民众觉悟和素质高，只要是打鬼子就踊跃报名。到了冀中就像回到了当年的苏区。"刘伯承、邓小平在冀南、冀西开辟抗日根据地的一二九师的兵源都在河北地区得到了充分的补充。贺龙1939年1月率八路军第一二〇师支援和巩固冀中根据地。该师在冀中8个月时间，大小战斗116次，歼敌5900余人。来到冀中时该师兵力6300人，回晋绥时将冀中军区独立第四支队、独立第五支队、独立第六支队、津南自卫军四支整建制部队编入一二〇师，大批冀中健儿踊跃参加一二〇师部队。至一二〇师返回时，部队扩大到21000人。贺龙同志对这批冀中子弟兵给予极高评价："他们见识广、有文化、接受能力强，又吃得苦，打仗不怕死敢冲锋。这些兵，只要有好干部带，那还了得呀！""硬骨头六连"在冀中组建之初，除19名红军战士，余下100余人全部是冀中子弟兵。

林彪、聂荣臻的一一五师平型关大捷后，在河北地区一次性补充兵员就达2000人。1940年初，在以黄敬、程子华、吕正操、孟庆山等为首的冀中区党委和冀中军区领导下的冀中抗日根据地范围西起平汉路，东至津浦路，北达北宁路，南界沧石路，位处华北平原腹地（北）平、（天）津、保（定）地区，共辖44个县，人口达1000万人。正规部队恢复发展到26个主力团，还有40多个县大队、300余个区小队7万余官兵，基干民兵20余万人，各民众抗日团体会员110余万人。冀中这种发展速度和取得的成绩是同河北地方党长期坚持把支部建在村里的建党理论和实践分不开的，毛泽东称"冀中是模范根据地"，朱德称"冀中是八路军的粮仓、饭碗"，吕正操司令员说"人民群众是靠山"。这个靠山就是由第一个中共农村党支部这颗星星之火在冀中燎原出的众多农村党支部，是这些农村党支部动员组织起来的千万农民群众。

1978年冬，我陪父亲去北京三里河南沙沟看望他在抗战时期的老战友——李大钊之子、时任中国人民银行行长的李葆华。父亲同他回忆起中共早期党建历史时谈道："李大钊是我党最早认识到农民在中国革命中重要地位的领导人。他对农民的重视源于他对农民在中国革命中的地位和作用的认识，源于他对中国国情的深刻了解和理解。"父亲回忆说："李大钊是最早提出支部建在农村、支部建在军队、知识青年到农村去、农民是革命的主力军等中共党建思想和理论的，并最早把这些'重农思想'作为指导中共早期党建工作的指导思想和理论的中共创始人。"

李大钊这些早期建党理论同时被毛泽东所汲取和创新，1926年毛泽东把李大钊发表的《青年与农村》《土地与农民》等教育、指导农民运动的重要文献作为农民运动讲习所的教材和宣传资料，并在理论与实践中实现了卓越创新。

毛泽东是"支部建在农村"和"支部建在连上"的中共党建理论的最早的伟大实践者，为我们党探索出一条"农村包围城市，夺取革命胜利"的中国特色的革命道路。

曾任中共中央组织部部长的张全景同志在为《中共第一个农村支部》这本书写的序言中意味深长地写道："拨去岁月的重重迷雾，打开尘封的历史记忆，我们会惊奇地发现：台城这个中共第一个农村支部的孕育和诞生，她代表并承载了当时工农大众的希望，中国共产党提出的争自由求解放的主张是广大农村中农民的共同意志和期盼，毕竟中国革命的重头戏是农民和土地问题，这是已经被反复证明了的事实。没有农民的觉醒和参与，中国革命就会是另一种情形。从井冈山到西柏坡，再到淮海战役中数百万推车挑担的支前民工！都是因为中国共产党早期的决策者和后来的继任者，才能够清醒并深刻地认识到这一普遍适用的真理。"

中共第一个农村党支部在我党建党史上具有极其重要的意义。中国

1956年，父亲任成都电讯工程学院校长，1959年离开成电时与部分师生合影。第3排右4为父亲吴立人，前1排右1为女儿吴莉，右2为儿子吴淳

共产党从1921年成立到今天历经100周年的革命实践证明：中国共产党的支部建在村里和支部建在连上的重大理论与实践在中国共产党党建思想史上具有里程碑意义。在党建史上，支部建在村里和支部建在连上的伟大理论与实践如两颗耀眼的明灯，使中国共产党在革命的进程中，面对国际国内各种复杂多变的形势，跨艰难险阻、涉疾风骤雨，使一个饱受列强欺压、灾难深重的旧中国成为今日世界第二大经济体，步入令人瞩目的强国之列。支部建在农村和支部建在连上，是中共党建宝库中的两大法宝，没有这两大法宝，中国革命就不可能取得胜利，这在今天仍具有重要意义，这也是中国共产党8000万党员应时刻铭记的颠扑不破的真理。

"你是灯塔，照耀着黎明前的海洋，你是舵手，指引着前进的方向，伟大的中国共产党，你就是核心，你就是方向……"100年的岁月里用生命点燃灯塔的李大钊走了，我们在灯塔照耀下为共产主义苦斗的父辈们走了，他们汇入了灿烂的星汉，光耀中华大地。

"五月的鲜花开遍了原野，鲜花掩盖着志士的鲜血，为了挽救这垂危的民族，他们顽强地战斗不歇……"志士的鲜血浇灌了鲜花，鲜花彰显着志士的功绩，彰显了中华民族志士为挽救民族危亡不惜流血牺牲前仆后继的顽强战斗精神！

父辈英姿寒梦去,功臣遗老布衣还

◎王晓川

父亲王捷三(1913年10月—2008年7月),河北省唐山市人,1926年参加唐山地区红色工会,1928年加入中国共产党,1931年发起并领导了淄博磁厂抗议日军占领东三省的工人运动,随后参与组织党领导的山东地区工人武装游击队。1937年底奉调一二九师教导团受训并担任连指导员、党支部书记;1938年3月至1943年底,先后在山西省襄垣、黎城、武乡、榆社

20世纪50年代,父亲王捷三

等县任县长、县委书记,期间在晋冀鲁豫区党委机关当选为中共七大代表(后因工作未能赴延安);1944年1月在太行二地委参加整风学习;1944年12月至1946年6月,先后任太行二地委委员兼地委城工部部长;1946年7月至1947年6月,先后在中共晋冀鲁

豫党校和华北局党校学习；1947年7月任大别山庐江县委书记、独立团政委；1949年冬任西南服务团川南支队政治部主任；1950年初任川南总工会主任；1952年冬至1958年冬，任全国总工会执委兼生活住宅部部长；1959年1月任云南省总工会副主席、党组书记。"文化大革命"结束后担任云南省革委会办事组副组长，省科协副主任、党组成员，昆明市委副书记；1978年4月任云南省总工会副主任、党组副书记；1980年3月至1986年4月，任第四届云南省政协副主席、党组副书记，第五届省政协常务副主席、党组副书记。1988年离休后享受正省级待遇。

  父亲1913年10月出生于河北唐山东郊一个叫罗各庄的小村子。我的爷爷是开滦煤矿的井下工人，在我父亲两岁时被火车轧死了。我父亲有一个姐姐一个哥哥，我的奶奶就带着三个孩子艰难度日。我父亲9岁那年进了唐山瓷厂做学徒，师父就是我姑父。因为聪颖好学，不仅13岁就出师带了徒弟，还半工半学达到初小文化水平。

  民国初年是军阀混战的年代，也是五四运动以后各种新思想丛生的年代。由于李大钊是唐山乐亭人，唐山这个重工业基地自然就成为中国最早接受共产主义思想的地区之一。我父亲也就在那年（1926年）成为唐山产业工人红色工会的联络员，活跃在开滦煤矿、华新纺织厂和瓷厂之间，走上革命的道路。其间他曾亲耳聆听了中华全国总工会秘书长邓中夏同志在唐山红色工会的演讲，坚定了跟着共产党走的信念。

  1927年李大钊被害。唐山红色工会被迫转入地下。北大学生党员李孝纯（大钊先生的侄子）将我父亲转移到河北磁县一个张姓大地主家。这家大少爷叫张锡珩，大小姐叫张锡瑗。兄妹俩都是中共地下党员，哥哥张锡珩公开身份是奉系军官，妹妹在莫斯科支部时与邓小平同志结为夫妻。在磁县期间，以张锡珩、李孝纯为主，我父亲参与筹划了在山东开展的工人运动。经过将近一年的考验，张锡珩、李孝纯于1928年底介绍我父亲和王瑞加入中国共产党，并在一起合影存照为凭。"文化大革命"中造反派翻看了我父亲的档案，发现竟然没有入党记录，于是污蔑我父亲是假党员。可惜这时那张照片已经在动乱中不知流落何处了。而张锡珩、李孝纯、王瑞等人皆已牺牲或病逝。"文化大革命"后期省革委主任周兴找我父亲谈话，要我父亲提供入党证人。我父亲无奈之下提出时任中共贵州省委组织部部长的罗英同志可以证明。罗英是1935年"一二·九"学生运动失败后秘密转移到淄博的学生党员，在淄博认识了我父亲并在一起工作。云南调查组的人到贵州找到罗英，罗英明确地说"王捷三是共产党员"。调查组的人又问如何证明，罗英干脆说"我是他的入党介绍人"。就这样，

1930年，父亲在上海留影

父亲的入党时间就从1928年变成了1937年并装进了档案。2008年初的一天，父亲感到自己时日不多，叫我和我爱人到医院，说有事交代。父亲坐在轮椅上，我推他到花园里，他同我们说了入党后的革命经历。

1930年初，山东淄博瓷厂红色工会成立。负责人是我父亲和李孝纯。由于环境恶劣工作难以开展，张锡珩指示我父亲去上海找张锡瑗向中央请示。殊不知那时张锡瑗已经因难产去世，邓小平同志也已离开上海去广西，我父亲久寻未果便回到山东。他在1931年"九一八"事变后领导了淄博地区抗议日军侵吞东三省的工人罢工运动。

1937年七七事变后，八路军一二九师东渡黄河进入太行山区，上级调我父亲到太行晋冀鲁豫区党委工作。在一二九师短期受训后，于1938年被派往黎城建党并出任县委书记，1940年又调任武乡中心县委书记，黎城县委书记由于一川同志接任。在太行区，我父亲作为二地委委员，

1947年,大别山庐江,父亲(左3)和战友合影

1950年,四川泸州,父母结婚合影

先后辗转黎城、武乡、襄垣、榆社等地工作，对太行的人民和太行的山山水水抱有深厚的感情。多年以后，他都难以忘怀。

1947年，二野部队千里跃进大别山，父亲受党组织委派开辟庐江新区，并代表中共探访抗战名将孙立人的家。渡江战役后进军四川，协助李大章、彭涛组建川南区党委。1952年调全国总工会，任全总执委兼生活住宅部部长，后来受"左"倾错误影响被下放云南。

记得那是1958年12月的一个星期天，大人们忙活了一天，把全部家当塞进几口大箱子，准备装车。姐姐撕去墙上日历红色的一页，露出黑色的星期一。傍晚我们在前门火车站上了开往南方的火车。我和弟弟们在车厢里打闹嬉戏，不经意间发现爸爸和前来送行的刘长胜伯伯站在站台上，两人相对无言，直至列车即将启动才握手而别。

到云南后，我们一家在昆明饭店住了一个多月，父亲都没有被安排工作。那时我虽然还小，也清楚记得父亲心情不好。有一天，一位省里的同志来看他，谈了很久，父亲突然提高了声调说："我不计较职务，给我工作就行。"之后不久，我们全家就搬到了瓦仓庄7号，父亲出任省总工会党组书记、副主席主持工作。这件事给我印象很深。他经常要求我们在同学面前不得谈论父母身份、职务，不得攀比生活条件，要关心家庭生活困难的同学，要懂得同情弱小，不要欺负女同学。这些话没有大道理，但我一直铭记在心，培养了我的人格和品性，终身受益。

父亲要求我们任何时候都不要脱离群众。有几件事给我印象很深。记得三年困难期间，父亲坚决不要国家给他的特供。我妈妈因为营养不良腿脚水肿，工会其他领导知道了，吩咐食堂把营养品送到家里，被父亲退了回去，教我们做小球藻煮汤给妈妈喝。

那段时间，我们弟兄几个都住在工会干部职工子女集体宿舍，吃饭就在工会职工大食堂，每人一个搪瓷口缸，写上自己的名字，每顿按定量一层豆子一层玉米面放在大蒸笼里蒸，到吃饭时自己对号拿饭再去打菜。有一天早晨我突然浑身无力，起不了床。带班的老阿姨看了我一眼，急忙找了一块隔夜的苞谷糕给我，我塞进嘴里几口就咽了。那是第一次体会到什么是饿。父亲知道了这件事，并没有责怪带班的阿姨，反而说了一句"挨饿不是什么坏事"。

"文化大革命"中父亲被打成"走资派"。他对"走资派"这种提法嗤之以鼻。他说，我是工会主席，工会是共产党领导的工人阶级组织，说我是"走资派"，不仅是对我的污蔑，也是对工人阶级的污蔑！

1968年的一天，我骑单车送他到下马村学习班。我不知道造反派将会怎样对待他。父亲似乎看出我的心事，宽慰我说："我是工人出身，相信工宣队的师傅不会为难我。"

1969年，父亲被下放到弥勒县新哨公社赤沙白生产大队插队。不久我妈妈也从她下放的干校搬到赤沙白生产大队和父亲团聚。加上我外婆和三个弟弟，一家人除了我和老二在外，算是团圆了。1970年6、7月份我到赤沙白村探家，一下长途车，看到父亲和四弟一人一副箩筐扁担坐在路旁等我，父亲瘦得不像人样，四弟长高了，我都没认出来。我眼泪

2006年，父亲母亲合影

一下就出来了。父亲却高兴地对我说:"快回家喝酒去,婆婆做了红烧肉!"那时我在老家是民办教师,请假出来的,在家只待了三天,但却是"文化大革命"以来心情最放松的日子。

1971年父亲被"解放"了,当了弥勒县委委员,后来又出任省革委办事组副组长、昆明市委副书记。粉碎"四人帮"后,落实政策出任省政协副主席。

父亲被"解放"后,补发了"文化大革命"中被扣的工资。他把补发给他的工资全部捐给赤沙白村拉起了电线,买了变压器,从此赤沙白村的老乡用上了电。我问他,你为什么要把补发的工资捐给赤沙白村拉电线?他说,用到老百姓身上我安心。

2006年一次同学聚会后,我赋诗感念父亲:

七律·同学聚会有感

粗茶素酒月初弦,
泼墨文章写流连。
与共三秋说淡泊,
长别九夏话桑田。
父辈英姿寒梦去,
功臣遗老布衣还。
韦陀不忍英雄泪,
洒向清风染杜鹃。

父亲是2008年7月9日去世的,享年95岁。中央领导同志送来了花圈。去世前一年他想去太行山抗日根据地老区看看,山西省委已经做好接待准备,终因年事太高未能成行。2008年初,弥勒县委得知父亲病危,派人率赤沙白村三任党支部书记来医院探望,《云南政协报》做了采访报道。父亲说:我从人民中来,还要到人民中去。

但将"初心"付一生

◎杨越鸣

20世纪80年代，父亲杨军

"明知道路不平坦，坚定不移渡难关"，这是父亲写在《问心无愧》自传中的最后两句话，亲人将这两句话刻在了父亲的墓碑上。

父亲杨军（1921年11月21日—2007年5月3日），曾用名：杨述成，四川通江县长坪乡人。1932年12月，他的母亲朱友英担任区苏维埃妇女主任，送儿子杨军到区委少共部工作。杨军同年加入共青团。1933年3月，赤北县指挥部参军入伍，学兵连任二班长。1935年10月，随红三十三军（后卫部队）参加长征。长征中在西藏芦河、四川芦山"红大"政治青年队任学习组长。

1936年1月，红三十三军缩编为红十五师，编入红五军团。1936年10月，在甘肃会宁转为中共正式党员，随红五军加入西路军。1938—1949年在八路军留守兵团"部队艺术学院"学习，历任延安"烽火剧团"副分队长、分队长，留守兵团三八五旅宣传队分队长，陕甘宁晋绥警二旅、陕北定边独一师宣传队队长。1949—1984年历任十九兵团独八团政治处主任，南京军事学院院务部政治处主任，军事学院合成指挥系副政委，张家口解放军工程技术学院院务部政委，青海省军区政治部副主任、主任，兰州军区联勤部副政委、顾问。

一

父亲出生贫苦，20世纪30年代从川北通江的大巴山走出来当了红军。这一走，不仅改变了他本人的命运，未曾想也同时改写了杨家世代为农的谱系。

我们的爷爷叫杨继武，奶奶姓朱，叫朱友英。

父亲8岁时，爷爷积劳成疾，患了痨病，咯血而死。因为穷，家中卖了房子和地，才给爷爷办了丧事。从小到大，我们很少听父亲谈起爷爷的事，他说那时他还小，爷爷没给他留下太多的印象。

爷爷过世后，家中生活更加困难，父亲的回忆是"茅草棚棚笆笆门，衣服破烂难遮身"，即使奶奶一天到晚不停地辛苦劳作，也难以养活爷爷留下的两个未成年的儿子。

父亲在家排行老大，按杨家"述"字辈，原名叫杨述成（长征后改名杨军），小名叫新元。爷爷过世不久，父亲投亲去了他外婆家，并在那里和他的舅舅一起念了几年私塾。

父亲有一个小他3岁的弟弟叫杨述孝，小名桂元，从小兄弟关系甚笃。爷爷过世后，桂元过继给了我爷爷杨继武的幺叔杨发德。父亲有时逃学，多半都是去找我的叔叔桂元。

每次找桂元，来回要走十几里的山路。过去看父亲逃学找弟弟只是想一起玩耍，后来看得深了，觉得在父亲心头其实是有一份对兄弟难以割舍的牵挂。想到我弟弟当年要是过继给了我的大舅（我大舅家没有儿子），可能兄弟间的那份牵挂之情会远胜于在一起的朝夕相处。

二

川北通江当年闹红军，也闹土匪。1932年的冬天，兄弟俩在山上放牛，遭遇土匪抓丁，二人随之跑散。我二叔桂元在躲避土匪抓捕时，被枪杀在山林中，年仅9岁。这段父亲当兵前的经历，日后成为他心中永久的痛，父亲从来都是一个重情重义的人。家乡留给父亲童年和少年时代的记忆，不是贫穷、饥饿就是丧失亲人的痛。

红四方面军1932年12月到了川北后，打下了我们老家的通江县城，指挥部便设在通江，接着建立了川陕省苏维埃政府，各区、乡也纷纷成立了苏维埃。两年后，川陕苏区便成为当时全国最大的红色根据地。

奶奶生性好强，在斗争地主和土匪恶霸中敢打头阵，组织群众支红支前，号召乡民戒大烟，在当时乡和区里有一定的名望，便被选为区苏维埃的妇女主任。说到奶奶，不论父亲还是老家人描述，都说奶奶生性耿直、好强、乐于助人，对孩子管教严厉。

1933年2月，父亲年仅12岁，奶奶响应红四方面军的扩红号召，把父亲送到赤北县的指挥部当了红军。父亲的二爹也参加了红军，在一次与川军田颂尧部队的战斗中牺牲，牺牲后没能找到尸体。

由于岁数小，父亲开始在少共部，后入赤北县学兵连，不久还当了班长，入伍不到两个月，就参加了战斗。据父亲回忆，初次打仗虽没经验，倒也没害怕，仗着有几分机灵。

当年从鄂豫皖过来的红四方面军，得到了王维舟领导的川东游击军的接应，在两军共同作战中，1933年11月，川东游击军改编为四方面军的红三十三军。父亲随部队编入红三十三军后,参加了反国民党的"三路""六路"围剿等几次大的战役。两年后,父亲俨然已在战火中成为一名真正的红军战士。

红四方面军在创建川陕根据地的两年多时间里,张国焘虽因"肃反"丢了鄂豫皖根据地,到了川陕仍继续厉行王明的极"左"路线,又在根据地搞了四次"肃反"。一说打"AB团"("Anti Bolshevik"的缩写,意为"反布尔什维克",即反革命分子),就在红军内部乱抓"改组派""第三党"。没有证据,又不加审讯,抓住就严刑拷打,搞逼供信,致大量冤假错案产生,使得"肃反"又一次在扩大化的错误路线上恶性发展。

据父亲回忆,在"肃反"中有一种"站队点名",点到谁的名如果脸红,立即就会被抓起来,大多难以活命。我父亲就经历了一次,在站队时恐惧,当即被捆绑起来,武装押送到景家坝的保卫局。幸亏一指导员看他年少(也实在不像"反革命"),找借口把他保下,父亲这才从刀下捡了一命。之后保卫局长见父亲机灵,还把他要去做了勤务兵。而大多被"肃反"的红军指战员可就没有这么幸运了,所以在父亲眼里,张国焘就是一"害人精"。

1935年3月,为接应中央红军入川,红四方面军撤出川陕根据地,西渡嘉陵江,开始了长征。父亲所在的部队是后卫,在当年的10月父亲告别了家乡,踏上了漫漫生与死的征途,这一走便音信杳无。

三

红军走了,国民党和军阀来了。奶奶被抓去吊打得遍体鳞伤,遭了大罪。最后是她舅舅和乡亲用400大洋将奶奶赎出(奶奶娘家人多从事酿酒,家境还算富裕)。奶奶用打柴、喂猪、种菜、酿酒换来钱,到中华人民共和国成立前夕,硬是将这笔来自她娘家和乡亲们的"赎命钱"还清，奶奶的傲骨由此可见一斑。

父亲在中华人民共和国成立后的20世纪五六十年代初期，曾回过两次老家看望奶奶。

第一次回乡时，奶奶见到父亲，几乎不敢相认，因为老人家一直以为父亲早已牺牲——当年红四方面军走后，传回家乡的多是噩耗。然而20年后，出现在奶奶面前的儿子，竟是胳膊腿齐全的一名解放军军官，可想而知，奶奶当时是多么激动。除了责怪父亲这么多年没有音信外，奶奶便是对父亲没将我母亲和孙子一同带回来表示不满。当看到奶奶当年被吊打时留下的多处伤疤，父亲心酸地流了泪。

父亲第二次（也是最后一次）回乡离开时，奶奶在送行的路上悲痛地晕倒了。那一次，正是刚经历过三年大饥荒。父亲得知老家饿死了人，便将所带"银两"尽数救济了邻里乡亲，特别是看到当年西路军失败后逃回家乡的战友的凄凉景象，让父亲从老家回来后，长时间地陷于沉默。

20世纪60年代，我的奶奶朱友英

1972年奶奶过世。作为红军军属，生前虽每月有乡里补助10元钱，但过世的前一天，她还在山上打柴。老人家着实受了一辈子苦，临终都没能见上儿媳和4个孙子一面，想必老人家是带着遗憾走的，父亲也因没能在奶奶临终前尽孝而心中悲切。

四

多次听父亲提到他的入党介绍人陈怀堂烈士。父亲在过草地之前筹的粮，还没等到出发就被偷了。在左路军第3次过草地的过程中，父亲全靠陈怀堂的帮助，才能活着走出草地，而陈怀堂却永远地长眠在了那片令人生畏的草甸子中。

父亲说长征中，为什么娃娃们活着走出来的多，就是因为许多"老同志"将生的希望留给了他们。过雪山和草地，一些伤病员明知道自己会被冻死、饿死，还是将马匹让给了娃娃们，一匹马可帮到四五个娃娃。父亲说，他是拽着马尾巴爬过雪山、走过草地的，而红四方面军又何止一次地过雪山、草地。而所谓"老同志们"，实际也比他们大不了多少，陈怀堂牺牲时只有18岁。

我哥哥告诉我，"文化大革命"前他曾见过军事博物馆给父亲寄来的一封信函，征询董振堂军长的事迹和遗物，值此我们才知道父亲当年长征北上和西征时，是在董振堂军长指挥下的红五军。

父亲在世时，从不见他提长征后那段西路军的历史。我想可能一是内心惨痛不愿再触碰，另外又是与张国焘联系上的政治原因。西路军活着逃到河东和被救出的几千人，上至陈昌浩、徐向前，下至未成年的娃娃兵，在其后的岁月里，仍一直难以摆脱如影相随的悲情和张国焘的阴影。

"文化大革命"期间，为调查父亲在西路军的历史问题，他被关进院内一间地下室失去了自由。我虽是"老三届"毕业生，但当时对红军"左路军""西路军"是怎么一回事并不明白。这次调查后，记得父亲说："我就没有被俘，谈什么叛变！"当时也不知父亲说的是在"左路军"还是"西路军"。

2015年春节期间，见到"文化大革命"时曾在一个部队大院的旧友，双方40年未曾谋面，但我知其父和我父亲同是四川乡党。

谈到"文化大革命"事，对方突然说："'文化大革命'期间审查你爸爸历史上西路军的问题，还是我父亲给做的证明。"这让我顿感惊讶。

"你怎么知道的？到底怎么回事？"我急不可待地问道。

朋友说："我父亲去世后，看了他留下的许多资料和日记，其中提到当年在延安,我父亲做过甄别西路军归队人员的工作。在审查记录中看到有你父亲的名字。和你父亲当时一起归队的有十几个人,是翻过祁连山,从青海跑回来的,彼此互相证明没有被俘,'文化大革命'中我父亲为此做了证明。"

我总算大概清楚了父亲曾在西路军的这段历史真相,真心感谢这位朋友和他的父亲。

我知道父亲当年在家乡加入的是红三十三军,军长是王维舟,政委是杨克明,但不知这段历史之后如何又与董振堂将军的红五军联系上的。

红四方面军史料证实:张国焘率左路军南下受重创,1936年1月,原红三十三军缩编为红十五师(红三十三军番号撤销),编入原一方面军的红五军团,红五军团就此改为红五军,军长董振堂。这就确认了父亲当年是随红五军长征到的会宁,也是在会宁,父亲转为中共正式党员,并跟随红五军从甘肃靖远西渡黄河成为西路军。

至于父亲当年在河西走廊,是随军长董振堂的前卫部队打到高台,还是随政委黄超留在临泽外围据守;红五军和西路军覆灭后与战友一起是如何翻越祁连山躲过马匪的追捕,如何一路打工、乞讨返回河东;如何被审查,如何归队的,至今不得而知。

是啊,西路军的话题,永远是沉重的!

五

父亲在抗战期间(应是"西路军"问题被审查后),先在延安八路军留守兵团"部队艺术学院"(原"鲁艺部队艺术干训班")学习音乐和乐器,曾师从冼星海学习指挥和作曲,参加过冼星海指挥的《黄河大合唱》乐队。

从"部艺"毕业后父亲先在延安烽火剧团工作,历任副分队长、分队长。当时烽火剧团的团长是高波（陕北米脂人）。中华人民共和国成立后，一直活跃在部队文艺界的陈其通、时乐濛、方韧、张双虎、李长华等，也都曾在烽火剧团工作过。

抗战中期，父亲到了甘肃庆阳的八路军留守兵团三八五旅（属八路军一二九师）宣传队任分队长、副队长。

在陕甘边区工作期间，父亲结合军民喜闻乐见的艺术形式与现实斗争的实践，以年轻人特有的热情投身艺术创作，写出了一批广为流传的歌舞作品，塑造了许多生动感人的抗日军民形象，反映了如火如荼的斗争生活，及时歌颂了全民抗日的爱国主义精神和广大军民的抗战斗志。

我小时对父亲吹笛子、拉胡琴、搞伴奏，在全院礼堂指挥着由他自己作曲的大合唱留有深刻印象。而我哥哥对父亲的京胡拉得有滋有味、对父亲指挥中的艺术造诣和专业水准，很崇拜。我曾好奇地想，只念了几年私塾的父亲，如何从事文艺宣传这些似是文化人从事的工作？

共产党创建的军队叫工农红军，实际上绝大多数来自农民，文化程度普遍较低（只中央红军中知识分子、留苏的人员多些）。尤其是红四方面军，其将士多为不识字或识字很少的贫苦农民出身。少数知识分子出身的干部，在鄂豫皖、在川陕，也都成了张国焘"肃反"的对象，故在四方面军中少见知识分子。念过几年私塾的父亲，可能也就充作了文化人。

到了抗战时期，在共产党《十大纲领》的感召下，在红军长征精神的鼓舞下，全国各地青年学生、知识分子纷纷参加了八路军、新四军，这时我军的人员成分已经有了很大变化。

1936年6月1日，中央在瓦窑堡建立了"抗日军政大学"（开始叫"抗日红军大学"），毛泽东亲自主持开学典礼并讲了话。

到抗战结束，"抗大"在各根据地和边区共成立了12所分校，前后共计培养了10万余名党政军干部，其中许多长征过来的红军指战员也都在此学习和轮训。即使西路军失败后到达新疆的400多人，也在迪化接受了苏联教官的培训，日后都成为我军专业和技术兵种的负责人和骨干。不得不说，共产党能最终夺取全国政权，与在敌后、在边区培养了大批文武兼备的党政军干部是分不开的。

当年八路军留守兵团的"部队艺术学院"就是我军部队艺术干部的摇篮。因此参军到部队学习锻炼，自然也就成为我们这一代人打小的志向。

1945年8月15日，在日本宣布投降的这一天，父亲所在的八路军留守兵团三八五旅宣传队，分来了10名"抗大七分校"毕业的女同志，其中一位日后便成了我的母亲。

六

我的母亲叫张华，保定府完县（现顺平县）北神南人。此地当年为八路军晋察冀军区三分区驻地。

1940年我母亲已小学毕业，在农历新年参加村里的军民联欢活动中表演民间舞蹈《霸王鞭》时，正好被晋察冀军区"抗敌剧社"（"战友文工团"前身）来挑小演员的领导看中，由此参军入伍。

1940年，母亲（右1）在表演《霸王鞭》

在征得了家庭的同意后，母亲于1940年2月，加入晋察冀军区直属"抗敌剧社"。前后入伍的还有同村的兰地、华江、韩霞，邻村的石虹、韩芬、田华等十来个"小鬼"，最大的13岁，最小的只有10岁。他们均分在了抗敌剧社歌舞队，队长郑红羽，负责女生组的是车毅。

和母亲当年前后入伍的许多战友，中华人民共和国成立后都成了各文艺团体和我军宣传文艺领域中的领导者和著名艺术家。

1943年，日寇对晋察冀敌后抗日根据地进行了疯狂大扫荡，组织上为保护小同志，将部分同志疏散转移。母亲和其他转移的同志，跨太行、过黄河，西行千里来到延安，被分配到庆阳的"抗大七分校"学习。

1945年日本宣布投降的当天，母亲从"抗大七分校"毕业，与其他9位女同志分到八路军留守兵团三八五旅宣传队。第一次到正规部队，在清一色都是男同志的队伍里，可以想见，10位女同志到来的那天，三八五旅一定是把胜利的锣鼓敲得更响，秧歌扭得更带劲。

七

1946年5月，父母在甘肃庆阳成婚。不久后调入驻陕甘宁晋绥边区的警备二旅，父亲任旅宣传队队长，母亲入了党，日后还任了分队长。

1947年夏，国民党胡宗南部进犯延安。在部队向河东转移中，我哥哥降生在陕北米脂一个叫磨石沟的村子。那段日子天上有敌人的飞机，后边有敌人的追兵，部队准备过黄河，父母只好忍痛把我哥哥托付给了当地一户姓艾的人家抚养，留下一袋粮食和几块大洋。我哥哥后来取名叫"艾夫"。

由彭德怀指挥的西北野战军于1948年4月22日收复了延安。这个时期是父亲音乐创作的高峰期，先后写出了几十首鼓舞部队斗志的歌曲。特别是由史行作词、父亲谱曲的《准备上战场》《保卫我们的边区》两首歌，当年在延安广播电台播放了很长一段时间，影响较大。

1948年夏，晋中战役结束后，解放军兵临太原，拉开了太原战役的序幕。华北3个兵团、一野第七军、四野炮一师、晋中军区等25万部队先后包围了太原，父母随张达志任旅长的警二旅也开到了太原前线。

1948年10月发起的太原战役，虽不及淮海战役规模大，却是参战人数最多、战斗最激烈、伤亡最惨重的一场城市攻坚战，战役长达6个月。据父母回忆，太原城破后，双方巷战打得更加惨烈，城内遍地死尸，有的地方甚至难以下脚，有评论说"太原巷战堪比斯大林格勒保卫战"。这次战役歼敌13.5万余人，我军也付出4.5万余人的重大伤亡，其中巷战伤亡3.6万人。

1946年，父母在庆阳合影

1949年3月，彭德怀在参加七届二中全会后到达太原前线，代徐向前指挥了攻城战。太原战役后，华北十八、十九两个兵团西渡黄河，配属给彭德怀的一野。父母这时调入十九兵团，加入到解放大西北的战役中。

"扶眉战役"后，十九兵团独八团驻防宝鸡，父亲时任团政治处主任。在形势安定后，母亲把我哥哥从米脂接回到身边。由于营养不良，我哥哥两岁时还不会走路。可见当年的米脂确实"地主家也没有余粮"。

八

1951年中秋的前一天，我出生在宝鸡乾县（现属咸阳市）离城墙北门不远的一家地主院落，由于时值中秋，母亲给我取名"月明"。长大后听母亲说我出生时正吹起床号——看来我是被号音催生的。"文化大革命"中我便自作主张改名"越鸣"，名称没变，但寓意于我已大不同。

时值1952年，父母所在部队接到了赴朝参战的命令。正当其时父亲收到了赴南京军事学院的一纸调令，于是在我未满一岁时，便随父母到了南京。

"土包子"第一次进大城市自不待说，仅西北来的一野还穿着粗布军装与三野的细布军装在身就很不一样。但对出身贫苦、历经长征又

1952年，父母、哥哥和我在南京合影

九死一生的父亲，中华人民共和国成立后不久，带着全家到了南京大城市，到全军最高学府学习、工作，用现时的话说"是父亲的一次华丽转身"。

到了南京的第二年，有了我的弟弟，1958年又有了一个妹妹。

20世纪60年代初，父母在南京军事学院合影

1959年，父亲（右1）在嵊泗列岛下连当兵

记得在20世纪60年代初的一个清明时节，我第一次随父亲到南京雨花台凭吊革命先烈。那天阴雨绵绵，雨花台显得格外寂静肃穆。

在参观烈士纪念馆时，父亲忽然在一幅烈士的遗像前定神凝望，嘴中自语道："这是高波同志，怎么会在这牺牲了？"于是父亲疾步出门去了雨花台管理处。当我一个人待在馆内，面对阴森恐怖的刑具，看着血衣等烈士遗物，只觉得浑身发冷，那是我第一次感受到了国民党的恐怖。

高波同志就是当年父亲在延安烽火剧团的团长。1945年他被组织派往陕甘宁晋绥联防军担任新编十一旅第一团政委，做旧军队的改造工作。1947年胡宗南进犯延安，旧军队的起义军官借机反水，高波不幸落入宁夏马鸿逵之手，被押往兰州。1948年转押至南京国民党国防部训导处，10月在雨花台英勇就义，时年35岁。而父亲及他的战友于中华人民共和国成立前后一直在西北打听高波的下落，直到那年父亲在雨花台才知与高波十几年前已阴阳两隔。

1965年10月，父亲调往总参三部在张家口的技术院校担任院务部政委。该院在"文化大革命"中是为数不多开展"四大"的单位。父亲在"文化大革命"中饱尝批斗，度过了他一生中在政治上最为动荡不安的5年生涯。

到了1970年，父亲被"发配"到了青海，父亲说："想到多少战友牺牲在这里，我们能活到今天已是幸运。"这次在青海西宁一待就是10年。

九

父亲在兰州军区联勤部副政委后做了3年顾问，于1984年离休。

父亲年轻时喜欢运动，尤其是篮球，到了晚年没有什么特别的嗜好。所以，只要电视台有篮球节目，基本不换频道。在他的回忆录里，详细描写了在长征途中有朱老总参加的一次篮球赛。

"吃树皮、草根"过来的父亲，胃一直不好，对食物有着切肤的感

1975年，父亲（中）在青海藏区

受抑或天然的亲近感。当年西路军进入河西走廊，本就贫瘠的河西，连喝水都困难，其失败不完全在于"马家军"的围剿，也败于天时地利、饥寒交迫。

父亲离休后，家里吃什么、买什么都是他张罗着公务员同志办（父亲在世时，见到司机都称驾驶员同志，对炊事员叫炊事员同志，依然秉持着官兵一致的红军传统）。逢到孩子们回家，他习惯让包顿饺子。父亲是四川人，对饺子并无偏爱，也不会包，但他喜欢大家在一起吃饺子的和睦气氛。何况母亲是河北人，旧时饺子在家乡过年才见，这也遂了母亲的心意。

每次探家归队之前，父亲都会特别叮嘱带好路上吃的干粮，如果还会有块酱牛肉带上，他就会更放心。而临到出发时，父亲总要送到路边，就像当年父亲长征离开家乡奶奶的送别一样——传统就是这样形成的。

父亲1960年曾在北京政治学院学习。正值困难时期，父亲回到南京军事学院家中，倾其一月工资也就买了5斤糖果。他心里惦念的是尚未成

1996年，在人民大会堂纪念长征60周年，父亲和老首长张震合影

年的4个孩子，而自己却因营养不良得了浮肿病。

父亲是经过出生入死、物资贫乏、苦难生活磨砺的人，在晚年又经历了几次胃大出血和各种疾病的折磨，但他却从不将自身疾病的痛苦带给家人，表现出一种很强的自制力。遇事为他人着想，是他一生一贯的坚持和自觉，即使在弥留之际，都能看出亲人对他的照顾常让他不安——他感到给家人带来了麻烦。

父亲一生抽了最后两口我给他点燃的中华烟，"这是个好东西"，朦胧中，父亲拿着烟说了这一句。我母亲曾说父亲每次生病后想抽烟，就说明病快好了，然而这次父亲却再也没有醒来。

父亲晚年时组织上对他照顾有加。但他直到生命的最后，也没向家人和组织提过自己的任何要求，他一定是带着满足走的，带着他的问心无愧，这就是我的老父亲。

2012年，家中第二代在"红军万岁"石碑前合影，右2为作者

十

1969年12月我当兵离家后，再不曾和父母一块生活，也不在同一个城市，甚至身处异国他乡。但不论走到哪里，我的精神都不会孤独，不论我的心多么漂浮，我的情志都会有一个固定的归宿。因为我的生命是由一个多次爬过雪山、走过草地，又从西路军惨败的亡命中逃生的老红军所赋予的。父亲于我是一座山，一座伟岸的山。

听老家长坪乡政府的干部介绍，当年乡里参加红军的有百多号人，经过长征前反国民党"三路""六路"围剿中的牺牲、张国焘四次"肃反"被冤杀、长征途中牺牲和脱队跑路、西路军中战死和失踪、在抗战和内战中战死、赴朝牺牲的，到了20世纪60年代，还活着当了官的只剩下2人，而在军队的，仅父亲1人。

如今，我的父亲已落叶归根。

2012年5月,在父亲辞世五周年之际,我们全家把父亲从兰州烈士陵园迁葬到四川巴中,与他当年的战友一同长眠在了"红军将帅碑林"中的那片墓地。在"碑林"入口处竖立着母亲和子孙赠送的"红军万岁"石碑,与园中那千块碑刻一起,共同缅怀安息在这里的父辈们。

"中国革命死了太多的人!"每当回忆过去,父亲生前常会如此感叹。我终于明白"无愧于死去的战友",这是父亲一生不忘的"初心"。

传奇女红军何姨

◎杨越鸣

传奇女红军何子友

何子友（1913—2016），四川苍溪清泉乡人，幼时家贫，穷得吃不起饭，10岁时被父亲送到苍溪县城的"景武拳房"当杂工。何姨与我父亲杨军是四川老乡，又是参加过长征和红西路军西征的生死战友。20世纪60年代我家在南京军事学院，何姨与我家常有来往。

何姨来家作客时，与家父双方川音板板，香烟袅袅，颇为亲切，给人印象深刻。一次何姨还带着在第四军医大学上学的女儿来，那时我们还是小屁孩儿，看着在部队院校上学的大姐姐心中自是羡慕。

多年后才知道，何姨是新四军在"皖南事变"与政委项英一同牺牲的副参谋长周子昆的遗孀，而且何姨本人竟是武当太和拳掌门第12代传人、当年红四方面军妇女独立团中大名鼎鼎的武艺总教官和侦察排长。

何姨在长征中曾单挑过匪徒"山大王"，拳打匪首"黑七"，迫使山匪给红军让出了一条路。在一次担任侦察任务时，何姨曾一拳打死过一名敌军士兵，这让妇女独立团一时声名显赫。凭着一身武艺，何姨更是西路军西征中与马匪骑兵拼杀的"何铁拳"，还是被后人称作"双枪何奶奶"的一位传奇女红军。

1941年周子昆副参谋长在"皖南事变"中牺牲后，何姨从此再未婚嫁，单抚一女和一遗腹子。在那艰苦动荡的战争年代，一个人能独自带着两个幼小的孩子走过来，可见何姨性格中的刚强和坚韧。

据何姨回忆，她和周子昆是红一、四方面军会师混编后在甘孜相识的，1937年在延安与周子昆正式成婚。毛泽东、朱德、周恩来等中央领导都有到场，当时就是加了几个菜以示祝贺。

周子昆早年曾是中山先生铁甲卫队的一名班长，1925年10月，加入

家中保存的何姨和子女60年代的照片

中国共产党。11月，铁甲卫队并入叶挺独立团，周子昆在该团第二营任排长。1926年5月，叶挺独立团奉命担任北伐先遣队，自粤北北上，转战湘、鄂、豫等省。周子昆随部参加攻占汀泗桥、贺胜桥、武昌等战役，一路斩关夺隘，有勇有谋，先后擢升为连长、营长。1927年参加南昌起义，1928年随朱德上了井冈山。长征中曾担任过红五军团董振堂的参谋长。1937年12月任新四军副参谋长，协助叶挺、项英组建新四军，参与组织部队向苏南、皖中、皖东敌后挺进，建立抗日根据地，开展游击战争。

1941年1月发生的"皖南事变"，是新四军准备在撤到长江以北的一次行动中，蒋政府指令国民党军早在沿途布防，以新四军违抗军令为由，军部9000多人遂遭上官云湘所部数万部队围歼的一次惨烈事件。终致叶挺谈判被扣，新四军一部分被打散，大部分牺牲或被俘，政治部主任袁国平在突围途中牺牲，仅2000多人从西线成功突围。

左起：周子昆、张云逸、叶挺、项英、曾三

突围后，项英带军部副官刘厚总、周子昆带警卫黄诚一共四人躲进安徽泾县山中一处叫蜜蜂洞的岩石洞中避难。

数日后凌晨，睡在洞口的项英副官刘厚总叛变，趁着天降大雨开枪打死了项英和周子昆，将周的警卫打成重伤后，携款逃跑。

据档案记载，刘厚总在蜜蜂洞行凶后，从项英、周子昆和黄诚身上共掳得"国币二万四千余元，自来水笔三枝，金表一只，钢表一只，手枪三支，赤金八两五钱"，其中一支金笔还是斯大林赠送给项英的。

此前在突围途中，有一天中午休息晒太阳时，项英脱了外套捉虱子，暴露出身上保存的黄金、银圆、现钞和首饰，由此勾起了刘厚总谋财害命的邪念，最终酿成了发生在"皖南事变"中的又一重大事件。

刘厚总叛变投敌后，曾带国民党军到蜜蜂洞去确认项英、周子昆尸体，由于事发当天项、周的遗体已被在山下担任警卫的新四军人员发现后掩埋而不得，受伤的黄诚也同时被转移到了附近的老乡家。故刘厚总所谓的"立功表现"始终被国民党方面所疑，其后将刘几经辗转羁押。1948年刘厚总被国民党从重庆的白公馆释放，死因至今结论不一。

1955年南京军区将在"皖南事变"中牺牲的项英、袁国平、周子昆遗骸迁至南京雨花台安葬。

何姨与周子昆成婚后，在延安总供给部被服厂当支部书记，1938年才到皖南和周子昆团聚。先在新四军皖南教导队当班长、排长，后到半塔合作社纺织厂任指导员。

"皖南事变"发生前，因当年带着孩子，何姨等人与新四军家属已早于新四军军部转移，一路化装扮成难民，三个月后才到了新四军在江北盐城的根据地。

当周子昆牺牲的噩耗传来，何姨正怀着身孕，在生下了遗腹子后，"何铁拳"何姨只将悲愤化作力量，继续投入到了新的对敌斗争中。

何姨与她的两个孩子在苏北根据地

何子友（中间白发者），1985年摄于蜜蜂洞前

抗战胜利后，何姨随部队北上东北，先后任佳木斯市后勤生产管理处协理员、哈尔滨被服厂副厂长、东北四野材料厂厂长。上海解放后，何姨又南下华东，先后被派到上海的几个工厂担任军管专员、军管会代表、厂长等职务。

1955年军队授衔时，大部女同志从部队转业，何姨成为少数荣获八一、独立自由、解放三大勋章的女红军。

1985年，何姨由当年周子昆的警卫员黄诚带路，携子女寻迹安徽泾县，穿行崇山峻岭，登高项英、周子昆蜜蜂洞遇难处，荏苒四十年后处斯境，还是

周子昆当年幸存的警卫员黄诚，1999年去世

晚年的何姨常用口琴吹一曲《没有共产党就没有新中国》

让何姨魂断肠断。

在我军历史上，许世友将军因自幼入少林习武，练就一身武功，这曾为他的戎马生涯平添了一抹亮色。

然而何姨是我军历史上唯一的一位身怀绝技的武当侠女，并凭着一身武功曾杀敌、却敌，则鲜为外界所知。

许世友将军又因嗜酒闻名，许将军曾说他一生只佩服两个人的酒量：一是周总理，再一个就是何姨。在南京时，许将军常邀何姨来家喝酒。双方都是习武之人，喝酒的方式也很特别：将酒倒进盆中，用馒头蘸酒，叫边吃边喝。据称许世友有四五斤的酒量，那何姨呢？不知道，因为何姨一生从未醉过酒，这也很传奇！

何姨与家父同为红四方面军西路军死亡历程的幸存者。何姨当年以武当太和拳掌门人身份加入红军，能使双枪，这在女红军中已是不凡，至于其后的人生经历已非如今生活在"小时代"的人们所能体会的了。

我随家父在"文革"前离开南京后，再未见过何姨，但少年时代对人事的记忆却能一直保留至今，只因这些记忆总与那个父辈经历的"大时代"形成的特殊背景联系在一起。

2016年2月22日何姨在南京走完了她103岁的传奇人生，自是高寿，这与老人常年保持习武不辍和她的乐观、豁达有关。

值此中华人民共和国成立70周年之际，谨写此文以纪念这位传奇女红军——"何铁拳"。

父亲的"荣华富贵"

◎胡志刚

20世纪70年代初,父亲胡荣贵

胡荣贵(1913—2004)山西省定襄县人。1933年加入中国共产主义青年团。1936年加入中国共产党。1937年参加山西青年抗敌决死队。中华人民共和国成立后,任云南军区政治部副主任、主任,昆明军区政治部主任,昆明军区副政治委员。1955年被授予少将军衔。荣获二级独立自由勋章、一级解放勋章、一级红星功勋荣誉章。第六届全国人民代表大会常务委员会委员。

城市在喧闹中渐渐地安静了,远处的西山也轻抹了一层淡淡的黛青色，即将下山的太阳，又给"睡美人"披上了耀眼的金纱。此时并不擅长写作的我，自觉地拿起笔，仿佛有责任和义务，把我记忆中珍藏的父亲的点点滴滴记录下来，让孩子知道我们的前辈是怎样的人，我又有什么样的父亲，怎样的家风、传统、精神和信仰。

我的父亲——胡荣贵，出生于1913年2月6日，正是那年的大年初一。那时的家乡山西省定襄县蒋村有一习俗，每家只能是两儿一女，多余的孩子出生后就要被溺死。我父亲出生时家中已有两个儿子，他的降生就已成了多余的。我的姑奶奶站出来说"大年初一溺死孩子不吉利"，便抢夺下来，抱回自己屋里亲自喂养。

1931年，我的父亲以高分考进了山西太原国民师范学院。该校是一所具有光荣的革命历史的专科学校。它是第一和第二次国内革命战争时期及抗日战争时期中国共产党在山西著名的活动基地之一。山西党组

1951年，父亲胡荣贵与母亲王昭合影

织在国民师范建立了以薄一波同志为书记的国民师范党支部，先后发展党、团员220余人，产生了薄一波、徐向前、程子华、李雪峰等一大批重要党史人物。而我父亲走上了革命道路就是从太原国民师范学校开始的。那时学校党组织以"九一八读书会""山西互济会""社会科学联合会""红军之友社"等许多党、团外围组织播撒革命火种。我父亲积极地投身于这类组织活动，1933年组织正式吸收我父亲加入共青团，从事着组织交给的秘密工作。1935年北平"一二·九"学生运动爆发，太原国民师范、诚诚中学等学校的学生纷纷走向街头声援，游行示威，要求国民党反动当局，立即停止内战，一致抗日。国民党太原警察局北城分局军警在局长的率领下化装成学生潜入学校，进行破坏捣乱。他们的活动很快被学生们发现，于是学生们把局长捆起来，吊在篮球架上，叫他认罪，交出后台。此事，一时轰动山西，国民党反动当局恼羞成怒，于1936年3月2日晚上包围学校，抓了100余名学生。经由学校训导员领着警察逐一核对学生花名册，正式逮捕16人（我的父亲就是其中之一），关押到太原陆军监狱。这16位学生统统定为政治犯，戴上了脚镣手铐，轮番受审，严刑拷打，无所不用其极，先后有6位同学被枪毙。当王若飞同志化名黄敬斋，由绥远监狱转入太原陆军监狱后，狱中党支部立即活跃了起来，向反动当局开展多次绝食斗争，要求改善狱中伙食、改善政治犯的生活条件，支持绥远抗战。由于讲究斗争的策略和组织极其坚强，每次都取得斗争胜利。王若飞同志目睹了我父亲经受了非人的牢狱生活折磨，经过血与火斗争的考验，亲自介绍我父亲加入中国共产党，并在狱中秘密进行了入党宣誓。由于监狱内信息闭塞，狱外的党组织已经决定把1933年的共青团骨干正式转为共产党员，后来人常称"胡老狱中是二次入党"。

在狱中为保护王若飞和秘密党支部，我父亲不惧酷刑，不受利诱，甚至十多次被反动派拉上刑场陪绑看杀，他始终视死如归，以大无畏的胆气、坚定的革命信仰使反动派的恐吓一次次破产。狱中我父亲得了伤寒病，得不到救治，狱警以为他死了，准备抬出去埋了，正在卸下他的手镣脚铐时，狱友发现他一个手指微微动了一下，才知道人还活着，赶紧救了下来。顽强的生命，无数次地行走在生死线上，从没有动摇他革命到底的信念。"西安事变"后国民党迫于形势"联共抗日"，国共第二次合作。中共中央要求国民党释放全国政治犯，中共北方局派重要领导同志到太原陆军监狱查找王若飞同志的下落，那时狱中只有极少数人知道"黄敬斋"是谁。来查找的人虽然是我父亲的同乡和国民师范的学长，我父亲还是经过多方多渠道反复地确认后，认定是党组织在积极地营救王若飞同志。在向狱中组织报告批准后，他才告知来营救的北方局领导：黄敬斋就是王若飞同志。

我党在营救出了王若飞同志后，又陆续把在太原被关押的200多名共产党员政治犯营救出狱。父亲出狱时才卸去几十公斤的镣铐，但他已经不会正常走路了，在以后的许多年里，他一直是习惯性地不抬脚擦着地拖着脚走路，如同还在狱中戴着脚铐。

出狱后，与我父亲一同出狱的一批政治犯、"红小鬼"在组织安排下进入了设于太原国民师范的"军政训练班"。这是凭借"牺牲同盟会"这个合法组织建立起来的训练机构。我父亲在其中系统地学习了军事知识和党的统一战线方针政策。之后父亲被分配到山西青年抗敌决死总队，担任总队政治干事、工作队长、政治指导员、组织股长，进而担任团政治主任、政治委员，和从八路军成批支援来的红军干部一起，率领部队驰骋疆场。薄一波同志对我父亲有一段评价："在决死队初期那几年，胡荣贵就表现出了他的政治水平与组织才能。"

抗日战争时期，我父亲和所在的部队先后参加了创建抗日根据地、粉碎日伪"九路围攻"、反击"阎顽"、"十二月政变"、"百团大战"、"围困沁源"和历次反"扫荡"战斗等。父亲任一旅第三十八团政委时，在围困沁源的战斗中，通过深入细致的调查研究，对广大的群众有针对性地开展宣传教育动员，激起了群众坚持到底敢于斗争的信

1972年，胡荣贵（后排左1）、李成芳（后排中）、王蕴瑞（后排左3）、张力雄（前排左1）、秦基伟（前排左2）、张子明（前排左4）在湖南宁乡364医院合影

20世纪50年代初，胡荣贵（后排左1）与李成芳（前排中）等合影

心。三年的围困中，沁源全县未出一个汉奸和叛徒，从而保证了围困战的胜利。那时沁源军民"劳武结合，游击生产"，组织互助代耕的抢收队、抢种队，在距离敌人0.25公里以外掀起抢收抢种热潮，抢收抢种的面积达4万亩。在艰难的对敌斗争中父亲和同志们继续抓紧了减租减息等各项工作，极大地激发了军民的战斗决心。整个围困战斗中，军民并肩共同作战2000余次，歼灭日伪军4000余人，粉碎了日寇建立"山岳剿共实验区"的企图。1944年1月17日毛泽东致电沁源县，祝贺沁源军民抗击日寇的胜利，指出："模范的沁源，坚强不屈的沁源，是太岳抗日民主根据地的一面旗帜，是敌后抗战中的模范典型之一。""好啊！沁源人，英雄的人民，英雄的城！"同时延安《解放日报》发表专题社论《向沁源军民致敬》《沁源人民的胜利》等。

解放战争时期，我父亲任晋冀鲁豫军区四纵队十一旅政治部主任、政委，二野四兵团政治部副主任等职，参加过上党、同蒲、吕梁、晋南、强渡黄河、洛阳、陇海、宛西、淮海、渡江、两广和解放云南等战役战斗。1949年与四兵团先后南下至广东、广西、贵州、云南，一路与白崇禧、胡宗南集团急行苦战，一路做好政治思想工作。父亲常说我们的工作动力和智慧来自官兵来自基层，离开群众这一基础，我们就和瞎子、聋子一样，失去了方向，没有了动力，出不了管用的主意，如同傻瓜。战争时期，部队频繁地行军打仗，如何贯彻上级意图，宣传党的方针政策，提高指战员的文化水平，这一系列关系到士气、战斗力的问题摆到了部队面前。他们针对行军运动的特点，集中了大家的智慧，开创了"拉洋片""走马灯""传句话""背字板""说传唱"等形式灵活、方式多样的宣传方法及易教易学易推广的教育模式。解放战争时部队发展迅猛，对新兵和俘虏兵的教育尤为重要。他们征求了各方面的意见，采取了快节奏的"即打、即补、即教、即查、即训、即战"，有效地加强了实力，提高了人员素质。

进军云南后，搞好民族工作直接关系到边防的安全稳定。根据少数

1973年，父亲（前排中）在重返昆明后，与家人在军区第一招待所合影

民族占多数的边疆地区和国民党残部经常袭扰边境、匪患又十分严重等特点，及一些少数民族被蒋残匪宣传蛊惑，对我军产生了抵触情绪等情况，父亲和战友们经常深入边寨调研宣传总结经验教训，制定了规章纪律。针对反动头人宣传的"石头不能当枕头，汉人不能交朋友"，开展了"做好事""交朋友"等活动，各部队发挥了"战斗队、工作队、教导队、生产队"的四大作用，在民族地区贯彻"团结、生产、进步"的方针，使官兵人人学习民族语言，处处尊重民族风俗习惯，得到了民族同胞的肯定。例如：部队工作组进入村寨，民族同胞为了考验解放军是否真心，用耗子和飞蛾来慰问，工作组男男女女硬着头皮强吃进去，未死的飞蛾在嘴中扑腾一嘴都是白粉，还得强咽下去。艰苦的工作结出了丰硕

的成果。民族同胞一致称：解放军是"吉祥的孔雀"，又说："芭蕉香蕉一条根，汉族和民族一条心。"云南民族团结的基础一直是牢固的。

  我父亲从不对我们讲述自己的故事。那个年代孩子们基本上是放养，父母们上班，我们上学，情况好的时候能每天见一次，后因"文化大革命"，加上我入伍当兵长期在部队，与他老人家相处的时间很少。但在并不长的共同生活中，父母对我们的言传身教铭刻于心。他们要求我们：爱党爱民爱军队，不反动，不害人，不贪不拿，勤俭朴素和独立。小时候家中一磅牛奶除给三个老人喝，小孩每人还可以喝一口。一粒花生分成两次吃。困难时期，家中种的瓜菜都要先送到大食堂，让战士、干部先吃上。先人后己、宽以待人、严于律己的生活态度，今天难得一见了。衣服是补了又补，新三年，旧三年，缝缝补补又三年，大孩子穿不了传给小的，传到后面补丁叠补丁。补得形形色色、颜色不一，裤腿不够长了又接一截，几乎很难看出本来面目了。那时，军区国防文工团演出《年青一代》的话剧，为体现话剧中年青一代艰苦朴素的生活，要求道具服装前后多处有补丁，尽量破旧。剧组找不到适合的服装，为难之际，政治部宣传处的干部出主意说："你们去胡荣贵家里找，想要什么类型的衣服都有。"就这样姐姐的衣服也成了道具——不但前后补丁，还有接了一截颜色不相同的裤腿，真比他们想要的还破。我们小的时候从没买过什么玩具，儿时就崇尚解放军，唯一的玩具就是自己用树枝削的刀枪，那时晚上睡觉都抱着，非常珍惜，白天戴着父亲下连队当兵时的船形帽，手里握着"树枝枪"。那真是我快乐幸福的童年时光。记得过春节，放鞭炮是孩子们的重大盛事，其他小孩都有成串的鞭炮，我也渴望有串鞭炮，那时一串鞭炮需要5角5分钱，我缠着父亲讨要，用了一天时间只得到5分钱。

  父亲给我们留下了十分朴素的生活作风和工作作风。1955年他担任了昆明军区政治部主任，被授予了少将军衔，军队给予了良好的待遇，配备了工作人员，但他一直坚持能减则减的态度。家中里里外外都是外婆全权打理，操持家务。直到1977年，外婆太老了，做不动了，才开始使用组织派来的炊事员。那时生活上十分简单，我们很难见到餐桌上有肉，吃肉是件非常奢侈的事，一大家子七八口人最多也只有两三个青菜，直到父亲离休年老后，饭桌上才有了改善。父亲住处与上班的机关有些距离，他基本是走路或者骑自行车去上班，家里老人、孩子生病，无论是阴天下雨还是下雪，或其他特殊情况，都未曾用过他的车。从小我们几乎没有一点"官"的概念，孩子们偶尔议论官大官小攀比类似的言语，立即会遭到严厉训斥。

父亲常下部队，从来都是轻车简从，到部队调查研究频率很高。他告诉我们只有下基层调查研究，才能密切联系群众，更好地掌握基层情况，指导部队工作。从20世纪50年代到60年代初，军区工作重点是边防稳定民族团结，父亲一年数次到边防下连队，一次短则个把月，长则几个月，总结了不少边防建设民族团结的经验做法在部队中推广贯彻，产生了很好的效果。将军下连队当兵，体验士兵生活，克服官僚作风。到

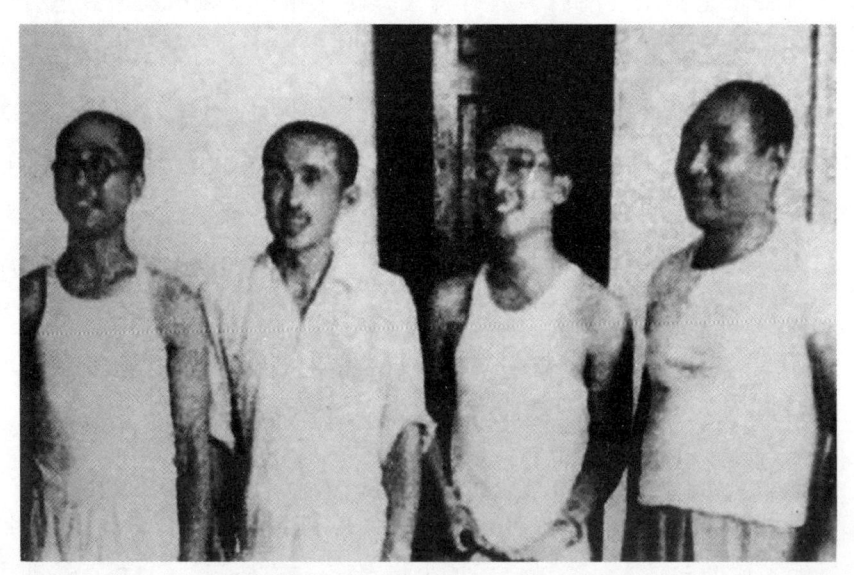

1949年8月，在江西省赣州市胡荣贵（左1）、李成芳（右1）、刘有光（右2）欢送战友雷荣天（左2）调北京工作

基层搞建设都是他们调研的体现,有的老同志说我父亲下基层,有时把部队搞得很尴尬,给他们加一盘菜,他就把菜端出去分给大食堂的干部战士,与他同去的工作人员也偶有微词,说:"跟首长出去别想沾光吃点好的,离开部队时要把每一顿饭钱算给部队,别的就更不用想了。"

那个年代云贵高原交通道路条件很差,他经常带一个秘书坐辆北京吉普车出发了,不论山高水长路有多远,走遍了各个边防和基层部队。80年代中期,父亲担任贵州省中央整党指导小组组长。家人去看他,他们吃饭时饭桌旁遮着个屏风。家人不解说,你们和外面大食堂吃的一样,为什么放个屏风,别人以为你们搞特殊化,开小灶吃什么好吃的呢。父亲说,我们的屏风是利用吃饭时间谈工作和开小会,不要影响大家吃饭,那真是心底无私天地宽。

"文化大革命"中(1967年)父亲被送到北京,在总参的第一招待所北小楼接受审查。那栋小楼当时是各大军区和各省军区的主要领导接受审查的居留地,全是开国将军,当地人善意地称这栋小楼是"将军楼",当然也有人把它叫作"黑帮楼"。我们在昆明军区的这

1973年,昆明军区老领导(1排右2为胡荣贵、右4为张子明,2排右1为张力雄、右2为秦基伟、右3为李成芳、右5为王蕴瑞)在长沙橘子洲头合影

陈赓司令员到11旅视察时合影(左2为胡荣贵)

几家,家家被抄,全部被赶到一个小院里,每家无论多少人口只有两间房子。那时定量到每个人的粮食,有60%是杂粮、豆类和玉米,要靠自己骑自行车驮到十几里地以外的农村小磨坊,磨好掺和到米面中食用。小朋友们会串门蹭饭,有个比我大三岁的哥哥,为了让弟弟和小朋友们能吃上一次肉,用自己卖血的钱给我们吃了顿难忘的饱饭。

1969年林彪的"一号命令"下达后,政治空气变得十分恶劣,"黑帮楼"的这些将军被疏散到全国各地,昆明军区的几位领导,秦基伟司令员、李成芳政委、我父亲、张子明副政委、省军区张力雄政委,还有南京军区参谋长王蕴瑞全部下放到湖南汉寿县的西湖农场去劳动改造。这些老同志下放后,家属全部都失去了消息,无法联系,大家慌作一团。镇静下来后,几家大人先分析后商量,决定每家选一个代表组成一个先遣组,由秦基伟司令员的夫人唐阿姨带领大家,乘火车、轮船、汽车,步行,几经周折用了一周多的时间找到了这些老同志——他们都分在一个团队的各个连队的蔬菜班负责种菜。组织上盘查得非常严格,带去的物品都要逐一地检查。当时李成芳政委长期失眠,家人带了点安眠药也被保卫部门没收了。老同志们不能相互见面,不能串门,只能靠来的家人们探望时串门传递些信息。老同志们也非常热爱劳动,记得秦基伟司令员摘亲自种的丝瓜给我们做菜和做汤吃。有一年正是放暑假的期间,轮到我去探望父亲。当地的气温非常高,有时高达40多度,我们冒着高温提着行李,顶着烈日边走边找,看到不远处有个闪光,是眼镜发出的,一个老头皮肤黝黑、赤背在地里干农活,走近仔细一看,原来是我的父亲,居然就他一个近60岁的人在地里干活,周围年轻战士和干部们都在屋里和树下乘凉。

1971年"九一三事件"后,1972年中央开始对老同志们有些新的优待政策,把他们集中到湖南宁乡灰汤的解放军第364医院,让他们边检查边学习,也可以让各家各户派人陪同了。转眼到了1973年,中央贯彻解放老干部指示,秦基伟司令员到成都军区任司令,李成芳政委到五机部任部长，张力雄政委到江西省军区任政委，张子明副政委与我父亲回昆明军区，1977年父亲仍任昆明军区副政委。

我当兵入伍非常困难。1972年前，我父亲还没有解放出来，我几次报名都碰了钉子。那时我父亲、秦基伟司令员、李成芳政委、张子明副政委、张力雄政委都在湖南第364医院接受审查，家家都有类似的问题。我们就联名给总政写了信，不久，总政电话通知昆明军区这几家子女可以当兵。机会难得，我们家有三个小孩，我姐、我二哥和我。大哥担心我年龄小，就把我年龄改大了16个月，整18岁。这对我后来发展影响很大。别人把自己年龄改小，是为了当官，而我把年龄改大是为了当兵。每次提升，都用年龄说事，反复申请就是不给改回。

当兵后我被分到师部侦察连。部队生活十分艰苦，刚到部队的新兵连，我们都睡在稻草上，草上铺一个床单，盖床被子，啥都没有，水泥地上就是床，一个大通铺，二十几个人一个房间，早上起床被子床单

1946年，胡荣贵（1排左5）与4纵11旅的战友们合影

与稻草卷在一起,清理半天才能分开。每天循环往复地训练、生产、站岗、学习,没有一丝闲暇时间。但我记住了父亲的嘱托,"你当这个兵确实不容易,要倍加珍惜"。我很快地适应了环境,还苦中取乐,如鱼得水。我从小酷爱部队,我是为做军人而生的,不怕苦、不怕累是十分自觉的态度,领导和同志们非常认可。当时对我们最高的评价就是:"你不像干部子女,非常朴实。"一个战友说过,老胡啊,我要是有你这样的背景和后台,我早就高升了。我说恰恰相反,你要有这样的背景,早就干不下去了。事实上他升到了将军,又犯了错误,而我干了18年在大校军衔退休。我们从不会利用父母的关系找人,父母也根本不会为我托人找关系。在我父亲的眼里,当领导干部前是要到基层反复摔打反复磨炼,不是靠交易上任的,要有真才实干。我父亲第一次看见我穿"四个兜"的干部服时,不知道我已经提升为干部了,还以为我穿了别人的服装,回家显摆显摆,当场责令我立马脱掉还给人家,在他心中我永远是需要锻炼的孩子。自我入伍后,特别是担任领导干部后,每次探亲回家,父母都专门认真听取我的工作情况和心得体会,并语重心长地告诫我,一定要深入基层,要和群众打成一片,善于深入细致地调查研究,善于不断总结经验,抓住重点,以点带面,不断改进工作方法。回顾他的工作历程,这些道理是从他亲力亲为的工作实践中产生的。20世纪90年代我分别在一一八团和一一九团任团长。母亲告诉我,父亲时常会悄悄地到在昆明金殿附近的一一八团找战士干部私访,没有人知道这个老头是什么人,这样他可以全方面了解这个团长干得怎么样,因为这是干部和战士们的最真实评价。后来听我母亲讲,父亲每次了解后都非常满意,最满意的是我在一一九团时,全军刚开始军事训练等级评定时,就被评为军事训练一等团。

我任团职13年,师职18年,别人很难理解这两职就干了31年。人生苦短,我40多年的军旅生涯中时时牢记父亲的教诲,"遇到荣誉不要争,利益面前要谦让"。我三次参战,还指挥过边境封控,每次都出色完成任务。数次参战,数次让功让荣誉。有时让给负伤的,有时让给复员和转业的,再就是让给农村籍战友。这些机会对他们来讲,更需要。我自己能够坦然平静地看待。

父亲正式离休是1993年。他爱运动,20世纪30年代初期曾在全国大学生运动会比赛中获得摔跤冠军。有些老同志告诉我们,在战争年代部队经常开展文体活动,摔跤就是一种重要形式。抗战时期有一次部队分来一个战斗骨干,身材魁梧高大,他听说这个戴着眼镜、文气的政委会摔跤,摔跤还从来没有遇到过对手。于是要求与我父亲比试比试,结果我父亲毫无悬念地赢了,这也是战争年代打铁要靠自身硬的一点本钱吧。父亲晚年

1955年,父亲礼服像

的运动是游泳和跑步,有些工作人员刚来我家工作时看起来弱不禁风,跟我父亲一段时间,一起积极锻炼,很快变得红光满面、精神饱满。离休后我母亲也跟随父亲每天去游泳锻炼身体。记得有一年父母共同去游泳,父亲只顾自己闷头游泳,母亲游累了就和游泳的伙伴们聊天。听到社会上和军队里有人要当大官,需要花不少钱来买官,回家后因为根本不相信有这么腐败,就和我们小声议论。我父亲在旁边听到只言片语,气得发了大火,痛斥这种恶劣的腐败现象,并说他管了一辈子的干部,绝不允许贪占小便宜。"我们一分钱也不会收,绝不允许收取一分钱,最大的耻辱就是贪占和腐败。"在他们眼里官位是成千成万的先烈用鲜血和生命换来的,是能为人民服务的光荣岗位,是无价的。怎么可能让官位变成有价码的商品!在他们那一代人的心里,装得满满的是党、军队和人民的事业。他们那个年代普遍风气良好,腐败现象极其罕见。领

在中野4纵11旅任政委的父亲胡荣贵与李成芳（右2）、王砚泉（右1）、侯良辅（左2）合影

导干部的自觉性非常高，每个人严格自律、艰苦朴素。我对买官争位的丑恶现象深恶痛绝。我在前线打仗时，常常揪着母亲的心，长期没有音信，母亲迫切希望了解，可父亲坚决不允许用军线电话问一下。2004年93岁的父亲去世。家人开会，让母亲借此机会向军区领导反映一下全家唯一留在部队始终坚守的仅我一人了，能否照顾一下。母亲很为难，认为虽然家中大哥下岗，小弟失业，但去开口提要求，与我们不争不要的家风不符。"算了吧！"

远处断断续续传来车笛和喧闹声，天也渐渐地亮了，城市在悄悄退出的晨雾中鲜活亮丽起来。父亲的一生怎是这短短一夜就能叙述完的呢？我们相处甚少，更谈不上触景生情，又秃笔相形见绌，这点滴的记录是我能留给孩子的——我记忆中的父亲。

父亲的"平江团"

◎梁 凌

父亲梁廷佐（1922—2014），陕西子洲人，1935年参加陕北红军，1940年加入中国共产党。1955年荣获三级八一勋章、三级独立自由勋章、三级解放勋章，1988年荣获中国人民解放军二级功勋荣誉章，2005年荣获中国人民抗日战争胜利60周年纪念章。

1949年2月的父亲

红色的队伍来自井冈山

"雄伟的井冈山八一军旗红，开天辟地第一回人民有了子弟兵，从无到有靠谁人，伟大的共产党，伟大的毛泽东。"

1927年9月，毛泽东带领秋收起义的队伍经过"三湾改编"

上了井冈山，中国工农红军成立。1928年4月，朱德、陈毅率领的南昌起义余部和湘南农民武装与毛泽东在井冈山会师，合编为中国工农红军第四军，朱任军长，毛任党代表。7月彭德怀任团长的湘军独立五师一团由彭德怀、滕代远、黄公略领导在湖南平江起义，成立了中国工农红军第五军，彭任军长，滕任党代表，12月11日，率部与红四军在江西宁冈会师。红色的军队源自井冈山，中国人民解放军中有两个著名的铁血团队"平江起义团"与"平江起义第一团"，我的父亲梁廷佐在这两个团队经历了难忘的铁血岁月。

1935年秋，12岁的父亲丢下放羊鞭，参加了陕北红军。年底陕北红军与长征到陕北的红一方面军在瓦窑堡合编成中央红军，父亲因年少分到红军大学当通信员，跟的首长是红大二科科长周建屏。1937年春跟随调任陕北省委军事部长的周建屏到延安蟠龙镇。

1937年七七事变后，8月22—25日，中共中央政治局在洛川县冯家村开扩大会议（洛川会议），红军改编为八路军，参加洛川会议的周建屏调任一一五师三四三旅副旅长。于是父亲又随周建屏奔赴抗战前线，从风陵渡过黄河，赶到平型关时已经在打扫战场了。父亲为没能参战失望，不愿再在旅部了，要求到战斗部队去，到战场上去。多次要求在"五台分兵"时终获批准，于是离开了跟随近两年的周建屏到了三四三旅六八六团。

六八六团源于平江起义后组建的红五军，团长李天佑、副团长杨勇认识在旅部的我父亲，要留他在团部当通信员，父亲倔倔地说："我参加红军两年多都在当通信员，送信送烦了，我要下连队当兵打仗，还要做通信员，我就在旅部不下来了。"于是到了一营，营长张仁初知道我父亲跟着周建屏学了点文化，会看地图、识地形、辨方向还会司号，很是喜欢，也要把他留下当通信班长，父亲也倔倔地坚持要下连。父亲记得很清楚："1937年11月4日到了一营一连七班，第二天就上战场，参加广阳伏击战，这是人生的第一仗。"我问："你当时才14岁，怕吗？"

父亲摇摇头笑了："不怕，很兴奋，我是第一个冲上去的，我下连就是想打仗嘛。"广阳在山西昔阳县，经4小时激战，歼日军近千人，缴获骡马700余匹、步枪300余支以及大批军需物资。

11月8日太原陷落以后，一一五师奉命转战吕梁山，开辟吕梁山敌后根据地。师部率第三四三旅随八路军总部移至晋南洪洞、襄垣、屯留地区，发动群众，扩充兵员，组织集训。父亲说："我参加了集训，每日勤学苦练杀敌本领。"

1938年元旦，全团集合接受朱德总司令检阅，晚上观看上海来的战地服务团慰问演出。2月，为保卫黄河河防和陕甘宁边区，师部率三四三旅转战于晋西广大地区。3月2日，林彪负伤离职，旅长陈光代理师长。3月中旬六八六团在午城、井沟地区打了两次伏击战，共歼日军100余人，毁敌汽车79辆。父亲说："两次伏击我都参加了。5月初，六八六团在兴旺村东山阻击日军进攻，我负伤了。副团长张仁初到排里看望我受伤情况时说：'小鬼打仗很勇敢，负伤不下火线，团报表扬了你！'"

"8月参加西公岭伏击战，七班在前，我冲在第一，打死两个鬼子，其中一个军官，缴获三八大盖一支，金怀表一块。交到班里，班长说表留在班里放哨用就未上交。连长徐元玉（1941—1942年牺牲）知道了命令我上交，表在班长手里我交不出来又不愿意说，晚上被关禁闭。后来张仁初说，本来你应受表扬，冲锋第一，打死两个鬼子。但怀表的事，没处理好，不好在一连了。于是调到了四连二排五班，父亲说，他是1937年在陕北军事部入党的，周建屏是介绍人，帮填的表。父亲下连时将党员关系介绍信交到连里，1938年8月父亲调四连转关系时，入党手续等被连文书在频繁的转移中搞丢了。当时连里要他填表补手续，父亲珍惜周建屏是入党介绍人并给填的表，坚持要文书给找回来。于是僵持到1940年，上级说，你勇敢，又会打仗，但你不补手续不好提拔使用，部队到山东一年多了，党员登记表和组织介绍信找不到了，不要犟了。这样，父亲重新填表入党。"文革"中13军造反派抄家，说他二次入党有问题。周建屏

1938年牺牲，于是张国华、吴忠等为他做了证明。这是后话了。

四连二排五班班长姓李，四川人，参加过长征，人不错，和大家打成一片。告诉我：还是要入党，当班长，第一要能打仗，第二要能训练带兵。9月，参加汾离公路伏击战。在汾（阳）离（石）公路之薛公、油房坪、王家池连续伏击日军。三次伏击共歼敌1000余人，击毁汽车29辆，缴获大量军用物资，挫败了日军进犯黄河河防的企图。这就是后来战史上有名的'三战三捷'。"父亲回忆说，"上半年与日军作战六七次，马庄阻击战、白马庄作战等我都参加了。下半年在晋东南作战二三次，参加辛庄阻击战，我又是负伤不下火线。"

父亲曾因打架被关禁闭。我问他："那时行军打仗，居无定所，怎么关呀？"父亲笑了，说："行军时背子弹箱，宿营时到炊事班挑水，晚上到牲口棚睡觉。"问："没人看着？"父亲说："老乡家的牲口棚没墙没门，怎么锁？通信员说一声你今晚就在这休息吧，就不管了。"想着年少父亲瘦小的身子背着沉重的子弹箱翻山越岭，蜷缩在四面透风的牲口棚下，我问："爸爸你怎么不跑呢？"父亲严肃地说："我参加红军后再怎么苦再怎么难再怎么受委屈，哪怕流血牺牲我都没想过'开小差'，在延安时你爷爷来找过我，又下跪求周建屏要我回去，我没回，我要跟着毛主席跟着红军走到底。"父亲没上过学，一口陕北腔，年少性倔，遇事急了就动手，在四连有次竟然同指导员安春华干起来了，被教导员王六生在会上点名批评，营长胡大荣找他谈话批评了几句，父亲承认了错误，不得不到营部当通信员。

1938年岁末，为增强山东地区抗日游击战争的骨干力量，一一五师分批进入山东。代师长陈光，政委罗荣桓率师部及六八六团由晋西出发，经豫北东进。父亲说部队离开晋西的时候，朔风呼啸，大雪纷飞，天气非常寒冷。年底，部队抵达太行山八路军总部。1939年元旦，朱德总司令踏积雪来到驻地夏店镇慰问部队。总司令讲了当前的形势任务，专门表扬了六八六团在夜袭午城、伏击井沟、汾离路三战三捷等战斗中的胜利，表扬六八六团为保卫边区、保卫延安做出的贡献。他说，"你们六八六团是'模范团'，是'干部团'"，希望大家发扬我军光荣传统，在敌后游击战争和创建抗日根据地斗争中为党为人民做出新贡献！

战斗在山东

1939年初，国民党掀起第一次反共高潮，国民党顽固派在冀南袭击八路军，强行取消我抗日民主政权。春

抗战时期父亲在山东

节后，陈、罗率部护送彭德怀亲往处理冀南事件，完成护送任务后继续东进。3月1日，经河北、河南两省交界地区，越过因蒋介石炸开花园口而改道的干涸黄河，进入山东。"一天经过三个省，走过黄河没湿鞋"，从此，父亲与山东结缘近十年。

刚进山东，不顾长途行军的疲劳，应当地民众之请，杨勇率六八六团首战樊坝，歼郓城伪军保安团800余人，活捉伪团长刘玉胜。彭德怀副总司令发来贺信：樊坝一战为一一五师日后坚持山东抗战开了一个好头。首战告捷，八路军威名在鲁西大振。当地百姓怕敌伪卷土倒算，纷纷恳请八路军留下来，于是陈光、罗荣桓决定再次分兵：杨勇率六八六团直属队一部和第三营等，统称东进支队独立第一团，留运西地区创建平原抗日根据地；张仁初、刘西元分别接任六八六团团长、政委之职，率团部和第一、二营重编六八六团，随一一五师部继续东进。于是，平江起义部队的血脉分流，发展出"平江起义团"和"平江起义第一团"，此是后话。

六八六团东渡运河后，进入泰山以西的东平、汶上、宁阳地区，与

东进抗日挺进纵队的津浦支队及山东纵队第六支队会合。继而，奇袭草桥，强攻围里、葛石店，连战皆捷，歼灭伪军1000多人，击退了日军两次进攻，瓦解了1万多人的反动会门"红枪会"，拔除了日伪军沿汶河两岸（东平、宁阳县境）的全部据点，迅猛地扩大了鲁西抗日根据地。日军这才确信老百姓所传的"平型关下来的老八路来了"并非虚言。5月初，日军从泰安、肥城、东平、汶上、宁阳等17个城镇调集日军5000多人，伪军3000人，坦克、汽车百余辆，火炮百余门，由第十二军司令官尾高龟藏指挥，分9路拉大网围攻泰西抗日根据地，先后"扫荡"东平、汶上地区，9日开始向肥城、宁阳间山区推进，在肥城以南的陆房地区把一一五师部及直属队，报社、剧团、医院、弹药厂、被服厂、抗大、陕公、鲁艺的部分学生，鲁西区党委及党校，泰西地委及党校，六八六团5个连、团部特务连及津浦支队，山东纵队六支队的两个连，泰西（肥城）独立团80余人包围，国民党东平县县长田家滨率领的300余人、遇鬼子一触即溃的杂牌军也被兜在包围圈里。包围圈里总计3000余人。

10日，各路日伪军继续实施向心推进，紧缩合围圈。一一五师令六八六团掩护各机关分路突围。当夜，除从西南面熟悉当地情况的山东纵队六支队的两个连突围外，师部、津浦支队和地方党政机关未能突出包围圈，被迫在陆房周围纵横各约10公里的山区，凭险据守，待机突围。

陆房的地形就是一个盆地，在纵横十几里的平原四周是海拔几百米的山岭。团长张仁初命令：一营抢占陆房地区制高点肥猪山，构筑工事，阻击追敌；特务连和侦察连分别抢占西南面的岈山和磨盘岭一带；二营坚守北面凤凰山；东面师特务营；南面团特务连。11日拂晓，日伪军在炮火掩护下全线发起进攻，八路军被围部队沉着应战，六八六团打退日伪军9次冲击，坚守岈山的二连战至仅存四人；在陆房以北、以东的津浦支队和师特务营也打垮了日伪军多次冲击；师骑兵连奇袭了陆房东北安临站的日伪军。在西北部，日伪军200余人突破阵地进抵陆房附近，津浦支队和六八六团密切协同，以迅猛的反冲击，击退突入之敌；

东南部的日伪军，突入孟家村附近受阻。黄昏，日伪军畏怯夜战停止攻击，收缩兵力，包围监视，企图次日再度进攻。22时许，被围各部按预案开始行动：津浦支队派出9名骑兵分三组，袭扰敌人，掩护鲁西区党委及田家滨部等向南偏东方向突围，之后，三组骑兵悄悄地突出了敌人包围；一一五师师部和六八六团向南而后向西方向突围，刘西元率一营在前面开路，师部、泰西地委走中间，张仁初带二营和师特务

1952年冬父亲与母亲在重庆西南军区

营殿后，由一熟知地形的当地老人带领，我军摸黑从一人迹罕至的险峻小路翻过岈山，经过孙伯岈山庄、五埠、北栾等村庄，过汶河到达汶上县，在云尾、北陶、南陶一带宿营。13日，向西到达东平无盐村，沿岈山村的沟渠小路突出重围，与前来接应的罗荣桓相会。时任泰西地委宣传部长万里的回忆文章记载：突围时他与六八六团的同志在一起。

陆房战役时一一五师师指挥所设在小安家林（今西陆房村），六八六团指挥部设在肥猪山西南山坳簸箕掌（今东陆房山套村）。父亲回忆说：指挥员身先士卒是这支部队的光荣传统，陈光直接下到团指挥，团长张仁初下到一营；副营长徐敬元下到二连；教导员王六生下到三连、四连。父亲是一营通信员，当时通信器材很少，往前沿各阵地传达命令，各阵地的情况报告都要由通信员奔跑，通信员就在战火中的各个山头阵地间穿梭奔跑传达命令，报告敌情。那时都是口头传达、报告，是绝对不能出错的。父亲有心，通过报告敌情传达命令学习指挥员

的临机处置。

陆房战役后，陈光和罗荣桓根据当前敌后斗争的形势，决定各部队分散活动，师部机关留下100多人和六八六团一营二、四连和骑兵连在泰西平原坚持斗争。父亲说："陆房突围后，师部叫我跟随行动，代师长陈光在红军大学时任一科科长，把我这个跟红军大学二科科长周建屏的勤务员认出来了，给我说了鼓励的话。他是大个子，170厘米以上，干脆，敢干。陆房战役因为是陈光指挥的被忽略了、低估了。陆房战役是遭遇战、突围战，日伪军8000多人拉网围攻，我们不足一个团要掩护2000多人的非战斗人员和地方党政领导干部突围是很艰难的，但陈光沉着冷静地指挥这3000多人突出来了，粉碎了日伪军8000余人的'九路围攻'，歼灭日伪军大佐联队长以下1300多人，我们伤亡了200余人。陆房战役损失并不大，主要是东西丢得多，一一五师在山西平型关、广阳等地打的是伏击战，伏击日本鬼子的辎重队，缴获多，进山东时浩浩荡荡的有一百多匹骡马驮东西。陆房是反围、突围，要掩护大部分非战斗人员从山间小路突出去，怎么能带那么多东西？只能轻装。后来段君毅带地方的同志回陆房把掩埋的东西找回来了，20世纪70年代段君毅任四川省委书记时，我们还共同回忆了凶险的陆房战役、残酷的湖西岁月。

20世纪50年代初父亲（左一）与战友

说陈光在山东拼得多，但一一五师在山东发展那么快，难道没有他的功劳？1943年他调延安，听说他路过湖西，当时我是连长，在巨野，可惜没有见到。"

陆房被围、反围和突围，粉碎了日军的围歼企图，是八路军主力部队初到山东之后进行的第一次战役性战斗，是继平型关大捷之后取得的又一次重大胜利，为坚持泰西根据地，打开山东抗战局面保存了骨干力量，增强了我军民开展平原游击战的信心，为巩固发展山东抗日根据地奠定了基础。从此，共产党在山东领导的独立自主的抗日游击战进入一个发展新阶段。

7月，师独立第一团和第七支队合编为一一五师独立旅，杨勇任旅长兼政治委员，段君毅为副旅长。独立旅辖三个团，第一团由六八六团三营扩编而成，三营首任营长邓克明是原模范红十二团团长，首任教导员刘西元是原模范红十二团政委，当年的"模范红十二团"又恢复了团的建制。

父亲回忆说："到了7月我因生病，从师部返回鲁西跟旅部行军。病愈后警卫排长希望我留下当警卫员，我说还是到连队。旅管理处长何光宇是个经过长征的湖北人，说，你年龄不大，是陕北红军，也是老同志了，还是一个兵，到一团去当班长吧。于是到了独立旅第一团（即平江起义第一团），一团分到二营，再分到六连七班当了班长。六连有9个班，再加机枪班和炊事班、连部勤杂人员，有120多号人。指导员姓钟，是长征干部，我班长当得不错，受到指导员的表扬。10月被选送三四三旅教导大队二中队四分队学习深造，不到一个月，提拔为二分队分队长。"时年，父亲17岁，战争使战火中的少年跑步成长。

1940年春，父亲在教导大队半年学习快结业前，大队长说，大队决定留他当通信排长。父亲不愿意，被撤分队长职务到二中队当伙夫并进行谈心教育。伙夫当了几天，教导队攻打顽军据点，在久攻不下的紧急关头，父亲主动请战，抄起大锅铲带头冲锋，为部队打开通路，受到表彰，恢复了干部职务，并让他带领60多名学员回黄河支队。路过湖西时，父亲谢绝湖西分区政委张国华留他当警卫连长的好意，执意回老部队。

半年时间老部队变化很大。三四月间，鲁西部队整编，恢复一一五师三四三旅番号（杨勇为旅长，萧华为政委），并兼鲁西军区机关。三四三旅所属部队分编为黄河支队和运河支队。独立旅改编为黄河支队，第一、二团分别改为黄河支队第一、二团。5月，黄河支队奉命南下湖西接替苏鲁豫支队坚持抗日游击斗争。

6月，父亲回到黄河支队，被分配到二团一营二连任副连长。7月，任二团一营一连代理连长，湖西地区地处日、伪、顽、匪交错，四面夹攻的复杂环境，顽军分东西两路进攻湖西，我军坚决反击，并平息了反动会道门"红枪会"的暴动。

1941年1月，三四三旅黄河支队整编为一一五师教导四旅（兼湖西军区），所辖第一团、第二团改为第十团、第十一团。2月14日，教四旅十团、十一团和教三旅九团奔袭十字河以东与顽军争夺十字河。歼灭顽、伪军近千人，毙、伤日军160多人，粉碎了日伪军将八路军挤出十字河地区的企图，保住了交通要道。父亲在十一团五连任副连长代理连长，参加了这一系列战斗，任务完成得很好。

1942年初，日军加强了对我敌后各抗日根据地的"三光"扫荡，面对严峻形势，党加强对武装部队的领导，精兵简政，部队精简整编，大团改小团，十一团缩编为5个连，干部使用上降一级或两级，指导员称连政委，父亲仍为五连副连长。后来上级调他去分区特务连任副连长，父亲参军后就在红军大学、陕北省委军事部、三四三旅旅部等领导机关，觉得机关特务连警卫、通信、司号、勤务等工作婆婆妈妈的，不如战斗连队打仗痛快，不愿去就拖延着。后来去了但消极怠工，被领导批评组织性不强，令去湖西军区教导大队政治队学习。教导大队一队是政治队，二队是军事队，父亲任一队区队长。9月，遇鬼子扫荡，父亲带区队30多人对应得很好，全队无一损失。而后攻打金乡县东西杨楼鬼子据点，军事队没有攻下来，父亲带政治队打进去了。10月军区司令部作战科下令调他到教三旅九团任连长，父亲说：我拿到命令打上背包就走了。从此，离开了十一团。

抗日战争相持阶段是各敌后根据地最艰难最残酷的岁月，父亲回忆说：湖西根据地在日、伪、顽三股势力的压迫下处境极为艰难，我们一直处于反扫荡的严峻战斗中。1942年12月20日，上万日伪军将湖西分区党政军首脑合围，突围中专员李贞乾、教四旅十团团长肖明、专署公安局长丁志诚等40多人牺牲，有8名营以上干部开了"小差"。而后日军在湖西大修据点，"三里一碉堡，十里两方城"，挖掘纵横交错的"井"字形封锁沟，连同原有封锁线形成网格，严重封锁、分割蚕食我湖西根据地。

传承平江团的传统

九团前身是山东西区人民抗敌自卫团，系1938年1月在山东省委领导下由泰（安）西抗日武装起义队伍与其他游击队会合成立的。同年11月改编为八路军山东纵队第六支队，1940年10月下旬，改编为一一五师教三旅第九团。1942年秋，九团被冀鲁豫军区评为"群众工作模范团"通报全区表扬。九团也是小团，父亲任五连连长，他把在平江团养成的顽强的战斗意志和强悍的战斗作风

1964年父亲在昆明

带到五连，严格带兵，训练部队战斗作风养成。父亲说：五连做群众工作没得说，打仗嘛要差点，那就狠狠练，不会强行军就多搞几个强行军他就会走路了，不敢打硬仗就要带他打两次硬仗他就敢打会打了。八路军作战的本质特征是人民战争，1943年九团化整为零以连为单位组成小分队，与县大队、区中队和民兵广泛开展群众性的游击战争。各连神出鬼没到处打击敌人，连续拔除了29个据点。老百姓编民谣唱道："老九团，不简单，行军像是飞毛腿，打起仗来赛猛虎！"

6月，九团在成武县攻击小范楼据点，二连、四连从西北突破，五连和军区特务连向小范楼西南攻击，三连为预备队。按照战斗部署，6月29日凌晨，以二连打响为号，各连开始发起攻击，很快突破敌人防御，攻入敌人心脏。父亲回忆说："五连为第一梯队从西南方向突入围寨，一排、三排上刺刀向凤村冲击。观察员报告，敌人炮已架好。我一听，立即判断如果敌人炮一响，敌人一冲，我们的工事不就完了？必须先发制人，马上命令司号员吹号全连冲锋，我头一个冲击逼近敌人，敌人没来得及开炮我们就冲到跟前，把敌人打垮了，敌人再也不敢出来了。天亮了，敌人见打不出去我们，就突围。我带着五连在开阔地和敌人拼刺刀，大白天的，老百姓都看到了，敌人超过我们好几倍，我们敢于和敌人打交手仗，伤亡不到10人。"从此老百姓都知道了五连，父亲把五连带出名了。此战在敌众我寡的情况下打得干脆利落，歼敌保安第七旅参谋长以下1800余人，缴获甚丰。九团仅伤亡29人，其中牺牲2名战士，其他多系轻伤。消息传出，老百姓口中又传唱："老九团，真能干，一夜消灭了常坏蛋！"军区首长号召全区部队向九团学习。紧接着九团又参加了对李仙洲部的打击。

是年秋，上级又令父亲去军区教导大队政治大队学习，父亲不愿去，政治大队去的都是连政委，只有他是连长。父亲问团长匡斌："我是连长该去军事干部大队，怎么去参加政治大队学习，是不是搞错了？"团长匡斌说："没有错，就是调你去政治大队学习，你的英雄主义严重,要好好整整。"父亲是在连队里从战场上拼杀出来的,战斗中冲锋号一响,他总是第一个冲在前,当战士当班长当排长如此,当连长也是如此,父亲说:"我是对其他连不服气,你能打我也能打。战争中,不服气是好事嘛。连政委李白石调走时说,你这个人打仗行,就是往敌人机枪口冲。我心想我又不是蛮干送死,干部嘛就应该这样,你怕死战士就不敢冲。"父亲说他看到有些打"巧仗"的,爬在掩体里冲啊冲啊地光喊不动,战斗要结束了就冒出来打扫战场捡战利品。当战士、班长他冲在最前面,当连长时,他蹿出掩体冲锋时看到这样的怕死鬼就踢他两脚或抓住他后领提着他冲,战斗结束后被提过后领或被他踢过屁股的哭哭啼啼提意见:连长英雄主义严重。为了胜利勇往直前,向死而生的革命英雄主义是平江团的传统,父亲的英雄主义却是"严重"的,需要"好好整整"。

又回平江团

1944年,父亲由教导大队到太行山林县的晋冀鲁豫党校五队参加学习,参加太行山整风。五队有300多人,湖西分区政治部主任戴润生是支部书记。回忆这一段时父亲说:"我们学整风文件,整学风、文风、党风,学习时事。太行山区物资贫乏,粗粮瓜菜只能吃个半饱,冬天很冷也没有什么御寒衣服可发,我大病了一场,疟疾转痢疾,住了一个多月的医院。"

"1945年2月,整风结束后邓小平给整风队讲话,讲了两三个小时,讲形势,讲敌后斗争。从太行山返回时没有发路费也没发粮食,每人发两斤太行山的党参作路费,一路上找老乡换点吃的,日本鬼子祸害老乡也没什么粮食,就是高粱、红薯干加晒干的红薯藤磨的粉做的粗粗拉拉的窝头或饼,黑乎乎的,就这老乡自己都不够吃。我们就分开走找吃的,晚上再汇合。有时一两天找不到吃的就嚼两根党参喝点水,二十多天后才回到冀鲁豫。哎呀，一个个都饿坏了。然后在鲁西参加搞土改两个多月。土改完成后五六月份回到湖西分区，这时抗日战争进入战略进攻阶段，部队恢复了营级，人员也有大的扩充，我被任命为十团三营副营长。"

十团也是源于平江起义团。1939年春，三四三旅六八六团初入山东在樊坝分兵，留下第三营发展为独立旅第一团，父亲在该团当过班长。1940年4月一团改编为教四旅兼湖西军分区第十团，1944年5月改称八路军冀鲁豫军区第十一军分区第十团，多年下来被称为"湖西老十团"。三营是红军营，十一连、十二连均为红军连。父亲到营后，十一连连长刘毓满不服气，说"副营长是个小鬼"。也是，父亲当时才21岁。7月2日袭取丰县时营长负伤到后方，父亲指挥打金乡，打得好，人家后来告诉他，十一连刘连长服气了。又接连取长垣，三攻曹县，连下三城，都是三营主攻。

三攻曹县是在9月13日到9月18日。父亲说："1945年8月日本投降，抗日战争胜利，我们在山东坚持抗战八年，蒋介石却要日本鬼子不向八路军投降，占据曹县的日本鬼子和伪军尤其顽固，上级命令攻打曹县。9月，天气酷热，我们背着背包，扛着武器弹药急行军赶往曹县，路两边是老乡的西瓜地，成熟的大西瓜都在地里躺着。老乡看八路军来了，把西瓜抱到路边切开要我们吃，大家都忍着饥渴不吃不停脚。有战士中暑了，卫生员给扶到路边灌几口水休息休息再走。到曹县后，曹县的古城墙很高很厚，有护城河，我们没有重武器，还是靠手榴弹和爬长梯子攻城。守城的日本鬼子和伪军居高临下火力很猛，旅长尹先炳集中4个团的兵力，从9月13日开始两次攻城。我们团二营上去，四个长梯子都被打断，伤亡大，营长也负了重伤，隔着护城河伤员也救不下来。两次未克，尹先炳调整部署，改变多点突击、兵力分散的问题，将主攻任务交给战斗力最强的十团，又从各团抽调100挺轻重机枪和优秀射手、投弹手支援。十团团长郑统一将主攻任务交给三营。"

18日半夜，父亲带着通信班摸上去，伤员和没负伤的都紧贴城墙根躺着，伤员忍着疼不能哼，一哼出声城墙上敌人的手榴弹就扔下来了。父亲挨个摸悄声问："负伤没有，还能动弹不？"组织起三十几人，十一连、十二连也摸上来了。拂晓时父亲带头爬梯子，一腿刚跨进城墙垛子，抱枪靠着垛子睡觉的鬼子惊醒了，一枪打在父亲大胯上，他忍着疼给鬼子两枪，把他打死了。枪一响其他鬼子都惊醒了，但是战士们已冲上来了，就地反击冲杀，率先攻占了东城门楼，为后续部队打开通道，很快就打下了曹县。打下曹县后父亲也因伤重住进了医院。后来庆祝曹县解放的大会时，父亲被抬到会场主席台接受表彰，但部队记者要拍爬梯子上城墙的照片时就是副团长晋士林去拍的啦。

1971年父亲战友何渠若全家

转战冀鲁豫

1945年9月，晋冀鲁豫军区成立，辖冀鲁豫、冀南、太行、太岳四个军区。10月，各军区主力部队依次编为野战军第一、二、三、四纵队，第十团改编成为晋冀鲁豫军区第一纵队第二旅第四团。正在单县一一五师医院养伤的父亲被任命为四团二营营长。二营也是老部队，父亲1939年夏就在二营六连当过班长。与父亲搭档的二营教导员何渠若，广东大埔县人，1939年秋抗大毕业后任鲁西独立旅秘书。1940年教四旅第十团任连指导员，而后任教导员。1971年任沈阳军区政治部副主任、中国人民志愿军委员、志愿军首席谈判代表，1973年病逝。

同月父亲伤未痊愈，得知部队有重大行动，不顾医生阻拦赶回十团二营。21日23时在岳镇，父亲带伤又亲自率突击队六连顽强突击，又被炮弹炸伤，仍坚持指挥战斗。安守田团长、郭强政委和郭海波参谋长由六连指导员许绰引路来一线看望。见父亲旧伤未愈又添新伤，郭强说："廷佐同志，你脸上、臀部两处挂彩，吃喝困难，行动不便，送你去后方医院治疗吧？"父亲拒绝好意，继续坚持指挥部队战斗。率二营攻吴村，破赵横城，打马营子，连战皆胜。

11月1日，平汉战役打响，伤未痊愈的父亲又率领二营和三营合编的突击队，指挥6个连担任主攻，七连攻占敌十一战区副司令长官马法五总部，俘敌500多，大部分是军官。战后因伤口严重溃烂，再次送进医院。因父亲在平汉战役中率二营5次担任主攻，带伤指挥战斗，出色完成任务，纵队奖励他虎皮大衣一件。

一纵组建后，就奉命北上抢占东北战略要地。后来因承德吃紧，没去成；再后来说去保卫延安，恰巧邯郸再次吃紧，便派就近的一纵去协助，延安也没去成，一纵围着北平绕了一个大圈，又回到冀鲁豫。以后看电影《南征北战》中有战士发牢骚，"反攻，反攻，反到山东"。父亲笑了，说那时真是这样的。由于连续征战，部队减员较大，1946年3月，一纵在热河进行整编，缩编为3个旅6个团，改称为晋察冀军区一纵，父亲仍为二旅第四团二营营长。随即参加了热东、平绥、张怀、大同、集宁等战役。同年9月4日一纵归晋绥军区指挥，9月29日至10月12日参加张家口战役。12月15日，一纵归还晋冀鲁豫军区建制，归建晋冀鲁豫野战军参加巨（野）金（乡）鱼（台）和鲁西南战役。17日奉命南下，22日至南宫地区，又急进阳谷地区待机。30日，一、二、三、六、七纵等部队开始巨（野）金（乡）鱼（台）战役。

1947年1月，巨（野）金（乡）鱼（台）战役中的西台集攻坚战打响。一纵二旅以四团二营为主攻，父亲坚持一线指挥带领突击队六连暗夜匍匐近敌为纵队打开了突破口。战后和二营受到纵队通令嘉奖，六连获"攻如猛虎，守如泰山"锦旗，《战友报》载文褒扬。6月，父亲已是二旅四团副团长，在纵队司令员杨勇参加的二旅英模大会上被一纵评为战斗英雄，名列光荣榜首位（1955年全国战斗英雄评选，父亲因已调离一纵即十六军而未能参加）。

1947年6月30日夜，刘伯承、邓小平率晋冀鲁豫野战军12万余人强渡黄河，在歼灭国民党军6万余人之后，以锐不可当之势，千里跃进大别山。刘、邓抓住国民党军尚未形成围攻的有利时机，制定了北线牵制、南线展开的战略方针。仅仅一个月，就在鄂豫皖地区解放县城23座，在17个县建立了民主政权。9月，蒋介石调兵遣将对在大别山区刘、邓大军主力实行合围，而山南空虚。刘、邓将计就计，以一、二纵各一旅伪装为主力留商城、罗山活动，以一、二、

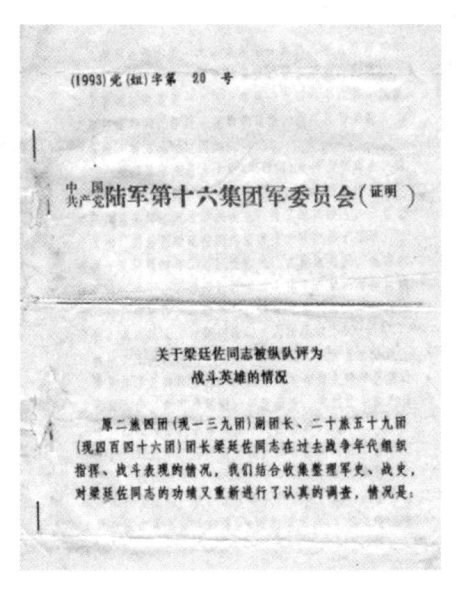

父亲被评为战斗英雄

1947年《战友报》登载父亲鲁西南战役获战斗英雄时的留影

六纵的7个旅,乘虚出击鄂东。10月1日,一纵主力向长江边挺进,连克9座城镇。10月22日占领长江北岸重镇湖北武穴(现广济市),攻占武穴后,父亲任武穴城防司令,宣传群众,维持治安,筹集部队过冬的粮款和棉花布匹运进山,供应部队自缝棉衣。我军南临九江,东胁安庆,西逼武汉,威震长江南北,蒋介石以为我军将渡江,慌忙调动军队,企图围歼我军于武穴(广济)地区。刘、邓则集中4个纵队的主力,杀回马枪,于10月26日至27日在蕲春县高山铺地区歼灭冒进之敌四十师3个旅后撤出武穴。撤出转移中父亲伤病复发,高烧不止,纵队司令杨勇急令送后方留守处医院。痊愈后未及出院遭遇敌进攻,父亲率领临时组建的护卫团保护后方留守处,周旋于大别山区一个多月,安全转出大别山,无一牺牲。

颍河阻黄维　攻坚小马庄

1948年12月11日,一纵随刘伯承北出大别山,挺进淮西。1月11日,一纵二十旅五十九团在河南新蔡包信集与国民党军十师、十一师遭遇,一营损失最大,500余人仅剩80余人,副教导员李文正只身逃跑,营长重伤被俘牺牲。战后总结失败的教训,旅长吴忠、旅政委刘振国严重警告处分,五十九团政委阴法唐记大过处分,团长董正洪被调离。

2月,纵队司令员杨勇、政委苏振华、二旅旅长尹先炳三人集体与父亲谈话,调他任二十旅五十九团团长。五十九团就是原教三旅九团,离别九团四年多又再到九团,此时的五十九团经包信集之败,士气低落。父亲说抗战胜利后的部队最难带,尤其是一些基层干部认为,抗战胜利了该回家去"三十亩地一头牛,老婆孩子热炕头"了,"八年抗战没有打死,现在死了就过不了小日子了",怕死畏战,有些当地干部不愿离开家乡就逃跑。1947年10月10日,解放军总部发表宣言,提出了"打倒蒋介石,解放全中国"的口号后至1948年夏,全军开展诉旧社会和反动派所给予劳动人民之苦，查阶级、查工作、查斗志和学习英雄主义传统的整军运动。五十九团经过补充和连续整训，扫除了包信集战斗后的低沉情绪，士气提高了，全团憋着一股劲，要在以后的战斗中争当英雄，打出老九团的威风。

1948年11月初淮海战役打响，二十旅的任务是利用洪河、颍河天然障碍阻击迟滞黄维兵团，增援解围黄百韬兵团。父亲回忆说敌人为了摆脱阻击就绕道阜阳。敌变我变，我们放弃在河南、安徽交界的界首县洪河东岸庙湾构筑的工事，日夜兼程强行军赶到颍河上游的界首。界首到阜阳约一百多里，敌人是机械化行军且走的是弓弦，我们两条腿跑路还走的是弓背，正着急时，豫皖苏军区副司令员张国华带地方干部动员了当地所有的船只，部队从界首上船扬帆顺流，第二天中午就赶到了阜阳。刚下船还没有来得及构筑工事，敌人也到了，双方立即接火。国民党军队的武器比日本鬼子好，都是能打连发的美国卡宾枪，我们是缴获的单发日本三八大盖，缴获的日本重炮在进大别山过黄泛区时带不走都丢了，黄维兵团12万人全是美式机械化装备，榴弹炮在对岸排开架好，咣、咣、咣就轰过来了，打了一会儿飞机也来了，两架飞机在我们的阵地投弹，敌人乘着橡皮船乌压压地就过来了，我们一个旅8000余人根本挡不住了，只能撤退沿途节节阻击迟滞，为围歼黄百韬兵团的华野部队争取时间。

在参加围歼黄维、胡琏兵团的战斗中，二十旅四攻小马庄时，五十九团两次担任主攻，在敌人极其猛烈的炮火下攻坚，全歼黄维兵团十军十八师三四二团第三营（加强营）。经过在双堆集西北方向攻克杨奄子和小马庄两次攻坚战，五十九团伤亡过半，光经团卫生队抢救的伤员就有500多。纵队领导考虑：敌人在我军其他团未能攻占的阵地炮火对五十九团威胁很大，不利坚守，二旅四团团长晋士林和政委郑鲁就在黄家战斗中牺牲于敌人猛烈炮火下，令五十九团拂晓撤出既得阵地。父亲当时的警卫员梁润田叔叔和通信排长吕叔叔告诉我，你爸爸当时死战不退，上级和团政委阴法唐急了，命令吕叔叔、梁润田叔叔和其他战士把他抬下去，你爸爸又蹬又跳，还狠咬了吕叔叔一口。淮海战役留给父亲的永久纪念是颈部被美式榴弹炮片擦伤，震坏左耳，听力受损，留给吕叔叔的则是小手臂上一圈淡淡的白印。战后，纵队给五十九团一营、二营各记大功一次，重打锣鼓另开张，父亲又把五十九团带出来了。但1955年评选全国战斗英雄时父亲已调离十八军，又一次失去机会。

进军大西南　追歼宋希濂

1949年2月全军统一番号，一纵二旅四团改编为中国人民解放军第十六军四十七师一三九团。二十旅五十九团改编为第十八军五十二师一五五团，父亲是首任团长。12月父亲率一五五团参加成都战役后奉命追歼宋希濂部队，获悉宋希濂率残部已先向犍为方向逃去，即于13日拂晓出发，日行百里，到古柏场，宋希濂已西逃马边。次日继续兼程追敌。15日于犍为渡过岷江，得悉敌军刚走没有多久，不顾当天已行军150里的饥饿和疲劳立即行动，沿途有很多敌军丢弃的物资，父亲严令：不许"发洋财"。部队一边嚼生米充饥一边急进，8天行军500余里，父亲始终疾行在全团的最前面，率部猛打猛冲猛追赶，连打

1951年父亲在南京军事学院

1953年12月从朝鲜战场归来的父亲

1954年父亲（二排右一）调云南戍边，行前与十八军军政干校人员合影

5仗，歼宋部4700余人，终于在犍为清水溪附近追上了先期8天从宜宾附近西逃的宋希濂残部。在大渡河畔沙坪两岸与十六军四十七师一三九团（平江团）协同作战，活捉了宋希濂。十六军四十七师一三九团正是当年父亲任副团长的一纵二旅四团，在1949年2月整编中改称为第五兵团第十六军四十七师一三九团。曾经任副团长的部队与现任团长的部队，在大渡河畔沙坪两岸共同歼灭国民党在大陆的最后两个集团之一的宋希濂集团残部，并活捉国民党川湘鄂边区绥靖总署主任中将、战犯宋希濂，也属军战史上的一段奇缘和佳话。

1950年12月父亲入南京军事学院基本系学习。在南京高等军事学院，父亲克服文化低、没学过数理化和不懂俄语等重重困难，经苏联教官和军事学院教员考核以优等成绩毕业（1954年5月1日发给优等成绩毕业证）。1953年为西南军区高干集训班学员，参加西南军区赴朝见习团。朝鲜回来后任西藏军区干部学校副校长。

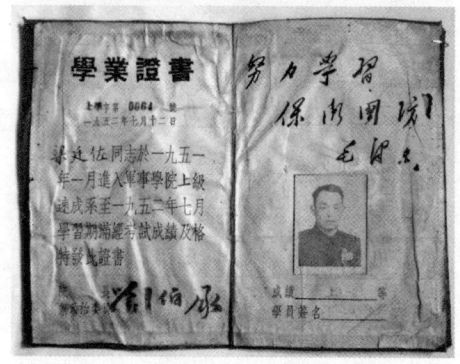

1954年6月父亲调云南十三军戍边,至此永远离开了平江团。电视剧《亮剑》中说:事实证明,一支具有优良传统的部队,往往具有培养英雄的土壤。英雄或是优秀军人的出现,往往是由集体形式出现,而不是由个体形式出现。理由很简单,他们受到同样传统的影响,养成了同样的性格与气质。任何一支部队都有着它自己的传统。传统是什么?传统是一种性格,是一种气质!这种传统与性格,是由这支部队组建时首任军事首长的性格与气质决定的。他给这支部队注入了灵魂。从此不管岁月流逝,人员更迭,这支部队灵魂永在。这是什么?这就是我们的军魂。

彭德怀是平江团的首任领导,从平江起义到井冈山,到5次反"围剿",到血战湘江到娄山关,从雪山草地到直罗镇战役,平江团所向披靡。父亲从1937到1948年初的十年间,从八路军一一五师三四三旅旅部下到六八六团的一营、三营(参加平江起义的部队),从延安到平型关战役,从陆房战役到开辟冀鲁豫抗日根据地,从平汉战役到鲁西南战役,从挺进大别山到进军大西南,在平江团的征战中成长,平江团的军魂根植在他骨髓里,融入血液中。

1961年3月父亲在蒙自（右一）指挥军事演习　　1960年父亲（后左三）率部参加中缅联合勘界警卫作战

平江团军魂与戍边岁月

　　20世纪50年代父亲在十三军三十八师任第一副师长兼参谋长时，带部队剿匪，常备不懈地组织训练演习，长期在连队与战士们一起摸爬滚打，同吃、同练。跟随父亲的作训科科长和参谋、干事和警卫员说："你爸爸可灵活了，30多岁的人给战士们做翻壕沟、越障碍、匍匐前进示范，与战士们做拼刺刀训练不穿护具，也不按教程来，说穿上不灵活，战争年代没有护具照样练。但都能刺中，那是从战场上同日本鬼子拼刺刀拼出来的。各种枪都打得好，还会打炮，机枪点射扫射打得那叫一个准，马也骑得好。在响水铺山上演习时，山路很窄很险，我们都不敢或不会骑马，他骑马和骑兵班跑在前面。有一段山路被雨季的暴雨冲出个断口，骑兵班的几匹马过去了，你爸爸过去时踩虚了断口处塌方，马冲下去掉山下的红河里冲走了，你爸爸眼疾手快抓住山腰上松树伸出的枝干，吊在枝干上，可把我们吓坏了。你爸爸打了很多仗，又是南京军事学校毕业的优秀生，制定训练大纲和战术演练一套一套的，我们都

1964年父亲（中）在思茅边防分区组织演习

20世纪70年代初父亲（左一）带队去昔阳县大寨学习，重睹广阳伏击战战地

很佩服他。"作训科科长还讲过一件事："60年代初，著名京剧演员关肃霜率云南省京剧团到部队慰问演出京剧《红娘》，先在师小礼堂，后到团大礼堂。演出开始前，你爸爸从演习地赶回致辞，从大礼堂门口匆匆走到台前，单手一撑就跃上一米多高的舞台，台下的观众都'轰'的一声站起来看，你爸爸从衣服口袋里掏出宣传科科长写的讲稿，念完稿与主要演员握手后也不从舞台边的楼梯下，纵身一跃跳下舞台，就走了。你爸爸带着我到团作战值班室说：'你们去看戏，我们来值班。'值班员不肯，于是就一起值班。你爸爸问：'你们说《红娘》有什么战斗意义？能提高战斗力吗？'我们都笑了，是没有战斗意义，书生小姐嘛不就是演戏看戏娱乐嘛，地方名演员慰问演出是好意呀。你爸爸说：'没有战斗意义，不能提高战斗力，在师里演演就行了嘛，还要到团里演，唉！'"

在我的记忆中父亲很少看电影，部队大院周末放电影，有时我们告诉他：爸爸今天放打仗的电影。父亲笑说："那不是打仗是演戏，仗不是那么打的,像演戏那么打早完蛋了。"父亲爱看两部电影《南征北战》和《上甘岭》,他说《上甘岭》最像实战,看《上甘岭》看的是英雄主义和基层指挥员的临机战术处置,看《南征北战》看的是战略部署和战役指挥。

政治部的王晋叔叔说:你爸爸是南京军事学院的优等生,1957年八一建军节前你爸爸组织部队学习,要给部队讲解放军战史。那时没有战史教材,你爸爸就自己写,我们给他抄,抄了改,改了又抄,还画了不少图,搞了两个多月,八一建军节时在礼堂给部队讲了半天,战士们的反响很好,说要学习前辈的英雄主义,勤学苦练,提高军事技术和战斗力。

70年代父亲(左一)与战友

1981年甘孜地震救灾结束返回时,父亲(左三)与慰问团部分人员在泸定桥合影

王晋叔叔还说:"1959年部队领导机关搞领导干部分批分期下连当兵,与战士同吃同住同训练。你爸爸说,我一直都在连队与战士'三同',现在我要到农村与农民'三同',了解地方了解社会。于是他带着我们几个政治部的干事到蒙自大洪寨与农民同吃同住同劳动。那可是三年困难时期,吃不饱,饿得我们受不了,纷纷抱怨他,下连当兵还能吃个半饱,到农村'三同'连老鼠都没有得吃,还要参加生产劳动,我们回去下连吧?你爸爸不听,硬是带着我们坚持了一个月。他也很饿,

80年代父亲（右）与四川省军区政治部主任秦登魁在训练场

瘦得不像话。你爸爸这个人啊，太倔！"

父亲在军里的警卫员小彭叔叔说："跟你爸爸不轻松，他经常下到连队，师、团首长也得跟着下去，你爸爸又不准搞特殊，吃饭一定要到连队饭堂与战士同吃，炊事班给他炒盘鸡蛋，他先问有没有病号。有，就给病号，没有就倒在大菜盆里搅和了和战士们一块吃，饭堂里有的战士感动得哭。你爸爸唯一特殊的是没有和战士们住集体大宿舍，住在连部，便于晚上与其他师团首长开会研究工作。"

小时候我们长期住校，父亲长期下连，一年中我们能与父亲见七八次面，春节能和父亲过几天，但1960年暑假至1961年的春节我们都没见到父亲。大概是3月的一个中午，父亲回来了，穿一身蓝色帆布工装，又黑又瘦。他笑着习惯地与午睡刚起的我们挨个握手，警卫员把一沾着泥点子的蓝色帆布手提旅行包往衣柜前一放，就跟着父亲匆匆走了。晚饭时父亲回来，妈妈给他收拾了几件衣服装在蓝色旅行包里父亲又走了。

我们第一次见父亲没穿军装，以为父亲到地方工作了，就追着问。

同样穿着蓝色工装跟着父亲的叔叔说，你爸爸修公路去了，修好了就回来。多年后才听跟随父亲的王参谋和警卫员叔叔说，中国政府和缅甸政府要勘界划界，要解决长期窜犯袭扰边境的国民党残匪军，发起中缅联合勘界警卫作战。父亲带人先行踏勘边界，绘制地图，侦察了解敌情，提出战役方案上报。那时除简陋的滇缅公路外许多地方没有公路，父亲带人骑马或步行，在深山密林中攀爬，疟疾复发，还得了荨麻疹，但他一直坚持到中缅联合勘界警卫作战胜利结束后才住进医院。

在多年艰辛的卫国戍边生涯中，父亲始终像在平江团那样，常年下到连队里与士兵同吃同住同训练，及时解决战士们反映的问题；参加了剿匪、中缅联合勘界警卫作战；任思茅边防分区司令员一年多时间里，在无公路的崎岖险峻的茶马古道骑马或徒步翻山越岭，走遍了边防的每一个哨卡；任十三军副参谋长兼炮兵主任时，下到大部分连队和农场；任四川省军区副司令员时他已年近60，仍不顾高原反应到驻甘孜、阿坝和凉山连队调查研究，他对劝阻的人说："毛主席说要密切联系群众，部队里战士和基层干部就是群众，不下去怎么了解真实情况？"他下去不吃请，不收任何"土特产"。如是几次，机关里的干部都视跟他为苦差，不愿跟他下部队了。1981年1月24日凌晨5时13分，四川省道孚县发生6.9级强烈地震。1月24日早上8点10分，以四川省副省长乔志敏为团长、父亲为副团长的四川省党政军有关部门负责人的四川省党政军慰问团组成，立即开赴道孚地震灾区慰问受灾军民，组织部队、民兵开展抗震救灾抢险工作。那时的川藏公路是无等级公路，很多地方还没有公路，物资运不上来，什么都缺，父亲忍着饥寒和高原反应，带着部队奔走抢险直至救灾抢险基本结束，是最后撤离灾区的。跟随父亲的军区机关干部说：救灾一个多月，我们都吃不消，地方干部走了，部队还在坚持。撤回时你爸爸久久地站在路边眺望西藏方向。在车上给我们讲十六军、十八军，讲平江团、讲冀鲁豫……

百战归来话军魂

　　父亲对彭德怀元帅有着深深的敬意，1995年到中国工农红军的摇篮——井冈山寻访，在庐山会议会址的纪念室，父亲看着陈列的彭总的《万言书》抄件，良久，一声彭老总啊！潸然泪下。1998年全国抗洪时，已离休的父亲关注着抗洪情况，当在电视上看到高举着"红军团"旗帜冲向嫩江大堤的部队时，父亲一拍沙发扶手站起喊道："冲上去了，平江团冲上去了！"父亲晚年时说："三十八军'平江起义团'三三四团是我的第一个团队，十六军'平江起义第一团'一三九团是我的第二个团队，我1949年前的战功主要是在两个平江团立的，我很怀念。可惜在'文革'中，奖章和证书，还有40多本战斗日记都被十三军的造反派抄走了。唉！"

　　父亲一生艰苦朴素，老式军装常穿在身，对上不送礼，对下不收礼，不吃请不喝酒，说拉拉扯扯的那是国民党军队作风。我们从小住校，周末回家，吃饭时他看到我们掉饭或碗里的饭粒没吃干净，立马命令我们把饭粒捡起来吃了，碗里必须吃干净，不许浪费粮食，给我们讲他小时瓜菜粗粮常吃不饱还要放羊，奶奶常喝涮锅水充饥。部队院子里家家都有块小菜地，节假日有时他在家就带着我们到地里种菜，要我们当劳动人民。

　　父亲始终认为他是平江团的一个兵，回忆起烽火岁月的生活时说："部队那时的顺口溜是：'窝窝头蘸辣椒，越吃越上膘。'每人一个挎包，装

晚年的父亲

点个人的小东西，有搪瓷碗，筷子或小木勺子，洗脸的布巾，还有十几个辣椒、大蒜。每天行军宿营后，大家把背的长米袋交到炊事班，米袋装的高粱、豆子、干红薯藤和糠麸子磨的杂合面，炊事班和捣和捣，团成三四两一个的窝头，蒸熟了一人两个，扛机枪或子弹箱的给两个半或三个，也没有菜，烧一大锅盐水汤。这时候我们就从挎包里抓两个辣椒搁火上一烧，老乡家里借个臼子捣烂，盐水一冲，窝窝头蘸着，吃了倒头就睡。天当被地当床，哨声一响爬起来又是急行军，翻山越岭，冲锋打仗，一会儿就饿了，上什么膘呀，那是哄自个儿的，是革命的乐观主义。"

父亲抽烟不喝酒是有名的，晚年时问他为什么，他说：战争年代随时处于危急中，喝了脑子不清醒，有了敌情怎么办？要时刻保持清醒头脑。再有指挥员喝多了影响不好，怎么带兵。抽烟嘛，是下连后很多人腰里都插个小烟袋，他抽一袋就递给你，要你也抽两口解解乏，就这么学会了，抽烟好，解乏，还帮助思考。

父亲是为战场而生的，他从陕北红军到中央红军，从一一五师到第二野战军，从一纵到十六军、十八军、十三军，从战士到班长、排长、连长、营长、团长，一个台阶都没落下，身经百战，九次重伤，九死一生，从没怕过也从没想过"开小差"。父亲常说：战争年代，一线部队伤亡大，不知道哪一仗就"报销"了，打仗嘛，要取得胜利哪能没有牺牲呢，沟死沟埋，路死路埋，狗吃了我还得副肉棺材。2014年父亲92岁高龄去世，伤痛伴随了他一生，火化后星星点点的弹片混杂在骨灰中。

父亲走了，平江团的老兵们在天国集结了：红色的队伍来自井冈山，毛主席的战士身经百战，飞夺泸定桥，大战平型关，辽沈淮海英雄荟，百万雄师下江南，为人民打江山，天涯海角美名传。

敬礼：彭德怀元帅！
敬礼：父亲的平江团！

独立自由篇

黄埔军校、延安抗大、国防大学，一生与军事教育有缘

◎王春茅

1955年，父亲王文科被授予上校军衔

王文科（1912年8月—1992年6月），黑龙江省阿城县（今阿城区）永增源镇邓家屯人。1931年"九一八"事变爆发后，参加了马占山将军领导的抗日武装。1933年1月考入黄埔军校第十期步兵科。1937年2月在西安参加了中国工农红军，同年8月加入中国共产党。抗日战争期间，王文科历任延安抗大干事兼教员、支队主任教员、科长、军事主任教员等职。解放战争时期，王文科历任哈尔滨市公安局副局长兼政委，松江军区警卫团团长，佳木斯市卫戍

区司令部参谋长,合江军区三分区副参谋长,东北军区巡视团主任、独立九师参谋处长、师副参谋长等职。中华人民共和国成立后,他历任辽东军区第一六四师参谋长、东北军区第三战车编练基地训练部部长、副司令员,军委训练总监部装甲兵处长。1957年3月毕业于南京军事学院装甲兵系高级速成班第一期。先后担任第十二军坦克副军长、十二军副参谋长(副军职待遇)等职。

父亲王文科离我们而去已有24年了。在我们的记忆里,父亲很少对我们讲起他自己。我们知道的关于他的经历,仅仅是他晚饭后散步时触景生情的几句感慨、平时闲聊中随意的些许回忆、在我们犯错时语重心长的谆谆教诲,以及母亲无数次深情怀念的追忆。但随着岁月的流逝,尘封在记忆中的零星片段却越来越清晰,父亲慈祥而亲切的音容笑貌更加生动,我们能够更深刻地理解他的内心世界,更深刻地体会到他平凡一生的意义与价值,更加珍惜他留给我们的宝贵精神财富。

与其他从枪林弹雨、炮火硝烟里走过来的叔叔、伯伯们不一样,父亲打过的仗不太多,没有出生入死、惊心动魄的战斗经历,但是命运却使他在一生中经历了中国近代史上最著名的三所军事院校——黄埔军校、延安抗大和国防大学,与军事教育结下了不解之缘。

满怀抗日救国热情投考黄埔军校

父亲祖籍山东荣成,在曾祖父那一辈因为贫穷而闯了关东。几经漂泊,最后在松江省(今黑龙江省)阿城县永增源镇邓家屯落了户。经过几代人的辛勤劳动和省吃俭用,家境逐渐殷实,父亲和他的几个兄弟姐妹才有了上学念书的机会。在本村、镇上和县城读完了私塾和初小、高小后,在1928年,16岁的父亲考入哈尔滨特区区立第一中学。从农村走进大城市,父亲目睹了社会的贫富悬殊,感受了富家子弟对贫苦学生的傲慢与歧视。生活的拮据激发了他刻苦学习的决心。在学校进步教师和同学的影响下,父亲开始阅读《社会科学概论》《政治经济学》等马列主义书籍,逐渐对各种不平等的社会现象有了初步的认识,萌发了追求社会平等的思想。当时日本帝国主义在东北极力扩大侵略势力,疯狂掠夺中国的资源和财富,推行奴化教育,这些在父亲的心里埋下了对日本侵略者仇恨的种子。

父亲王文科在青年学生时期留影

1931年"九一八"事变爆发后,父亲在"决不当亡国奴"的决心鼓舞下,和同学关洪达一起参加了马占山将军领导的抗日武装。马占山将军的部队被打散后,同学关洪达流亡到上海,投入演艺事业,后来成为著名的喜剧演员。父亲又回到家乡,考入了设在阿城县城的省立第三师范学校后期班。但是"九一八"事变后仅四个月零十八天,东北三省全部沦陷,

20世纪50年代初,父亲王文科

1932年1月,日本帝国主义扶植的傀儡政权——伪满洲国在长春建立。从此,日本帝国主义把东北变成它的殖民地,全面加强政治压迫、经济掠夺、文化奴役,使我国东北3000多万同胞陷于水深火热之中。东北的爱国青年纷纷流亡关内,他们唱着"我的家在东北松花江上……"宣传抗

日,寻求救国的道路。当时,曾在省立第三师范学校任国文教员的刘刚中从关内写来信说,国民政府设在南京的军官学校正在招收学员,动员在学校的爱国青年学生南下报考军官学校。父亲感到这正是实现自己抗日救国理想的大好机会,就说服了家人,与几个同学一起踏上了南下的道路。1933年6月,父亲与几个流亡关内的东北籍青年学生一同考入了南京国民政府中央陆军军官学校。

黄埔军校10期步兵科

父亲回忆说,当时的中央陆军军官学校就是由黄埔军校演变而来。1927年国民党政府定都南京后,蒋介石在南京筹设中央军事政治学校,将当时还没有毕业的黄埔军校第五期学员从广东调到南京举行毕业典礼,并将学校改名为"中央陆军军官学校"。因为该校为黄埔军校的延续,招收的学员仍然沿用黄埔军校的期数。1928年11月在南京重新开学招收的学员称为"黄埔六期",编有3个步兵大队和1个炮兵大队、1个工兵大队。1933年6月父亲入学时为第十期,被编入第一大队第一队步兵科。当时的校长由蒋介石兼任,副校长是李济深,教育长是张治中。学校的日常工作和各种事务实际完全由教育长全面负责。校本部设校长办公厅及教授、训练、政治三个部,管理、经理、军械、军医四个处。中央陆军军官学校每年招生1期,1000人。招生标准是:高中文化,年龄18—22岁,身体健康。在十期之前学制为2年,从第十期开始改为3年。学习分为入伍期和学生期两个阶段。入伍期从入学开始,时间为6个月,主要学习一般军事知识,还要补习文化。入伍期结束后,学员要到部队实习3个月,回校后才以正式学员的身份进入学生期学习。学校有步兵、炮兵、骑兵、工兵、交通兵五个兵科。军事教育分为学科与术科两类,学科学习的内容有:三大典范令,包括步兵操典、射击教范、阵中要务令;六大教程,包括战术学、军制学、兵器学、筑城学、交通学、地形学。术科主要是单个教练,班、排、连教练,以及战术演习。此外,还有政治教育，主要内容是孙中山的三民主义；每周有一次精神训话，由精神训导员宣讲时事或蒋介石的言论等。学员毕业后先以少尉军衔见习半年，然后正式分配。

被中国军官称为"亡国奴"

父亲回忆说，军官学校学员的生活非常艰苦，训练十分紧张，要求极为严格。学习和训练中，教官和队长对学员非打即骂，随意体罚，关禁闭、下小操更是家常便饭。父亲就因为对教官的"法西斯式"军阀作风表示不满，再加上南京夏天的酷暑和潮湿，父亲水土不服、体力下降，因此遭受毒打，被罚做勤务、关禁闭。父亲特别气愤的是，竟有一些军官把东北籍的学员称为"亡国奴"，加以歧视和侮辱。被中国

1939年—1945年，晋察冀边区某地，抗大第六分校部分领导人合影。后排左1是第六分校教育科长王文科

人称作"亡国奴"比受到日本人的侮辱更令人难以忍受。在中央陆军军官学校痛苦而屈辱的生活，使父亲逐渐看清了国民党统治阶级的腐朽与反动，依靠国民政府抗日，收复失地和家园的幻想逐渐破灭了。沦为亡国奴的屈辱和背井离乡、有家难归的悲愤，使父亲对蒋介石"攘外必先安内"的曲线救国理论产生了不满。在学习期间，父亲开始偷偷阅读进步的书籍和杂志，如《大众》《新生》《新哲学大纲》《辩证法与唯物论》等，这使得他对各种社会现象的认识进一步加深，为今后走上革命道路奠定了思想基础。当时在报纸上经常能够看到关于红军和共产党的消息，随着中国共产党抗日救国政治主张的日益深入人心，父亲认识到共产党和红军是无产阶级的政党和队伍，无产阶级人数多、力量大，团结起来是不可战胜的。这么多年来，国民党政府调兵遣将，反复"围剿"，仍然不能消灭共产党和红军，就证明了这一点。只有共产党和红军才能领导人民打败日本侵略者。在学校学习的第3年，父亲产生了脱离国民党阵营，加入共产党、参加红军，大干一场，实现抗日救国理想的念头。

为实现抗日理想加入东北军

1936年6月，第十期学员正式毕业。当时担任国民政府军事委员会副委员长和全国陆海空军副总司令的张学良将军到中央陆军军官学校来要毕业学员，凡是东北人愿意去的都能批准。父亲知道当时东北军正在陕西与红军作战，并且与红军建立了秘密联系，联合抗日，就决定先加入东北军，再寻找机会投奔红军。到东北军后，父亲先到第一军军长王以哲在陕西西安王喜镇开办的军官训练团受训。当时张学良率领的东北军因不是蒋介石的"嫡系"，屡受排挤，对此，他们极为不满。尤其是"九一八"事变后，因为盲目执行蒋介石的"不抵抗政策"，弃守东北，遭到国人唾弃。后又被命令到陕北"剿共"而蒙受重大损失，全军上下深感"剿共"没有出路，强烈要求抗日，收复东北国土。王以哲的军官训练团里讲的都是为什么抗日、怎么抗日，以及抗日游击战术等。从军官训练团毕业后，父亲被分配到东北军一〇九师六二七团。当时担任团长的是后来被授予中国人民解放军中将军衔的著名战将万毅。父亲说，万毅当时只有29岁，是东北军最年轻的团长，深受张学良器重。父亲当时认为万毅可能是共产党员，因为他思想进步，为人正直，生活艰苦朴素，在自己的部队里大力宣传共产党的抗日统一战线，而且亲自教士兵唱救亡歌曲。万毅指派父亲担任团部歌咏队队长。

团部歌咏队有十几个读过几年书的青年士兵，编为两个班。父亲每天带他们进行射击、战术等基本军事训练，再就是刷标语、呼口号、散发传单、教唱抗日歌曲。宣传的内容完全是共产党提出的抗日救亡，"建立抗日民族统一战线""中国人不打中国人"等。提起这段经历，父亲感慨地说，那时生活非常艰苦，但是他感到所做的事符合自己的理想信念，所以精神振奋、情绪高涨。他虽然是排长，但却天天和士兵们

1974年，江苏淮阴，父亲与我合影

同吃同住。工作之余,父亲还把自己从书本上看到的一些有关阶级、阶级斗争的知识和浅显的革命道理讲给青年士兵听。不久后,万毅团长亲自介绍父亲加入了共产党在东北军里的外围组织——"反帝大同盟"。

1936年12月,张学良和杨虎城将军发动了震惊世界的"西安事变"。父亲所在的六二七团奉命前往渭南阻击向西安进攻的国民党中央军。"西安事变"和平解决后,蒋介石开始对东北军分化、改编,思想进步的万毅团长被扣押。父亲与歌咏队的同志们商量后,只身离开部队前往西安,找与他结拜的兄弟、担任张学良卫队营长的孙铭久,看能否设法营救万毅团长。但是到达西安后发现孙铭久不知去向,营救万毅团长的计划落了空。当时东北军已向东调动,六二七团换上了一个反动的团长,将要面临的是被解散与改编的命运。在这种情况下要回到原部队必定是凶多吉少。于是父亲毅然决定脱离东北军,参加红军。他先到张学良卫队营找到当排长的同学栗毅商量,栗毅马上同意跟他一起走。两个人毫不迟疑,带上栗毅的通信兵,扛上一挺轻机枪,带着一支步枪,离开西安向延安进发,从此走上了革命的道路。

为寻求真理和实现理想奔赴延安抗大

离开西安后,父亲等3人在陕西三原镇找到了负责收容工作的红军干部朱顺清,经他介绍,在芸阳镇见到了担任八路军参谋长的叶剑英。因为那时红军与东北军建立了统一战线,定有协议,互相不接受对方的人员,所以叶剑英参谋长与他们谈话,动员他们返回东北军。父亲当即表示,他们是携枪开小差投奔红军的,回去也要被枪毙,要枪毙就在这里枪毙好了。看到父亲等人态度非常坚决,叶剑英参谋长就同意收下他们,并安排他们到延安抗日军政大学学习。

1937年2月,父亲来到延安抗大,进入第二期四大队十队学习。他清楚地记得,当时抗大设立有教育委员会,委员会主席由中央军委主席

1957年3月25日，父亲（3排左1）毕业合影

1938年—1939年，延安抗大总校，父亲王文科（左1）与战友合影

毛泽东兼任，林彪任校长，刘伯承任副校长，罗瑞卿任教育长。抗大总校设有训练部、政治部、校务部，训练部部长是刘亚楼，政治部主任是傅钟，政治部副主任是莫文骅，校务部部长是杨立三。

1937年7月，父亲从抗大第二期毕业，被留在总校机关担任教育干事。此后一直在军事教员的岗位上工作。先后担任过教员、中队主任教员、一大队军事主任教员和上干大队一队队长兼军事主任教员，还担任过军事教育科长。

1938年9月，父亲实现了自己多年的愿望，光荣地加入了中国共产党，完成了由一名爱国知识青年到共产党员的转变，从此在党的直接领导下，开始了新的征程。在整个抗日战争时期，父亲一直在抗大学习与工作，直到1945年抗日战争结束，才奉命离开抗大，回到久别的家乡，参加了解放东北、建设东北的斗争。每当回忆起在抗大当教员的情景，父亲都会激动地说，那是他一生中感触最深、最为自豪的一段经历。

"不要看不起自己这个教员！"

当时在抗大无论教员还是学员都以上前线为荣。从部队来的教员大都带过兵、打过仗、当过军政领导。一些同志虽然服从组织决定到抗大当了教员，但却不安心教学工作。留校的知识青年学员，毕业时无不热切盼望到部队带兵打仗，许多人得知被分配当教员后，思想一下子转不过弯来；还有一些工农出身的教员，感到自己文化水平低，当教员没有发展前途；少数知识分子教员，则认为"教书匠"的地位权力不如党政干部高。这些模糊认识时常影响着教员队伍的思想稳定。毛主席为安定教员情绪，稳定教员队伍，亲自说服教员安心教学工作。他在一次为全校教职员所做的报告中，把教员比作发展抗日革命力量的"老母鸡"，鼓励教员树立"死也死在延安，埋在清凉山"的决心。多年后，父亲仍然清楚地记得，毛主席深入教员中做思想工作时对他们说的话：办学校是组织和增大抗日力量的有效方法，要下决心在抗大做教学工作，不要妄自菲薄，不要看不起自己这个教员。其实教员是最无私的，一不谋官，二不谋利，把自己的一切都献给了人民，乐得桃李满天下，乐得青出于蓝而胜于蓝，这是我们当教员的光荣。

组织上对教员的关怀和爱护使父亲感到无比温暖和感激，总部首长与指战员们同甘苦共患难，使他看到了民族和国家复兴的希望。他一心一意扑在教学上，工作积极努力。当时抗大的各种教材十分缺乏，教学中使用的有红军时期的军政教材、苏联的军事理论，还有国民党军队、日本军队、德国军队的条令教范。学校号召广大教员自己动手，编写教材。毛主席在第三期教学总结会议上，提出要编游击战、战略、战术、政治工作等教材，并说游击战争教材由他负责，战略教材他也负担一部分。父亲积极响应上级的号召，他发挥自己在师范学校学习并接受过正规军事教育的特长，先后编写了《兵团指挥概则》和《筑城学》两本教材，经过抗大教材编审委员会的批准，在教学中使用。1940年第七期开学后不久，抗大政治部于4月8日成立了以张际春为主席的干部教育委员会，由于教学与编写教材工作成绩突出，父亲被指定为教育委员会委员。1941年6月，在庆祝抗大成立五周年时，父亲受到了学校的表彰。

20世纪60年代初，父亲王文科

亲耳聆听中央首长讲课

在抗大的8年中，父亲记忆最深的是毛主席、朱总司令等中央首长亲自给他们讲课的情景。50多年过去了，但只要一说起在抗大听毛主席讲课,他总是激动不已。抗大从创办开始,就由党中央领导担任兼职教员,亲自给学员讲课。后来这一做法一直延续下去,成为抗大的光荣传统和办学的重要特点。父亲在1941年调到抗大总校军事教育科任副科长,曾多次制定教学计划,安排中央首长讲课。他清楚地记得,当时任中央军委主席的毛泽东兼任抗大教育委员会主席,直接关心抗大的教学工作。父亲在军事教育科工作期间,毛主席曾多次亲自参加教育科的训练工作会议,对抗大的教学工作做了许多具体的指示。在日理万机的繁忙工作之余,毛主席仍然挤时间到抗大讲课、做报告。特别是在第二期,毛主席每周2次到抗大讲授《辩证唯物论》,每次讲4小时。从1937年5月起一直到8月份,整整讲了3个月。父亲说那是他一生中听过的最精彩、最生动的课。他回忆说,毛主席每次总是夹着几页纸的讲稿按时来到讲课的地方,从不迟到。毛主席的记忆力非常好,讲课时完全不看讲稿。他讲课层次分明,条理清晰,能够用通俗易懂的语言和生动恰当

1955年,北京,训练总监部。母亲张志杰抱着妹妹王新北,父亲王文科抱着弟弟王春光,中间是我

1954年，哈尔滨，父亲与王春光（左1），王春茅（右1）

的比喻，把深刻的道理解释得浅显易懂。毛主席知识渊博，讲课中旁征博引，古今中外的典故和事例信手拈来，轻松自如，运用得恰到好处。再加上用力挥动的手臂和潇洒的姿态，紧紧地吸引了所有人的注意力，让听讲的人们如痴如醉，完全被他征服了。他说，听毛主席讲课，是一种享受，一种心灵的净化和升华。就是在听了毛主席讲课后，父亲开始坚信，有毛主席领导，中国革命一定能取得胜利。他记得，毛主席讲过的课还有《中国革命战争的战略问题》，周恩来副主席讲过《党的建设》。此外，还有当时担任中央领导职务的张闻天讲《中国革命基本问题》，秦邦宪讲《政治经济学》，董必武讲《中国革命运动史》，校长林彪讲《战役学》。1937年10月，黄克功事件发生后，邓颖超受中央委托，专门到抗大讲了《如何正确对待恋爱与婚姻问题》一课。

在中央和总部首长中，朱德同志讲授军事课的时间最长，父亲记得他讲的是《游击战争的战略战术》。朱德总司令在全军、全国享有崇高的威望，被广大指战员亲切地称为"我们的总司令"。当年毛主席曾经为抗大学员题词："要学习朱德同志：度量大如海，意志坚如钢。"所以大家对朱德同志都极为尊敬。在同志们的心目中，朱德同志完全是一位和蔼可亲的忠厚长者，一点架子也没有，平易近人，大家在他面前一点也不觉得拘束。父亲回忆说，朱德同志早年曾经当过体育教员，上课对他是驾轻就熟的事，但他每一次讲课之前都会进行充分的准备，认真地撰写教案，字迹工整、清晰。到上课的那一天，他总是自己骑马或步行提前到达，从来不让抗大的同志搞特殊接待。朱德同志讲课的风格与毛主席不太一样，一般都会按照教学计划和教案的路子走，结构完整，层次清楚，时间基本与计划相符。朱德同志讲课时带有一些四川口音，但是并不难听懂。他讲话时中气十足，声音洪亮，配合着幅度很大的手势和动作，极富吸引力和鼓动性。朱德同志知识渊博，特别是对中国历史非常熟悉，在讲课时经常会运用历史典故。最受学员欢迎的是他将自

1952年，哈尔滨，父亲母亲与王春芽

己亲身经历的战斗融入讲课内容，同时结合当时全国各根据地的最新情况、战例、经验把游击战的原则、规律讲得生动、形象，引人入胜。

除了中央领导同志之外，抗大还广泛聘请八路军、新四军的高级领导人作为兼职教员。远在各根据地坚持斗争的彭德怀、陈毅、刘伯承、邓小平、贺龙、彭雪枫、彭真、聂荣臻、邓子恢、粟裕等首长，以及左权、傅钟、陆定一和杨尚昆等总部及北方局的领导同志也曾经应邀到抗大讲过课。这些领导同志来校讲课，将最新的抗日斗争形势通报给抗大，使抗大的教学与全国的抗日斗争实际紧密地联系在一起。

此外，抗大还多方邀请社会名流、著名学者来校担任教员或演讲。七七事变后，从大后方来到延安的同志中，有一批著名的学者、教授，如艾思奇、任白戈、徐懋庸等，他们都是20世纪20年代或30年代初在理论界有一定影响的知名人士。这些同志一到延安，就被抗大聘请为兼职或专职教员。

1951年1月31日，步兵第164师第二届参谋会议留影（2排左1为父亲王文科）

给朱总司令"喂球"

朱德同志年轻时曾经在四川通省师范学堂附设的体育学堂学习,此后一直很喜欢参加各种体育运动。朱德同志来抗大除了讲课和检查工作之外,还喜欢和抗大的教员、学员打篮球和排球。父亲那时是学校的体育骨干,曾经在抗大运动会上拿过射击、800米中长跑和单杠的冠军,还是抗大篮球队队员。抗大的篮球队有一项特殊任务,就是陪朱德同志打篮球。父亲回忆说,听说朱德同志打篮球,我们就分为两队,朱德同志参加其中的一个队。朱德同志身体很健康,每次打球总是兴致勃勃,但毕竟已经50多岁了,行动有些迟缓,体力也不如年轻人。他虽然跑不过年轻人,跳不过年轻人,但是投篮很准,经常投出漂亮的远球。上场时父亲他们总是很小心,朱德同志得到球后,大家都不去拼抢和拦截,他要上篮,大家就给他让开路。有人得到球总是主动传给朱德同志,我们把这叫作"喂球"。朱德同志能看出我们给他"喂球",就操着浓重的四川方言对我们说:"嘿,年轻人,不要看不起我老头子嘛!"父亲说,那时他们年轻,有时候打着打着就忘了"规矩",拿出了平时自己打球时猛打猛冲的劲头,"战斗"就开始激烈起来,这就难免碰了或撞了朱德同志,有几次还把朱德同志撞倒在地。看到朱德同志摔倒了,大家才如梦方醒,赶快去扶朱德同志,吓得心里直敲鼓。但是朱德同志从来也不生气,总是笑哈哈地摆着手说"没关系,没关系。继续打,继续打"。令父亲难忘的是,朱德同志打篮球还有个"规矩",就是打完后一定要请大家吃一顿红烧肉。那时延安物质生活

1950年初,父亲王文科在抗美援朝前线

十分艰苦，朱德同志的伙食费与他们一样多，所以红烧肉肯定是朱德同志自己掏的腰包，大家心里都非常感激。每次陪朱德同志打篮球，他们都感到在思想和身体上得到了充实和提高。

总司令一袋小米救了我一条命！

1938年，抗日战争进入战略相持阶段后，党中央决定改变抗大的建制，先后在全国各抗日根据地成立了14所分校。抗大总校于1939年7月迁往晋东南敌后办学。1943年1月，抗大总校奉命返回陕北，总部决定组建新的抗大第六分校，父亲任第六分校军事教育科科长。

第六分校所在的晋察冀边区是个新建立的根据地，身处敌后，由于敌人多次"扫荡"，战斗频繁、生活艰苦、环境动荡不安。敌后办学既要克服一切困难完成好学习任务，同时还要准备随时参加战斗，参加保卫抗日根据地，开展新区工作，参加生产建设。

父亲回忆当时的情景说，我们没有校舍，没有教室，露天上课，借老百姓的门板当黑板，用石灰或木炭代替粉笔；没有桌子，没有凳子，学员上课时就坐在地上，本子放在膝盖上记笔记；没有笔记本，没有墨水，就用废纸钉成本子，买点红、绿、紫染料当墨水；没有钢笔，就用子弹壳加上尖铁片代替。太行山根据地原来就十分贫困，那一年又遇上大旱，人民群众的生活也极为困难。为了帮助人民群众度过灾荒，学校把粮食定量减少到每人每天9两（老秤16两为1斤），不够吃就到地里挖野菜。为了解决粮食困难，学校经常组织机关人员和学员跋涉二三百里的崎岖山路，到平顺、昔阳等游击区去背粮，柴火也要到几十里外的山上去砍，成为当时第六分校历史上有名的全校师生大背粮运动。父亲记得，背粮出发时每人要背上背包，带上三四天的口粮，还要通过敌人的封锁线。背粮没有口袋，他们是把裤子的裤脚扎起来装粮食，这种"抗战牌"粮袋特别适合搭在双肩上背负，比一般的口袋都好用，装得更多。年轻力壮的同志一次可背七八十斤，体弱的同志只能背四五十斤。

往返一次需约10天时间。那时候不少同志由于体力消耗大，又缺乏营养，患了夜盲症，加之疟疾流行，不少连队病号达一半以上。由于敌人严密封锁，治疗疟疾的"奎宁丸"很难买到，大家就千方百计找偏方治疗，有的用醋煮鸡蛋，或喝狗骨头汤；还有"躲疟疾"和"跑疟疾"，就是在疟疾发作前集中精力干一件事，或者在发作时到院子里猛跑一阵。虽然这些办法效果有限，但是却体现了大家以革命精神去战胜疾病和困难的决心和意志。没有一个同志轻易被疾病和困难压倒，只有实在挺不住时才休息一下，病情稍有好转，又去背粮，有的同志就牺牲在背粮的路上。父亲摇着头难过地说："那次我也差一点儿见了马克思。"原来，他们从几百里外背回来的大部分是黑豆和高粱，只有少量的小米要留给重病号吃。高粱在东北是主要粮食，但黑豆都是喂马的，人吃了要拉肚子。他当时就染上了痢疾，加之缺乏营养、体质虚弱，病情一天比一天严重，最后身体极度衰竭，只剩下一口气。父亲重病的消息不知

1948年哈尔滨，东北军区警卫师领导班子（左2为参谋长王文科，左3为师长黄思沛）合影

道怎么传到了朱德总司令那里，朱总司令马上派人专门给父亲送去了一袋小米。就是靠这袋朱德总司令送的小米，每天熬一碗小米粥，他才慢慢地缓过劲来，最后身体恢复了健康。用他自己的话说，就是"摸了一回阎王老爷的鼻子，是总司令的一袋小米救了我一条命"！50多年来，父亲每次回想起这件事，都是热泪盈眶，激动的心情难以平静。

为建设现代化人民军队走进南京军事学院

中华人民共和国成立后，中国人民解放军发展成为军、兵种齐全的国家武装力量。军队建设需要大批掌握现代化武器装备和作战理论的军事人才，由是一大批从战争年代走过来的军队干部走进了各级军事院校，开始了建设现代化人民军队的新征程。

重回黄埔校园

中华人民共和国成立后，父亲先后担任过东北军区第三战车编练基地训练部部长、副司令员，军委训练总监部装甲兵处长。1956年2月，父亲作为新组建的装甲兵部队的指挥员，来到国防大学的前身——由刘伯承元帅亲手创建并领导的南京军事学院。南京军事学院坐落在南京城的马标，这里曾经是黄埔军校由广州迁往南京后的校址。20多年前，父亲作为黄埔军校第十期步兵科的学员曾在这里学习和生活过。如今，这里已经成为培养中华人民共和国高级军事人才的神圣殿堂。今非昔比，物是人非！面对校园里熟悉的一草一木，他感慨万千！20多年前学习和生活的情景又生动地呈现在眼前。他深深感到自己选择了一条正确的道路，只有将个人的命运与民族、国家的命运紧密联系在一起，个人才能有光明的前途。

在军事学院里，父亲成为装甲兵系高级速成班的第一批学员，由步兵转为装甲兵，进入了一个全新的领域。由于有较高的文化水平和较好的军事基础，获取和掌握新的知识和技能并不是他遇到的主要困难，而南京特殊的气候成为他面临的主要考验。由于从小生长在东北，南京夏天的闷热和冬天的阴冷，使他水土不服，常常因为闷热难耐和蚊虫叮咬而彻夜难眠，因而体力下降。给他留下印象最为深刻的是南京夏日的酷暑和骄阳。到汤山靶场"打野外"，气温常常达到40℃以上，烈日下连标图的红蓝铅笔芯都晒化了，在图纸上留下一摊摊印迹。

面对着新的装备、新的技术、新的知识，父亲认真学习，努力汲取新的营养，不断地充实自己。他克服了生活和学习中的种种困难，以优秀成绩从南京军事学院毕业，成为中华人民共和国第一代接受过正规军事教育的装甲兵高级指挥员。

在父亲当年训练的地方

1976年，我经过作战部队基层的8年锻炼与考验，从一名战士成长为炮兵部队的初级指挥员，被组织选送到第一地面炮兵学校学习。在接到命令到学校报到之前，我请了几天假回家看望父亲母亲，向他们报告到炮兵学校学习的消息。父亲母亲听到后都很高兴。父亲专门找我谈了一次话，我从未见过父亲的表情这么严肃和凝重。他语重心长地跟我讲

1946年，父亲母亲结婚照

了入校学习对一名指挥员意味着组织的信任,也意味着将要肩负更大的责任。父亲结合自己的亲身经验,跟我讲了院校的学习生活与部队工作的不同之处,告诉我要注意些什么。还给我一个印有"军学"字样的深绿色大号文具盒,一个赛璐珞的陆军指挥尺和一把"原子弹当量计算尺",这些都是父亲当年在南京军事学院学习时使用过的。

当时的第一地面炮兵学校位于南京东郊约30公里的汤山。校园就是著名的国民党汤

1940年后期,父亲(左1)与战友合影

山炮校旧址,日本人也曾在这里建立炮兵学校。选择在这里建设炮兵学校,最主要的原因就是它紧邻汤山靶场。记得父亲在送我走之前,曾专门跟我讲了汤山靶场的情况。

父亲告诉我,他在军事学院学习时就曾多次到汤山靶场训练。作为军事训练场地,汤山靶场具有独特优势。它距离南京较近,徒步行军正好是一天的行程。多年前,蒋介石为了到汤山泡温泉,专门修筑了由南京到汤山的柏油公路,机械化部队机动、后勤补给、上级机关前来视察都很方便。靶场区域辽阔,纵深和正面用于保障一个加强师的进攻和防御都足够了。靶场区域内有军事训练所需要的各种地形:山地、丘陵、河流、树林、村庄、平地和水网稻田地;乡村土路和小路纵横其中。20世纪初这里设有靶场司令部,级别很高,由华东军区司令部直接管理。靶场司令部编制有正规训练保障部队,包括步兵、炮兵、装甲兵、防空

兵、工程兵和防化兵部队，还有专门的气象保障分队，规模超过1个加强陆军师。保障南京军事学院的日常教学和训练基本上不需要另外增调其他部队。

我到炮兵学校被编入十一中队一区队，野外训练、实弹射击都是在汤山靶场进行。这时的汤山靶场也有了很大变化。因为军事学院迁往北京，汤山靶场不再保障军事学院的教学与训练。靶场司令部降为团级单位，不再编有训练保障部队，只保留了机关、气象分队和道路保障分队。靶场区域内村庄、居民用地数量增多，还出现了窑厂、采石场和水泥厂。平坦地都被开垦为旱田、水田和鱼塘。几条沙石路面的简易公路贯穿其中。但是几十座日本人修建的观察塔都保存完好，可以用作方位物。

每次走进靶场训练，我就想起父亲当年也是在这里训练的，心中不由得升腾起一种混合着自豪与责任的特别情感，我是踏着父亲的足迹走的，我一定不能给父亲丢脸。就是在这种情感的激励下，我克服了学习中的种种困难，始终保持着优异的成绩。

在"打坦克之风吹遍全军"的日子里，我们中队接受了进行"大口径火炮对运动坦克直瞄射击"的试验任务。这是全军范围内从未实施过的科目，没有任何可借鉴的经验。操作与修正的方法由炮兵学校的孙仲良教员经过理论推导和计算而提出，由我们来验证在实际操作中是否可行。试验射击在汤山靶场内新修建的运动目标直瞄射击场进行。那天观礼台上除了学校和训练部的首长、教员外，还有100多位地方高校的学生和老师。射击开始后，前3个炮手班由于种种原因，发射的12发炮弹无一命中，用炮兵的行话说就是"剃了光头"。我们炮四班走上炮位时，全场鸦雀无声，几百双眼睛都盯着我们。我是炮四班的瞄准手，全班同志紧紧握着我的手，说"全看你了！"这时，我仿佛看到父亲就站在观礼台上，默默地注视着我，脸上没有任何表情。我把眼睛贴上瞄准镜，在这一刻，整个世界对我来说都不存在了，只剩下那辆移动的坦克靶标和瞄准镜中的十字线。我清楚地感到班长老齐将炮弹、药筒推进炮膛后在我右肩上重重地拍了一下。在我拉下击发机柄的瞬间，152加榴炮全装药产生的巨大震动和轰响我竟然毫无感觉，但清楚地看到了弹丸出膛后的轨迹。我迅速修正了偏差，以后的3发炮弹几乎是一口气打出去的。我在瞄准镜里看到最后1发炮弹将靶标拦腰斩断，整个坦克靶标一下子垮了下去。我回头看到观礼台上一片欢腾，地方大学的老师和同学们拍手跳跃着、挥舞着拳头，但我的耳朵已经什么都听不见了。恍惚之间，我仿佛看到父亲微笑着转过身去，慢慢地消失在人群中。后来同志们告诉我，我们班4发3中，按照训练大纲的标准，成绩优秀。在学习结束的实弹射击中，我也克服了粗心大意的毛病，取得了优秀成绩。

父子两代人的军事教学

1985年12月，中央军委决定将原有的军事学院、政治学院和后勤学院合并，组建中国人民解放军国防大学。作为新时期人民军队的最高学府和抗大的传人，国防大学将1927年11月在江西宁冈县龙江书院创办的"工农革命军军官教导队"作为人民军队军事教育的起源与发端，延安抗大是自己的前身，在建校之初就强调继承和发扬抗大的教育方针和校风，自觉担负起弘扬抗大光荣传统和革命精神的神圣使命。

1992年6月1日，父亲因病去世，永远离开了我们。

2000年9月，由国防大学主持编撰的《中国人民抗日军事政治大学史》正式出版。我在校史上找到了时任第六分校军事教育科科长"王文科"的名字；在"抗大五周年受到表彰的教职学员"名单中，看到了父亲的名字；还找到了父亲担任一大队军事主任教员时，一大队队长苏振华、政委胡耀邦，以及大队其他领导人的名字。看到这些珍贵的历史记录，我心潮澎湃，对父亲的思念愈加深重。我把这些文字记录拿给母亲看，她捧着书一个字一个字地念，眼泪止不住地流下来。

此后不久，我在《解放军报》上看到了国防大学校史馆征集各个历史时期文物的启事。但是因为战争年代的动荡和变迁，父亲没有留下他在延安抗大工作时的物品。于是我在征得母亲同意后，将父亲在南京军事学院学习时的毕业证书、父亲留给我的文具盒、指挥尺捐献给了国防大学校史馆。

永远铸入国防大学的历史

国防大学担负着培训中国军队师以上高级干部的任务，是中国军人景仰与向往的神圣殿堂。能够到国防大学学习，意味着你将踏上将军之路，跻身于中国军事精英的行列。对我来讲，还有另一层含义，那就是国防大学是抗大的传人，那是父亲曾经工作过的地方。

我从炮兵学校毕业后，回到部队工作了几年，又被调回炮兵学校，成为一名炮兵射击教员。我在军校教员的平凡岗位上，将进入国防大学

1960年代初，浙江金华，陆军第12军领导班子合影（后排右2为副参谋长王文科）

学习作为努力与奋斗的目标,在脚踏实地地做好本职工作的同时,一步一步向着心中的目标前进。1988年9月,我从宣化炮兵指挥学院营团职军事指挥班地炮专业毕业。1995年7月,我通过了石家庄陆军参谋学院军事理论班的考试,获得军事学学士学位。1997年,我终于实现了自己的理想,考入国防大学,在职攻读军事战略学硕士课程。国防大学研究生课程的教学、考试与论文撰写、答辩都极其严格,历年来通过论文答辩并获得硕士学位的人员比例一直不超过10%。我在导师王晓健的指导下,选择美国军事战略作为研究方向,顺利通过了所有课程的考试。2001年2月,我以扎实的外语功底和对美国军事战略调整后军事教育的改革与发展分析的独特视角,通过了论文答辩,获得国防大学军事战略学硕士学位。按照国防大学的规定,我的名字和历届毕业生的名字一起,镌刻在学术报告厅走廊的铜匾上,永远地铸入了国防大学的历史。

登上父亲讲课的讲台

在国防大学的讲台上,可以见到世界各国的政府首脑、军队高级将领和军事专家;中国党和政府的各级领导人;外交、政治、经济、文化、科技与学术界的著名专家、学者。国防大学的教员都是来自中国军队各军、兵种的优秀人才。这样一支教员队伍,保证了国防大学有最高质量的教学,代表着中国军事教育的最高水平。能够应邀到国防大学讲课,不但使中国的专家、学者感到光荣与自豪,也被许多外国军人和专家、学者视为特殊的荣誉和值得自豪的经历。

我在军事院校长期从事外军教育训练的教学与研究工作。根据自己的切身体会和军事教育训练学学科建设发展的情况,在全军率先开创了军事教育训练学外军教育训练研究方向,开设了多门专业课程,培养出20多名硕士和博士研究生。我在外国军事教育训练研究领域取得的成就得到了总部机关的认可与重视。

2001年11月,国防大学举办了全军首届院校教育管理轮训班,国

1965年，江苏淮阴，全家福

防大学训练部邀请我前往北京，给轮训班讲授《美俄军事教育的特点及对我们的启示》一课。在接到通知时，我的心情十分激动。作为初级指挥院校的一名普通教员，应邀到最高军事学府讲课，这是组织对我的信任，也是我面临的巨大挑战。但是我想到那里是父亲曾经工作的地方，就充满了信心和力量。经过精心准备，我满怀信心地走上了父亲讲课的讲台。就在担任值班员的将军学员向我举手敬礼、报告的一瞬间，我仿佛觉得父亲就坐在课堂里——就坐在他每次都坐的座位——最后一排最左边的课桌后面。在那一刻，所有的紧张和拘束都不存在了，早已烂熟于胸的授课内容从口中条理清晰地流淌而出。我还讲述了父亲跟我讲过的抗大领导亲自授课的光荣传统，联系自己在外国工作的亲身经历，把课讲得活泼、生动，给在座的20多位将军、60多位院校领导留下了深刻印象。时任国防大学教育长的王文荣将军从始至终旁听了我的授课并给予肯定。

此后，我又多次应邀到国防大学讲课和举办讲座。2002年4月，我

2007年7月王春茅在国防大学讲课,传承父亲的事业

应国防大学研究生院的邀请,为全军院校领导干部在职硕士研究生班讲授了"德日军事教育情况"。2006年4月,我与军事教育训练学学科带头人董会喻教授一同前往北京,参加了国防大学的"军队高级任职教育发展战略问题研究"课题论证会,向科研部和课题组的同志们介绍了"外国军队高级职业军事教育的情况与发展趋势"。2006年,我为国防大学训练部领导和机关人员举办了"外军院校任职教育"讲座。同年11月,我应邀参加了国防大学政治部主办的"学员自主创新学习"活动,举办了"外军高级职业军事教育院校如何发挥学员的主体作用"的辅导讲座。我和参加活动的中央党校、国家行政学院的两位专家,受到马晓天校长、许志功副校长的亲切接见和鼓励。2007年11月,国防大学给我颁发了"军事教育训练学专业研究生教育同行专家"的聘书。

在一次讲完课后,我送走了最后一名学员,收拾好讲稿,独自来到与学术报告厅毗邻的国防大学校史馆。在向工作人员说明来意后,她破例为我一个人打开了校史馆的大门。我信步走进大厅，环顾四周，静穆中仿佛穿越时空，来到父亲在抗大的那个年代。我仔细观看了"历史"部分的文字、照片和实物。校史陈列的"历史"部分相对简略，我没有找到有关父亲的记录，也没有看到我捐赠的父亲在南京军事学院的毕业证书、文具盒和指挥尺。我慢慢仰起头，眼望着展厅的穹顶，心中没有一丝的失落和遗憾，相反却有一种欣慰和自豪之情升腾而起，因为我知道——此时此刻，父亲就在这里，和我在一起——他已经与中国的军事教育事业融为一体。父亲会为我而感到骄傲。

　　我可以向父亲说，我们——无愧于党，无愧于人民，无愧于军队，无愧于父辈。

沿着父辈的足迹前进

◎马亚明　马亚伶　马亚平

父亲马献（1920—1998），河北省安新县马庄村人，1937年11月参加革命，1939年12月加入中国共产党。历任战士、学员、参谋、科长、团参谋长、警备区参谋长、副处长、处长、云南省丽江军分区参谋长、副司令员、司令员。1955年获三级

戎马一生，离休时的（1981年）父亲

1950年，母亲在四川南充

独立自由勋章、三级解放勋章，1964年被授予上校军衔，1988年获独立功勋荣誉章。

母亲刘芳（1926—2015），河北省安新县北冯村人，1940年参加革命，1948年加入中国人民解放军，1955年转业地方工作，云南省丽江地区行政公署干部。获中国人民抗日战争胜利60周年、70周年纪念章。

2015年4月24日，随着母亲永远闭上那双明眸，父亲母亲陪伴我们的时代结束了。

1998年春天，父亲在一次例行体检中发现并确诊食道癌，从那时开始，我们就在有些恐惧地想象没有父母的日子怎么过，我们无法接受这个客观但又必须面对的现实，始终期盼着奇迹能够出现，希望医生的诊断是错误的。

看到父亲顽强地与病魔抗争我们难过，看到病痛消耗、折磨父亲时我们无奈，听到生理指标有一点恢复时我们欣喜，当病情出现稳定的迹象时我们高兴。然而自然规律彻底粉碎了存于我们心底的那一点点侥幸，当那一天终于到来的时候，我们终于明白了：一生睿智、忠诚、宽厚，在我们眼中一世英雄的父亲永远离开了我们。我们悲痛，我们难过。然而此时的母亲出奇的平静，她压抑着自己的悲痛，有条不紊地安排了父亲的后事。之后母亲静静地对我们说："你们的爸爸与他的父母团聚了！"

这以后的十七年间，每当春节，母亲总要嘱咐我们，在父亲的遗像前摆上祭品，在全家团聚的饭桌上多放上一双碗筷，口里还念叨着"老马献，过节了"。每年的清明和父亲的祭日，母亲总是早早地操持着祭拜父亲。我们从没有见过她流眼泪，但真实地感到她那深沉的情感，我们一如既往地感受着父母的关爱和家的温暖。2015年，坚忍、聪慧、明理的母亲也离开了我们。当家庭团聚的饭桌上又增加一双空碗筷的时候，我们在想母亲也与她始终挂念的父母团聚了！

父亲离开我们已经整整二十二年了。在这二十二年时间里，无论是母亲健在的十七年，还是母亲去世后的五年，我们始终感到父亲和母亲仍然生活在我们身边。不时地，父亲伟岸的身影、宽厚的胸怀、睿智的目光、循诱的教导就在我们眼前出现、耳边响起；母亲操劳的嘱咐、严格的教诲、关切的唠叨和期盼的眼神仿佛她就在我们的身旁。

时间过得飞快，2020年是父亲100周年诞辰。除了继承父亲母亲崇高的品格、坚毅的性格、高尚的人格之外，我们无从报答父亲母亲的养育教诲之恩。谨以此文纪念我们亲爱的父亲母亲！

追求真理，寻求解放，出身贫苦的父母走上了革命的道路

父亲的家乡在被誉为"华北明珠"的白洋淀。位于冀中平原中部的河北省保定市安新县白洋淀南麓的马庄村，七分水地、三分旱田，打鱼、织席（芦苇编织的苇席）是当地人民的主要生活来源。马庄村在当地是一个相对富庶、规模较大的水陆码头，处在安新、高阳与任丘三县的交叉接合部。在这里，可以通过水路将从白洋淀里捕捞的水产鱼类和人工编织的苇席直接船运天津。正常年景下，家乡的父老靠着男人秋冬捕鱼、春夏劳作、晚秋收苇以及女人全年在家织席的劳作方式基本可以糊口。1920年12月，我们的父亲就出生于马庄村一个贫苦农民的家庭。

父亲在家中排行老大，有四个弟弟。由于家里贫穷，自家没有渔船也租不起地主的渔船，只租有几分旱地。父亲从小跟随爷爷在码头帮工与下地劳作，学得一些木匠手艺，12岁开始父亲在周边村子给人打短工，帮助爷爷、奶奶养家糊口，养育四个弟弟。

母亲的家乡是位于距离马庄村十几里地的北冯村，虽也在白洋淀湖畔，却是以旱地为主的村子，母亲于1926年3月出生于此。我们的姥爷曾就读于北平燕京大学，之后以教书育人为职业，恪守礼教，是当地一名

较有影响的乡绅、爱国进步人士，家境较好。母亲在家排行老大，有一个弟弟，在姥爷的严格教育下，母亲完成了高小学习。

七七事变之后，日寇铁蹄践踏河北，人民的生活陷入水深火热中，广大劳苦大众积极拥护中国共产党反抗日本帝国主义的主张，冀中地区的人民在中国共产党地下组织领导下，成立了"华北抗日游击军"。父亲在外打短工时受到共产党影响，看到有的村中青年在共产党组织下参加反抗日本侵略的队伍，于是也萌发了参军闹革命的想法。1937年11月，父亲参加了共产党领导的抗日队伍，被编入河北抗日游击军任丘县大队二中队，开始了一生的革命生涯。

冀中抗日，不怕牺牲，由青年农民成长为共产主义战士

在吕正操将军的领导下，冀中地区的抗日队伍发展较快，不久按党中央的部署要求，组建成立了八路军第三纵队。父亲天资聪颖，工作积极，踏实肯干，半年后即成为连队的战斗骨干。1939年1月，八路军一二〇师在贺龙师长领导下挺进冀中来到河间，与吕正操司令员率领的冀中军区暨八路军第三纵队会合。随即在2月初至3月底进行的河间战斗中，父亲所在的部队被编入一二〇师独立第二支队（支队长肖新怀、政委苏启胜），父亲在这场被称为八

1951年，父亲、母亲在川北军区军政处全体合影

路军一二〇师冀中"四战四捷"（曹家庄、黑马庄、石马村、米各庄）的战斗中作战勇敢，得到领导重视，战斗结束后被送到一二〇师政治队培训。但日本鬼子不甘心失败，为了报复，4月从沧州调来吉田大队八百余人，会同河间、高阳的敌人两千余人，气势汹汹地前来进攻，妄图一举消灭贺龙、吕正操率领的冀中地区八路军主力。贺龙师长和吕正操司令员判断敌人并没有掌握我军情况且部署分散，决心抓住战机，集中一二〇师和冀中军区部队主力，实行外线速决的进攻战，在河间县齐会村一带消灭日寇吉田大队，给日寇以更加沉重的打击。父亲所在的政治队作为师部直属队参加著名的齐会战斗，经过激烈的战斗，狂妄的日军吉田大队被围困于齐会村地域，为避免被歼，日军施放毒气突围，但终究没有逃脱覆灭的下场。在贺龙的直接指挥下，齐会战斗以击毙吉田本人、歼灭敌七百余人的胜利，粉碎了日寇的进攻，成为平原歼灭战的成功范例，有力地鼓舞了全国人民反抗日本帝国主义侵略的斗志。在这场残酷的战斗中父亲依然作战勇敢，英勇顽强。战斗结束后被送到一二〇师教导团（团长彭绍辉）接受培训，培训结束后被分配到一二〇师特务团（团长杨嘉瑞、政委范忠祥）司令部任参谋。

　　1939年8月，一二〇师主力奉毛主席指示离开冀中转移至晋察冀边区的冀西地区，9月间到达北岳区的河北省行唐县整训待命，与晋察冀军区聂荣臻司令员率领的部队会合。此时日军独立混成第八旅旅长水原义重率领日伪军一千五百余人由灵寿出动向慈峪进犯，企图采取所谓"牛刀子战术"奔袭晋察冀边区南部重镇陈庄，寻歼八路军主力，摧毁抗日根据地的后方设施。八路军一二〇师在贺龙师长的亲自指挥下，以歼敌一千二百余人的胜利粉碎了敌人的进攻企图，父亲参加了这场被称为"陈庄歼灭战"的著名战斗。

　　11月初，父亲随部队向山西曲阳县灵山镇和河北唐县神南镇一带转移。此时日军展开针对晋察冀边区的大"扫荡"，以日军独立混成第二旅主力向河北涞源以南晋察冀中心地带进攻。父亲所在的一二〇师特务

1944年，父亲（右一）在甘肃华池任抗大七分校工兵队队长时的留影

团被加强给晋察冀军区第一分区，在杨成武司令员的指挥下参加了这场击毙日军所谓"名将之花"的混成第二旅旅长阿部规秀中将的著名的"黄土岭战斗"。父亲所在的特务团承担了黄土岭西部方向的围歼任务，粉碎了敌人数次突围攻击，攻入敌人炮兵阵地并予以歼灭。在这场战斗中父亲多次冒着战火穿梭于各营与团部之间，准确传达上级指示，检查与督促部队行动，细致了解战情状况，及时向团首长汇报，圆满地完成了任务，战斗结束后受到杨嘉瑞团长的表扬。

1939年12月，父亲光荣地加入了中国共产党。

1940年3月，年仅14岁的母亲，不顾家庭的反对，参加了地下党组织的妇救会工作，担任抗日小学教员。她帮助贫苦大众读书认字，组织群众支前，慰问八路军，掩护伤病员，毅然走上了寻求民族解放的革命道路。

黄土高原，烽火连天，在晋西北艰苦卓绝的战斗中成长

依据党中央部署，一二〇师从晋察冀边区转战晋西北，在创建晋绥根据地的过程中，父亲随部队参与了反对顽固派斗争与不断抗击日寇进攻"扫荡"的战斗。1940年1月，在山西交城环龙洞村与日寇的战斗中，父亲被掷弹筒炸伤双腿，左脚拇指肌腱被炸断，落下终身残疾，中华人民共和国成立后被评为三等甲级革命伤残军人。

1940年8月至1941年1月，八路军发起"百团大战"，父亲所在的特

务团在一二〇师编成内，在团长杨嘉瑞指挥下，战役第一阶段负责破击太（原）汾（阳）公路和汾离公路，第二阶段承担了破击同蒲铁路轩岗至段家岭段，第三阶段又在忻县地区反击

1943年，父亲（左一）在晋西北

日寇的报复性"扫荡"。父亲参加了"百团大战"的全过程。他在战斗中得到锻炼，不断成长进步。

1942年春，父亲到特务团三营任参谋，不久后又被调回特务团任侦察参谋。1943年4月，父亲被选送到一二〇师工兵教导大队学习，随后被整编入位于甘肃省华池县的中国人民抗日军政大学七分校（简称抗大七分校）。在陇东的岁月里，父亲任工兵队学员班班长，抗大七分校列入晋绥军区建制后，父亲任工兵队队长。

1942年是冀中抗战最为艰难困苦的时期，在日军残酷的"五一大扫荡"及"囚笼"政策禁锢下，母亲始终没有脱离组织，坚持在敌后为革命工作。多少年后母亲时常回忆起那时的情景："那个时期日本鬼子杀了多少中国人啊！我们要是被日本鬼子抓住就肯定活不了，为了开展工作和躲避鬼子的追杀有时一天要转移好几次，躲在老乡的地窖里几天也吃不上东西，就是靠着对日本鬼子的恨和对抗日必胜的信念才坚持下来。"

1944年9月至1946年6月，父亲调任晋绥军区司令部作战科任作战参谋。晚年的父亲回忆得最多的就是这个时期。在这里父亲不仅有机会直接聆听贺龙、关向应、周士第等领导的教诲，接受他们的指导，还与科

1944年，父亲在晋绥军区司令部所在地山西兴县蔡家岩村的留影

长张中如、副科长刘凯以及参谋李毓景、刘夫、王曦珍、刘展、曹禺、杨宏等结下了深厚的战友情谊，至死念念不忘。

1945年8月，日本无条件投降，抗日战争取得了最后的胜利。9月，父亲在新编成的晋绥野战军（司令员贺龙、政治委员李井泉）司令部作战科任参谋。1946年4月，父亲转调晋绥军区新成立的晋北野战军（司令员兼政治委员周士第、副司令员贺炳炎、副政治委员廖汉生、参谋长王绍南、政治部主任张国生）工作，仍然在司令部作战科任参谋，参加了晋北、大同、集宁战役，解放了崞县（今原平）、朔县（今朔州）、宁武、定襄、五台、代县、繁峙等七县。

解放山西，进军西北，扶眉歼匪千里挺进大西南

1948年初，父亲在部队编制调整的战斗间隙，回到河北白洋淀老家看望父母。父亲参军以后家里的生活更加艰辛，父亲的大弟（我们的二叔）也参加了革命，成为"抗属"的爷爷奶奶不仅要哺育父亲的三弟、四弟和五弟，更要躲避日本鬼子的追杀，只好常年在外流浪，生活十分艰苦。奶奶借着带最小的老五走村串户要饭的机会，帮助抗日地下组织传递消息。父亲回忆离家十年的情景时说："刚到村口见到一个老太太抱着捡来的秫秸秆往村里走，我本想打听一下家里的情况，走近一看原来是我娘，刚叫了声'娘！'我的出现把我娘吓坏了，慌忙丢下秫秸秆紧跑几步，之后停下来转过身眼睛紧紧注视着我，说'你是人还是鬼？'我急忙跪下，'娘，我是大树（父亲的小名）啊，回来看你们啦！'娘走过来抚摸着我的脸看了半天才相信。"

这时候父亲的家乡已经解放，母亲仍然在妇救会工作，在父亲家的村里小学当教员，经爷爷奶奶托人介绍，父亲与母亲相识了。父亲在家待了三天即回部队，母亲执意跟父亲同行来到部队。1948年3月，母亲光荣地加入中国人民解放军。这年冬天，在山西晋城乾沟，父亲和母亲结为了终身的伴侣。

1948年5月，父亲随周士第副司令员到新编成的华北军区第一兵团（司令员兼政委徐向前、副司令员兼副政委周士第、参谋长陈漫远、政治部主任胡耀邦），继续在司令部作战科任参

1948年冬，父亲与母亲在山西晋城乾沟结婚

谋。随后即参加了晋中战役和太原战役，彻底结束了国民党在山西的统治，解放了山西全境。

太原战役之后部队休整，1948年冬天父亲调第十三纵队任司令部作战科科长。

1949年6月，第十八兵团编入第一野战军，在司令员兼政委周士第、参谋长陈漫远和政治部主任胡耀邦指挥下执行解放大西北的任务，第十三纵队整编为第六十一军（军长韦杰、政委徐子荣、副军长鲁瑞林、参谋长白天、政治部主任郭林祥），父亲任军补训团参谋长，随部队向西安开进。在扶（风）眉（县）战役歼灭胡宗南主力后，第十八兵团转隶第二野战军，在贺龙率领下由宝鸡入川，执行解放西南的任务。这期间母亲一直在部队从事文化教育工作。

1949年12月,父亲(前排左三)在陕西宝鸡待命入川

川北剿匪,云南戍边,壮怀激情投身于中华人民共和国的建设

1950年2月,入川后的第六十一军兼川北军区(司令员韦杰、政治委员胡耀邦、副司令员鲁瑞林、副政治委员郭林祥、参谋长胡正平、政治部主任王贵德),军直组建南充军分区(司令员黄定基、政委孙先馀),父亲所在的补训团兼南充市警备区(1952年7月改为南充市人民武装部),父亲任警备区司令部参谋长。至1952年春的两年多时间里,父亲参与组织领导与指挥了当地的剿匪战斗,取得决定性胜利。其间父亲多次受到土匪的恐吓和他们组织的暗杀活动。

1952年3月,第六十一军(川北军区)军直部分人员抽调组建海军潜艇学院,部分充实到位于重庆的西南军区公安司令部(司令员鲁瑞林、政委周兴、副政委兼政治部主任郭林祥、参谋长李静宜、副参谋长杜灵、政治部副主任王银山),父亲被任命为西南军区公安司令部作战处副处长。

1955年4月昆明军区成立,7月原云南省公安总队扩编组成昆明军区公安军司令部（司令员丁荣昌、政治委员张钧、副司令员兼参谋长张立雄、副参谋长马思谟），8月父亲从西南军区公安司令部调昆明军区公安军司令部任作战处处长。1957年8月，在云南省公安总队的基础上新组建云南省军区（昆明军区副司令员兼任司令员陈康，副司令员丁荣昌、张力雄，参谋长王银山），父亲继续在司令部作战处担任处长。

1955年，解放军实行军衔制，父亲被授予少校军衔，荣获三级独立自由勋章和三级解放勋章。同年母亲服从军队安排转业到地方工作。

1960年父亲晋升为中校军衔。12月，调任昆明军区司令部任边防处副处长。

1955年，父亲（前排左三）在昆明军区公安军司令部作战处

1957年，父亲在云南阿佤山

从1955年起，父亲几乎走遍了云南边境的各个角落，巍峨高耸的高黎贡山、闷热潮湿的热带雨林、奔腾湍急的澜沧激流、险象丛生的滇藏公路，印记下他跋涉勘察的足迹；畹町大桥、中缅界碑、傣家竹楼、阿佤山寨、瑞丽江畔、怒江

峡谷、茶马古道、风雪垭口，处处留下了他风尘辗转的身影。1960年底至1961年初，父亲参与组织实施了中缅边界的勘界警卫作战，沉重打击了国民党残部，粉碎了帝国主义对我西南边境的破坏袭扰，有力地保卫了中华人民共和国的建设。

风雨丽江，戍边兴邦，戎马一生的圆满句号

1962年8月，父亲调任云南省丽江边防军分区（司令员余辅坤、政治委员谷自珍）司令部参谋长，1964年7月任副司令员，同年晋升为上校军衔。

在担任边防军分区参谋长、主管作战的副司令员期间，父亲多次深入边防。风雪垭口上的边防哨所、茶马古道边的边检口岸、怒江峡谷中的仓库兵站、独龙江畔的执勤连队……他走遍了辖区所有的哨所、关卡，多次组织部队实地演练，常常几个月不回家，奔波在千里边防线上，为国防和边防建设呕心沥血。

进入1967年，"文化大革命"的浪潮席卷了丽江这个当时的边陲小镇，父亲先参加了"支左"，因曾经担任贺龙作战参谋的"历史问题"

1963年，父亲（右一）在高黎贡山组织部队战术训练

1978年，父亲在军分区大会上做报告

1980年，父亲（前排左七）在云南省丽江军分区第六次代表大会全体代表合影

受到"隔离"审查，他被当作"走资本主义道路的当权派"和"军内一小撮阶级敌人"被打倒与隔离审查。在丽江专区专员公署卫生科工作的母亲也为此遭受批判、游街、抄家，下放至"五七干校"。1969年党的九大召开后，各地开始成立"革命委员会"。1970年春，始终襟怀坦白、忠心耿耿为党、为人民战斗工作的父亲复出工作，作为"三结合"中的老干部代表担任"丽江地区革命委员会"常委、"生产组"组长，担负起"抓革命、促生产"的一线组织领导工作。但母亲仍然在"五七干校"接受"改造"，颈椎因此致残。

粉碎"四人帮"后，父亲被任命为丽江军分区司令员。与以往接受各类任务一样，父亲以极大的热情投入到揭批"四人帮"中来，将他最后工作的岁月全部投入到整顿军队建设的工作中。

1981年，父亲响应军委号召，主动要求离职休养。1983年，父亲离职休养安置回到河北保定，母亲也办理了离休手续，与父亲一同回到了阔别四十五年的故乡。离休后的父亲始终坚持读书看报，关心国家大事与国防、军队建设,曾经担任干休所党委书记达四年之久。

1988年,父亲荣获中国人民解放军独立功勋荣誉奖章。

1998年11月23日,父亲病逝,永远地离开了我们,享年78岁。

2005年、2015年,母亲荣获纪念中国人民抗日战争胜利60周年、70周年纪念章。

2015年4月24日,母亲病逝,享年89岁。

坚信组织,拥戴领袖,坚定的信念贯穿了父母的一生

在五十余年的革命生涯中,不管是在战火纷飞的年代,还是在和平建设时期,父亲始终保持着很强的党性与原则。父亲生前对我们说:"我刚参加革命时什么都不懂,是党的教育使我懂得了革命的道理,没有共产党就没有我的一切,也就没有我们现在这个家。"父亲一生中从没有向党组织提出过任何要求,只要是毛主席的指示、党安排的任务,就一定全心全意地遵照执行,尽心尽力地落实完成。父亲时常给我们讲战争年代的故事:"打日本的时候艰难呐,鬼子猖狂得很,我们恨得要

新中国成立后国家给父亲颁发的革命伤残军人证

命，我们一个战士只有五发子弹，没有炮，为了完成任务，我们只能跟他们拼刺刀。一场战斗下来死去的战友那个多啊，但是我们没有退缩，因为我们相信党。"他经常教导我们："根据地的老百姓好啊，我养伤的那个老乡家，自己去挖野菜充饥，省下来的一点点粮食给我熬粥，我永远也忘不了。你们也不要忘记老百姓，不能搞特殊化，要和周围的同学、同志打成一片，不能看不起他们，不能有任何的优越感和骄傲自满情绪。"父亲对自己也很严格。他的行政十二级是1964年定的，离休前上级给了军分区一个晋升十一级的名额，按资历和威望大家都认为就是父亲无疑了。但父亲硬是让位于另一名行政十三级的同志，让他晋升了。在西南军区工作时期，母亲在父亲领导的部门工作，为了照顾其他同志，父亲竟然两次将母亲的职级晋升给压了下来。

　　"文化大革命"中由于受到派性影响，父亲受到无端冲击，丽江大研古镇的每一条街道都贴满了"打倒马献""马献是一小撮军内走资派在丽江的代理人"等大字报。母亲告诉我们，在父亲被要求到昆明西山参加"毛泽东思想学习班"（实则隔离审查）离开家时，父亲对着毛主席像严肃地说："毛主席，我的一切都是您给的，我是不会反党反社会主义的，更不会反对您老人家的。"并嘱咐母亲一定要正确认识与对待眼前发生的一切，要相信党，相信毛主席。父亲被隔离审查后，母亲的处境更加糟糕，造反派逼迫母亲发表"与反革命分子马献脱离关系"的声明，遭到严词拒绝后，母亲多次被造反派揪斗、游街，甚至抄家，身体受到极大摧残，颈椎致残并患了严重的肾盂肾炎。即便如此，母亲始终没有低下她高昂的头颅，坚定地对我们说："我和你们的父亲从日本鬼子和国民党反动派的枪林弹雨中走出来，我们相信党、相信毛主席，你们也要相信父亲，相信我。"在最困难的时刻，母亲平静地对我们说："如果我和你爸出现万一，你们就回河北老家去当农民，自食其力养活自己。但是永远不能反党，不能反对毛主席。"父亲复出工作后，有不少（包括上级）单位来与父亲了解落实曾经一同工作过的领导、战友和下级的"历史问题",有的甚至带有威胁或暗示,父亲总是不卑不亢,实事求是,如实地表述自己所了解的情况,对带有威胁的调查义正词严地反对,对有所暗示的诱导则明确地严词拒绝,始终光明磊落,体现共产党人的高风亮节。

不忘初心,牢记宗旨,始终保持一名战士的姿态

父亲有一个心爱的宝贝——一把缴获的作为战利品而保留持用的"勃朗宁"手枪。那是父亲在晋西北时的一次战斗中缴获的,因此他对那把手枪格外珍惜。从我们记事开始,父亲总是白天枪不离身,夜晚枪不离枕,每隔一段时间就会拿出来认真地擦拭一遍。我们很好奇,见到他擦枪就过去问这问那,这时候父亲就会给我们讲他经历的战斗故事,讲他带着这把枪完成的各种任务。

我们印象最深的故事,是父亲1950年在四川南充市警备区司令部当参谋长执行剿匪作战任务时,一次土匪冒充进城的农民,伺机混进警备区进行暗杀破坏时被哨兵发现,土匪开始强攻,父亲指挥警卫部队反击,在门口被土匪射来的子弹穿透肩部大衣,手中的驳壳枪掉在地上,父亲顺手掏出这支"勃朗宁"进行还击,待将土匪的火力压制住后,父亲才弯腰捡起驳壳枪。父亲说要是他当时弯腰去捡脱手的枪,很可能就会被土匪后边射来的子弹击中,要不是这支"勃朗宁",他也就不能及时地在反击土匪中取得主动。说这话时父亲的脸上洋溢着得意、满足与赞赏,我们听的则是惊险、刺激与崇拜。

听母亲说,自打跟父亲结婚开始,父亲每天准备睡觉时的第一件事就是将这支枪从兜里掏出来,检查后拉栓上膛关上保险放在枕头底下,起床后又退膛、上膛,关上保险重复一遍揣入裤兜,二十年来天天如此。后来军委要求统一上交枪械,之后的一段时间,父亲经常半夜迷迷糊糊地一摸"勃朗宁"不在枕头底下,立刻醒来寻找,之后是一声长叹。

不仅是枪，父亲始终保持着"随时打仗"的准备，他有一个母亲给他缝制的包袱皮，里面包着一身换洗的军装和衬衣衬裤，出差时带着，回到家单独放在自己好拿的地方。平时父亲不让我们随便动这些东西，说是随时准备上战场使用的，一直到离职休养，他的包袱皮始终保持着。在父亲去世后，母亲翻出这个包袱皮，将父亲穿过的一身五五式军装，缝上领章、套上肩章，别上帽徽包好，放在父亲的遗体旁一同随父亲火化。

父亲一生爱枪，喜欢军装，热爱军队。我们从他那里懂得了射击的原理，掌握了持枪、瞄准和击发的要领，他也带着我们用他那只小口径步枪做过射击练习。在父亲的影响下，我们从小就在心灵里种下了参军报国的理想种子。长大后我们兄妹三人都先后到了部队当兵：亚明成为空军战斗机飞行员，在师级领导岗位上退休；唯一的女儿亚伶在医院洗衣班当战士时居然通过层层选拔入选了昆明军区射击队，参加全军比赛取得了不错的成绩；亚平在部队从事国防教育与军事科研工作，以少将军衔退休。

勤俭节约，自己动手，树立艰苦朴素的良好家风

20世纪50年代，我们兄妹三人先后来到世上。从我们记事时起父亲和母亲的工作始终都很忙，父亲经常在外出差，有时几个月回不了家。母亲每天工作也是行色匆匆，很多时候根本顾不上我们，但是他们始终没有放松对我们的教育与要求，教导我们不能忘本，不能忘记过去。

母亲在日常生活中对我们的要求非常严格，经常给我们讲农民种粮的不易，讲冀中反"扫荡"时的艰苦。她不许我们浪费一粒粮食，对我们吃饭时掉在桌上、剩在碗里的一粒米饭都要求我们捡起来放到嘴里。母亲要求我们从小衣服破了自己补，教我们在一块破布上练习怎么样行针走线，当我们把衣服破口补上后，她会高兴地鼓励我们，并且边告诉我们该怎么补，边用自己出色的缝纫将我们补得歪七扭八的补丁修整得

1965年，全家在丽江合影

整整齐齐。

父亲同样心灵手巧，我们小时候玩的木头手枪都是父亲亲手做的，凡是家里的桌椅板凳坏了，水管漏了，甚至自行车、缝纫机等出现问题，他总是自己动手并且叫上我们一块修理，将参加革命前学的木匠手艺和在抗大当工兵教员时掌握的原理全都用上了。父亲一边修理一边给我们讲述在晋绥边区搞生产自救的战斗生活，讲述当年响应毛主席"自己动手，丰衣足食"号召的背景与精神，使我们从小就养成了自己动手的习惯。

父亲和母亲始终把身边的同志，不管是一同工作的同事，还是警卫员、战士都当成自己的亲人一样来对待。在丽江工作时警卫班就住在我们家旁边，母亲经常把家里做的包子、饺子端到警卫班的房间，父亲外出回来晚了，母亲必然将随行的警卫员叫到家里与父亲一块吃她煮的面条。1957年云南省军区席子营大院建成后，我们与史智明（司令部侦察处处长）叔叔和张墨林（作战处副处长）叔叔住在一个单元门洞，父母亲与史叔叔、周妈妈和张叔叔、张妈妈关系特别好，几家的孩子经常是吃"百家饭"。一次张叔叔的小儿子得了急病但张叔叔不在家，张妈妈十分着急，父亲闻讯后急忙抱起得病的孩子上医院，当得知需要输血时父亲毫不犹豫地抽出了四百毫升鲜血（父亲是O型血），挽救了孩子。1996年2月，丽江发生七级地震，父亲听到广播立刻让我们到邮局汇去了一千元钱，之后的几天他始终守在电视机前关注着受灾的情况与灾情的救助，我们从他的表情可以看出他的内心是多么焦急，他对曾经工作生活二十年的丽江充满着深厚的感情。

父母在工作和生活中对我们有着严格的要求，要我们靠自己的努力，不允许"暴露"自己是干部子弟的身份，更不许"走后门"。亚平参军后的副部队长曾是父亲多年的战友，其夫人也与父亲有着亲戚的关系，相互间有着通信来往。但在四年的时间里父母从没有告诉过儿子，也没有托过他们给予任何照顾。直到儿子离开这个部队时，父亲才让儿子代他去问候一下，结果弄得老战友在电话上对父亲一顿埋怨。

从父母的点点滴滴、言传身教中，我们懂得了做人的道理，从他们身上继承的品质使我们受用终身。

我们永远忘不了父母对我们的期望与要求，在我们如今也都年过花甲、退出工作岗位的时候，我们可以无愧地告慰他们：我们牢记您二位的教诲，没有给您二位丢脸，把我们迄今为止的全部也都投入并汇入了您二位一生未竟事业的洪流之中。

安息吧！我们敬爱的父亲、母亲！

来生，我们还做您二位的儿子、女儿……

八路军中父子兵
◎田 野

田禾兴（1928— ），1928年3月出身于河北省武安县贫农家庭。1938年11月参加八路军，1945年7月加入中国共产党，历任战士，会计，助理员，股长，第四十三师军需科长，昆明军区后勤部军需部科长，副部长，云南省财政金融局革委会主任、党的核心小组组长，中共保山地委书记、革委会主任，保山、临沧边防军分区政委，后勤第二十三分部部长，昆明军区后勤部副部长，成都军区后勤部驻昆明办事处主任等职，1955年被授予少校军衔，1988年8月离职休养。

父亲田禾兴

一

　　河北省武安县南丛井村，一个坐落在太行山东麓的普通村庄。1928年3月，我的父亲田禾兴就出生在这里。

　　父亲刚出生时，家境还算殷实。我的曾祖父是位乡村郎中，常年巡医治病，寸积铢累，省吃俭用，积攒下房舍和少量土地。1930年曾祖父去世，祖父田树棠继承了家业，由于治家不当，高筑债台，家境逐渐衰败，一贫如洗，曾祖母和祖母被卖给他人抵偿债务。

　　1935年，国民党部队进村招兵，祖父冲着当兵吃粮的诱惑报了名，跟上部队走了。失去了父母的依靠，父亲无家可归、生活无着，被三个姑母收留轮养。无奈她们的家境同样穷困，生活甚是艰辛。父亲以帮工干活作为回报换口饭吃，用弱小稚嫩的肩膀扛起自己苦涩的童年。一次父亲干活回到大老姑母家，饥肠辘辘饿得难受，偷吃了表侄子的半个馒头，闯下大祸被大老姑母狠打，还被撵出家门，寄养在舅舅屋下。舅爷爷是个有钱的不法商人，生活阔绰却为富不仁。平日里待人刻薄，即便对待自己的亲外甥，照样六亲不认、奴役盘剥。在他家帮工的岁月里，父亲每天起早贪黑干活，照样吃不饱穿不暖。住的是四壁透风的破炭房，夏天蚊虫叮咬，寒冬腊月屋内滴水成冰，盖在身上御寒的"被子"是一张破棉门帘，冻得难以入睡，还要替舅爷爷参加村里成年人的值更站岗。每当受到委屈和虐待，父亲没处倾诉，只能一个人在背地偷偷地哭，无时无刻不思念杳无音讯的祖父。

　　1938年夏日的一天，父亲干活回到家，见屋里有两个八路军战士，其中一个是自己朝思暮想的父亲，另一位陌生人是祖父的班长，一位参加过长征的四川籍红军，他专门陪祖父来看望父亲，还特意给父亲带来一小布袋小米。

　　见到祖父，父亲喜极而泣。这些年，祖父究竟去了哪儿？都干了什么？

二

　　当年祖父被国民党部队带走，补充到了国民革命军第二十九军。年轻时的祖父相貌英俊，身材魁梧，部队相中了他的长处，让他充当连队的擎旗手，身背大刀，行军走在队首，打仗冲在前面。祖父先后在张北、喜峰口、古北口、北平南苑等地驻防作战。1937年卢沟桥爆发七七事变，7月27日，日军突袭南苑，惨烈的南苑保卫战打响。二十九军不畏强敌，浴血抗日，作战中祖父和战友们用大刀手榴弹在青纱帐里与敌展开肉搏战，多次打败日军进攻。战至28日，由于孤军作战寡不敌众，弹尽粮绝，损失惨重，部队陷入重围。祖父和战友们宁死不缴枪，把手中武器扔进枯井藏匿，最终没能及时撤出敌人的包围圈当了俘虏。次日夜晚，祖父和两位同乡趁鬼子兵疏忽侥幸逃出，跌跌撞撞赶到长辛店，挤在难民人群中趴在火车顶上，颠沛数日后终于回到故乡。祖父发现自己在故乡并没有安身立命之处，日寇占领北平后，南侵的铁蹄步步逼近，成批溃败南逃的国民党军队和绝望的难民潮水般涌来，祖父只能弃家远走。茫茫逃生路何去何从？祖父反复琢磨：二十九军被日军打散，回老部队已无可能；听说共产党领导的八路军是穷人的队伍，深受百姓拥戴，不妨前去投靠。几天之后，祖父遇到一支八路军队伍，上前打听原来是张贤约将军领导的八路军第一二九师先遣支队，祖父表明心迹后，如愿以偿当上了支队特务营的战士。由于在二十九军有过与日军打仗的经历，还能简

祖父田树棠

单看书识字，部队首长器重他，让他担任机枪手。不过，祖父发现八路军的待遇与国民党军队有着天壤之别。比如，国民党军队的士兵月领军饷，年发军服，一日三餐能够管饱；二十九军的武器装备虽然赶不上老蒋的中央军，却也枪炮齐备弹药充足。反观八路军，穷得寒酸，没有军饷，没有军粮，吃粮靠临时筹措，饥一顿饱一顿是家常便饭；服装供应也很困难；枪支落后残缺不全，弹药严重短缺，这样的状况能打赢鬼子兵吗？针对祖父的疑惑，连队干部生活上关心他，嘘寒问暖帮助解决困难；政治上提高他的思想觉悟，循循善诱，深入浅出讲述"为谁参军，为谁打仗"的革命道理，使他逐渐认识到旧军队和八路军本质的区别。听其言，观其行，祖父切身感受到八路军的条件虽然艰苦，但是部队不欺负老百姓，秋毫无犯，深受群众爱戴；长官作风民主，从不打骂体罚士兵，行军作战干部总是吃苦在前冲锋在前；部队乐观向上，只要有仗打士气就高涨。祖父整个人的精神面貌焕然一新，不怕苦不怕累，很快便融入了八路军这个革命大家庭中。

1938年的一个夏日，部队转移驻防到了武安县南阳邑村，这里离老家南丛井村不远。祖父向连队首长请假回家看看，连首长准假，还让班长陪同前往，于是发生了前述的一幕。

三

部队驻防离家近，父亲不时去部队看望祖父。一来二往，连队官兵几乎都认识了父亲。11月间，部队准备向沙河县一带转移。听说祖父要走，父亲回家无靠，便坚决要求参军留队，无论连队首长和祖父怎样做工作都没用。经不住父亲的软磨硬缠，也考虑到父亲的实际情况，连队请示上级最终批准父亲参军，在连部当勤务兵。

父亲时年10岁。

八路军的战斗生活危险艰苦。日军侵华初期武器装备精良，战力超强，国民党部队抵挡不住敌寇，节节败退。在占领了大中城市和控制了主要交通线之后，日寇腾出手抽调部队对我太行山区抗日根据地"围剿""扫荡"，意在消灭八路军和地方抗日武装，免除后顾之忧。面对来势汹汹的敌军，八路军避其锋芒，依托太行山屏障和老区群众的支援开展游击战，与日寇反复周旋。部队居无定所，除了打仗就是行军，父亲幼时营养不良，身材弱小，每天同样得和成年人一样行军打仗。一次，连队首长见父亲筋疲力尽，难于跟上队伍，极显怜爱，加上有数十枚缴获的电瓷瓶随队携带，便临时借了老乡一匹小毛驴，让父亲骑在驴背上"享受"特殊待遇。部队走了半天，途中休息时赶驴的老乡谎称带驴去附近吃草，牵上毛驴溜之大吉。虽然条件艰苦，但能与祖父和全连官兵终日相伴，共度时艰，在父亲苦涩的童年中，这是最难忘的美好时光。1939年2月，先遣支队配合主力三八六旅参加了香城固战斗（此役歼灭日军第十师团第四十联队安田步兵中队300余人）之后，部队再次路过家乡，连队首长和祖父确实感到父亲年纪太小，作战风险太大，动员父亲暂时回家。虽然父亲思想不通，舍不得离开部队和祖父，但是作为一名八路军战士，他还是服从组织的决定，回到了曾祖母身边。

平汉抗日游击纵队臂章

回到家中的日子里，父亲不安现状，心中始终惦念在部队的日子，成天琢磨着重返部队，上前线打鬼子。8月的一天，父亲听说阳邑镇有八路军招兵，便约上一个要好的小伙伴赶去报名。招兵的同志起初嫌父亲年纪小不愿接收，后被父亲坚决参军的态度所打动，在了解到父亲年前曾是先遣支队"老战士"，部队给父亲开了绿灯。

父亲如愿以偿当上了八路军第一二九师平汉抗日游击纵队五团的战士，被分配在二营营部当勤务员。虽然年纪小，但由于积极肯干，又能吃苦，干部战士都关心他、呵护他。长途行军跋涉容易伤脚，到了宿营地连队首长会去探望，甚至亲自为父亲端水洗脚。有一阵子，部队住在一个小镇上，国民党也有一支部队同驻该镇。八路军缺粮无饷，没事的时候连首长就让父亲挎个小篮，里面装上香烟到国民党军队驻地叫卖，赚到的小钱拿去买粮食以解决连队无米之困。去的趟数多了，国民党军队的士兵大都认识这个"八路娃娃"，一个老兵把自己的一副美制洋布绑腿送给父亲，引得父亲战友个个眼馋。

1940年元旦，部队来到河北赞皇县夜壶泉村，全连40多人已经很长时间没有尝到油荤了。连队设法在老乡家买了2斤羊肉，切成碎块和着蔬菜炖在锅里。性急的战士早早围拢在锅边，突然间，村外枪声大作，迫击炮弹呼啸而来，村子被敌人包围了。情况危急边打边撤，有的战士舍不得锅里的"年饭"，慌乱中将口缸朝锅里一舀，撒腿就往村外的深沟丛林疏散隐蔽，直到枪声远去，彻底甩掉尾随的敌人才顾上吃饭。天黑时连队抵达宿营地张石岩村，在小村庄里度过了紧张险恶的新年首日。进入冬季，在百团大战中吃了亏的日本鬼子疯狂报复，不断派出部队"追剿"八路军。某日，部队在山西和顺县向昔阳县转移的途中与日军遭遇，激战一天，傍晚趁着夜色撤到山里隐蔽起来。半夜时分天降大雪，战士们身上穿的是单衣，冻得够呛，可是又不敢生火取暖，怕暴露目标遭到小鬼子的炮火打击。雪越下越大，父亲冻得实在无法忍受，仗着个子小，紧紧依偎着骡子取暖。天亮后，不少战士冻伤了。

1940年2月，平纵转移至山西武乡一带，接替三八六旅防务，担任保卫八路军总部和中共中央北方局等首脑机关的任务。5月5日至6日，在刘伯承、邓小平的亲自指挥下，平纵参加白晋铁路破击战，与兄弟部队全歼敌一个警备大队，破坏铁路100余公里，捣毁桥梁50余座。白晋战役胜利结束后，5月23日，平纵和参加战役的各部队在山西榆社县城附近的谭村集结，总结作战经验，举行庆祝胜利大阅兵，接受刘、邓等首长检阅。刘伯承师长在大会上对平纵给予了很高的评价："平纵在此次战役中是完成了任务的，这是政治动员深入，破击部署适当和坚决执行命令的结果。白晋战役的胜利是全体参战部队的功劳，平纵第一次参加如此大的战役也不逊色。"刘伯承接着宣布：平纵与八路军边纵、七七一团合编为八路军第一二九师新编第十旅，成为正规野战旅，范子侠任旅长，赖际发任政委。置身受阅部队中的父亲第一次看见人数众多的八路

1949年12月，母亲刘敬娴（前排中）和二野军政大学第四分校的学员从广州出发，乘船经水路到达广西梧州。之后改为徒步行军经广西、贵州最终抵达昆明

1950年春，二野军政大学第四分校进驻昆明，接管了原云南陆军讲武堂做校舍。图为母亲刘敬娴（后排右二），与女生区队的学员在讲武堂操场合影。年末学习结束后，母亲分配到四十三师后勤部财务科任审计

军阵势，第一次见到刘、邓等首长，第一次聆听刘师长讲话，受到极大鼓舞，心情无比激动，终生难忘。2004年我陪父亲前往河北涉县赤岸村北的将军岭拜谒刘伯承元帅纪念亭，父亲在刘帅塑像前提起这段旧事仿佛仍在昨天。高兴的事接踵而至，不久，上级通知父亲前往旅教导队学习文化，这对父亲来说简直是天大的好事。此前父亲没有上过一天学，没有读过一天书，参军之后仅仅在行军过程中，靠教员把生字写好挂在背包上边走边学边记，父亲才认识了少量的字。进入教导队后，父亲十分珍惜，年幼时因为无钱上私塾，只能眼巴巴看着有钱人的孩子上学读书，昔日的屈辱激发了他的学习劲头。虽然学习条件简陋，时间紧张，队里关怀备至，尽量为学员创造更好的学习条件和生活保障。同时要求学员勇于吃苦，勤奋钻研，田间地头旁，大树屋檐下都是露天课堂，大家用树枝当笔，大地作纸。父亲的悟性好，学习刻苦，不仅文化学习进步，还明确了为什么要参加革命，参加革命不仅是为了夺取抗日胜利，还要把中国建立成社会主义国家，初步奠定了跟着毛主席、共产党革命到底的思想基础。半年学习结束后，上级分配父亲到旅部供给处会计股当勤务员。在新的环境中，父亲再次感受到组织的温暖。股里的干部见父亲学习用功，都乐意教他识字、记账、打算盘、写日记。1941年股长到抗大学习前，送父亲一本笔记本，要求父亲一年内把字写满，并且会认。在领导的支持鞭策下，父亲的勤奋努力为日后打下了良好的基础。

1941年10月，父亲随旅部机关并入太行军区第二军分区供给处。二分区是太行抗日根据地的门户，"百团大战"之后，分区成为日寇的眼中钉，饱受鬼子频繁残酷的"扫荡"之苦。作战部队都在前线抗敌，机关没有配备警卫部队，每遇敌人"扫荡"只能采取疏散隐蔽的办法。父亲作为勤务员白天随队和敌人赛跑捉迷藏，到了宿营地又得忙着给首长烧水做饭，非常辛苦。艰苦的磨炼更加坚定了父亲的革命意志。一次大"扫荡"，父亲和一位同志躲在树丛下的野猪窝里，被倾盆大雨淋得像落汤鸡，日本兵在他们头顶上叽里呱啦地狂嚣着。当鬼子走远后，父亲说:"我们现在固然苦些,但算不了啥,困难总会过去的。这要归功于毛主席,是他告诉我们最后胜利一定属于我们。"1943年军分区响应毛主席"自己动手,丰衣足食"的伟大号召,开展大生产运动,父亲工作积极,吃苦耐劳,成绩显著,被军分区评为"劳动模范",光荣出席了军分区劳模表彰大会。1945年7月,父亲终于实现了多年的愿望,光荣加入中国共产党,实现了自己的人生飞跃。

四

在艰苦漫长的抗战岁月中,父亲和祖父虽然同在一二九师,但分属不同的旅团,戎马倥偬,见面的机会极少。祖父随老部队先后参加了太行山区军民历次反"扫荡"作战、百团大战等重大战役。

1939年秋,祖父调到太行军区第五军分区担任班长。由于日寇对抗日根据地实行"三光政策",国民党停发八路军的经费并对各抗日根据地实行经济封锁,我根据地的财政经济发生了极大的困难,粮食、棉布、副食品等供应奇缺,军队的供给濒临断绝。为打破敌军围困,根据地广大军民发扬"自己动手、生产自给"的光荣传统开展大生产运动,解决部队的食物供应。军分区在武安县柏草坪村开办了生产粉条的副食品加工作坊,上级抽调祖父到作坊工作,负责采购原材料。某日,祖父外出采购粮食的路上,迎面走来一

1955年授衔后,田野的父亲田禾兴(后排左)和原昆明军区后勤部军需处全体校官合影

1955年母亲刘敬娴与我们三兄妹摄于云南军区后勤部大院，母亲时任军需处助理员

1974年全家摄于昆明

支队伍朝山西方向行进，无意间碰上了父亲。原来，父亲是跟随部队向山西辽县（今左权县）转移，这是父亲离开先遣支队后首次和祖父相见，忍不住眼泪汪汪。虽然父子俩有满腹的话想互相倾诉，无奈行军途中不便长时间停留，祖父只能对父亲反复叮嘱后挥手道别，远看着父亲消失在西去的丛山峻岭中。

1943年，祖父在军分区工兵连当班长，在一次作战中负伤，手指被雷管炸断，送到河南省林县穆家庄的分区野战医院医治。听闻祖父住院，父亲请假前往医院探望了祖父。祖父住院期间，医院为防止日伪军的偷袭得经常转移。祖父虽然也是伤员，但他不顾自己的安危，主动协助医护人员抢运重伤病员。伤愈之后祖父被评为三级残疾军人，医院给分区打报告要求把祖父留下，提拔他担任司务长。至此，祖父告别了战斗团队，在野战医院兢兢业业工作。

抗日战争胜利前夕，父亲出差路过老家，正巧祖父回到老家探亲，这是他们自打先遣支队分手后第三次见面，也是见面时间最长的一次。尽管这时父亲的职务已经超越祖父，但在祖父心目中父亲仍然还是孩子。离别时祖父不断叮嘱父亲在单位要服从组织安排，要遵守命令听指挥，要和同志搞好团结，打仗时机灵点，敌人子弹不长眼，你得多个心眼。

1945年8月15日，日本宣布无条件投降，中国人民取得了抗日战争的伟大胜利。

面对日本帝国主义的侵略，我的父亲和祖父不顾家庭和个人的安危，跟着毛主席、中国共产党打日本救中国，体现出了中华民族宁死不当亡国奴的民族气节。

1977年，时任临沧边防军分区政委的父亲，在中缅边界检查工作途中

1946年6月，祖父因伤病疼痛、积劳成疾，经组织批准复员回到家乡。回乡后当地政府照顾祖父是伤残军人，土改时给祖父分了房屋、土地、农具。祖父又续娶了继祖母，建立了新的家庭，生儿育女，过上太平幸福生活。1984年祖父在家乡因病去世，享年76岁。

解放战争期间，父亲所在的太行军区第二军分区先后改编为太行军区独立第一旅、中原野战军第九纵队第二十五旅、第二野战军第四兵团第十五军第四十三师。父亲跟随刘（伯承）邓（小

1985年老山前线,父亲(右站立者)向开赴前线运送物资的汽车运输分队作战前动员

平)陈(赓)等首长,千里奔袭转战南北,先后参加了上党战役、邯郸战役、豫北反攻作战、强渡黄河、郑州战役、淮海战役、渡江战役、两广战役、进军大西南等重大战役,1947年6月被晋冀鲁豫军区第九纵队授予豫北战役"模范工作者"称号;1949年渡江战役荣立二等功。中华人民共和国成立后,长期戍守云南边疆,参加了昭通地区剿匪建政、中缅勘界警卫作战、援越抗美、援老抗美、对越自卫还击作战等,荣立三等功。每当回忆往事,父亲都会发自内心地说:"我和你的祖父参加八路军遇上了大救星,是毛主席、共产党和人民军队的引导和培养,使祖父由一个贫苦农民、旧军人转变为革命军人,从而走上幸福康庄的道路;我从一个不懂事的农村苦命孩子,成长为军队的高级干部,这是党和人民军队给予咱家的恩泽,我们要世世代代铭记永不忘本!"

1988年8月,在参加革命50周年之际,父亲离职休养,践行了他立志跟党走,永远忠诚于人民军队的拳拳初心。

从沂蒙山走来

◎马宁生

父亲马学魁（1926—　），山东省临朐县人。1939年10月参加八路军山东第一纵队八支队独立第三大队，先后在鲁中军区政治部日本反战同盟、一一五师六八六团任宣传员、卫生员、司药。1944年3月入中国人民抗日军政大学第一分校（简称抗大一分校），四队空军专业学习，1945年8月随抗大赴东北，1948年4月调辽南独立二师任副指导员、教导员。参加了辽沈战役、平津战役、衡宝战役、广西剿匪，1951年任广西省税警团政治处主任，1953年税警团改编为林业工程独立第一团，兼任华南垦殖局广西分局组织部部长，1954年秋转

父亲近照

业到广东的合资企业澳门岐关公司任总经理，1955年任肇庆交通总站站长，后任广东省运输局党委书记、广东省交通厅办公室主任。1964年调北京对外经济联络委员会，派驻也门中国大使馆经济专员、乍得经参处参赞、伊拉克经参处参赞。1981年任对外经济贸易部援外局副局长兼成套设备出口公司副总经理，1983年任中国出国人员服务总公司总经理、董事长。1993年离休。

  沂山北麓，三面群山环抱着中间的一块小平原，一条大河纵贯南北滋润着这块肥沃的土地。这就是我父亲马学魁出生的地方——山东省临朐县。

  我爷爷家是贫农，家里只有半亩地，靠种烟叶养活着一家老小6口人，日子过得艰难。日本侵略中国，年年都来收购烟叶的西洋人不来了，烘过的烟叶都堆放在家里，生计断了。父亲不能上学了，在集市上看到自制卷烟很好卖，制作也简单，便想着自己制香烟。于是去青州买来了设备和卷纸，回到家里自己动手制作。经过多次试验，终于成功地卷出了第一条纸烟。为了卖个好价钱，父亲刻了个图章，图案是一个伸出的大拇指，起名"大手牌香烟"。拿到市场上，果然好卖。半年多的时间，就把积压下来的烟草都处理完了。卷烟卖到青州，回来的时候也不空手，买些煤油、花生油再卖给乡亲们。由于路途较远，每次都是深夜才能到家，这时候，奶奶就一直站在大门口等他的大儿子平安回家。

  烟叶处理完了，父亲又把奶奶凌晨做好的豆腐、豆芽挑上，走街串巷地叫卖。那时候的人看不起小商贩，街上的孩子常常成群地跟在父亲后面喊叫着："黑豆芽了，黄豆伴了，骡子生了，孩子卖了。"几十年过去了，每当父亲回忆起这一段的时候，都会伤心地说："我难受啊！"

  生活的艰难父亲还能顶得住，但日本鬼子的骚扰却让他无法忍受。

驻扎在临朐城里的日本鬼子每天早晨都拖着大炮机关枪，出城来毫无目标地开枪开炮。老百姓也不知怎么回事，只要听到枪炮响就逃难。日子久了，村里的年轻人就觉得这样的日子没法过了。有人说不如参加八路军。于是相约着去了十多里外的八路军驻地——西圈村。村里驻的是八路军山东第一纵队一支队独立第三大队。这个大队的队长是我父亲家的一个远房亲戚，他不同意我父亲参军，说他年纪太小。一旁坐着的教导员（他是延安来的）说："他既然那么坚决地要参军，那就留下吧，到宣传队去。"父亲就这样参了军，成了宣传队的一名宣传员。这一年是1939年，父亲13岁。年底，部队整编，将一支队和四支队合编为一个旅，名为山东纵队第一旅，父亲成了旅政治部宣传队的宣传员。后来又被调到四旅，仍当宣传员。

那个时候当个宣传员可不容易，队里虽有戏剧队、歌咏队、舞蹈队之分，可实际上每个人都是需要干什么就得干什么，没有分外分内之分。特别是行军时，舞台上用的道具、乐器、幕布等，除了太大的由骡子驮外，大多都由人来背。"贵重"的东西还要有专人保管，比如汽灯，那可是队里的宝贝，要由专人保管。队里的汽灯是由一个叫李乐内的同志保管的。一次，部队在穿越敌人封锁线时，被炮楼上的伪军发现了。李乐内就对着伪军喊："你看我背的是什么？只要我一动，你们的炮楼立刻就要飞上天。"伪军听了，竟吓得立时缴械投降。此事在根据地军民中一时传为佳话。

宣传队除了承担活跃部队文化生活、鼓舞战士斗志的任务外，还要做瓦解敌人斗志的工作。打起仗来，宣传队往往会被派到前线去。如果打的是日本鬼子，就把事先学的日语歌唱给他们听，或用日语喊话。在反顽战斗中，如果碰到东北军，就唱"流亡三部曲"。

有一次部队打蒙阴县的一个叫青泥沟子的敌据点，队里派了父亲和高宏起等三个小队员到前线做宣传。他们到了护城河边的阵地上，发现这地方一个人影都没有。父亲警觉起来，跟两个伙伴说："快走，部队撤了。"正说着鬼子就从南门冲了出来，三个小伙伴撒腿就跑。父亲说，他傻，向着南大街直跑，子弹就在耳边"嗖嗖"地飞过。其他二人机灵，见路西有个胡同就拐了进去。没想到那是个死胡同，结果被敌人俘虏。一个宁死不屈被杀害，而高宏起却投降了敌人，受敌人派遣，回到宣传队搞策反工作，被保卫部门发现后给处决了。

抗日战争是残酷的，父亲跟我讲，一天晚上，村子里过部队，在长长的队伍中，父亲看见了自己的叔伯哥哥。这个哥哥在学校的时候学习成绩很好，对我父亲也很关照。父亲跑进队伍里，拉着哥哥的手，走了好长一段路。第二天队伍回来了，只剩下稀稀拉拉的几个人，哥哥没有回来。据父亲讲，这一时期村子里参加八路军的有49人，中途有1人负伤回来了，其他的人，除了父亲，全都牺牲了。

1941年至1942年，是抗日战争最艰苦的两年。这期间鬼子频繁"扫荡"，建的据点越来越多，抗日根据地日益缩小。部队行动的单位由大到小，直至化整为零——以班为单位活动。行军作战，吃饭睡觉，都由班长安排，因此大家都叫班长为"班司令"。部队行动从吹号改为吹哨，最后连吹哨也吹不成了，改为口头传达。

鬼子凶残，进村就是"三光政策"。一是抢光。什么他们都抢，首先是抢粮。我军的对策是到了收割季节，军民一起动手及时抢收庄稼。我们的口号是"快收快打快藏，不让敌人抢走一粒粮"。二是烧光。鬼子离开村子时都要烧百姓的房子。农民的房子都是用麦秸做房顶的，很容易着火。为防止敌人烧房子，老百姓就在房顶的麦秸上涂一层泥。有一次父亲在房顶上帮老百姓涂泥，一不小心从房顶上滚了下来，摔到了泥浆里，弄成了一个泥猴，惹得大家捧腹大笑。三是杀光。鬼子进村见人就杀。为此，村头昼夜都要有人站岗，白天儿童团，夜间是民兵。鬼子一来，大家就上山。

鬼子三天两头出来"扫荡"，闹得民不聊生、苦不堪言，吃饭穿衣都成了问题。没过多久，根据地里就没有几棵活着的榆树了——人们吃了它的叶子,还要扒它的皮,第二年春天它们就都成了枯树。由于缺布,到了春天,棉衣都脱不下来。为了省布,部队还把长裤改成了短裤,把绑腿扎到短裤口,外人还真看不出穿的是短裤。

1941年的秋天,父亲得了疟疾,领导把父亲寄放在了大崮山西面一个叫土门的村子里。房东老大娘对父亲特别好,总想给父亲弄点儿好吃的。父亲说:"大娘呀,你别费心了,你吃什么我就吃什么吧。"大娘说:"那就委屈你了。"房东家里好长时间不见粮食粒了,他们吃的是糠,如果在糠里掺点儿榆树叶或青菜叶那就好下咽了。可是这些东西大冬天的上哪里去找呀?为了照顾父亲,大娘特意在糠里掺了些枣,把炒好的糠和枣掺在一起,在碾子上碾成枣糠饼。父亲在这边吃,大娘在那边掉眼泪——她能好受吗?那东西吃多了拉不出屎来。

病好归队后,正赶上旅卫生处办了个卫校——主要是培养连队卫生员的。领导调父亲去卫校学习,毕业后分配到四旅十一团卫生队做卫生员、司药等工作。

卫生队的队长叫徐肖鹏,他是团里唯一的医生。他的医术很高明,连旅首长也常找他看病。徐医生常出诊,他走到哪里,父亲就背着药箱跟到哪里,倒也挺开心的。

徐医生对父亲的卫生技术指导很耐心,在给伤员包扎伤口时,他就在一边说:"一定要注意伤口的位置。不同的位置,要用不同的方法去处理。小腿因为上粗下细,所以要用麦穗形的包扎法去处理,这样才能包扎得牢。"

父亲一直想下连队去打仗。徐医生说:"部队要打仗,打仗就有伤员,伤员不能没有人救治。你说卫生员重要不重要?"他还向父亲描述了一个美丽的远景,讲到胜利后国家会需要医术高超的医生。可父亲还是想下连队。

徐医生没办法,就说:"你先好好干,过一两年你不下去,我也要你下去。"一天,徐医生对父亲说:"鲁中军区有一个朱德青年干部学校,我认识那里的校长吴珠存,我可以介绍你去那里。到青年干部学校后,你必须好好学习。"

就这样父亲去了朱德青年干部学校学习。不久,鬼子开始大"扫荡"了,而父亲的疟疾又犯了,校方决定把父亲寄放在汶河南岸的一个村子里。这户人家共三口人,大爷大娘和儿子。大爷把父亲照顾得很周到,他跟父亲说:"晚上咱们不在家里住,后山坡上我有间屋,是轧花用的,咱俩到那里住。"

吃完晚饭,父亲和大爷就住进了轧花屋。父亲浑身难受,于是早早睡下了。天快亮时,父亲醒来看到大爷还在蹬着机器轧花。就在这时,山上传来了马蹄声,父亲猛地坐了起来,说:"鬼子来了。"大爷也听到了,急喊:"快,走。"他挎起篮子(里边放着早已准备好的煎饼),牵着牛就走。

走到汶河边,牛死活也不肯过河。大爷在前边拉,父亲在后面又打又推,可牛就是不动。大爷说:"逃命要紧,把牛放了吧。"一面说一面解开了笼头绳子。

二人过了河,大爷说:"南北西面都有鬼子,咱们还是往东走吧。所有的人也都是往东走的。"越向东走人越多,向前望去,一座南北向的大山横在前边。大爷说:"这就是南墙峪。"正说着,山上突然间竖起了许多太阳旗,跟着就站起了许多日本兵,在大喊大叫。父亲心想,这就是鬼子的拉网战术了,要把他们拉到这里一起消灭啊。就在这时,父亲看到有四五百名国民党兵,大概有一个营,跪在了地上,向鬼子缴械投降了。鬼子的注意力都集中在了国民党兵那里。这是个机会,赶快跑。父亲发现南边有一条大山沟,沟里都是密密麻麻的灌木丛,父亲和大爷就顺着山沟往南跑,一口气爬上了山梁。父亲回头看,大爷不见了。回头找了半天也没有找到。父亲心想这一带大爷很熟,他一个人会回家的。这时天也黑了,父亲也没有办法再找下去了,便一个人在山梁上走。突然间听到有人喊自己的名字,回头一看,是学校的两位女同学。两位女同学见了父亲非常高兴，其中一个叫王丽华的同学说："这可好了，可有个男的了，我们正愁不知怎么办呢。"父亲心想：她们是把我当主心骨了，可我还不是和她们一样？但不能说，还得担当起这个男子汉的角色。三个人一天没吃饭，两位女同学走不动了。父亲提议，休息一下吧。她们就都躺在了草地上。

父亲东看看西瞧瞧，突然间发现远处有个亮光，仔细看了一会儿，感觉那个亮光是个小屋里的油灯。于是把两个女同学叫了起来，说："咱们朝有亮光的地方走，不要弄出响动来，到跟前后你们停下，我过去看看。"待走到小屋前，父亲走近一看，屋内有一位大嫂在摊煎饼。父亲高兴极了，但又不能贸然进去，怕吓着大嫂，便故意弄出点响动。大嫂走出来，问："是谁？"父亲赶紧走过去，自报家门。大嫂让父亲快快进屋，先吃个煎饼，又解释说，这是为民兵烙的煎饼。父亲说："我们还有两人。"大嫂说："那就快把她们叫来吧。"父亲把两个女同学叫了进来。大嫂一看是两个姑娘，高兴极了。三人有说有笑，好不热闹，把父亲撂在了一边。

这里离脱险的地方并不远，父亲怕耽搁的时间长了有危险，就叫上两个女同学，告别了大嫂，一路向西，各自回房东家，等候学校通知归队。

当父亲走进房东的家门时，一眼就看到他们一家三口都在，老黄牛也回来了，心里特别高兴。这时大爷大娘看见父亲回来了，都站了起来，拉着父亲的手，直说太好了。大娘还在院子里点了三炷香，保佑父亲平安无事呢。大娘急急忙忙摘了个丝瓜，炒了个丝瓜鸡蛋，要父亲快吃饭。父亲说，那天的丝瓜炒鸡蛋，实在是太香了，一辈子没有吃过那样好吃的菜，至今都喜欢吃这个菜，可是却永远也吃不出大娘做出的那个味道了。

反"扫荡"结束后，领导通知父亲去鲁中军区政治部报到。组织科的一位同志跟父亲谈了话，大意是青年干部学校已经停办，父亲新的工作单位是日本反战同盟会。他越说父亲越糊涂：好好的一个学校，怎么会说不办就不办了？后来才知道在反"扫荡"中学校受到了严重损失，其中的两位女教师还被鬼子残害了，学校不得不停办了。

父亲到了日本反战同盟会，受到了大家的欢迎，但欢迎父亲的是日本人和少数几个朝鲜人，一个中国人也没有。他们都是战场上的俘虏兵，不过他们都先后宣誓参加了八路军。这些人个个都能说中国话，部分人说得还很流利。他们热情地拉着父亲的手说："请你教我们中文。"父亲说："也请你们教我日语，大家互相学习。"

很快大家都熟悉了。反战同盟的主要工作是：做翻译，编写宣传品，将电话机子搭在电话线上了解敌人的动态，战场上做瓦解敌人的工作。在反战同盟里，父亲工作得非常愉快。1944年3月，组织上决定让父亲去抗大学习。去抗大学习的同志共四人，其中一人是父亲的老熟人，青年干部学校的同班同学林虎，到了抗大两人还是同班。中华人民共和国成立后林虎曾任解放军空军副司令员。我记得，前些年，林虎曾拿着两瓶茅台酒来我家，跟父亲可亲热了。父亲在抗大四队。这个队是为建设人民空军做准备的。学员年龄不超过20岁，基本上都是三八式，百分之百的工农干部。需要补文化课，不是全补，主要补数理化。父亲学习努力，每次考试科科优秀，多次受到表扬。

1945年初，日本鬼子的嚣张气焰已被扑灭，根据地扩大了，鲁中、鲁南、滨海等地区都连成了一片，抗大的教学环境也大大改善了，由乡村进了城。这年的春节过得极为欢乐，指导员肖麦萍同志编写了许多节目，组织军民联欢，还带大家去给罗荣桓、陈光、萧华等首长拜年。罗荣桓政委高兴地看过节目后问肖麦萍：抗大哪里来的那么多女同志？肖麦萍说："首长呀，你就不看看'她们'那两只大脚？"众人醒悟，相对哈哈大笑。

8月15日这一天，天气很热，大家都跑到河里洗澡，这时一位宣传干部跑到河边大声喊："日本鬼子投降了！"大家兴奋极了，站在河里振臂高呼："毛主席万岁！"

抗战胜利没几天，学校就开拨了。沿着临沂—潍县的公路，过了胶济铁路，向烟台方向前进。校领导说，胜利了，学校要去城市办学。大家还以为要到烟台去，没想到部队到龙口就停住了，这时才开始动员去东北。几百条木帆船，向着辽宁省庄河方向进发。部队后来在貔子窝下船，当晚到了庄河，经过几天行军到了安东。这时学校接到东北局来电，要抽调30名学员去接收大连，父亲被选了出来。随后动身去了普兰店，一位苏联红军军官护送他们去了大连。父亲与空军的缘分就此断了。

旅大地区是东北的南大门，国共两党对此地争夺甚为激烈。日本刚刚投降，国民政府就在9月任命了沈怡为大连市市长，并开始了接收大连的筹备工作。伪满时期的伪商会会长大汉奸张本政和大地主、大资本家邵慎亭、池子祥等，打着维持地方治安的旗号，经过苏联红军的同意，成立了地方自卫委员会（后改为中国人会，再后又改为地方治安维持委员会），建立了自卫团等反动武装，准备迎接国民政府的接管。紧接着，他们把国民党大连市党部的牌子也挂了出来，还制作了六万多面国民党党旗。

此时中共东北局也派韩光、赵杰同志来到了大连，会见了苏联红军大连警备司令高兹罗夫。后者同意任命赵杰为大连市警察局局长。赵杰是山东军区滨海军分区的司令员，为便于工作，不暴露原来身份，改名为赵东斌，身份是张学良旧部的一位旅长。会见结束后，俄语翻译官刘亚楼同志送出大门时说了一句："第一要务是掌权。"

大连市有七个区，除一个区外，其他六个都不在我们手里。必须抢在敌人前面解决大连问题。

大广场是大连市的中央区，这个区里的大广场警察署署长是顽固坚持反动立场的潘澄宇，领导权就控制在他手里，只等国民政府来接管。警察总局派去一个地下党员赵恩光当副署长。潘澄宇不理不睬。又派出谭松平以东北军旅长赵东斌的老部下的名义去当副大队长，潘澄宇不好再驳总局长的面子，留了下来。但谭松平有职无权。父亲是较早到的，后来陆陆续续进来了24人，都是以当警察的名义进来的。有一位在八路军当了连长的同志为了不暴露身份，假装没当过兵。但装得太过分，操场上走正步迈右腿时甩右胳膊，吃了不少打。

父亲在大广场警察署第一警察大队第三中队当班长。当了一个星期的班长也没有见到班里一个兵。有一个警察（不知是哪个班的）和父亲住在一起，成了父亲的朋友。父亲问他："我们班的弟兄哪里去了？"他说："别找了，除了食堂开饭时能见到人，别的时间别想看到他们。"

过了不到一个礼拜，中队长跟父亲说："你不要当班长了，到队部来当文书吧。"当文书没几天，就让队部的秘书看出父亲是个八路了。这个秘书是大队的实际当权者，是个反共的家伙。

父亲到厕所解手，刚刚踏上便池的台阶，忽然身后有个人影闪了过来，站在父亲身边说了一句："快到某街某号找老赵。"一边说一边给

父亲（前排左二，时任大连警察局大广场分局刑警队长）与他的队员合影

了父亲一支手枪，然后迅速地走了。

父亲随即到了满铁医院（现为大连医院）路口西侧的一个小楼，父亲叫了一下门，里面出来一个穿便衣的小伙子。不等父亲说话他先开口了："你是马学魁吧？"父亲说："是。"他说："快快进来。"

这时楼梯上面下来了一位老人，他名叫赵恩光，就是总局派去当副署长，对方不予理睬的地下党同志。他拉着父亲的双手说："老弟呀，你可来了，你来了就好了。"他一面说着，一面拉着父亲的手走进楼下的一间大房子里，那里面全是20多岁的小伙子。

他说："这些人就交给你了。这是大广场区唯一的一支共产党领导的队伍，你要好好训练他们。"从这开始，父亲就认真地教这些青年怎么爱护武器和使用武器，以及一些基本的军事常识。同时在思想政治工作上采用讲故事的形式，提高他们的阶级觉悟和对党的认识。之后这支队伍不断扩大，从十几个人发展到三十多人。父亲把他们编成了三个班，父亲任队长。编队完成后，又作了夺权动员。

两个月后，解决大广场警察所的时机已经成熟。11月下旬的一天，总局以召开重要会议并设宴招待的名义，请潘澄宇、赵恩光两人参加会议，席间实施了对潘澄宇的抓捕。谭松平这边得到信息后，立即端了潘澄宇的老窝。兵不血刃，夺了大广场警察局的权。几天后，派来了一个新局长，副局长为谭松平、马剑、李治等。中华人民共和国成立后，谭松平调天津任市纪委书记，马剑调公安部任政治部主任，李治去了上海。潘澄宇于次年4月被枪决。

警察局成立了警卫队，队长田守成，副队长是父亲。下面有三个排，一排为刑警排，二排为交警排，三排为警卫排。但党组织还不能公开，实行的是西瓜政策：外青内红。

此时大连的管辖权还在苏军手里。工厂停工，学校停课，民不聊生，怨声载道，社会治安十分混乱，打砸抢烧偷五黑俱全。国民党暗中不断派遣特务，加上大连的潜伏特务，两者结合起来搞破坏。国民党接管大连的谣言不断，各式各样的反动组织层出不穷，各种会道门如一贯道、三香子等像雨后春笋般钻了出来。此外，大连还有近30万日侨，他们不甘失败，在遣返他们回国的时候，有的日本人就大喊："五年后，大连还是我们的。"还有少数未遣返的日本人在大连不断地搞暗杀活动，杀群众，杀人民警察。维持社会治安，任务繁重。

1946年8月，父亲转任友好广场中心派出所所长，下辖青泥洼派出所、同心街派出所等3个派出所。这时社会治安状况已有很大好转，工厂相继开工，学校开学，日本撤侨工作也已结束，对国民党的残余势力和会道门组织也进行了有力打击。但此时共产党同国民党的斗争并没有结束。从1945年8月15日日本投降起，国民党一直就没有放弃接收大连。为了接管大连，他们利用了潜藏在大连的特务不断进行破坏活动，并大量派遣敌特到大连，仅从1945年6月到1947年7月，两年时间就派出了20多批特务。与国民党的斗争一直延续到东北全境解放。也就在这个时期，父亲结识了在派出所工作的母亲米桂兰。母亲说，那时候的父亲可神气了，挎着驳壳枪，背着双手，在大街上溜达。人们在背后说，他是抗大来的，一个19岁的中心派出所所长。

到了1948年4月，一直想到前线战斗部队的父亲终于如愿以偿，到了辽

解放战争时期的父亲

南独立二师,有幸参加了辽沈战役,打了一场有名的衡宝战役。

锦州被攻克后,廖耀湘兵团逃跑的路有两条:一是旱路,走锦州,此路已行不通;另一条是水路,走营口。辽南独立二师的任务就是把住这水路的大门。晚上刚吃完饭,二师接野战军司令部命令,立即出发去盘山阻击敌人。要求6点钟出发,第二天早上7点前赶到,全程140里。父亲所在的营是先头营,前半夜大家走得很起劲,下半夜不行了,一面走一面睡,前面的一站,后面就挤成堆,后来干脆都躺在了路边。营长心软了,说休息一下吧。时任教导员的父亲说:"不行,一休息就拉不起来了。快7点了,还有10里路,走吧。"就在这时,左叶师长骑着马从后面飞奔而来,离着老远就骂开了:"老马,你饭桶!都什么时间了!"父亲没吭声,就希望他多骂几声,好把战士们都骂起来。果然,听到了师长的骂声,战士们都起来了。部队一路小跑,半个小时就到了。进入阵地不到20分钟,敌人就来了,十几万人,像蝗虫一样压了过来,双方的枪炮打成了一锅粥。父亲心里打鼓:就我们这点部队,在这一马平川的地方,能顶得住这么多敌军的冲击吗?就在这时,我们的大炮响了。敌人居然就被镇住了,以为是遇到了共军主力,退出了战斗。战斗最激烈的时候,父亲的身旁落下了一发炮弹,掀起来的泥土把父亲埋了起来。当父亲从土里钻出来时,两旁的指战员都用眼睛直勾勾地瞪着他。为了表示自己没事,父亲就朝他们笑了笑。谁知这一笑就出了事,开战斗检讨会时,大家为此事给父亲提意见,说在那种情况下,教导员他还笑。

敌人退了,部队抓紧做饭吃饭。刚刚吃完饭,新的命令就来了,要二师按原路立即返回营口。又是个140里。部队马不停蹄,一路小跑。当到达营口时,发现国民党第五十二军已进入营口。部队立即向营口发动进攻。当追到码头时,看到敌人正拼命地向船上挤,挤不上去的,就两手抓着船帮不放手,极其狼狈。最后,上不了船的敌军都乖乖地当了俘虏,一天一夜280里路,跑得太值了。第一个140里阻止了廖耀湘兵团从海路出逃,为我主力部队赢得了全歼廖兵团的战机;第二个140里则追歼了国民党第五十二军大部。

辽南独立二师的这场战斗在军史上都有记载，可说法却有多种，父亲是直接参加战斗的先头营教导员，他的回忆应当是可靠的。

辽沈战役结束了，百万大军分三路进关，父亲说："那真是人心振奋的时刻，路多宽，人多宽，前面看不到头，后面看不见尾，前卫队已经到了北京平原，后面的部队还坐在沈阳未动，汽车牵引的大炮，骡马拉的大炮，坦克、装甲车洪流滚滚，直插华北而来。部队进入冀东解放区时，老百姓都挤在公路两旁，老乡们说：'我们有这样的军队，还怕蒋家王朝不亡？'"

军队进行整编，东北野战军改称第四野战军，各纵队改编为军，辽南独立二师改编为一五四师，归四十一军建制。父亲所在团为四六二团，此时父亲为四六二团二营政治教导员。

部队南下，东北籍的官兵开小差的不少，唯父亲的二营没有开小差的，因而获得"团结巩固"锦旗一面。

北平和平解放，四十一军成为平津卫戍区部队。在西苑机场阅兵中，父亲第一次见到了毛主席。

不久，四野大军就唱着战歌，浩浩荡荡奔向了江南。过了长江，部队一路小跑，追击敌人，可白崇禧的部队跑得比兔子还快。战士们就想利用打一仗的机会休息一下。一直追到湖南的衡阳宝庆地区，才抓住敌人的四个师。这一下同志们高兴了。然而几个小时仗就结束了，这四个师全部被吃掉。这就是有名的衡宝战役。

衡宝战役结束后，部队继续向广西桂林方向前进。一天在行军途中，团部通信员递给父亲一份报纸。父亲一看高兴极了，挥动报纸大喊了起来："同志们，我们艰苦奋斗，流血牺牲，前赴后继，终于打出一个红彤彤的江山！毛主席在天安门城楼上宣布中华人民共和国成立了！"部队立时欢腾了起来，"毛主席万岁"的口号声震耳欲聋。

部队到了广西，父亲的二营又获得了"秋毫无犯"锦旗一面。随即

50年代初期的父母亲

参加了剿灭苍梧县境内土匪的战斗。完成了剿匪任务后,全营回到梧州过春节。

1951年春节刚过,新的任务下达了,命令以二营为基础,组建广西省税警团:团长曹积亭,政委由省税务局局长董敬斋兼任,参谋长孙启义,政治处主任马学魁。

父亲是团级干部了,可以结婚了。部队一纸调令,寄到了仍在大连的母亲手里。街坊邻居知道了,说广西到处是土匪,你一个18岁的女孩子,孤身前往,太危险了。母亲不管,拿着调令去了沈阳兵站,开了介绍信,领了盘缠,奔向下一个兵站。沿途转了好几个兵站,坐着火车、卡车、大车,一路颠簸,到了南宁。恰值部队召开总结庆功大会,团长曹积亭讲话,说:"今天的大会一是庆功,二是马主任结婚。"事先没打招呼,父亲母亲就这样被宣布结婚了。

1952年,中央决定在华南地区进行橡胶生产,为此组建了华南垦殖

50年代初,前排左是母亲,中是奶奶,右是父亲

局,叶剑英同志任局长。垦殖局下设几个分局,广西成立了广西分局,由副省长贺希明同志负责。贺希明找父亲谈话,要求父亲主持税警团、钦州地区独立第三团、军区警卫团的一个营的整编工作,编后名称为中南军区林业工程独立第一团,参与广西省的垦殖事业。

不久,省委又任命父亲为垦殖局党委组织部部长。垦殖局下辖四个垦殖所,所下面是垦殖场、苗圃等。经过3年的辛勤劳动,原本的荒山秃岭都变成了绿油油的橡胶林。1954年,通知父亲到省委组织部,组织部的同志拿出了两份电报,一份是中南局发来的,调父亲去武汉;另一份是华南分局发来的,调父亲去广州。征求父亲的意见。父亲说他愿意去广州。

到了广州,华南分局组织部的同志说,国民党逃往台湾时有四条万吨巨轮没来得及带走,要父亲参加接收工作。由于父亲晕船不适合搞海运工作,故改任澳门岐关公司总经理。

岐关公司是孙科、宋子文和澳门的工商人士在澳门发起成立的一家股份制公司,主要从事运输业务。中华人民共和国成立后,该公司搬到内地，澳门留了个办事处，对外仍称岐关公司。由于私方人员都不愿意前往广州，希望靠澳门近些，以便依托澳门发展公司的业务，所以选择驻在中山县石岐镇。公司的私方股东主要是澳门人，包括澳门的头面人物何贤。20世纪80年代，父亲又去了何贤家，门房一眼就认出了父亲。这是后话了。

　　父亲到公司后，大家对他都很热情。上任后的第二天，财务科长送来了一份请示报告，要买200条轮胎。父亲看到这么大的金额，提出是不是请示一下上级。科长说："你是总经理了，还要请示谁呀。"父亲一想，也对，我请示谁呢？

　　此时的岐关公司很可能就是当时内地唯一的合资企业了。第二年，省里决定岐关公司归交通厅直接管理，内地业务部分和高要运输总站合并，任命父亲为总站站长。我们一家到了肇庆。半年后，突然一份调令寄来，调父亲去广东省运输局任副局长、党委书记。我们又搬家到了广州。

　　转年，"大跃进"开始了，压倒一切的任务是大炼钢铁，运输局组织了大量人力上山。经过两个多月的努力，拉回来了一车炉渣和烧黑了的石头。父亲闹心：木炭火怎么能炼出钢来呢？于是召开了党委会，说："我们是大炼钢铁的先行官，绝不能拖'大跃进'的后腿。应集中精力完成运输任务，

70年代全家照

这是对'大跃进'大炼钢铁的最大支持。"话还没有说完，局长董静（后来担任上海港务局局长）就迫不及待地说话了："我完全同意，当前我们应该把全副精力集中在本职工作上。"会后父亲把局党委的意见向交通厅党委书记叶向荣做了汇报。叶书记居然同意了局党委的意见。回到局里，董局长急着问："怎么样？"父亲说："书记同意我们的意见。"局长连说了几个"好"字。就此再不用上山炼钢铁了。

"大跃进"之后就是三年困难时期，我们家和其他市民家一样饿肚子，顿顿喝菜粥。当菜粥做好端出来的时候，我们几个孩子"呼啦"一下就围了上去，争着往自己的碗里舀粥，粥喝完了，还坐在桌前不走。此时的父亲母亲就坐在一边看着我们，一口都没吃。母亲每天下班后，都把我们叫到跟前，用手按我们的脑门，一按一个坑，全都浮肿了。我那时候饿得呀，偷摘幼儿园里的葡萄叶子吃。我家虽是干部家庭，但在困难

1966年，父亲（后排右六）与也门群众在一起

1966年，父亲（扶犁者）和也门人民一起劳动

面前和普通百姓是一样的，没有特殊待遇。即便是在平常时期也是这样，我记得在广州上小学的时候，除了冬天，我都是光脚丫的，和当地的孩子一样。到了北京，我的手脚耳朵年年生冻疮，烂得淌脓水。

1964年，父亲接到调令，上北京。开始以为是去交通部，结果下了火车才知道是去对外经济联络委员会，做援外工作。

几个月后的一个早上，我起床一看，父亲母亲没了。家里就剩姥姥和我们兄妹4个。父亲母亲到也门去了，任大使馆的经济专员。从此以后，父亲母亲就长期在国外工作。也门离任后，又去了乍得、伊拉克使馆，任经济参赞。我们几个孩子自小就是散养的，父亲母亲一天到晚忙得见不着面，很少过问我们的学习。我也很不争气，每天都在外面玩到天黑，作业完成不了，天天让老师训，在全班同学面前罚站。年年都是试读生，晃晃悠悠的，一不小心就要留级。到了北京，或许是父亲母亲出国了，彻底见不着了，突然就懂事了，学习成绩也陡然上升。1978年，我一个小学还没上完的人，居然考上了大学，这是父亲母亲想不到的。

1972年，中国与突尼斯签署援助学校、医院与水利项目协议。前排右四为周恩来总理，右签字者为李先念副总理，后排左五为父亲

1980年，外经贸部副部长连田畯（二排右二）与驻伊拉克使馆经参处全体人员合影，左二为父亲，右一为母亲

1988年，父亲（右二）与陈慕华副总理合影

1982年，父亲被任命为外经贸部援外局副局长兼成套公司副总经理，两年后改任中国出国人员服务总公司总经理、董事长。从此以后父亲再不被派驻国外了，我也有了就近观察他的机会。作为一家央企的一把手，父亲太没"派"了，有专车不坐，天天走路上下班，来回要一个多小时。上班去得早，一个人拿把大扫帚扫院子。这是董事长干的活吗？到离休的年龄了，写了6次报告，要求退下来。终于在67岁时退了下来。自离休之日起，从不用公司的车办私事。公司提出为他报销看病等外出的出租车票，他一张车票都没报销过。平时就喜欢在大街上看人下象棋，和修自行车的师傅聊天。上街买菜，回家做饭，都是自己干，什么事都不愿麻烦别人。手机是300多块钱的老年机，衣服、鞋穿了十几年，也不想着换新的，走在大街上，谁能看出这个老头曾经是个外交官、央企总公司的董事长？家里破破烂烂的东西堆满了屋，

1987年，也门总统（右二）为中国使馆和援外人员授勋，左一为父亲

就是舍不得扔，我都替他们愁。父亲因为直肠癌、肾癌动了两次手术，刀口一愈合就回家，也不放疗、化疗，更不用进口的药，就吃中药。如今94岁了，耳不聋，眼不花，走路不用拐杖。疫情期间，还天天趴在桌上写回忆录，一笔一画，工工整整，全世界也没几个这样的人。母亲91岁，什么病都没有，教训起儿孙们是底气十足，声震屋宇，豪气不减当年。这二老，服他们了。

在革命征途上淬炼人生

◎史 南　史 晋　史 东　史 阳

父亲史子政（1926—2008），山西省潞城县人。1938年10月参加革命工作，1942年6月加入中国共产党，曾任潞城县武装科公务员、四区武委会委员兼三联防区主任、太行四分区五十二团排长、晋冀鲁豫野战军第六纵队第十七旅第五十一团指导员、第二野战军第十二军第三十五师第一〇五团营教导员，参加过太行反"扫荡"，邯郸、白晋、陇海、定陶、鄄南、巨（野）金（乡）鱼（台）、豫北、鲁西南等战役及挺进大别山。中华人民共和国成立后，父亲任湖北浠水县大队副政治委员、中南军区空军后勤部政治部科长、空军遂溪场站副政委兼政治处主任、空

1962年，父亲史子政

军昆明巫家坝场站政治委员、巫家坝基地政治部主任、昆明军区空军指挥所后勤部政治委员,参加了对越自卫还击战。1955年被授予空军少校军衔,1962年晋升为中校军衔。多次立功受奖,荣获独立自由奖章、三级解放勋章、独立功勋荣誉章。

投身革命打日寇

1926年10月,我们的父亲史子政出生在山西省潞城县赤圪倒村一个贫下中农家庭。父亲出生的时候,家境还算殷实,爷爷是个干农活的好把式,闲暇时还做点小买卖,加上奶奶会打理持家,年复一年辛苦劳作使家里积攒下少量土地,能达到衣食无忧,温饱有余。但父亲3岁那年爷爷因病撒手人寰,奶奶成了父亲姐弟四人的唯一依靠。虽然奶奶不辞辛劳拼命干活,但孤臂难撑,家境终归逐渐衰败,落到了吃了上顿没有下顿,身无御寒衣、家无隔夜粮的困境。懵懂晓事的父亲在农忙时节也得跟着大人下地干活,初尝生活的艰辛和苦难。好强的奶奶渴望摆脱贫困

1954年,父母亲在武汉结婚照

重新过上好日子，她把希望寄托在了父亲身上，全家人节衣缩食，向亲戚借钱，硬是供父亲断断续续勉强上了四年的私塾。父亲10岁那年，奶奶也不幸去世，已经出嫁到同样是穷苦人家的两个姑姑无力照顾小弟，父亲只能与兄嫂相依为命，替人帮工度日。

　　1937年7月7日卢沟桥事变，抗日战争全面爆发。国民党军队潮水般地溃败，大片国土沦丧。很快日军占领了潞城，所到之处烧杀抢掠，无恶不作。目睹鬼子的凶残罪行，让父亲年少的心中充满了对日寇的仇恨。1938年10月，父亲瞒着兄嫂参加了中国共产党潞城县委领导的抗日武装，被分配在武装科任公务员，成为一名光荣的抗日战士。公务员的工作并不轻松，父亲才12岁，不仅每天要干完打扫卫生烧水做饭等琐事杂活，有时还要步行数十里前往各区、乡接送情报传递消息。好在穷人家的孩子能吃苦，虽然年纪小，但父亲胆大机灵，每次都能完成任务。一次县政府转移住歇到一个小山村，父亲挑水时不慎把房东老乡的水缸砸破，没敢声张瞒了下来。第二天领导知道后给房东赔钱致歉，把父亲

二师五团政治处合影，前排右二为父亲

严厉批评一顿。开始父亲还感到委屈，经过领导讲清道理，父亲逐渐明白了共产党的政府和人民军队能够得到人民群众的拥护是源于有严格的群众纪律和秋毫无犯的作风，从此，他工作更加认真谨慎。

潞城县位于太行山腹地，处于日伪驻扎地和抗日武装活动的交界处，经常遭到日伪军和国民党顽固派的袭扰。1939年夏天，日军出动5万余人对晋冀鲁豫边抗日根据地太行山区进行大规模"扫荡"，企图压缩围歼八路军一二九师，摧毁抗日根据地。为粉碎敌人企图，在八路军总部的指挥下，太行山区军民进行了近两个月艰苦卓绝的反"扫荡"作战。潞城县武装积极配合主力部队对占据屯留、壶关、潞城一带交通线的守敌展开麻雀战和袭扰战，为主力部队提供支援。8月中的一天父亲随区小队给主力部队运送粮食，途中与日伪军清剿队遭遇，敌军人多武器精良，战斗打响后形势对我方非常不利，区小队只能掩护运粮队边打边撤，敌军紧追不舍，情况万分紧急。领导命令父亲和另外两名熟悉当地地形的战友留下掩护，分散引诱敌人往深山沟里钻，搞得敌人晕头转向，为运粮队安全撤离赢得了时间。发觉上当受骗的敌人恼羞成怒，用机枪疯狂扫射，父亲躲藏在土洞里逃过一劫，不幸的是两位朝夕相处的战友光荣牺牲。

敌人把潞城（东）县政府驻地黄牛蹄乡土脚村视为眼中钉肉中刺，反复"清剿""扫荡"。1940年6月4日，150多名日伪军在汉奸的带领下包围了土脚村，县政府机关的同志和负责警卫任务的五专署独立团二营与来犯敌军展开殊死搏斗。经过三个多小时的激战，武装科的全体同志在县政府秘书齐云同志（习近平母亲齐心胞姐）带领下掩护机关安全撤离。父亲在撤离过程中被敌人的子弹击中右臂，栽倒进沟壑灌木丛中昏迷了过去，侥幸躲过敌军搜寻，保住了性命。这次敌人的偷袭给我方造成了不小的损失，二营有10名战士当场牺牲，另外24名战士在弹药打光后不幸被俘，被敌人统统杀害。父亲受伤后，科里有位叫陈红道的卫生员用家传的中草药配方给父亲精心治疗，他的胳膊虽然保下来了，但因肱骨伤势较重留下了终身残疾。

1942年2月,日军1.2万余人分别由长治、襄垣、武乡和平顺等地出动,采用"铁环合围,捕捉奇袭"的战法,奔袭太行山北部的中共中央北方局和八路军总部。2月下旬潞城独立营配合主力部队在平顺地区老马岭阻击从黎城地区进犯的日军第三十六师团,面对数倍于己的敌军,独立营避其锋芒,开展机动灵活的游击战死死缠住敌人,使敌人进退两难、举步维艰。战斗中身为排长的父亲身先士卒冲锋在前,哪里危险就出现在哪里。在太行军民的英勇抗击下,最终日军于3月初撤出平顺地区,狼狈地结束了这次春季大"扫荡"。

经过战火的考验和组织的培养,同年6月尚不满16周岁的父亲光荣地加入了中国共产党,并走上领导岗位,担任潞城县四区武委会委员兼三联防区主任。

转战南北多磨难

1945年8月15日,日本宣布投降,中国人民一洗百年屈辱,终于取得了抗战的伟大胜利。正当全国四万万人民敲锣打鼓庆贺胜利之时,国民党方面却在磨刀霍霍,谋划消灭共产党。9月,国民党在邀请中共和谈的同

父亲(前左一)初到空军

时,悄悄调动军队向解放区进犯。国民党第二战区司令长官阎锡山部第十九、第六十一军5个师1.7万余人在第十九军军长史泽波的率领下,从临汾、浮山、冀城突然侵占太行长治地区(也称上党地区),企图控制晋东南。面对国民党的无耻行径,晋冀鲁豫军区集中太行、太岳、冀

南三区主力及地方兵团一部共3.1万余人，发起上党战役。根据形势的需要，父亲所在的潞城县和平顺县各抽调一个独立营编为太行四分区五十二团，父亲担任连队副指导员，在分区司令员石志本的领导下参加上党战役。9月10日八路军发起反攻，先后攻克屯留、长子、壶关。20日在围攻长治的战斗中，父亲所在连队是全团的尖刀连。战斗打响后，父亲带领全连经过艰苦厮杀，攻进了长治城内。守敌负隅顽抗，双方你来我往，逐街逐院展开巷战。子弹、手榴弹打光了就用刺刀，用枪托肉搏。据父亲回忆，刺刀都扎弯了，战斗结束全连只剩下7人，团首长看了失声痛哭。在这次战斗中，父亲腿部被弹片击中鲜血直流，简单包扎后仍然坚持战斗，不下火线。战役结束后父亲被送到河北武安的晋冀鲁豫军区医院，但因医疗条件落后弹片没能取出，直到中华人民共和国成立以后才把弹片取出。

上党战役至10月上旬胜利结束，我军共歼灭国民党军队13个师3.5万余人，击毙敌军第七集团军副总司令彭毓斌，俘敌第十九军军长史泽波。11月，父亲所在的第五十二团改编为晋冀鲁豫军区第六纵队第十七旅第五十一团。先后参加了邯郸、白晋、陇海、定陶、鄄南、巨（野）金（乡）鱼（台）、豫北、鲁西南等战役。1947年8月7日，在刘（伯承）邓（小平）首长的率领下，中原野战军第六纵队和其他兄弟部队向大别山进军，23日到达汝河北岸时，国民党军已先我抵达南岸，除有重兵防守，还有空军配合妄图阻止我军渡河。两军相逢勇者胜，在绰号"王疯子"的纵队司令员王近山带领下，第六纵队不畏强敌，

父亲（左一）与战友

冒着枪林弹雨从国民党防御阵地中杀出一条血路，胜利渡过汝河。纵队主力渡过汝河后即进入了黄泛区，1938年6月蒋介石令国民党军炸开黄河花园口堤坝企图以汹涌的黄河水阻拦日军进犯，结果未能阻拦日军却淹没大片村庄田地，淹死民众无数，造成茫茫几十公里遍地积水淤泥的沼泽，浅处淹及膝盖，深处淹没腰部，人烟稀少没有道路的黄泛区给部队行军食宿带来很大困难。天气说变就变，一会儿烈日当空、骄阳似火，瞬间又风卷乌云、暴雨倾盆，晴天一身泥，雨天一身水。长时间的浸泡使父亲的伤腿发炎，每前进一步都疼痛钻心，只能一步一瘸地紧随部队往前挪，在战友们的帮助下靠着坚韧的毅力奋勇前进，终于胜利走出黄泛区进入大别山。大别山位于鄂豫皖三省交界处，是中原重要战略地区。大别山人民有着光荣的革命传统，早在红军时期这里就建立了鄂豫皖苏区，抗日战争时期我党又在这里建立了中原根据地，有着很好的群众基础，但也面临诸多困难。一是当地人民群众长期受国民党反动派的压榨迫害，生活极度贫困，部队供给困难，有钱也买不到粮食和蔬菜。全连曾经两天没有吃上饭，饿得迈不开脚步，幸好司务长在一户老乡家买到十多个生南瓜。由于没有条件煮熟，战士们饥肠辘辘直接生吃下去后上吐下泻。自此父亲再也不沾南瓜，称"吃怕了"。二是红军、新四军在大别山三进三出，国民党烧光杀光，实行白色恐怖疯狂报复，凡是沾过共产党、红军的一律杀头，使老百姓心存顾虑，担心解放军走后又被反攻倒算，于是对解放军敬而远之。三是由于无后方依托，枪弹消耗难以补充，伤病员得不到及时救治，北方籍士兵不服南方水土；环境不适应，地形不熟悉，作战频繁，部分干部战士把困难看得重，胜利的信心不足，产生了畏难情绪；纪律松弛，个别新兵、解放军战士开小差，偷抢老乡的现象时有发生。针对上述困难和问题，担任连队指导员的父亲深感责任重大，在自身做好表率的同时，他号召全连干部、党员骨干率先垂范，吃苦在前、冲锋在前，认真研究工作方法制定有效措施，摸清每位战士的思想动态，有的放矢地做好思想工作，生活上给予贴心关爱。整个大别山斗争期间全连没有发生一起逃兵掉队、违法乱纪事件，纵队首长授予连队"巩固部队好"大功一次，表彰会上李德生旅长亲自给父亲戴上大红花。

父亲调入空军前

1947年末，刘邓首长根据党中央、毛主席的指示，主力部队转移出大别山到淮河外线展开更大规模战役，留下少部分兵力在大别山坚持斗争，牵制敌人。父亲所在的五十一团编入鄂豫军区第四军分区独立旅，留在麻城、罗田、浠水、新洲等地区开展游击战。经过一年多艰苦卓绝的斗争，坚持战斗在大别山的部队死死拖住白崇禧的二十多万部队，歼灭大量敌正规军和保安团，建立起稳固的基层人民政权，为取得淮海战役的伟大胜利、解放整个中原做出了贡献。毛主席说："我们虽然提出了打倒蒋介石建立新中国的口号，如果没有三军挺进中原，没有刘邓的千里跃进，我们的十二月会议是不敢开的，这个口号是不敢提的"，"没有刘邓的千里跃进，我军在东北、华北、山东的胜利是不可想象的"。

淡泊名利无所求

1949年初春，冰雪消融，绿芽绽放。已经担任营教导员的父亲随五十一团走出大别山回归建制，编为中国人民解放军第二野战军第三兵团第十二军第三十五师第一〇五团。4月初，渡江战役打响前夕，第三十五师在安徽枞阳枕戈待旦，蓄势待发。父亲突然接到命令抽调他赴湖北浠水县大队任副政委兼团政治处主任。父亲疑惑地找团长王西军询问原因。原来，浠水县刚刚解放，国民党原驻军遗留下的残兵败将勾结当地反动武装，隐藏在兰溪、巴河、毛田平一带形成土匪组织袭击新生的基层政权，杀害干部党员，抢劫人民群众财产，企图配合国民党卷土重来，反动气焰极其嚣张。浠水县政府向上级请求增派一些军事过硬、政治优秀的野战军干部充实县大队。组织上考虑到父亲在鄂豫第四军分区工作过，熟悉那里的情况，是比较理想的人选。父亲虽然舍不得离开自己战斗工作多

1949年，父亲（后排左一）与战友合影

年的老部队、老领导和老战友，但服从命令是军人的天职，二话没说立即赶到县大队报到。在大队长游正刚和父亲带领下，经过数月的清剿，县大队消灭了盘踞隐藏的敌人，出色完成了剿匪建政任务。剿匪工作给父亲留下深刻印象，所以后来他一直说抗战初期的日本关东军和土匪是顽抗的敌人。1950年10月中国人民志愿军入朝参加抗美援朝战争。父亲给上级写报告要求调回老部队十二军同昔日战友们一起参战。很快调令来了，出乎意料，父亲新职务是任刚成立的中南军区空军后勤部政治部干部科科长。到新岗位之后，父亲在较短的时间熟悉并胜任本职工作，完成了跨军种的全新磨合，在此期间认识了在军区空军文化学校当文化教员的母亲。母亲徐海球是浙江东阳人，1951年高中毕业后踊跃报名参军，被分配到军医学校学习。学习结业后上级考虑到母亲文化基础好，文化学校正急需教员，便让她改行当了文化教员。经过一段时间的相互

1952年，父亲调入空军　　　　1952年，母亲徐海球

了解，1954年父母在武汉喜结连理，从此互敬互爱携手同行，相濡以沫度过了一生。

20世纪50年代，在美国的怂恿支持下，国民党空军甚至美军飞机经常到大陆东南沿海袭扰，军委空军决定从各单位抽调人员前往沿海地区加强基层建设，提升防空力量。当时有个别被抽调的干部思想不通，觉得辛辛苦苦打了多年仗，好不容易刚到大城市还没过上几天和平生活，又要派往边远艰苦地区工作，非常抵触。父亲作为干部科科长，做起工作很费劲，还时常被对方误解。思来想去，与其苦口婆心做别人的工作，不如干脆自己带个头，便主动给上级写报告要求调往沿海艰苦地区。这时母亲正怀着大姐史南，且父亲不在抽调人员名单之列，好心的战友私下劝父亲还是留在武汉，这样对照顾家庭和孩子成长都有好处。父亲是个倔脾气，认准的事谁也拦不住，在母亲的理解支持下，1956年父亲被调往位于雷州半岛的遂溪场站任副政委兼政治处主任，在那里兢兢业业工作了4年。1960年昆明军区空军指挥所成立，当时云南尚无空军部队进驻，机场简陋，条件很差，父亲受命担任巫家坝场站首任政委

1954年，父亲母亲

并组建场站。我们全家也随之来到昆明，他投入了很多精力，克服重重困难，在最短时间内完成了保障准备工作，保证了空军作战部队顺利进驻。父亲先后担任了巫家坝基地政治部主任、空军昆明指挥所后勤部政委等职。

父亲一生很平凡，没有轰轰烈烈的伟绩和出彩的事迹，但是他认真做事、踏实做人的风范给我们姐弟留下了宝贵的精神财富。

一是学习勤奋，善于思考。父亲虽然读过几天私塾，但没有上过正规学校，因而对那些知书识字的文化人非常敬重。1939年在潞城武装科当公务员时期，年末齐云同志从阳城调到潞城县政府任行政秘书兼救联会主任，在她的倡议和参与下，县政府开办了文化识字班、宣传队、秧歌队，她亲自当教员。父亲如鱼得水，积极报名参加识字班，如饥似渴刻苦学习文化知识，为此后工作打下了坚实的基础。20世纪50年代父亲在遂溪场站担任副政委时，干部和战士的文化水平参差不齐，有的战士文化水平过低。空军是高技术含量的军种，没有好的文化知识遇到专业性较强的工作难于胜任。父亲提出场站自办文化学习补习班，亲自参与制定因人施教的学习大纲，并且带头学文化和军种知识，连续数年取得

了很好的效果。1960年父亲被空军评为文化学习先进个人，并出席在北京召开的全军文化学习先进分子代表大会。

二是克己奉公，廉洁自律。20世纪70年代史南和史晋高中毕业时想报名参军，希望父亲帮忙过问，父亲何尝不想姐妹俩像她们的妈妈一样当个英姿飒爽的女兵。当时正值知识青年上山下乡，父亲表示"别人家的孩子下农村，作为领导干部，我不好意思为难组织提要求，希望你们理解爸爸"。最终史南、史晋高高兴兴下乡插队当知青，史南回到山西老家一干就是三年，直到粉碎"四人帮"恢复高考，通过自己的努力考上了医学院。史晋在农村待了二年后，通过正常渠道招工返城。70年代中期，社会上商品奇缺，物资紧俏，史东正上高中，学校离部队营区较远，机关安排了一辆大客车每天接送进城上下班的家属和在校的子女。人多

1955年，父亲被授予空军少校军衔

1955年，父亲（二排左四）与战友授衔合影

1960年，父亲（前排右二）与战友合影

车挤，去晚了就得站着，车队的一位驾驶员主动套近乎让史东帮忙向父亲要一张缝纫机购物券，他保证每天都给史东预留一个座位。史东回家告诉了父亲，得到的是严肃的批评。父亲语重心长地说："我虽然管着购物券，但它不属于我个人。如果驾驶员真正有需求，他应该通过正常渠道获得。"

三是以诚待人，与人为善。"文革"期间父亲奉命在云南省京剧院"支左"。在那个年代，社会上和剧院的造反

1968年，毛主席接见后纪念照

派内外勾结，污蔑关肃霜、高玉贵、李春仁、梁建国等著名京剧表演艺术家是"资产阶级文艺黑线的代表人物"，给他们戴高帽子、涂花脸、挂黑牌，轮番批斗，搞得人人自危，乌烟瘴气。父亲为保护老艺术家，坚决抵制造反派的恶行，利用自己军代表的特殊身份，坚持"只许文斗，不许武斗"，严禁随意揪斗、体罚、侮辱人格，从而稳定住了局面，保护了这些老艺术家和广大群众，赢得了他们的信任和赞誉。自此父亲与这些老艺术家们成为至交，结下了终生友谊。

四是实事求是，坚持原则。20世纪70年代初"9·13"事件后，空军昆指成立了专案组，由父亲负责对与"9·13"事件有牵连的人和事进行清查。有两位年轻干部，他们是头一次参加清查工作，担心掌握不准尺度把工作搞砸了，思想上产生顾虑。父亲鼓励他们既要大胆工作，又要严格按照政策办案。他说："清查工作政策性很强，必须认真区分人民内部矛盾和敌我矛盾，这关系到被审查对象的政治声誉和政治生命，

1977年,全家照

1977年,全家照

我们绝不能乱打棍子、乱扣帽子,戴着有色镜子行事。事实真相要查清,做出的结论要实事求是,要经得住历史检验。"父亲的言传身教使两位青年干部受益匪浅,多年之后当父亲得知他们都晋升为将军非常开心。2006年夏,父亲重回潞城,当地县史编辑人员听说后,慕名而来,与父亲谈了多次，父亲为他们提供了很多抗战时期潞城历史情况的口述资料。

父亲虽然已经离开我们十几个春秋，但是他没有走远，他依然伴随着我们，他的音容笑貌不断浮现在我们眼前。如果他还健在，看到抗战胜利70周年的国家庆典，一定为祖国如今的强盛而高兴，为他曾经奋斗过、建设过的共和国而自豪。

不负韶华　初心如磐

◎李国力

父亲李运发（1925—2013），河北省深县人。1940年3月参加革命，1941年7月加入中国共产党。抗日战争时期任冀中军区回民支队通信员，陕甘宁晋绥联防军教导旅回民支队文书、营部书记。参加过鲁西北朝城战役、阳谷县马厂战役、冀西冀中反"扫荡"、百团大战和交河县高庄突围作战。解放战争时期任西北野战军第六纵队教导旅一团参谋、第六军十六师四十六团军务股长。参加过延安保卫战、宜

1965年，父亲李运发

川战役、西府战役、荔北战役、攻打蒲城战役和解放兰州、新疆平叛作战。中华人民共和国成立后任西北军区空军航空兵第二十五师场站军械科科长、师军务科科长，空军航空兵第七十三团参谋长，第二十五师参谋长、副师长。参加过甘青藏平叛、西线平叛等战斗。1955年被授予空军大尉军衔，1964年晋升为空军中校军衔。多次立功受奖，曾荣获冀中军区模范青年奖章、独立自由奖章、三级解放勋章、独立功勋荣誉章。1981年按正师离职休养。

冀中起兵抗日寇

父亲出生在河北深县西辛庄村一个贫困的农民家里，在五姐弟中排行第二，上面有一个姐姐，下面有三个弟弟，生活过得十分艰辛。大弟弟出生不久赶上灾荒年，饥饿和疾病过早地夺去了他的生命。面对家徒四壁的困境，爷爷奶奶商量，无论再穷，砸锅卖铁也要给李家培养出一个读书人。几个孩子中父亲比较聪明且是长子，爷爷奶奶便把翻身拔穷根的希望寄予在父亲身上，咬着牙把父亲送进村里的私塾勉强读了两年，最终因付不起学费，只能辍学回家过着面朝黄土背朝天，吃了上顿没下顿的苦日子。

1937年七七事变后，日军占领了华北地区，烧杀淫掠，无恶不作。为了打击日寇，父亲和村里的几个年轻人在1940年3月加入了活跃在冀中大地的由中国共产党领导的抗日武装回民支队。部队领导感觉父亲办事机灵，便把他分配给司令员马本斋当通讯员。能在威震敌胆的马本斋身边工作，父亲既高兴又紧张，马司令员亲切地询问父亲家在哪里、上过学没有等等，和蔼可亲的态度缓解了父亲的紧张心情。父亲在马本斋身边工作，深切体会到他父辈般的关怀。作为一位回民领导干部，他对部队中的汉族战士尤其是年纪小的战士格外关爱，战斗空闲时间辅导大家学习文化，介绍穆斯林的饮食、节庆、婚丧礼仪等风俗习惯。即使工作中因对回民的风俗习惯不是很了解出了差错，也从不责怪。当时日寇对八路军根据地实行严酷的"扫荡""围剿"，战事频繁，马本斋司令员和刘世昌政委经常是白天打仗，晚上研究作战方案到深夜，一宿下来要添几次灯油。父亲年少瞌睡大，有时值班坐在小凳子上就睡着了，马司令员担心父亲着凉，总是轻轻地把自己的衣服给父亲披上。

父亲参军后第一次参加实战是在1940年5月。初次参加战斗听到嗖嗖的枪弹声和手榴弹爆炸声感到很紧张，马本斋司令员叮嘱父亲跟在他身后注意隐蔽，并示范战术动作。首长不顾个人安危亲临前线指挥的英雄气概鼓舞了父亲，他逐渐适应战场，学会了打仗。在马司令员的率领下短短一个月之内回民支队在深县南部连续作战，毙伤、俘虏日伪军500余人，缴获大批枪支、弹药和物资。康庄战斗中回民支队在无一伤亡的情况下仅用30多分钟解决战斗，除了个别伪军逃跑外，日军中队长以下50余人全部被歼，并俘虏了20多名伪军，缴获大炮1门、重机枪1挺、轻机枪2挺、步枪60余支、马10余匹。被打红眼的日伪军调集重兵疯狂报复，进行了52天的大"扫荡"。回民支队运用"旋涡打圈"的战术，凭借密如蛛网的交通沟和茂密的青纱帐，昼伏夜出，在深南地区周旋，把日伪军拖得疲惫不堪。8月20日，八路军发起百团大战，支队在宁晋、赵县牵制石家庄之敌，转战沧（州）石（家庄）路以北，攻打深泽城，破公路，砍电杆，炸桥梁，拖住了日军2000多人，有力支援了兄弟部队，赢得了战场主动权。冀中军区颁奖回民支队一面"攻无不克，无坚不摧，打不垮、拖不烂的铁军"锦旗，聂荣臻元帅称赞"能征善战的回民支队"，毛泽东主席亲笔为回民支队题词"百战百胜的回民支队"。

1941年7月，经过血与火的战场考验和党组织的培养，父亲光荣地加入了中国共产党，实现了平生夙愿。

1942年春，日军调动5万兵力和华北地区全部伪军先后对冀中、冀南抗日根据地实施空前规模的"铁壁合围"、大"扫荡"，妄图一举消灭我抗日武装力量。为掩护冀中军区首长和主力部队转移，回民支队牵制敌军主力，却陷入敌人的包围圈中。6月2日凌晨，日军一个大队和数百伪军从三路合击包围了回民支队所在的高庄、纪庄，部队奋起突围展开了4个多小时的浴血恶战。战斗中部队被打散了，父亲躲在一个大石头缝隙里面，日军打着火把哇哇号叫着连夜搜山。从他眼前经过时，此时父亲枪里的子弹已经打光，就剩最后一颗手榴弹紧紧攥在手里，他下定决心如果被发现就和敌人同归于尽，誓死不当俘虏。万幸日军没有发现，父亲终得以脱身，三天之后才安全找到部队。高庄、纪庄战斗虽然成功突围，但支队也付出了惨痛代价，有八十余位战友血染沙场，英勇为国捐躯。

父亲在平叛前线

父亲（左一）、张治平等在玉树

1944年2月，为粉碎国民党反动派对陕甘宁边区的封锁和进攻，八路军总部抽调回民支队到陕甘宁边区保卫党中央和毛主席，在冀鲁豫军区司令员杨得志率领下回民支队全体指战员奔赴延安。部队出发时马本斋病情已经非常严重了，但他坚持和部队一起出发。行军途中战事不断，一些年纪小的战士体力不支跟不上队伍，马司令员心里惦记着这些孩子，吩咐在营部当书记的父亲照顾好他们，实在疲乏累困时就抓着马尾巴行军。2月7日当行进到山东莘县的途中，敬爱的马本斋司令员终因病情恶化在河南濮阳冀鲁豫军区后方医院去世。闻此噩耗父亲万分悲痛，几天几夜吃不下饭睡不着觉。马本斋司令虽已去世，但他的光辉形象鼓舞着父亲在革命道路上继续前行。

西北鏖战斩胡马

　　1945年8月15日，日本军国主义宣布无条件投降，中国人民取得了抗日战争的伟大胜利。10月回民支队编入罗元发任旅长兼政委的陕甘宁晋绥联防军教导旅，执行保卫延安的重任。1947年3月，蒋介石冒天下之大不韪，命令胡宗南纠集马步芳、马鸿逵部向延安进犯。在毛主席、彭德怀的指挥下，延安保卫战打响了。战役开始前，父亲所在的教导旅一团驻金盆湾，面对弹药严重短缺的窘境，团里发动官兵自己动手制作土地雷。一天父亲正带领战士们填装地雷时，只见团长罗绍维、政委关盛志陪同彭德怀司令员前来视察，战士们异常兴奋围拢过来。彭总仔细询问父亲制造土地雷的具体情况，父亲做了详细汇报。彭总非常满意，当场拍板派给团里3000名民工赶修工事。两位团领导闻言高兴坏了，彭总严肃又不乏幽默地说："地雷有了，民工也给你们了，工事修不好我可要杀你们的头。"战役打响后，教导旅在黄河东至咸（阳）榆（林）一百余里漫长广阔的战线上与敌军反复厮杀，连续奋战七天七夜，歼敌5000余人，挡住敌人，迟滞了敌人进攻的步伐，重创了胡宗南的嚣张气焰，彻底粉碎了蒋介石"三天占领延安"的痴梦，取得了以寡敌众、以弱胜强的胜利，顺利掩护毛主席、党中央机关和人民群众安全转移。自此，父亲和他的战友在西北战场进行了艰苦卓绝的解放战争，先后取得青化砭、羊马河、蟠龙、沙家店等战役的胜利。

　　1948年4月17日，西北野战军主力4个纵队向西府挺进，攻取国民党军胡宗南集团的重要供应基地——宝鸡。六纵担任突入西府的右路军，主要任务是抗击可能来援的宁青二马，保证主力侧翼安全。26日，部队以摧枯拉朽之势攻下宝鸡后，为避开胡、马的重兵合围，减少不必要的损失，攻城部队两天后主动撤出。不料，先头担任掩护任务的教导旅却在镇原东边的屯子镇被国民党马继援的骑兵第八十二师快速包围。面对超过自己五六倍敌人的四路南北夹击，父亲和战友们孤军奋战，发扬无所畏惧的英雄气概奋起反击，战斗进行得异常惨烈。屯子镇弹丸之地，周围几百米老百姓全跑光了，没有一粒米一滴水，父亲他们靠喝马血吃马肉生存。伤员急剧增加，营团干部也牺牲了好几个，马家军的炮弹雨点般地落到狭小的地盘上，被困指战员无处藏身。接到彭德怀的突围命令，旅团领导命令所有带不走的重武器统统炸掉，突围时每个人必须带出一名伤员。一些重伤员不愿拖累部队，坚持留下来掩护部队突围。父亲和战友趁着月色分成几拨冲出包围圈后，就听到身后哒哒哒的枪声伴随着"毛主席万岁""共产党万岁"的口号声，有的重伤员拉响怀里的手榴弹同马匪同归于尽，或把枪口对准自己的太阳穴扣动扳机，这撕心裂肺的声音成为父亲挥之不去的心头之痛。彭德怀司令员闻讯痛心地对六纵司令员罗元发、政委徐立清说："这是为胜利付出的代价，不遭到这一次失败，就不是这个代价了。"

天山脚下剿顽匪

1949年1月，教导旅改编为第一野战军第六军第十六师，父亲任十六师四十六团军务股长。解放兰州后，第六军在兵团司令员王震率领下鞍马未歇，长途跋涉2000多公里挺进河西，剑指新疆。新疆和平解放后，十六师驻守新疆东大门哈密，开始了艰苦繁重的土改建政、剿匪平叛、生产建设等工作。敌人不甘心失败，叛匪头目乌斯满、贾尼木汗、国民党特务尧乐博斯在美国前驻迪化副领事马克南的策划下，妄图趁我

父亲李运发、母亲祁秀芳

军立足未稳、各族人民对共产党还不了解之际,煽动和裹挟两万多名不明真相的群众进行武装暴乱。从3月至4月中旬袭击十六师6次,抢劫人民群众8次。1950年3月30日凌晨,大批叛匪包围了伊吾县,驻守县城的第四十六团二连的108名官兵在父亲的老战友、副营长胡青山的带领下展开了40天的艰苦保卫战。由于通信中断,直到西线剿匪取得阶段性胜利后,父亲才随团长任书田带领大部队赶赴伊吾支援解围,全歼围城叛军。进城后,父亲和胡青山相拥而泣,随即抢救伤员,掩埋牺牲烈士,为二连调整骨干补充兵员。为了稳定新疆的社会秩序,保卫各族人民的生命财产安全,严惩叛匪,十六师在巴里坤地区展开一年多的清剿,进行大小战斗72次,解救了被裹挟的哈萨克族同胞两万多人,俘虏匪首贾尼木汗等匪徒1489名,毙伤476名,缴获大量枪支弹药。剿匪胜利后,部队为减轻群众的负担,发扬自给自足的光荣传统立即投入到大生产热潮中。父亲他们官兵一致,一手拿枪一手抢坎土曼,披星戴月吃睡在田间地头,硬是在茫茫戈壁上开垦出了一万多亩农田,还兴修了哈密最大的"红星渠",为造福新疆各族人民做出了贡献。

　　同年,父亲经上级领导介绍,认识了母亲并结婚。母亲祁秀芳,汉族，1932年5月在新疆巴里坤奎苏出生，1951年10月在十六师参军入伍，因具有一定文化程度，在师里担任文化教员，1952年转入空军航空兵二十五师。

情系祖国蓝天

1952年5月，随着我军现代化建设的前进步伐，十六师奉命调往陕西户县组建西北军区空军轰炸航空兵第二十五师，第四十六团改编为航空兵第七十三团。

父亲李运发、母亲祁秀芳和大哥、二哥

1958年春开始，甘、青、川、藏少数民族地区的上层反动分子妄图维护其反动的农奴制度，在国内外反动势力的策划下发动武装叛乱。父亲时任第七十三团参谋长，转场到武功、西宁、青海玉树机场配合陆军

全家福

父亲李运发、母亲祁秀芳

地面部队执行西线平叛任务。

1958年8月，甘肃临夏州上层反动分子纠集马鸿逵、马步芳残匪叛乱，包围了陆军部队，紧急关头二十五师出动杜-2飞机4架，在兄弟部队的3架拉-11战机配合下对叛匪进行轰炸和空中扫射，叛匪队伍顿时人仰马翻，丢盔弃甲四散逃命，被我陆军部队一网打尽。9月15日，数千叛匪袭击了我部队运输车队，遭到我大部队追剿。敌人躲藏隐蔽在深山沟壑中，七十三团出动侦察机在崇山峻岭中低空盘旋查实敌情准确捕捉到目标，引导地面部队彻底消灭了敌人。10月3日，在青海多扎地区配合陆军清剿叛匪，七十三团出动多架次飞机实施空中打击，彻底清除了盘踞该地区多年的叛匪。一年时间内，航空兵二十五师共出动108架次飞机参加战斗，轰炸17次，照相侦察33次，投宣传弹36次。连续吃了败仗的叛匪对我空军万分恼怒，不断派出小股部队偷袭场站。最严重的是7

月中旬，2000多名叛匪包围了玉树场站，父亲带领警卫连打退了敌人一次又一次的疯狂进攻，在增援部队的协助下击溃了来犯之敌。武力解决不了问题，叛匪采取更加阴险的手段，挑唆不明真相的群众冲击场站，设置障碍物干扰部队执行飞行任务。父亲带上几位同志穿上藏袍，在地方政府的协助下对场站附近方圆一百多公里的寺院僧侣、藏族群众挨家挨户地走访，向他们宣传党的民族政策和宗教政策，揭露反动上层头人妄图维系农奴制度的险恶用心。同时对家庭困难的贫苦牧民提供帮助，替他们解决眼前困难，送医送药送粮，赢得了广大僧侣和群众的信任，自觉协助部队维护机场周边的安全，彻底挫败了叛匪的阴谋。

1962年5月19日，第七十三团由于战果显著，长期保持飞行安全，完成训练任务成绩优异被国防部记一等功并颁发奖状，父亲被任命为第二十五师参谋长。

父亲在他70多年的军旅生涯中，大部分时间是在空军度过，他对人民空军无限忠诚，有着深爱的情结。按照父亲的意愿，1970年我参军入伍到空军第八军，后又调入福州军区空军机关，从一名战士成长为营职参谋，见证了空军的发展壮大。如果父亲健在，相信他看到人民空军在党的领导下已经跻身于世界先进水平，无疑会非常高兴。

1974年在武汉雷达学校下放当兵的师团干部，左二为焦自力、左三为李运发、左四为张国栋等

解放篇

集结太行山，浴血上甘岭
——父亲和他的团队征战之路
◎任 兵

我的父亲任应，1918年2月15日生，河南省沁阳县（今沁阳市）东紫陵村人。1937年4月参加革命，1937年12月加入中国共产党，1938年6月参加八路军。历任宣传队长，连指导员，县大队副政委，营教导员，副支队长，营长，副团长，团长，师参谋长，军随营学校副校长，第一副师长兼参谋长、代师长，南京军事学院高级速成系学员，北京高等军事学院战役教研室教员、教研组长，十三军三十八师师长，十三军参谋长，昆明军区司令部副参谋长，贵州省军区副司令员，贵州省军区司令员，中共贵州省委常委，贵州省人大常委会副主任，是中国共产党第十二次全国代表大会代表。

1949年，任133团团长时的父亲

1955年，父亲被授予上校军衔，1960年晋升为大校军衔；行政10级；立甲等功一次，荣获三级独立自由勋章，二级解放勋章，朝鲜民主主义人民共和国二级国旗勋章；名列《中国人民解放军英雄模范名录》。

1985年2月8日，父亲因病逝世，终年67岁。悼词对他的评价是："任应同志曾经历过抗日战争、解放战争和抗美援朝，转战南北，英勇作战，在著名的淮海和上甘岭战役中，立过功、受过奖。是我军的一位军政兼优、智勇双全的优秀指挥员。"

烽火硝烟中成长

1946年12月，28岁的父亲被任命为太行军区第四军分区四十六团团长。上任前，太行军区秦基伟司令员亲自打来电话，就如何带好一个团队的方式方法，对父亲做了详尽指示，增强了他当好团长的信心。

太行山下集结号

1947年1月3日，四十六团在太行山脚下的河南省沁阳县北山西万村成立，编为两个营和一个特务连，团长任应，政委田耕，参谋长李德久，政治处主任罗占山。这个乙种团一千多人，武器装备较差，只有十几挺轻机枪，军装也不统一。但父亲认为这比他当年干县大队时强多了。田耕政委也说："咱们就是要凭这些人马，打出点名堂来。"

1. 首战温县

四十六团成立不久，决定袭击敌一个团设防的温县县城。父亲率领团队冒雪急行军150多里，于1947年1月22日（农历大年初一）晚赶到温县。从城墙垮塌处进城后，对敌团部发起突袭，正吃年饭的守敌毫无防备，两三千人慌乱逃出南门，跑进了黄河滩绵延几十里的芦苇地，四十六团占领县城捣毁监狱并开仓放粮后撤出。回程中又横扫赵堡、大司马、南张羌几个大集镇，四天内共毙俘敌190多人，缴获一批枪炮弹药和马匹。26日，又伏击了敌军一个团，毙伤俘敌120多人，迫敌退回沁阳县城。

四十六团首战告捷，上级发了12万元奖金（晋冀鲁豫边区流通的"冀南币"），老乡们也杀猪宰羊前来慰问，父亲和他的团队深受鼓舞。

2. 一打整三师

4月1日，四十六团和四十七团在焦作附近的墙南村一带，阻击装备美式坦克、大炮、汽车，由焦作向新乡开进的敌整编第三师。只有缴来的两门迫击炮和两挺重机枪的四十六团顽强阻击了三天，歼敌百余人。父亲在指挥战斗时右胸负伤，被送下战场。

3. 战胜伤病

身负重伤的父亲在团卫生队长王永富护送下，躺在担架上走了三天，到达设在山西省陵川县附城镇后山村的第四军分区第三卫生所医院。他因失血过多，诱发严重的肋膜炎，生命垂危。医院缺乏药物，束手无策。

各级首长对父亲的伤情十分关心，时任军事调处执行部新乡执行小组我方首席代表的太行军区黄镇副政委，想尽办法得到两大瓶当时最好的消炎药盘尼西林片，父亲服用后才转危为安。

2013年4月，我和二哥来到安徽省安庆市黄镇生平事迹陈列馆，向当年挽救了父亲生命的黄镇将军致敬。

1948年8月，我的父亲和他的父亲摄于河南洛阳（我父亲当时兼任洛阳警备司令）

1943年冬，时任太行军区第8军分区修武县大队副政委的父亲留影

4. 整编南征

1947年7月13日，在河南省清化县（今博爱县）柏山镇大中里村，父亲的团队奉命与四十七团合编为晋冀鲁豫野战军第九纵队第二十七旅第七十九团，团长任应，政委田耕，原四十七团团长孙家贵任副团长，参谋长靳钟，政治处主任罗占山，供给处长武永泰。团队编为三个营，共1700多人。

8月25日，七十九团渡过黄河。枪伤初愈的父亲被战士们抬过了河，七十九团开始了逐鹿中原的新战斗。

驰骋中原露锋芒

南渡黄河后，七十九团奉命与配属行动的八十一团一营直插伏牛山腹地，夺取嵩县，开辟豫西新区。

1. 田湖大缴获

七十九团向嵩县进发途中，连续拿下了宜阳县白杨镇和伊川县鸣皋镇，1947年9月3日到达田湖。

田湖是一个修筑明碉暗堡、设置鹿寨和铁丝网的大寨子，国民党军退役中将、嵩县参议会议长宋天才，聚集装备有迫击炮、重机枪的家丁和守护队400余人盘踞于此。

4日上午，七十九团对田湖发起攻击。敌人在寨墙上居高临下射击，二营在北门连续发起三次攻击均未奏效，伤亡20多人，四连连长牺牲。天黑之后，团侦察排和五连翻墙潜入寨子，里应外合，将田湖攻破。父亲回忆:"拿下田湖俘虏抓了好几百,但匪头子宋天才钻地道溜了。武器弹药缴获的真不少,有迫击炮、重机枪和几十匹大骡子。光是德国造403型红屁股驳壳枪子弹,就够我们全旅每支驳壳枪发十条。从那以后,我们全团排以上干部和侦察警卫人员的杂牌手枪,全部换成了崭新的三保险二十响。至于金银财宝和绫罗绸缎等贵重财物,更是不计其数,堆满了几个院子……"

2. 击毙徐鹏云

9月5日晚,七十九团包围嵩县县城。无独有偶,守敌也由一个名叫徐鹏云的国民党军退役中将指挥,他手下有配备2门迫击炮和20余挺轻重机枪的县保安队1000余人。

七十九团严密组织、四面进攻。靳钟参谋长亲率一营发起冲锋,二十分钟就登上了城墙,击毙包括徐鹏云在内的守敌80余人,俘敌县长以下1400余人,嵩县城被攻占。

七十九团六天内四战四捷,受到纵队的通令嘉奖,"陈谢集团"的陈赓司令员和谢富治政委也来电表扬。

3. 二打整三师

9月12日,七十九团进占敌弃守的伊阳县城后,奉命配合二十五旅,在陆浑岭阻击敌整编第三师。17日中午战斗打响,父亲左脸颊被机枪击中。他回忆:"我受伤后骑马前往团卫生队,路过纵队部时,秦基伟司令员和黄镇政委等首长都来看我。黄政委对我说:'你的旧伤还没有全好,今天又挨这一下,要特

1947年9月,时任79团团长的父亲在战斗中左脸颊负伤、险些牺牲。为纪念自己挨的这惊险一枪,他于1947年10月20日在河南嵩县拍下这张照片,照片中可以清晰地看到他的左脸颊上还贴着纱布

别注意了!'我忍痛回答:'这回只是脸上被划了个口子,是表面伤、没打透,几天就能长好了。'"

七十九团和二十五旅共毙伤敌1000多人,自己也伤亡500多人,18日主动撤出战斗。

4. 对阵青年军

9月29日,七十九团南渡汝河,在关帝庙与国民党青年军二〇六师一七七旅五三一团激战,毙伤俘敌300余人,缴获一批枪支弹药,父亲得了一支崭新的勃朗宁9毫米大威力自动手枪。

5. 特殊奖品

10月8日,七十九团再占敌人弃守的嵩县。

10月下旬,七十九团接到与八十团一同奔袭五百余里外的南召县城的命令后,急行军四天赶到。11月3日拂晓,从东门和西门同时发起攻

1947年10月20日,27旅、79团领导合影。27旅副旅长黄以仁(后左1)、父亲(前中)、团政委田耕(前右1)、副团长孙家贵(前左一)、团参谋长靳钟(后右1)、团政治处主任罗占山(后中)摄于河南嵩县

击，以几十挺机枪掩护特务连指导员周长安率工兵排用炸药炸开东门，营长常路率领一营冲入城内，全歼守敌500余人，己方仅5人轻伤，团领导们认为南召之战是过黄河以来打得最好的一仗。七十九团不怕疲劳、长途奔袭，被纵队首长誉为"长脚步兵"，他们还收到旅部发给的特殊而实惠的奖品——每人4斤麦子。

11月22日夜，七十九团和八十团又向敌700多人防守的鲁山县城发起进攻，七十九团二营营长常凤山牺牲，三营七连史连长及战士十余人伤亡。23日，鲁山守敌弃城逃跑，七十九团占领鲁山。

6. 夺城破路

12月12日，七十九团奉命打掉设在临颍的国民党军联勤总部兵站和破击平汉铁路。13日晚，七十九团途经杜曲镇，消灭土顽武装300多人，随后向临颍火车站和县城同时发起攻击，敌兵站1000余人溃逃，200余人被俘。缴获大量枪炮弹药和军用物资器材，七十九团仅一人轻伤。随后又对平汉铁路展开破坏，斩断了敌军的运输大动脉。

7. 三打整三师

12月24日，由遂平北上漯河的敌整三师在祝王寨、金刚寺一带被华野三纵和中野四纵、九纵合围。

25日，七十九团接到消灭龟缩在枣茨营村的整三师第八团的命令。父亲迅速率领团队冒着大雪，包围了一二十户人家的枣茨营。

当晚7时九连发起攻击，受阻后发现守敌将长满全村的枣树从半人高处锯开一半推倒，环村围成一圈，比高大的寨墙还难对付。

田耕政委建议展开政治攻势，迫敌投降。很快阵地上就竖起了写着"缴枪不杀，回头是岸""顽抗到底，死路一条"等大字的一块块门板，包着传单的雪球也扔进了守敌的堑壕，田政委还亲自向敌军喊话。26日晨，有一个少尉排长带着十几个士兵投降。田政委又让他喊话，对守敌产生了极大震撼。下午三点多钟，来了一名充当谈判代表的团部副官，提出一堆条件。张显扬副旅长在电话中指示父亲："配合我旅作战的重炮已经进入阵地,第八团必须在一小时内放下武器投降,否则立即开炮,彻底消灭!"敌人被迫放下武器。

黄昏时分,整三师第八团1000余人,在团长陈德垩率领下走出了枣茨营。

父亲的日记写道:"整三师八团在陈德垩带领下缴械。整三师啊!整三师,我们对阵三次,你打伤我两次、差点要了我的命,但结果是你被全歼了,并且我最后参加打你、我接受你投降,你装备了我、也提高了我,这次战斗使我们开始向歼灭正规军方向前进。"

九纵秦基伟司令员表扬七十九团"创造了以自己一个团,争取敌人一个团放下武器投降的范例"。

年底在泌阳休整时,七十九团将九连的装备全部换成美械装备,命名为"消灭整三师纪念连"。

8. 突袭荥阳

1948年4月11日,七十九团进驻敌人弃守的荥阳城,在近二十天的时间里,团队以荥阳为练兵场,多次进行攻城演练,大大提高了技战术水平。

5月2日,七十九团奉命撤出荥阳,敌军随即进占。12日,旅部电令七十九和八十一团当夜夺回荥阳。

荥阳守敌为暂编二十六旅第一团团部及两个营。13日3时,父亲指挥团队,按照多次演习的套路发起攻击,一营从西门冲入城中,团炮兵连指导员康文才用迫击炮抵近直瞄射击轰开南门,田政委、孙副团长率领战士与敌进行巷战,靳参谋长被枪榴弹打伤、五连指导员冯普堂等40多人牺牲、五连长侯立芝负伤。经两个多小时激战,守敌大部被歼,少数从东门逃出,又被阻击的八十一团消灭。共毙伤敌800余人、俘虏630余人,荥阳被解放。

中野刘伯承司令员、邓小平政委、张际春副政委来电嘉奖:"第九纵队在郑州外围牵制敌人,配合宛西战役中,5月13日以奇兵突袭荥阳,将守敌暂编第二十六旅一个团（欠一个营）歼灭。……此种用歼灭手段圆满地完成牵制任务，值得表扬，特电嘉勉"；陈赓司令员、谢富治政委和王启明参谋长也联名发来贺电；九纵通报表扬七十九团并印发了荥阳之战纪念册。

9. 智取广武

6月3日夜，父亲率领团队秘密包围广武县城，九连在送粮群众掩护下，乘运粮大车混入城内，迅速控制了城门，各营冲入城内占领广武，俘敌县长以下140余人。

7月23日，七十九团接替八十一团担任洛阳城的警备任务，父亲兼任洛阳警备司令。

10. 郑北阻击

郑州是兵家必争的中原重镇。中野调集了一、三、四、九共四个纵队围攻。

但七十九团受领的任务不是参加围攻郑州，而是准备阻击攻城战斗打响后，可能从郑州逃出的漏网之敌。

10月21日晚，七十九团到达郑州西北12公里处的薛岗和苏家屯一线，迅速完成阻击准备。但就在22日总攻发起前，敌情突变——城防总指挥、第四十军中将军长李振清认为自己手中只有不足两万人的兵力，无法进行有效防守。遂决定放弃郑州、率领守军出北门，向四十军的老巢新乡撤退。

好在九纵预先将父亲的团队放在郑州到新乡的必经之路上，堵住了敌人去路。原来以为捞不着仗打、准备跑龙套的七十九团，变成了郑州战役的主角儿。

对于这场载入中国人民解放军战史的阻击战，父亲回忆道："22日天刚亮，敌人从郑州北上，与我二营打响，我从望远镜中看到敌人还带着全部家当，判断是弃城逃跑了。敌人集中两个团，企图攻破阵地北逃，我命令各营坚决阻敌于阵前！田政委亲自操重机枪射击敌人，孙副

1947年10月，133团第2次收复嵩县时，全体干部合影（3排左2为父亲，左3为团政委田耕，2排右1站立穿皮大衣者为副团长孙家贵，他前面蹲者为团参谋长靳钟，1排左3为团政治处主任罗德山）

团长头部受伤。纵队秦基伟司令员给我打来电话说：'坚决顶住！郑州之役全胜，此是关键一着。'第一次冲锋被打退后，敌人调整部署，中午11点钟，以一个团攻我苏家屯、两个团攻薛岗，被我反冲锋退回老鸦陈。之后敌人始终没敢猛冲，只是在百余米之外待死。敌人发现南边、西边我主力后，在慌乱无序的情况下逃窜。我即以一营截头、三营插腰、二营尾追，全力配合赶来的我九纵主力围歼敌人。当时我们全部下去捉俘虏，共俘敌1700多，得炮3门、重机枪8挺、轻机枪68挺、步枪700余支，毙伤敌人总数在300以上，俘虏了一个少将参谋长、一个团长和几个营长，我伤亡90人。这次战斗，是七十九团空前的，歼敌近两个旅，解放了郑州，我们团圆满完成了任务。"

郑州之役，七十九团意外承担了最重要的阻击任务，像钉子一样钉在阵地上，为阻敌逃跑做出决定性贡献并创造了团队一次战斗歼敌数量的最高纪录。

淮海大战"砸核桃"

短期休整后,七十九团进至徐州与蚌埠间地域,参加淮海战役。

1. 偷渡浍河

1948年11月23日,围歼黄维兵团的战斗打响,七十九团先在浍河北岸阻击敌第十八军,两天后又接到渡河的命令。

浍河宽50多米、深2到3米,七十九团防守的王湾村有一座木桥,敌人几次过桥都被打了回去。现在转守为攻,二营连续攻击也都被敌阻挡。

经过侦察部署,26日夜,孙副团长率二营继续向木桥发起冲击、吸引守敌的注意力;父亲指挥一营,在下游从用秫秸、木杆和绳索架设的三座吊式浮桥过河;田政委率三营,在上游夺取对岸敌人的两条小木船后乘船渡河。之后一营和三营从侧背攻击,消灭守桥之敌一个加强营,二营从木桥跨过浍河。

2. 白大庄夺炮

11月27日7时,九纵全线出击。黄维兵团的炮火十分猛烈,敌空军出动数百架次飞机支援,七十九团首次见识了立体作战的阵势。

父亲从望远镜中发现三里开外的白大庄有敌炮兵活动,命令二营出击。二营在营长王凤书率领下,冲进白大庄,全歼敌八十五师山炮营,缴获山炮5门、步兵炮2门。

但父亲没有把炮用来支援战斗,而是送回浍河北岸上交旅部。在接下来的杨围子战斗中,一营遭受较大的伤亡,营长常路和一连指导员、二连连长牺牲,团参谋长靳钟负重伤。为此父亲受到崔建功旅长的严厉批评,父亲在回忆录中检讨:"是呀!我叫把炮拉回去干什么?难道要把它当宝贝供起来?眼看着那么多朝夕共处的战友遭到不应有的伤亡,我悔恨万分,痛苦至极。"

3. 壕沟对壕沟

黄维兵团12万人陷入重围后,以双堆集为核心,依托二十几个村庄,构筑集团工事,组织环形防御。敌人把严密布防的村庄称为"硬核

桃",扬言"要让共军啃掉牙齿、胀破肚子、败于阵前"。

小张庄是一个只有八户居民的小村落,敌第十军一一四师三四一团(欠两个连)在此防守,构筑了三层防御工事,形成了环形壕沟和交叉火力网。11月27日下午,八十团因在开阔地冲击时伤亡较大,攻打小张庄未果,旅部命令七十九团配合八十一团继续攻击。

通过现地观察,父亲等团领导认为,在平原开阔地拔点,必须向敌人学习,以壕沟对壕沟。先将壕沟挖到敌手榴弹投掷不到的位置,再围绕村庄挖数圈壕沟,攻击分队从壕沟内运动到前沿,在火力掩护下冲锋,迅速通过开阔地带,跳入敌人的壕沟攻击、夺取村庄。

12月1日,担任突击队的九连隐蔽接近到了攻击出发位置。九纵秦基伟司令员在前沿阵地用炮队镜反复观察,对战斗行动做了指示;九纵李成芳政委带来照相机,亲自给突击队员们拍照;二十七旅张蕴钰参谋长也到现场指导。下午5时,几天前七十九团在白大庄缴获的5门山炮、两门步兵炮和21门迫击炮、14门60炮、12挺重机枪一起开火。半小时后,九连长张家行率突击队跃起冲锋,瞬间就扑到敌人的壕沟短兵相接、杀进了村子,同时八十一团也发起攻击。经12小时激战,全歼守敌1200余人,攻克小张庄,九纵李成芳政委称赞七十九团和八十一团"找到了解决黄维兵团的一把钥匙"。

小张庄战斗已经过去了70多年,一张当年父亲等旅、团领导在小张

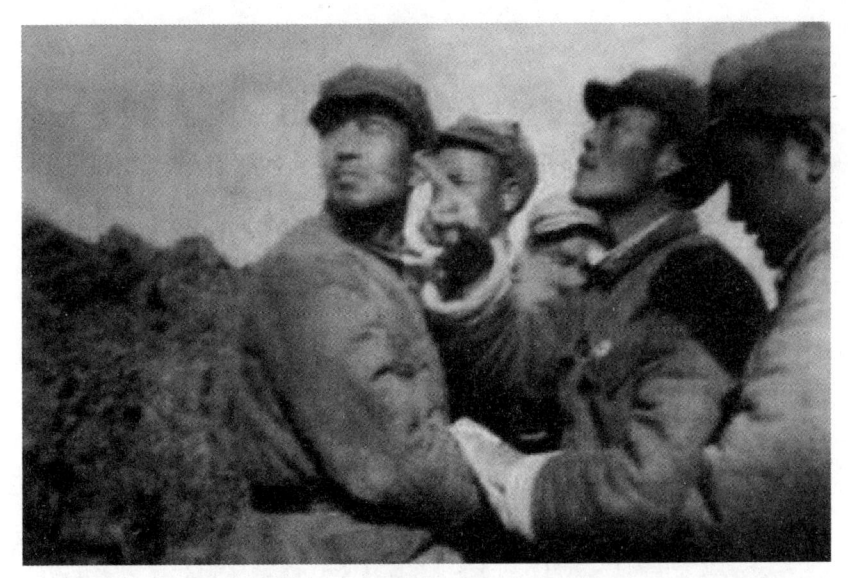

1948年12月，在淮海战役中，时任79团团长的父亲（左1），与第27旅参谋长张蕴钰（指手者）等在战壕中指挥战斗。这张照片一直悬挂于徐州淮海战役纪念馆中

庄外围指挥战斗的大幅照片，悬挂在徐州淮海战役纪念馆的展厅中，照片中父亲被烧焦的衣袖，印证了那场战斗的激烈。

第九纵队"徐州大会战立功命令第一号"决定："七十九团在围歼黄维兵团大战中，六天内连获三战三捷（偷渡浍河歼敌一营，追击战大量缴获，小张庄战斗），勇敢与智慧结合，以较小伤亡完成历次任务，纵队特予该团全体同志记功一次"；二十七旅也通令嘉奖七十九团并给二营颁发"掌握战机，英勇夺炮"锦旗；九连荣立特等功。

千里跃进下江南

1949年2月15日，父亲的团队整编为第二野战军第四兵团第十五军第四十五师第一三三团。

1. 打过长江去

3月28日，四十五师抵达安徽省望江县华阳镇及江字号滩头阵地,控制了直出长江的华阳渡口。各团随即开展水上练兵，准备渡江。

我的父亲母亲（父亲时任高等军事学院战役教研室教研组组长、母亲任高等军事学院门诊部司药）

4月21日23点，第一梯队四十四师在炮火掩护下，突破江防登上南岸。父亲的团队随后于22日7时渡过长江，进入江西。

2. 漆工镇伏击

过江后，父亲率领团队直扑浙赣铁路线上的重镇上饶。5月2日下午经过弋阳县漆工镇时，俘敌六十八军一四三师搜索营少校营长张小虎，得知该师主力就要达到。父亲当即决定设伏打乱敌人，为后续部队歼敌争取时间。

18时许，敌人排成几路纵队大摇大摆而来，一、二营突然开火，毫无防备的敌人乱作一团，纷纷跑进附近山中。追击时一营营长王凤书负伤、二连连长牺牲，俘敌师作战科长以下二百多人。父亲令二连留下监视，团主力继续向上饶前进。打散的敌人被随后赶到的十五军四十三师围歼，敌一四三师师长阎尚元以下2400余人被俘。

3. 解放上饶

5月3号晚9时，一三三团到达上饶火车站，发现一批装备着一长一短（卡宾枪和20响驳壳枪）的敌人正准备乘列车撤退。父亲立刻命令攻击，由于对打火车没有经验，伤亡数十人、六连连长和九连一排长牺牲。经4个多小时激战，毙伤俘敌近2000人，占领车站，切断浙赣铁路线。审问俘虏得知，敌人是国民党交通部京沪杭护路指挥所的6个中队。其他列车上装载的大量枪支弹药和物资器材，全被缴获。

同时二营直插上饶城，敌弃守南逃。二营俘虏400余人，上饶解放。

为纪念一三三团1949年5月3日解放上饶，上饶市人民政府于1964年将市内一条新建的交通干道命名为"五三大道"，该名称沿用至今。

4. 奔袭水吉

为断敌退路，父亲率领团队从上饶出发，急行军于5月13日赶到了福建水吉县城附近，只见大批敌人正乘汽车向福州方向逃窜。各连立即冲上公路，截住汽车，架起机枪调转车头，回驰百余里，把撤退的敌人冲了个稀里哗啦。一三三团与五兵团部队会合后，在指定区域搜山，俘敌2000余人，缴获汽车三十余辆，自己无一伤亡。

两广追歼擒敌酋

1949年8月1日，四十五师首长代表十五军向一三三团授予八一军旗。

9月9日，休整三个多月的四十五师各团从江西安福南下，在赣州附近与四野部队会合，22日翻过大庾岭进入广东。

1. 连克三城

24日，一三三团在粤湘赣边区纵队北江支队配合下，歼灭敌六十三军一八六师五五八团和县保安团、俘虏500余人，解放南雄。

25日，一三三团又会同一三五团包围了始兴城，守敌不战而降，始兴解放，进军广东的北大门被打开。

1949年10月1日，一三三团在始兴隆重集会，热烈庆祝中华人民共和国的成立。

10月2日，广东战役打响。十五军各部沿粤汉铁路追击敌三十九军、解放沿途城镇。一三三团于7日凌晨到达曲江（韶关）城外，父亲令二营四连迅速扑灭守敌弃城逃跑时在南门大桥点燃的大火，配合一三四团占领曲江。

2. 保住铁路桥

解放曲江后，一三三团又奉命攻占英德并夺取粤汉铁路南端最大、长280米的遥步铁路桥。

团队日行140里，10月9日上午赶到铁桥北岸，侦悉该桥由敌三十九军九十一师二七二团两个营防守，敌人已在桥墩上安装了150公斤炸药，随时准备炸毁大桥，迟滞我军行动。

当晚7时，父亲率七连、八连和师侦察连攻占桥北；九连冲到了南桥头，排长王长水腹部中弹，血水混着肠子从伤口中流出，他忍着剧痛将肠子塞进伤口，端起冲锋枪连续射击，掩护七班长捣毁引爆装置，保住了铁桥，王排长英勇牺牲，敌团长以下200余人被俘。

同日，田政委率二营占领敌人弃守的英德城。

10月中旬，一三三团追击至佛山附近，迫敌税警第二团二营200余人投降。10月17日进入佛山城担任警备任务。

3. 血洒大旱岭

11月16日，广西战役打响，一三三团抵达两广交界的信宜、茂名地区。27日下午3时，与友邻部队一同在宝圩镇大旱岭附近，对白崇禧的起家部队第七军发起攻击。战斗中，冲锋在前、亲自操步枪向敌火力点射击的团政委田耕胸部中弹、英勇牺牲，田耕政委是十五军在解放战争中牺牲的职务最高者。父亲在日记中沉痛地写道："歼灭白崇禧匪军战斗的第一天，田耕政委在大旱岭牺牲了，使我很感悲痛！田耕同志是我在革命大家庭中最亲切的、最知己的同志。可惜！在这样一次不怎么激烈的战斗中，你流血了！你经历过千百次的战斗、凶险百倍的场合，你始终没有负过伤，这是很值得庆幸的，到了这最后一役却牺牲了，真不

1948年1月，133团在河南泌阳整编时合影留念

1950年9月11日四川泸州，133团召开进军西南以来牺牲烈士追悼大会

该！我埋怨你不该那样急躁、那样奋不顾身，更不该那样自己来打枪。我知道你是希望我们取得更圆满的胜利，但是你牺牲了，我就是活捉了白崇禧，也补不起这个损失、这个我有生以来的最大悲痛！"十五军秦基伟军长也在回忆录中写道："接到田耕牺牲的噩耗，我的心里十分难受。田耕同志是山西省高平县人，1937年入伍，英勇善战，政治水平相当高，是一个不可多得的军政双优的好干部，牺牲时年仅29岁。在当天的日记中，我写下了对田耕的深切悼念之情。"

12月27日，父亲率一三三团全体官兵，在广西横县云表镇站圩村，为田耕政委举行了隆重的追悼大会。

4. 两端敌军部

一三三团于12月1日进入广西追歼逃敌。2日，团政治处主任昝明德率领一营在博白县城附近山中，迫敌一二六军军部及少将副军长王伟苍以下500余人投降。父亲率三营跑步追击200余里，6日到达郁林至贵县之间的蒲塘村，打了一个漂亮仗。十五军秦基伟军长的回忆录记载："第四十五师一三三团，在向郁林进军途中，得悉敌第七军残部正沿郁林至贵县公路向西逃窜，当即跟踪追击，当追到距蒲塘三公里时，发现敌人就在村内。根据敌如惊弓之鸟、建制已乱、互不相识的情况，决定智取。十时，该团三营八连在副营长杨双喜率领下，化装成敌第七军军部搜索营，巧妙地通过了敌两道警戒线。入村时，被敌第七军哨兵阻拦，发生争吵，敌哨兵持枪威胁，被我当场击毙，敌军顿时乱作一团。我八连立即开火，迅速占领高地并堵住村北山口，正面部队迅速投入战斗，将敌包围，战斗进行不到十分钟即告结束。共俘敌三百余人，缴获迫击炮两门，轻重机枪十余挺，长短枪百余支，电台两部，我一三三团无一伤亡。"

经查，一三三团端掉的是敌第七军军部，中将军长李本一当时就在村里，枪一响，他就换上士兵军服溜了。

5. 活捉张文鸿

没能抓住李本一为田政委报仇，战士们有些懊丧。但父亲认为李本一跑不远，命令各连分头搜寻。12月9日，父亲和作战参谋桑传宝率团部警卫排，冒雨搜索到一个叫罗秀圩的村子，住进一大户人家。十五军秦基伟军长曾在回忆录中道："一三三团追至郁林以北罗秀圩避雨时，团警卫排恰与化装潜逃的敌四十八军军长张文鸿同住一楼。张在楼上装病呻吟，其侍从人员进出时，神色慌张，房东也显得心事重重，经耐心做工作，宣传我党政策，房东低声告诉我们的战士：'我家楼上住的是国民党大官。'该排立即上楼，将张文鸿活捉。说起来像游戏，抓一个军长，像抓一只鸡。"

十五军秦基伟军长的回忆录中,对于父亲的团队在广西战役时的两次行动有详细的记叙和由衷赞许。因为敌一二六军军部和第七军军部,是十五军在解放战争中迫降和打掉的级别最高的敌军指挥部;而敌滇桂边区

1950年9月9日,四川泸州;133团召开川南剿匪总结祝贺立功大会

绥靖司令部中将副司令兼四十八军军长张文鸿和一二六军少将副军长王伟苍,是十五军俘获的军衔和职务最高的俘虏。

从一三三团手中逃脱的敌第七军军长李本一,十天后被四野部队俘获。

川黔剿匪固政权

1950年2月12日,一三三团抵达贵州省会贵阳,与友邻部队一起举行了隆重的入城式,受到第五兵团兼贵州军区司令员杨勇、政委苏振华的检阅(此时行走在贵阳大街上的父亲没有想到,29年后他自己担任了贵州省军区司令员)。28日,一三三团进至贵州兴义地区,消灭土匪100余人。之后一三三团由军部直接指挥,在川黔边境清剿土匪。

4月29日,父亲率团队到达四川江津县中白沙镇。针对土匪的活动特点,放弃大部队进剿,抽调80余名正副班长和优秀战士,配备冲锋枪、轻机枪和二十响驳壳枪,组成挺进队,由父亲指挥,负责剿匪;同时抽调连排干部组成工作队,由团政治处副主任彭仲武指挥,配合挺进队深入村寨发动群众,建立和巩固区乡政权。

9月下旬,一三三团在歼匪11300余人后,从川南返回贵州毕节归建,继续在毕节、赫章地区剿匪,又歼匪1000余人,至此大股土匪基本被肃清。

一三三团的剿匪方法收效明显,军部将他们的经验进行推广。在剿

匪战斗中表现优异的一三三团班长王清祖，光荣出席了全国第一届英模大会；父亲也因指挥出色、团队战果突出，师部给他记甲等功。

告别团队赴新岗

1950年12月1日，中央军委任命父亲为四十五师参谋长，四十五师副参谋长孙家贵（原一三三团副团长），接替父亲担任团长。

父亲在日记中总结："从1947年元月至现在，从四十六团到七十九团至一三三团，共当了四年团长，工作岗位说来是最长的时间，也是革命形势发展最快的阶段，我们由弱到强、由防到攻，直到取得全国胜利，这个团也由两个营的团级游击队发展到今天有3771人的野战团，装备也算不错。我个人的战斗作风、战术方面也由猛打蛮干到讲战术、想办法，进行有组织的战斗……今天告别吃饭时，大家给我敬酒献花，还把我抬起来。要离开这个学校般的工作岗位，我真有点舍不得……"

1963年，蒙自38师首长院合影（2排左4为父亲，1排左4为母亲）

此后父亲不再直接指挥一三三团，但他仍能够检查指导该团的工作，并在必要时随同老团队一起行动。

抗美援朝保和平

1950年11月28日,西南军区命令十五军第二批入朝参战。

跨过鸭绿江

四十五师于1951年3月4日抵达河北邢台沙河地区整编换装,3月15日,编入中国人民志愿军第三兵团第十五军序列。师主要领导为:师长崔建功,政委聂济峰,副师长唐万成,参谋长任应,政治部主任张洪,副参谋长戴光。下辖一三三团、一三四团、一三五团。

3月15日,一三三团(团长孙家贵,政委阎宏璋,副团长张信元,副政委阎超山,参谋长张永太,政治处主任林明山,供给处长赵习芝)参加全师阅兵和誓师大会。全团共3275人,除迫击炮外,全部换为苏式武器。父亲站在誓师台上,看着雄赳赳、气昂昂的老团队,心中充满自豪。

1951年冬,在朝鲜的山冈上

3月29日16时,一三三团从安东(丹东)跨过鸭绿江大桥进入朝鲜,之后东渡临津江,4月21日到达梅谷里,准备参加第五次战役。

出国第一仗

4月22日18时,第五次战役打响,中朝军队在100多公里的正面发起全线进攻,这是十五军的出国第一仗。

1. 击落敌机

4月23日,一三三团三营机炮连战士杨正贵用机枪击落1架美军宣传飞机;当天下午,一三三团又击落1架轰炸机和1架战斗机,并活捉1名飞

父亲（左二）与四十五师副师长唐万成（右二）等合影（摄于1951年4月）

担任十五军随营学校副校长的父亲在河北内丘与他的警卫员合影（摄于1952年5月）

行员。一三三团一天之内击落3架敌机，创造了志愿军步兵团使用步兵武器单日击落飞机的最高纪录。

2. 穿越三八线

战役第一阶段，一三三团越过三八线，于28日晨进抵距汉城十余公里的九陵山组织防御，美三师一个加强连在坦克和飞机、大炮掩护下发起冲击，一三三团顽强抗击，歼敌五十余人，战至次日黄昏撤出战斗。

战役第二阶段，一三三团于5月17日，在水清洞阻击

父亲拍摄的饱受战火之苦的朝鲜小姑娘（摄于1951年6月）

美陆战一师，确保友邻部队歼灭美二师一部。当夜向枫川里穿插时，一营和三营遭敌猛烈炮击，一营营长赵尊来、教导员马振山和三营营长杨双喜、教导员董学礼均壮烈牺牲。三营仅剩80余人，仍打退了敌人的多次冲击。

3. 沙五郎峙掩护

第五次战役结束后，敌军展开全线反扑。为掩护十二军撤退和十五军伤员转移，5月23日，一三三团奉命在沙五郎峙阻击美二十五师。四天内毙伤敌百余人，完成了掩护任务。

4. 脚歇峰阻击

6月3日，一三三团接替一三四团在脚歇峰阻敌北进。4日至7日，击退多次猛烈进攻，歼敌三百余人、击毁坦克3辆。

16日，一三三团转至遂安赵朴洞休整，获近800人的补充。

第五次战役过程中，父亲多次随同老团队行动。一三三团歼敌780余人，自身伤亡约700人。取得了对美军作战的直接经验，部队得到很大锻炼。但在战斗中队形过于密集，遭敌空军、炮兵的杀伤较大。英勇有余，智斗尚缺，教训沉痛。

回国练精兵

1951年12月12日，父亲被任命为十五军随营学校副校长兼第三兵团炮兵训练总队总队长，回国主持步、炮兵骨干的培训工作。

佳岘里之战

从1952年4月21日起，一三三团在忠贤山地域进行防御作战。6月14日3时，美四十师二二三团一个营，在坦克、大炮支援下，对五连一排防守的佳岘里西山阵地发起进攻。一排长孙富生指挥全排，在炮兵配合下，打退敌人5次进攻。一排伤17人、亡13人。毙伤敌215名、炮兵歼敌308名。一排荣立集体一等功。此次战斗被载入《中国人民志愿军抗美援朝大事记》。

担任十五军随营学校副校长时的父亲（摄于1952年5月）

父亲与十五军随营学校政委车志英（左）（摄于1952年6月）

浴血上甘岭

在朝鲜半岛中部五圣山南麓的山洼里,有一个十几户人家、名叫上甘岭的小村庄。那一场就爆发在附近两座高地、日后举世闻名的血战,依村名被称为"上甘岭战役"。

1. 顽强抗敌

1952年10月14日7时,在一个多小时的毁灭性火力准备后,美第七师三十团、韩军第二师三十二团分别向597.9高地和537.7高地北山发起冲击。我一三五团击退敌军40余次冲锋,伤亡550余人,毙伤敌军约1000人,守住了阵地。

父亲担任二十九师参谋长时与师长张显扬(左)在上甘岭合影(摄于1952年初冬)

当夜,四十五师命令一三三团加一三五团第一营负责防守537.7高地北山。

2. 惨烈循环

10月15日17时40分,一三三团一营一连和团侦察排奉命对537.7高地北山发起反击——这是父亲的老团队在上甘岭战役中首次投入战斗。阵地上弹如雨下、血肉横飞。一连长负重伤,一排长王月庭率领全排奋战至全部壮烈牺牲。16日15时30分,一三三团九连和师侦察排再次发起反击,连长唐金旦负伤,副指导员赵福元指挥九连,恢复了全部表面阵地。

一三三团与敌展开拉锯战,形成"白天敌人占,晚上我夺回"的惨烈循环。

3. 补充调整

开战以来,四十五师伤亡总数超过4000人,急需补充调整。

10月20日,十五军决定:四十五师采取白天钻坑道坚守,夜晚小股袭击的战法，待时机成熟，配合反击部队夺回表面阵地；立即抽调1200人，补充到四十五师；四十五师将除两个高地以外的所有防务移交给二十九师，集中全力于上甘岭作战。

4. 坚守反击

韩军占领537.7高地北山表面阵地后，采取各种手段对坑道实施破坏。但一三三团依然顽强坚守在坑道内并不断发起反击，多次全部恢复了表面阵地。

10月23日，一三三团五连、一三四团八连和一三五团四连，在24门火箭炮的支援下，反击597.9高地。这是上甘岭战役中，四十五师的三个团唯一一次协同攻击，歼灭美七师500余人。

5. 友军增援

10月20日，第三兵团急调刚撤下防御阵地、正向后方转移的十二军重返前线，增援十五军。

11月2日，十二军三十一师九十一团投入597.9高地的战斗。

11月5日，四十五师奉命撤出战斗。三十一师九十二团负责接防537.7高地北山，九十二团李全贵团长回忆："11月6号夜里，我赶到上所里北山一三三团指挥所，见到了孙家贵团长，我们热烈握手，他说：'你们来了是新生力量，我们要把这个战斗打下去，有了你们，我们就比较保险，也就放心了'。11月8号我团进入阵地，准备11号开始反击。"

11月8日，537.7高地北山2号阵地主坑道遭敌毒气炮弹袭击，一三三团30余人全部牺牲；7号阵地坑道11天中未得到任何补充，18名伤病员冻饿而死。8日3时，一三三团九连指导员张示宽率仅剩的6人突围归建。

直到11月15日，一三三团才撤离阵地。团队在上甘岭作战32天，投入15个连又1个排、3840人，歼敌5875人。经历了最激烈、最残酷、最血腥的一次作战。

换防后一三三团到长德里进行休整。六十二军一八六师五五六团大部补入一三三团。之后团队奉命和配属分队，于12月10日至15日，接防二十九师八十七团防守的上所里北山等阵地和十二军三十四师一〇六团防守的537.7高地北山部分阵地，并归二十九师指挥。又与韩军首都师第一团和第九师二十九团作战17次，自身伤亡260人，歼敌1853人，寸土未丢。

6. 再次入朝

1952年1月10日，父亲回到河北内丘主持十五军随营学校和第三兵团炮训总队的工作后，强调要根据朝鲜战场的实际情况，有针对性地进行培训，为前线源源不断输送合格骨干。

但习惯在战场上拼杀的父亲渐渐不安于后方的辅助性工作。8月22日，他写信给军首长，申请重返前线。

10月18日（上甘岭战役打响的第5天），十五军谷景生政委到随营学校视察，父亲又向谷政委请战。10月28日，谷政委通知父亲返回前线，他连夜出发。11月1日第二次跨过鸭绿江大桥，3日凌晨赶到道德洞十五军军部，秦基伟军长与父亲谈话，决定让他到正在上甘岭作战的二十九师担任参谋长。他

父亲与二十九师政委王新（左）在上甘岭合影（摄于1952年初冬）

父亲与四十四师师长向守志（左）（摄于1952年冬）

父亲（后左一）与二十九师的战友们（摄于1952年冬）

在日记中兴奋地写道："这次敌人将头伸在我们面前，使我们军有机会作战。由于全军上下都用力气，打得上级、友邻都在鼓励，也由于整个朝鲜就这里伸出了头，所以全在支援。我能在这个战役的末段来前方很感高兴，是个学习的机会。"

6日晚，父亲到真菜洞二十九师师部，向张显扬师长、王新政委报到，张师长是父亲的老领导，他介绍了战况。此时二十九师八十七团和四十五师一三三团已经在537.7高地北山并肩战斗多日，父亲即将和自己的老团队重逢于被林彪元帅形容为"肉磨子"的上甘岭。

7. 持续争夺

二十九师（辖八十五、八十六、八十七团）这支入朝前由第十军编入十五军的部队，在抗美援朝战场上有着出色的表现。

第五次战役中，二十九师自身伤亡1119人，歼敌3821人。

1952年10月11日，二十九师八十七团三营，潜伏攻占391高地并涌现出特等功臣、一级战斗英雄邱少云，受到志愿军总部表扬，第三兵团评价此战是1952年秋季反击作战的"模范战例"。

10月25日，二十九师奉命投入战斗。父亲接任二十九师参谋长时，各团正在上甘岭与敌激战。从11月7日起，他到各团检查阵地和指挥战斗。11月10日，八十七团侦察排向注字洞南山韩军阵地发起攻击，歼敌26名。11日，对537.7高地北山的反击战打响，70门野榴炮、24门火箭炮和20门迫击炮实施25分钟火力急袭，九十二团在一三三团和八十七团坑道分队的配合下，夺回了全部表面阵地。11月23日，父亲主持召开团参谋长和作战股长会议，对各团的作战情况和司令部工作进行总结讲评，部署下一步作战行动。

二十九师和朝鲜人民军部队共同设立的东海岸防空哨所（摄于1953年5月）

从11月25日起，敌军再未有大规模进攻。三十四师一〇六团将537.7高地北山阵地（其中7号、8号两阵地仍为敌所占）移交给二十九师。十五军将战役调整为战术行动，上甘岭战役结束。但537.7高地北山的争夺仍在持续，空袭和炮击依然猛烈。12月7日晚，敌机轰炸了二十九师师部，侦察科长郭树春和军务科副科长张彦文等牺牲，令师领导痛惜不已。

为体会上甘岭战役的残酷激烈并了解坑道在防御中的突出作用，父

父亲（立者左二）和二十九师的部分领导与朝鲜人民军军官合影（摄于1953年4月）

亲组织全师营以上干部到597.9高地进行现场观察。他在日记中记录道："12月12日拂晓我们到了这个英雄阵地，黑坚石打成黄焦土，现在还有烈士的遗体，他们为人民、为和平，牺牲无上光荣。我于10时开始看工事，斗争尖锐，寸土必争，守得的顽强，处处给你这个印象……"

四十五师崔建功师长回忆："在43天激战中，我消耗各种炮弹40多万发，其中迫击炮弹17万发、野榴炮弹13万发，每次恢复阵地时都要来个急袭，因此几十次的反复争夺中打得很惨，尸体满山顶，都是炮弹埋住的，交通沟不能挖，一挖都是人……"

二十九师八十七团三营营长解立根也回忆："战役结束半年多后，我带人返回上甘岭处理阵地上遗留的烈士遗体。有些坑道里烈士遗体摞得一层一层的，根本来不及做棺材，只好用汽油烧，就算是火葬吧……"

上甘岭战役中,二十九师伤1207人、亡530人、失踪4人。歼敌5557人,其中美军约500余人。

8. 一战成名

上甘岭战役是抗美援朝战争中最著名的一场战役。志愿军的顽强抗击,使敌军铩羽而归,从此再未发动过营以上规模的进攻,使战局又基本稳定在三八线附近,为全面停战奠定了基础,十五军在上甘岭一战成名。

9. 独特经历

父亲在上甘岭战役中经历独特:战役打响时,父亲身在距上甘岭约2000公里之外的河北内丘,申请参战未果。就在看似将与这场大战失之交臂时,他在战役第15天接到命令,千里迢迢跨国参战,在为期43天的战役进行到第24天时就任,终于赶上了上甘岭战役的后半程。战役中,他作为二十九师参谋长,参与指挥协调该师下辖的3个团、自己的老团队四十师一三三团和十二军三十一师九十二团、三十四师一〇六团这分别来自2个军、4个师的6个团以及炮兵第七师十一团、火箭炮兵第二十一师二〇九团等部队在上甘岭的作战行动,达到他个人战争年代军事指挥与参谋工作的最高点。父亲是十五军唯一一名在参加上甘岭战役的两个师,即英

父亲(左)和二十九师副政委兼政治部主任张纯青(右)、十五军干部部副部长车志英(右后)与朝鲜人民军军官合影(摄于1953年4月)

雄黄继光生前所在的四十五师和英雄邱少云生前所在的二十九师都担任过参谋长的干部。

在上甘岭获得的宝贵经验教训，对父亲军事素养的提升和现代化条件下作战思想的形成发展影响至深。他于1955年2月至1957年7月，在南京军事学院高级速成系学习并以优等生的成绩毕业后，到最高军事学府——北京高等军事学院战役教研室担任教员和教研组长，负责重点介绍上甘岭战役。作为参加过战役的师级指挥员，他在结合自身体会亲笔撰写的《上甘岭战役介绍》讲义中，为学员们分析指出："由于敌人突然进攻和狂轰滥炸，我们只好进入坑道与敌对抗，坑道作战的经验是宝贵的，但当时来说却不是有计划的，而是不得不采取这样的抗敌方式。……今后在原子条件下作战，情况会有许多不同，应当以发展的态度来灵活运用上甘岭战役的经验。"

防御东海岸

1953年1月15日，一三三团向元山安边开进，转入东海岸抗登陆防御。1953年7月27日，停战协定在板门店签字。

父亲和朝鲜人民军军官合影（摄于1953年5月）

1954年3月29日，入朝3年零4个月的十五军，移防给二十一军后，经宽甸、辑安回国。

1954年8月，父亲任二十九师第一副师长兼参谋长；11月任代师长。

1955年2月，父亲前往南京军事学院学习，从此离开了创造上甘岭传奇的第十五军。

空降神兵卫中华

1961年3月14日，中央军委命令，陆军第十五军改编为空降兵第十五军，父亲的老团队改番号为空降兵第一三三团。

成为铁拳头

这次改编使擅长依靠两条腿长途奔袭作战、被誉为"长脚步兵"的一三三团，转变成一支随时能飞、到处能降、降之能打的"空降神兵"，成为和平时期我军担负应急机动作战任务的拳头部队。

取消与恢复

1985年11月，四十五师奉命缩编为四十五旅、一三三团缩编为四十五旅第一营。虽然被取消番号并缩编，但团队"太行山艰苦斗争—淮海战场英勇拼杀—上甘岭浴血奋战"的血脉和精神，在浓缩之后得以

父亲在朝鲜东海岸防御地域（摄于1953年4月）　　父亲在朝鲜东海岸防御地域（摄于1953年4月）

朝鲜人民军最高司令官金日成与志愿军师以上干部合影（摄于1954年春）

延续和传承。

按说父亲老团队的故事到此为止了，但1992年4月3日，空军发布命令，恢复一三三团番号和编制——番号被取消又重新恢复的情况，在我军历史上并不多见。

谱写新篇章

2017年3月，空降兵第十五军奉中央军委命令进行整编并改番号为空降兵军。父亲的老团队在成立70周年之际，保留番号并扩编升格为空降兵第一三三旅。这支从太行山走来、历经血色征程的队伍，将继续枕戈待旦、常备不懈，忠实履行使命、谱写新的历史篇章。

父亲的小提琴

◎许江海

父亲许景煌（1913—1988），福建厦门人。1933年考入厦门大学法学院学习，因体育成绩优异1935年被国民党驻厦门马尾海军陆战队特招入伍，任体育教员。1938年考入国民党成都军士飞行学校学习飞行。父亲是个充满正义感的爱国青年，对国民党军队的腐败现象深恶痛绝。1939年在地下党的介绍下毅然投奔延安。先后在抗大第六期、干部队第七期学习。1945年10月赴东北参加中国人民解放军空军老航校建设。1965年任空军后勤部油料部部长。

1966年，父亲许景煌

厦门是著名的侨乡,也是著名的音乐之乡。父亲的音乐才华得益于他中学时代的一位林老师。这位林老师既教体育又教音乐,在他的栽培下,父亲在音乐和体育方面都有较深的造诣,是林先生的得意弟子。父亲不仅会拉小提琴,还会弹钢琴、吹小号、弹曼陀林。

当年,在厦门云梯中学铜管乐队里有两名小号手,一位是父亲,另一位叫蔡继琨,蔡继琨当时没有父亲吹得好,演奏时父亲稍微停一下,他就紧张。蔡继琨后来去了菲律宾、美国,成为菲律宾交响乐团、华盛顿交响乐团的音乐指挥。晚年,他倾其毕生积蓄创办了福建私立音乐学院。建校之前曾多次征询父亲的意见。蔡继琨去世后,根据他的遗愿,董事会将学院整体资产无偿捐献给福州市政府,改名为蔡继琨音乐学院。蔡先生的这一善举成为我国音乐界、华侨界和教育界广为流传的一段爱国佳话。

父亲最为敬佩的老师林先生,在厦门沦陷时去了新加坡。改革开放后,率新加坡武术代表团访华,访华期间多方打探父亲下落,好不容易联系上,但还未来得及见面老人家就患急病去世了,令人唏嘘不已。

厦门云梯中学鼓乐队,前排右三为许景煌,前排右二为蔡继琨,中间为林老师

在抗大学习期间，父亲的文艺特长得到充分发挥，结业后分在抗大一分校文工团，1941年调入抗大总校文工团从事音乐创作。在抗大学习、工作，他有幸结识了音乐家郑律成，在排练和演出时经常借郑律成的小提琴。父亲很喜欢郑律成这把琴，爱不释手，真舍不得还给他，可他知道这把小提琴是郑律成从朝鲜带到中国来的心爱之物，是一个音乐家视作生命的武器，君子不能夺人所爱。

2016年东北老航校研究会组织向军事博物馆捐献文物，我们把父亲众多的遗物都捐了，唯独有一把小提琴没舍得捐。因为这把小提琴承载了我们太多的儿时记忆，它的存在早已超越了小提琴本身的价值，它已然成为一种精神寄托、一种传承，成了我们家的传家宝。

但这把琴可不是郑律成的那把小提琴。据说当年郑律成夫人生了女儿没有奶水，万般无奈的情况下把小提琴卖了，买了一只奶羊喂养女儿，可惜了。

我家这把琴是一把日本铃木制造株式会社

父亲的小提琴

生产的小提琴，琴身内部贴有商标，编号为第十七号，规格九番。经历岁月的侵蚀，琴盒早已破旧不堪，原配的琴弓只剩下光秃秃的弓杆。指板部位的黑漆已磨损，露出木质的本色，上面印满了父亲的指痕。整个琴身显露出厚重的包浆，算得上是一把古董琴。

如今我再次打开琴盒，小心地捧起小提琴，仔细地端详着，四根琴弦还剩下三根，二十多年过去它们依然顽强地坚守在自己的岗位上。我忍不住轻轻拨动了琴弦。小提琴发出一阵低吟，似乎在向我倾诉自己内心的寂寞和对主人的苦苦思念，哦！斯人已逝，琴声依旧，那悦耳悠长的琴声，仿佛穿越了时空的隧道，把我带到父辈们那激情燃烧的岁月……

1946年夏天，东北老航校教官训练班开飞，父亲和飞行科科长吉翔不幸飞机失事，吉翔当场牺牲，父亲身负重伤。经抢救，父亲奇迹般地活了下来，从地方医院转到老航校卫生队养伤。

一天他偶然在路边地摊上见到一把小提琴，不禁喜出望外。要知道拥有一把自己的小提琴是他多年来梦寐以求的愿望，这真是天遂人愿，岂能放过。

摊主不懂乐器，这把琴显然是日本人战败后仓皇出逃被人遗弃的。经过一番讨价还价，父亲几乎是用白菜价买下了这把小提琴。让人没想到的是，买回来不久，这把琴就派上了大用场。

1946年父亲在东北老航校飞行教员训练班

1947年春，我人民解放军开展了"三整三查"的新式整军运动，为配合这一运动，东北老航校党委决定排演大型歌剧《白毛女》，用形象生动的艺术形式启发广大官兵和日籍收编人员的阶级觉悟。校部发出通知，在全校范围内挑选演员，凡五官端正、嗓门大、喜欢唱歌的同志，都要参加面试挑选。总导演由飞行教员班学员张成中担任。张成中曾在延安鲁艺导演过《白毛女》，由田华、陈强主演的歌剧在延安轰动一时。这次排演也算是张成中重操旧业。

经张导的严格选拔，最终选定二队学员张执之出演大春，李奇演杨白劳。从校部女同志中选出温露奇演喜儿，麦林演黄母。乐队伴奏则由父亲担任首席小提琴手。之所以称为首席是因为整个乐队只有这一把提琴，连把二胡都没有，这把提琴要完成全部歌剧的音乐伴奏，另外用五六把口琴来烘托气氛。这样简陋的乐队，在我国历次歌剧《白毛女》的排演史上恐怕也是绝无仅有的。然而凭着全体演员的热情和艰苦的努力，仅用了一个多月的时间，歌剧《白毛女》就在老航校的春节晚会上与观众见面了。

演出那天，老天应景般地飘起了雪花。老航校大礼堂里人头攒动，绝大部分观众是有生以来第一次看歌剧，兴奋之情溢于言表。伴随着悠扬的小提琴声，大幕徐徐拉开，全场立刻安静下来。随着剧情的跌宕起伏，观众的情绪也在发生着变化，时而叹息，时而抽泣，时而愤怒。当演到黄母用钎子扎喜儿脸的时候，观众的愤怒情绪突然爆发了，台下喊声一片，"打死她！打死她！"有人往台上扔东西，有人要冲上台去打黄母，甚至有人带着武器往里冲，现场一片混乱。

坐在前排的校长常乾坤和其他领导一看情况不妙，赶紧站起来维持秩序，反复向大家说明这是在演出，不要误伤了自己的同志，这才使演出得以继续。

歌剧《白毛女》的演出成功，给广大指战员上了一堂生动的阶级教育课，极大地提高了群众的阶级觉悟，也使日籍人员懂得了阶级压迫、阶级斗争的革命道理。一时间老航校里大家都在学唱《白毛女》选段，歌剧《白毛女》的优美旋律已深深印在人们的脑海中。

四十年后，空军举行庆祝东北老航校成立四十周年庆典，日本教官林弥一郎率日本老战士出席活动。在拜访张开帙、魏坚、麦林等老同志时，中日两国的老战友，追忆当年往事，激动地齐声高唱《北风吹》等

父亲许景煌（左二）与母亲王清素（左三）与老航校日本战友合影（左一为生方哲雄，左四为佐藤靖夫）

选段，足见这场演出影响之深远。

  1959年父亲由沈空后调任军委空后油料部工作。这期间工作繁忙，经常出差，无暇拉琴。由于长期没有使用和缺乏保养，琴身开裂散架，琴弓的马尾也被虫子咬断无法使用。不久"文化大革命"开始了，父亲的许多老首长、老战友纷纷被打倒，他本人也受到冲击和牵连，他的内心充满了疑惑和苦闷。

  恰逢国内掀起了学唱八个样板戏的热潮，父亲把小提琴送到北京乐器厂。经老师傅精心修理后，小提琴完好如初，又新配了一把琴弓。每当心情郁闷时，他就站在我家凉台上拉一曲《北风吹》，以曲抒情，琴声中满满的是对老航校艰苦奋斗、官兵一致、团结向上欢乐时光的怀念。

  父亲演奏的小提琴曲目并不多，大都是一些革命歌曲和中外民歌。演奏最多的是歌剧《白毛女》选段，说我们家的孩子是听着《北风吹》长大的一点都不夸张。但是让我印象最深刻、最震撼我心灵的却不是《北风吹》，而是另外一首革命歌曲。

1986年7月,我从石家庄高级陆军学校毕业。11月,我所在的部队奉中央军委命令开赴云南老山前线进行自卫反击作战。

第二年的春节,我是在老山前线度过的。大年三十晚上,我和战友们聚集在指挥所里,收看中央电视台春节联欢晚会。舞台上,女歌手王虹用轮椅推着只剩一条腿的英雄徐良,合唱《血染的风采》。那悲壮的歌声像重锤一样敲击着每个人的神经。

也许我告别将不再回来,你是否理解,你是否明白。
也许我倒下将不再起来,你是否还要永久的期待。

战友们脸上的笑容消失了,写满了凝重和刚毅。指挥所里一片沉寂,每个人都在思念远方的父母、妻子、儿女。我想到老父亲刚刚被医院确诊为肺癌中晚期,正在忍受着病痛的折磨,而我远在边关,不能床前尽孝。战场无常,生死难料,如果我牺牲了将再也见不到父亲,就算我活着,以老父亲那病弱之躯能否坚持到我凯旋?那种难以名状的思念和痛苦,不身临其境是很难体会到的。

部队领导知道了我的家庭情况,特意安排我回京采办战备物资,顺便看望父亲。在家里我见到了父亲失散多年、从荷兰回国探亲的弟弟。叔叔听说我在老山前线打仗,脑袋摇得像个拨浪鼓,连说:"不可以,不可以,打仗是要死人的!"还邀请我去荷兰帮他做生意。

听父亲说,抗战爆发之后,昔日两兄弟走了两条截然不同的人生道路。父亲投笔从戎,参加抗战保家卫国。而叔叔则下南洋谋生,后又辗转欧洲各国,至今孑然一身,无儿无女。

听了叔叔对我的劝告和邀请,父亲没有当面反驳,而是拿出心爱的小提琴为我拉了一首《志愿军战歌》。他用琴弓的尾部拉出短促有力的声音。

"雄赳赳、气昂昂,跨过鸭绿江,保和平、卫祖国,就是保家乡。"我听懂了,那铿锵有力的琴声分明是在告诉我:自古忠孝难两全,国难当头,好男儿当血染沙场,保家卫国。

还用再说什么吗?一首战歌胜过千言万语,离别尽在不言中。我抬起右手恭敬地向老父亲,向这位身患绝症的抗战老兵行了一个军礼。背上行囊,匆匆返回了老山前线。

我最后一次听父亲拉琴,是在他临终前一个月。那时他的癌细胞已全身扩散,身体十分虚弱。可那天他的精神好像突然好转,执意要拉小提琴。他站在窗前,努力挺起瘦弱的身躯,双手颤抖着演奏了

飞机空中停车,二人为保护飞机强行转弯结果撞在水泥飞机堡上,教员吉祥当场牺牲,父亲重伤

那首一生中拉了无数次的《北风吹》。琴声断断续续,全然没有了往昔的流畅和激情。父亲清楚地知道他已时日无多,他要用尽生命的最后一丝力气向他日夜思念的老战友,向他无限牵挂的妻子儿女,向这个无比眷恋的世界做最后的告别演出。

夕阳西下,一抹余晖透过窗棂,父亲佝偻的背影被定格在落日的余晖中。一个老兵就要走了,曲终弦已静,余音却依然。

军旅比翼　鸾凤和鸣
◎杜　京　杜　恺

杜明华（1928年2月—1994年10月）山西省长子县人。1942年5月参加中国人民解放军，1946年2月加入中国共产党。历任战士、卫生员、军医、助理员、科长、处长、副部长、部长等职。参加过晋南阻击战、二次解放晋南战役、淮海战役、吕梁战役、强渡黄河、陇海战役、平津战役、渡江作战、两阳战役、两广战役、解放大西南等重大战役。1946年12月吕梁战役立大功一次；1947年晋南战役立大功一次；1948年10月洛阳阻击战立大功一次；1949年渡江战役立大功一次；1956年被评为全军一等技术能手；1968年执行援越抗美任务，立大功一次；1988年被授予

20世纪50年代初，父亲杜明华

"中国人民解放军功勋荣誉勋章"。

当我们提笔撰写这篇藏在心底已久的文章时,正是"清明时节雨纷纷,路上行人欲断魂",杏花春雨迎来亲情回归的人间四月天。这一天,我们低头追思远逝的父亲,耳边萦绕着父母的谆谆教诲……

我们有幸出生在一个父亲母亲都是军人的"双军人家庭",父母一生辗转南北,历经艰辛,保卫祖国,建设边疆。几十年来我们随着父母"转战南北",军营就是我们的家。父母的军旅生涯,人生轨迹滋养我们茁壮成长。

父亲

父亲杜明华,1928年2月8日出生于山西省长子县太行山区一个穷苦人家,家中弟兄5个,父亲排行老二。父亲的大哥杜耀林十几岁就参加八路军,打日本侵略者,经历了枪林弹雨,后来在解放战争中英勇牺牲,被授予"革命烈士"称号。父亲的三舅李启发很早就参加了当地革命斗争,在山西抗日决死队担任薄一波的副官。父亲经常聆听三舅和大哥讲抗日斗争经历,受革命思想影响很深,小小年纪就参加了抗日儿童团,扛着红缨枪站岗放哨,为抗日救国做贡献。

一天清晨,父亲和往常一样正在村口拾捡羊粪,只见一位八路军骑着大马"咯噔咯噔"从远处而来。当这位八路军跳下马,父亲走近一看,原来是三舅。三舅微笑着摸着父亲脑袋问:"小丑子(父亲的小名)有饭吃吗?"父亲摇摇头。此时,三舅斩钉截铁地说:"咱们走,跟上共产党,穷人有饭吃!"

就这样,父亲从参加抗日儿童团到参加解放战争逐鹿中原,到晋冀鲁豫野战军第四纵队,先后参加过晋南阻击战、二次解放晋南战役、淮海战役、吕梁战役、强渡黄河、陇海战役、平津战役、渡江作战、两广战役、解放大西南等大小战事200余次。

1950年1月2日，父亲随部队从南宁出发，进军云南。1月14日到达云南蒙自县城。父亲所在部队又赴地处中越边境的文山开始了长达3年不亚于与国民党正规军队作战的艰苦卓绝的剿匪战役。在3年剿匪作战中我军还应越南共产党的要求，在越北地区帮助剿灭匪患。此后父亲还参加了1966年至1973年援越抗美的数次大小战役。

父亲历经枪林弹雨，在战场上5次受伤，多次立功受奖。1946年12月吕梁战役立大功一次，1947年晋南战役立大功一次，1948年10月洛阳阻击战立大功一次，1949年渡江战役立大功一次，1956年被评为全军一等技术能手，1968年荣立二等功，1972年荣立二等功，1988年被授予中国人民解放军功勋荣誉勋章。

父亲参加革命以来，长期从事医疗卫生、疾病预防、军事医学、科研训练工作。先后任十三旅三十八团二

20世纪50年代初，父亲杜明华

营四连卫生员、十三军三十八师一一三团二营营部卫生班长、团卫生队队长、医生，十三军三十八师卫生营军医、三十八师卫生科防疫所所长、昆明军区后勤部第二十三分部卫生处助理员、处长，昆明军区军医学习训练部科研部主任、副部长等。无论在什么岗位，父亲都认认真真做事，踏踏实实做人，听党的话，为人民服务。

儿时，我们常常依偎在父亲的怀里，听他讲述过去的故事……时光飞逝，我们至今还清晰地记得父亲给我们讲过的这个故事。在晋南狙击战役一次战斗中，寒冬的黑夜，敌人围追堵截，敌众我寡，我军伤亡

严重。作为卫生兵的父亲，冒着枪林弹雨在战火中奔忙，抢救伤员。当大部队赶在黎明前撤出战区时，父亲突然发现："怎么没见指导员？"他心里非常着急，心想是不是指导员出了什么意外，是不是受伤了？当时大部队已经撤退，敌人已经追上来了，情况万分紧急，父亲顾不得其他，冒着零下20多度的严寒，原路返回。当他走到阵地时，只见白雪皑皑的地上，殷红的血泊中躺着一个伤势很重的伤员。父亲上前一看，是指导员！只见指导员

中华人民共和国成立初期留影，前排右1为父亲

大腿上被炮弹炸了一个很大的窟窿，鲜血直流，已经昏迷。父亲眼疾手快，马上将系在自己胳膊上的白毛巾解下，堵住指导员的伤口，简单包扎。此时敌人已经追了上来，当时才十几岁的父亲，费尽力气将指导员背起，直追大部队。

这位在战场上被父亲救下的指导员，就是后来的十三军政治部主任、四川省军区政治部主任秦登魁伯伯。也就是从那时起，父亲和秦伯伯的战友之情，生死之交一直延续，两家人感情非常深厚。我们会将这份真情一代一代延续下去。

父亲因家中贫寒未能上学读书，战争年代部队的条件非常艰苦，每天行军走数百里山路全靠一双脚板，但无论条件多么差、困难多么大，父亲在行军打仗之余都忙里偷闲，坚持识字，看书学习，写日记。因为父亲喜欢写写画画，又吃苦耐劳，部队的首长和同志都非常喜欢这个"小鬼"。中华人民共和国成立后，1951年部队推荐父亲先后到解放军昆明军

解放战争时期，父亲（前排右1）与战友合影

区军医学校、解放军第四军医大学学习，圆了他多年的求学梦想。

父亲深知这么好的机会来之不易，因此倍加珍惜。在学习期间他坚持比别人早起，比别人晚睡，勤学好问，善于思考，每天学习的知识当天必须"消化"，他门门功课的成绩都很优异。我们姐弟俩印象最深的是父亲的老同学、老战友王叔叔每次见到我们都要用夸奖的口吻、同样的语气说："你爸爸脑袋瓜特别聪明，在学校考试我们已经很努力了，才能考3分、4分或者勉强及格，而你爸爸的功课门门是5分，那真是很难得。"

父亲是山西人，部队解放云南后就驻守云南保卫边疆。云南的山岳丛林植被茂密，虫兽繁多。杂草丛生及温热的环境利于霍乱菌和病原微生物大量繁殖，各种疾病流行。如痢疾、疟疾、肝炎、钩端螺旋体病、乙型脑炎、恙虫病、霍乱和各种虫咬性皮炎，还有由于疲劳、潮湿而引起的疲劳综合征和"三烂"（烂裆、烂脚、烂手）等，使得部队士气低落，加之大量非战斗减员，严重削弱部队战斗力。父亲经常下部队走边防，关心戍边官兵的健康状况。他常说："要战胜敌人，先战胜疾病。"

父亲讲述过这样一个故事：1944年，在东南亚作战的英军中，因疟疾住院的达19万人，而战伤住院的仅2万人。1944年，参加依姆法尔战役的日军，不重视丛林伤病的急救与防护，一味强调"武士道精神"，战斗中几乎100%的人员都患了疟疾，仅因疾病减员即达3万余人。法国军队在侵越战争的1945至1950年的5年时间里，患疟疾、痢疾的人数占部队总数的42.2%，病死的人数为战死人数的4倍。据原昆明军区对参加1979年自卫还击作战的部队调查，部队病员与伤员的比例最高达到5：1。由此可见"要战胜敌人，先战胜疾病"的重要性。

在军医学校期间父亲选择了部队最需要的"地区流行病及亚热带丛林作战疾病预防军事医学"攻关。根据多次参加广西、云南边境作战体会，就亚热带山岳丛林地区作战卫生防疫的一些特点及部队所在地区的具体情况，做了深入细致的研究，撰写了《亚热带山岳丛林地区作战卫生工作及流行病预防特点探究》等多篇论文，取得了亚热带山岳丛林作战及流行病防疫的成果，为军医学校流行病预防教学提供了丰富的教学参考，为部队输送医护人才做出了积极贡献。他也受到中国人民解放军军事医学科学院有关专家学者高度赞誉，在全军后勤系统、医疗卫生界大获好评，多次荣获全国及军队科技进步奖。

有一次，他带领有关科研人员到中缅边境的勐腊县进行军事医学流行病防疫课题调研，在部队驻地附近发现一例疟疾病人。父亲连夜赶赴部队所在的村寨，指挥当地的卫生队立即采取积极有效的预防措施，使该部队无一例疟疾病人及感染者，保证了部队的正常训练，顺利完成了任务。

父亲的大哥杜耀林在战争中英勇牺牲，当时伯母腹中的孩子还未出生，我们的堂兄杜文信从未见过自己的父亲，至今在山西老家当农民，生活十分困难。我们曾多次给父亲说："老爸,您说句话,把文信哥接到部队来当兵吧。"父亲表情十分严肃地说:"文信哥在老家农村当农民种地,他用自己的双手创造生活不也很好吗?我们的权力是人民给的,全心全意为人民服务是人民军队的宗旨。如果每个人都是想着自己,手中的权力都用来为自己家里办事,那我们还算什么共产党员?"

父亲在我们心中的形象是高大伟岸的。每当我们翻开家中的影

20世纪70年代的父亲

集,就看到父亲一身戎装,神采飞扬。当我们打开家里的柜子时,就看到父亲荣获的那一枚枚军功章、勋章和那本《中华人民共和国伤残军人证》。父亲的一生既轰轰烈烈又平平淡淡。他始终坚守做人的原则,他生性耿直,从不阿谀奉承。战争年代,他以自己的英勇睿智,赢得荣誉;和平年代,他以自己的执着追求,书写华章。

难忘1994年10月20日深秋的夜晚,一生忠于职守、积劳成疾的父亲安详地走完了他戎马生涯的光辉一生。面对父亲的永远离去,我们痛彻心扉。如今23年过去了,对父亲的尊敬与爱戴,在我们心中却从未削减。在我们的世界里,父亲从未远去,他永远活在我们的心里,品格高尚,精神永存。

母亲

金秋十月,天高云淡,枫叶似火,秋菊绽放。

说来很巧,这个秋菊绽放的十月,是伟大祖国母亲的生日,也是我们母亲的生日。每当这时,母亲总爱说那句老话:"国家、社会、家庭和我们每一个人是不可分割的整体。人们常说'皮之不存,毛将焉附'就是这个道理。我是祖国母亲的女儿,没有祖国就没有我和我的一切。"

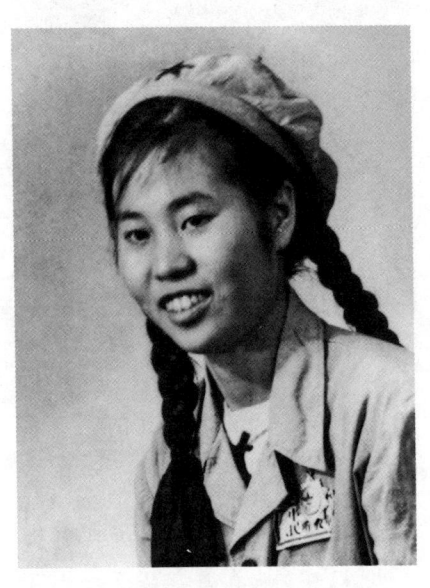

母亲周世珍刚参军时留影

母亲周世珍,1932年10月23日出生于贵州省安顺市旧州镇一个书香人家。外公周凤祥20世纪20年代毕业于厦门大学,虽然只是个"穷书生",但才气十足,知识渊博,毕业后不留城不做官,偏要在乡村教私塾。外婆李文秀是大家闺秀,在姐妹中排行老四,端庄大方,眉清目秀,不嫁财主,不许大官,偏偏看上了外公这位"教书先生"。外公外婆养育了三男一女,妈妈便是家中的独女"一枝花"。因为出生在秋天,小名"秀菊"。

1949年11月,贵州解放,中国人民解放军进城,身穿苏联式长裙的女军人走在街上,刚满16岁的母亲,向女兵们投去羡慕的眼光。受革命进步思想的影响,母亲加入了清匪反霸,斗地主征粮,分田地土改的行列。她和小姐妹们高唱着"解放区的天是明朗的天,解放区的人们好喜欢","打起锣鼓放鞭炮,人民翻身日子到,男男女女齐来到,人山人海真热闹","秧歌越扭越有劲,欢迎人民解放军,心里很快活"。不久,性格刚强、意志坚定的母亲不顾家里的反对,参加了中国人民解放军。母亲入伍后,先后在中国人民解放军第十七军卫生部、贵州军区野战医院、云南军区第一野战医院、解放军第69医院、蒙自军分区68医院、铁道兵8605医院、解放军第59医院、十三军三十八师卫生科、昆明军区后勤部二十三分部工作。那个年代的生活十分艰苦，母亲是个能吃苦而且从不叫苦的人，作为一名白衣战士，每天的工作就是为伤病员打针、送药、挑水、做饭、洗衣，脏活累活抢着干。

　　一次，一位肺结核病人突然窒息，当时医院没有呼吸机，母亲不顾感染危险口对口为病人做人工呼吸并吸痰，把病人从死亡线上抢救过来，使其转危为安，自己却被病毒感染。因为母亲曾无数次以类似的举动抢救重危伤员，荣立全军二等功两次、三等功两次，先后获得先进工作者、积极分子、先进妇女等荣誉称号，她所领导的护士组荣立全军集体三等功一次，并受到全军通报表彰。母亲曾荣获一等功，还出席了全军积极分子代表大会，并随全军先进模范事迹报告团巡回全军做报告。作为全军唯一的女军人英模代表，母亲参加了国庆观礼活动，并在北京中南海怀仁堂受到毛泽东、刘少奇、周恩来、朱德、邓小平、彭德怀等党和国家领导人的亲切接见。当时母亲还与毛主席留下了一张非常珍贵的照片，这张照片至今依然珍藏在家中……当时母亲已经怀孕，腹中怀着的这个幸福的孩子就是我姐姐，每当说到这里，作为弟弟的我总是用羡慕的语气说："还是姐姐有福气，还在妈妈肚子里就见过毛主席了。"

　　母亲曾在铁道兵医院随铁道兵修铁路走南闯北。后来，母亲随父亲调到地处云南边疆的蒙自县碧色寨附近的多法勒公社，一所由苏联专家修建的野战医院。当地环境艰苦没电没水，喝水要靠人一桶一桶去挑，母亲担任野战医院的护士长，每天提着小马灯去查房，点着煤油灯、打着手电筒为患者进行手术。母亲说，在任何情况下，我们都有责任义务保证护理服务的质量。革命军人不怕吃苦、团结友爱、精神振奋、斗志昂扬，医院的叔叔阿姨们，就好像生活在一个温暖大家庭的一家人，充满无限欢乐。每天清晨，医院外科重症病区的患者们，都会支起身体，侧着耳朵，等待着熟悉轻盈的脚步声响起。病房的门被轻轻推开，母亲的微笑和清晨的阳光一起洒在患者的心里,人们亲切地称母亲为"微笑护士长"。

没有大爱,难成大医。护士对患者的关心,体现在每一个细微之处,重症病人手术后常常无意识地乱动,传统的方法是用绷带将其捆住,病人手脚经常被勒得发青发紫。母亲带领护士们几经琢磨,发明了专门的"约束带",并在全军区推广。在病人眼中,母亲就是他们的定心丸,而母亲自己的定心丸,则来自半个多世纪对医学护理专业孜孜不倦的追求探索与身体力行。

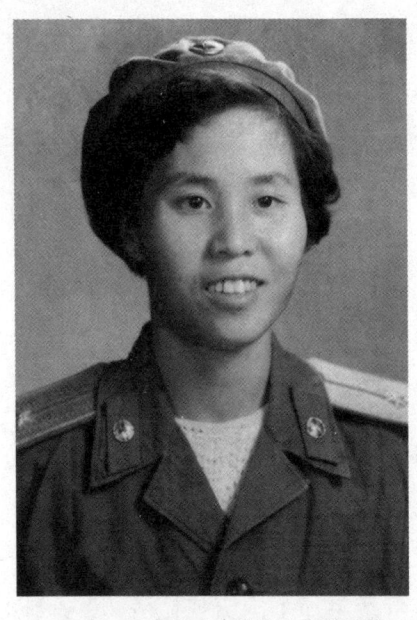

1955年,母亲周世珍被授予少尉军衔

后来,母亲随父亲调往地处边疆的陆军野战部队,担任师医院的看护排长,在整个陆军野战师里,母亲是全师唯一的一位女军官。她每天起早贪黑,除了本职工作,还要参加跑步、射击训练,她和男同志一样,全副武装泅渡红河;还要带领全排男兵们种地、养猪、插秧;逢年过节要到炊事班下厨帮忙,为伤病员排演节目、组织联欢活动;平时积极组织学习,出黑板报,带领医护人员下部队为官兵看病、巡诊,走村串寨为当地的老百姓送医送药。当时交通不便,遇上重病号,得派救护车送到开远陆军59医院。为减少颠簸对伤员病情的加重,母亲不顾道路颠簸、晕车头昏,在又闷又热的美国老式救护车里和男兵一起用担架抬着重病人,坚持站立六七个小时到开远。在20世纪60年代,整个师野战医院只有母亲一人学过妇产科,她又是女军医,她肩负着全师家属的妇科检查、防病治病及手术治疗。有时半夜三更遇到产妇临产或产妇难产时,母亲不顾自己身体的疾病,一心一意做手术抢救产妇和婴儿。在三十八师只要提到母亲的名字，无人不知，许多人都亲切地称她为"周医生妈妈"。

一次母亲突然抱回一个刚出生两天的婴儿到家里，开玩笑地说："你们不是还想要个小弟弟吗？我给你们抱回来一个。"当时我和弟弟高兴极了，在那个年代一家只有两个孩子的太少了，最少也有三个，我们高兴地说："我们家里终于有老三了。"母亲下班回来一心扑在这个小弟弟身上，为他煮奶、换尿布、洗澡。夜里小婴儿哇哇大哭，吵得

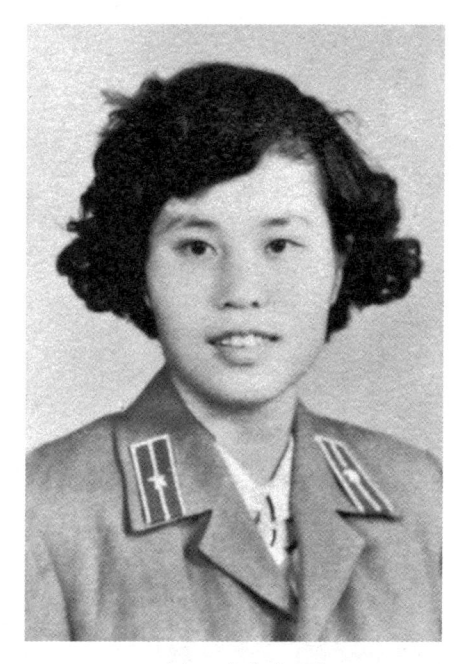

20世纪60年代的母亲

我们睡不好觉，我和弟弟对母亲说，赶紧把他抱走吧，我们不要这个弟弟了。母亲狠狠地批评了我们，并讲述了实情：原来这位新生儿的母亲产后患上了痢疾，当时条件差，医院没有婴儿室。为了避免传染婴儿，母亲把新生儿抱到自己家来照顾。透过那份责任心和爱心，我们看到的是母亲的人品和医德。在母亲的无数个感人故事中，有个故事令我们难忘。有一位住在母亲科里的耄耋老人，靠爱活过了生命中最后的48小时。一天，士兵小张接到了正在中越边境执行任务的战友小赵打来的电话，小赵让小张去医院，握着老人的双手，告诉他，自己就是小赵。可是，老人知道那不是儿子的手。无奈之下，母亲看着挂在墙上的闹钟，竖起了两根手指并比画出48小时的样子安慰老人："两天后，您的儿子就会回到您的身旁。"老人懂了，接下来每隔一小时老人都会把脸转向墙面，母亲就会用同样的手势比画时间。就这样老人坚持着，终于迎来了儿子。就在儿子握紧父亲双手的刹那，老人面带微笑，平静地走完了

他生命的最后一刻。

母亲从事医护工作半个多世纪，从未发错一次药，打错一次针。对那些从军医学校到医院实习的护士，她更是关心备至，呵护培养。有时病人发脾气摔东西，护训队来实习的学员受不了，母亲就耐心细致地开导他们。她常说：我们医护工作者就是病人的"保姆"。病人需要什么，我们就应该给予什么，尽量让他们心情舒畅，这样有利于他们早日康复。母亲的言传身教感动和感染了周围的医护人员和护训队的学员。他们都说母亲不愧是真正的劳模，全军的榜样。

在母亲所在的部队，有这样一首歌已经传唱了很多年："英雄模范周世珍，工作积极，事事带头努力干，觉悟高，思想红，她是伤病员的保姆和靠山。人民的英雄，戴上这朵大红花，这是咱们的光荣，人民给咱们的大红花，光荣光荣真光荣。光荣属于咱们的功臣模范周世珍。立大功，立大功，功臣好比火车头。火车头是先锋，千万群众去开动。一朵红花鲜又红，红花要有绿叶彩，谁要努力跑上前，红花挂在谁胸前。谁是模范当英雄，红花挂在谁胸前。人民战士立功劳，立功最光荣，红花献给周世珍，红花挂在她胸前……"

20世纪70年代的母亲

缘分

人生相遇，就是缘分。父亲母亲从相识相知到相伴，又何尝不是缘分？这缘分由浅至深，从回眸一望到相伴一生。

父亲长相清俊帅气，性格和蔼，在学校各有才情的学员中颇为出众。他在经过了3年的医学基础及理论学习后，被分配到母亲所在的陆军第69医院实习。上级领导考虑到父亲虽然年仅26岁，但却是一位身经百战、军龄长、党龄长的"老同志"，因此把他分配到了以母亲的名字命名的"周世珍模范医护小组"实习一年。父亲想，我是一个扛过枪打过仗的"老同志"，有幸分配到"周世珍模范医护小组"实习，一定要好好虚心向模范小组的同志们学习，向模范护士周世珍同志学习，掌握更多的临床医疗技术，将来更好地为部队官兵和人民群众服务。

完全凭着自己的革命斗志和吃苦精神的母亲，当时有"全军模范"的殊荣，是全军区的"红人"，担任以自己名字命名的"周世珍模范医护小组"党支部书记、组长，科里的护士长，院里的护训大队长……

母亲面带微笑和一丝羞涩回忆那段青春岁月："在那个年代，工作生活条件都非常艰苦，我们脑子里成天想得最多和最重要的事情就是怎么搞好工作，服务好更多的伤病员，让他们的身体早日康复好，重返战斗岗位……"当时，父亲虽然是位军医，但到了医院实习，特别是来到"周世珍模范医护小组"，脏活累活他主动抢着干，除了出诊、手术、查房、写医嘱外，还帮助护士卫生员们挑水、送药、打扫卫生、做夜班饭等。父亲工作非常认真，从未出过差错，他学习刻苦，知识面广，性格温和，对人友善，与模范小组的医护人员相处得都很好，大家都很喜欢和尊敬他。母亲是组长，每周都要负责检

20世纪80年代的母亲

查所属范围的清洁卫生，还要考评打分。细心的她发现每次走进父亲所住的六人集体宿舍，父亲的被子总是叠成最整齐的"豆腐块"，再看平时，无论工作多忙，多劳累辛苦，父亲穿的白衬衣总是干干净净，衣领从来不留一丝污渍，从肩膀处到袖子明显有一条用手认真折过的直线，让人一看就觉得这小伙子十分干净利落。这样一来，新来的这位实习医生在母亲心里留下了非常好的印象，有才华，有担当。

随着在工作学习中的相互了解，父亲也对母亲产生了好感，为了不影响工作，他们彼此的心灵之窗从没有向对方敞开。一直到了父亲实习期结束，回到老部队驻地蒙自之后，他才写了一封信给在昆明军区医院工作的母亲，并在信中寄了一张自己非常英俊的照片，上面写着"送给模范护士周世珍同志"，表达了爱慕之情。母亲收到这封来信，很快也回复了一封信，表达了自己愿意接受这份爱情。此后鸿雁传情，锦书来往。在两年的时间里，父亲偶尔有机会到昆明开会出差时，会去看望母亲，每次都忘不了带上蒙自年糕和开远甜藠头，让母亲和科里、组里的

父亲母亲的结婚合影

医护人员们一同分享。

两年后一个炎热夏天的周末,母亲来到父亲的部队,两盘瓜子、几杯茶水,在团长热情洋溢的讲话和战友们的祝福中,举行了简单而又神圣的婚礼,从此牵手一生。后来母亲先后随父亲调往陆军第三十八师卫生营、昆明军区后勤部第二十三分部工作,到越南、老挝执行任务。我们也随着父母多次换防、调动而转战南北,奔走东西。

在我们姐弟的眼里,父母是这个世界上最般配的一对夫妻。半个多世纪他们相濡以沫,携手前行,同甘共苦,彼此珍惜,为国家奉献,为人民服务。

哺育

有一种记忆可以很久,有一种思念可以很长。在我们姐弟俩的人生记忆中,镌刻着这样一幅画面,永远珍藏在我们的心底,这就是父母给予我们的慈爱与严教。

20世纪70年代初,全家福

20世纪60年代，居住在军营大院里的家庭一般都有四五个，甚至七八个孩子，像我们这样两个军官养两个孩子的家庭并不多见。我们的父亲母亲都是医务工作者，有知识重科学，养育孩子首先注重优生优育，他们常说，按照我们的家庭条件和经济收入，养三四个孩子并不困难，但我们是双军人，军人的天职就是服从命令、听从指挥，多生孩子一是影响我们的工作及执行任务；二是给国家增添负担。国家现在这么困难，资源匮乏，每家再多生几个孩子，不仅给自家，也会给国家增添负担，所以还是要少生优生，精心呵护、良好教育，把你们两个孩子培养成对国家有用的人才。就这样，母亲在生完弟弟后就做了绝育手术。

时光荏苒，岁月如梭。半个多世纪的光阴飞逝而去，我们姐弟俩诞生在这个双军人家庭的幸福时光却点点滴滴都铭记在心头。姐姐很小的时候，母亲所在的铁道兵医院随着铁道兵官兵们的足迹，走南闯北。作为军人的母亲，既不能请长假在家带孩子，按照当时部队规定又不能找保姆，于是只好把一岁半的姐姐送到幼儿园，当时入园的孩子都是3岁以上，因为我们是全师唯一的双军人家庭，所以干部部门出面与幼儿园协

20世纪80年代，父亲母亲在北京天安门合影

商后破例接受了这个只有一岁半的小朋友。当时姐姐又瘦又小,坐痰盂缸还会掉进去,别的小朋友都满地跑,自己玩耍,而姐姐却常需要老师抱在怀里。一年半后母亲调到蒙自,去幼儿园看姐姐,姐姐竟然不认识自己的母亲,死活不肯开口叫一声妈妈。

平时我们都在幼儿园全托,一周甚至两三周在父母有条件的情况下,才能接我们回家过周末。尽管母亲工作非常忙,周六晚饭后把我们姐弟俩从幼儿园接回家,就会带我们直奔师里的小礼堂看一场电影。周日早上,母亲早早起来洗完衣服,打扫完卫生,为我们做她的拿手好菜,父亲也为我们做山西面食。发现我们思想上、学习上、生活中有任何毛病,或者"犯错误"时,再忙他们也要召开家庭会。在我们家,每周或者半月必开一次家庭会,会上每个人都说说这段时间的表现,有什么缺点、犯了什么错误,开展批评与自我批评。那时,我们年龄太小,还不太懂得为什么要自我批评,父母是这样教导我们:"人无完人,每个人来到这个世界都有自己的长处和优点,也会有自己的短板和缺点。所以我们看自己要多看缺点,看别人要多看优点,只有取长补短,在人生的道路上永不满足,虚心向别人学习,才能不断进步……"

在我们的记忆中,父母都特别爱学习、爱读书。父亲除了每日必看《解放军报》《参考消息》,还喜欢看人文历史方面的书籍,《世界通史》《中国通史(范文澜)》《尼克松传》等。而母亲则是除了喜欢看外科急救手术、内科常见病、妇产科等方面的书籍外,还喜欢诗歌散文等。印象最深的是,姐姐刚上小学时,每当放学回来,只要父亲没出差,他总是要出一道"考题",询问姐姐又认识几个新字了,他拿出《参考消息》让姐姐读,一是教我们多认字,二是让我们关心国家大事,关注世界风云变幻。

父母经常教育我们,为人处世要有一定的胸怀,姐姐虽然是个女孩子也要格局大才有出息。他们常常给我们讲华罗庚、钱学森、董存瑞、黄继光、雷锋、焦裕禄的故事。基本上每月都为我们买新书,《三毛流浪记》《半夜鸡叫》《小兵张嘎》《东进序曲》《敌后武工队》《上甘岭》《江姐》《草原英雄小姐妹》……我们家里有很多小人书,院子里的小朋友们都喜欢来我家看小人书听故事。这为我们认识世界开启了一扇知识的窗口,让我们透过这扇窗口增长知识,了解社会认识世界。

部队八一小学撤销后,姐姐上地方小学就读,学校组织看电影,与姐姐同坐的女孩武玉总是说家里没钱,交不起两毛钱的电影费,父母得知后,就对姐姐说"下次看电影,你把同学的电影票买了",并教育我们看见别人有困难一定要去帮助,从小养成一种助人为乐的好品格。部队营房外的老百姓有时会进到营房里收垃圾拾破烂,每次看到他们,父母都会和他们打招呼,嘘寒问暖,把自己的挎包、胶鞋和家里的食品送给他们。有时节假日父母还抽空找周围的老乡聊天,了解他们的生活状况。一次,一位姓张的老大爷生病,母亲为他量了体温,原来发高烧了。母亲立刻返回营地取了急救包来到张大爷家,给他打针开药。

20世纪50年代,昆明军区文工团演唱《歌唱英雄模范周世珍》

20世纪60年代，幼儿园内突发头皮癣，有三四十个孩子几乎同时被感染。由于在此之前从没见过这种头皮癣，也没有这方面的病例及有效治疗药物，很是棘手，上级特派我的父母来到幼儿园为孩子们治疗头皮癣。父母接到这个不比上战场打仗轻松的"战斗"任务后，首先带着医务人员和幼儿园老师逐个扒开每个孩子的头发检查：这个长癣了要马上隔离剃头治疗；那个头皮白了但发根没坏可以不剃头。随后制定中西医结合的医疗方案，到营房附近采挖中草药，自制药膏，父母亲在自己身上做了无数次试验后终于研制出抑制及治疗头皮癣的药膏，再给头皮癣小患者剃光头、洗头、涂抹。经过一段时间的治疗，患上头皮癣的孩子们全部被医治痊愈。但是父亲却因长时间在荧光灯下做头皮癣实验，眼睛被烧坏而残疾。每当说到此事，我们姐弟俩用责备的口吻说："老爸，哪有像您这么忘我工作的，眼睛都献了出去，值得吗？"听到这样的责备，父亲语重心长地说，"值得，太值得了！用我的一双眼睛换来几十名孩子的健康，我认为非常值得。"

半个多世纪的尘封岁月里，一次次平凡而简单地与父母的交流和对话，父母的言传身教，都深深印在我们的心灵，至情至深，淳朴清晰。我们深深热爱父亲母亲，他们不仅仅给了我们生命，启迪了我们的思想，他们的高尚品格和人格魅力，深深影响着我们，永远激励着我们。

黎明前夕
——父亲王维彩与昆明市义勇自卫队
◎王 励

高中毕业后的父亲（摄于1947年10月）

父亲王维彩（1929—2002），汉族，云南省石屏县人。1947年11月参加革命，1948年3月加入中国共产党。中华人民共和国成立前历任中共地下党昆明公立、私立小学教职员总支副书记，昆明县特别支部书记，昆明市委委员兼郊区工作委员会书记，昆明市义勇自卫队总队长；中华人民共和国成立后历任中共昆明市委委员兼宣传部长，昆明电缆厂厂长兼党委书记，昆明机床厂革委会副主任，云南汽车厂革委会副主任，云南省机械厅副厅长，云南省物价局局长兼党组书记。

1926年2月，从云南地方军阀统治下的昆明有了第一名中国共产党党员开始，到1949年12月昆明起义时，共有1500余名党员隐蔽战斗在各条战线。20多年间，中共地下党员们为了崇高的理想，抛头颅、洒热血，前赴后继，百折不挠，斗争、失败、再斗争，直到配合起义部队和人民解放军赢得昆明保卫战的胜利，昆明获得彻底解放。

在这些历经严酷考验、英勇顽强奋斗的中共昆明地下党员中，就有我的父亲王维彩。回顾他充满惊险的地下斗争革命生涯，是为了让生活在今天这繁华年代、视幸福快乐为理所当然的人们能够了解，前人争取解放的道路，是何等艰难曲折。

富家之子，投身革命

我的父亲王维彩，1929年1月22日出生在云南省石屏县湖东乡渔村大河咀。我的祖父王鼎甲是中国首屈一指的"锡都"个旧颇有名气的矿主，他创办了"鼎兴昌"商号，全盛时期曾雇用了300多名工人，并拥有一支20多人的护矿队和几十匹骡马的马帮，在个旧和石屏置办了许多房产，老家还有近百亩田地。身为富裕人家4个孩子中的长子，父亲一直受到关爱与呵护，童年、少年时代在无忧无虑中度过。

1935年3月，父亲开始上小学。1941年太平洋战争爆发后，锡矿出口的运输线滇越铁路中断，祖父的生意每况愈下，1944年矿场倒闭。虽然家道中落，但对父亲还未产生直接影响，他初中毕业后，于1944年9月考入建水建民中学读高中。

建水建民中学是中共云南地下党组织在滇南开辟最早、坚持最久的重要据点。抗战胜利后，西南联大解散北迁内地。中共中央南方局宣传部长华岗以云南大学社会学教授的身份作掩护在昆明进行统战工作，华岗与中共地下党云南省工委领导以及地下党员、建民中学教务主任方仲伯和教师孙仲宇等协商，决定将建民中学高中部150名学生迁往昆明，会

我的祖父王鼎甲　　　　　　我的祖母全从林

同磨黑、路南和石屏中学的部分师生，组建私立昆明建民中学，以加强昆明大中学校的民主革命力量。1946年2月，昆明建民中学正式成立，父亲转到该校继续学业。这成了父亲人生重要的转折点，一个刚满17岁、涉世未深的中学生，从滇南建水来到被誉为"民主堡垒"的省会昆明，并在此迅速成长为一个革命者。

建民中学是中共昆明地下党组织直接领导和掌握的一所中等学校，该校的多任校长、教务主任和教师都是中共地下党员或中国民主同盟（"民盟"）、新民主主义青年同盟（"民青"）盟员。从成立到被反动当局勒令解散的两年半中，建民中学共发展中共党员30余人、"民青"盟员40余人，并先后有12名师生为革命事业献出了生命。学校秘密组织学生阅读革命进步报刊书籍、参加各种革命活动，在高中三年级设立了成员多为党员、盟员和进步学生的工读团。工读团成员学习之余要承担学校的教学保障、收发保管、水电维修、安全保卫、伙食管理和小卖部经营等工作，学校则为成员提供减免学杂费或食宿费的待遇，父亲是工读团成员。此前他曾向一位缅甸归国华侨学生学习了刻写蜡版和简易印刷技术，就与另一名同学共同承担了学校的讲义刻印工作，同时还协助学生会管理食堂。

1947年7月，父亲高中毕业在昆明中华小学任教。11月，建民中学的老师廖必均介绍他加入了党的外围组织"民青"，但此时父亲感染了天花，病情危重。廖老师找到建民中学的韩进之校长为父亲筹措了医疗费，把他送到昆华医院住院治疗20多天后他才转危为安。父亲感念廖必均老师在人生道路上对他的指引和帮助，终生都称其"恩师"。

父亲的初中毕业照（摄于1944年7月）

刻印"电讯"，揭示真相

1947年初，原来在昆明可以公开发行的《新华日报》被当局查封，为了突破新闻封锁，揭穿国民党的反动宣传和谎言，坚定革命人民斗争的信心，昆明地下党组织开始用电台抄收新华社电码广播，译出后刻印编辑成《新华社电讯》秘密散发。

由于在建民中学时从事过蜡版刻写和油印工作，父亲病愈后，地下党组织要他化名"王德"，并安排他到昆明求实中学。求实中学在昆明历次民主运动中都走在斗争的前列，人民音乐家聂耳1925年毕业于该校，著名爱国文化人士闻一多、李公朴、朱自清、吴晗、楚图南等都曾到校讲学，地下党昆明市工委委员陈盛年、王世堂此时都在校任教。父亲在学校的公开身份是教务员，实际负责《新华社电讯》的刻印。1948年3月，19岁的父亲经中共地下党昆明市工委负责人之一高志远介绍，加入中国共产党。父亲曾回忆说:"《新华社电讯》是一份秘密传阅的刊物,所以字要越小越好,但字迹一定要清晰,这就要求在蜡纸上的每一个小方格内,要写四个字。我创造了一种蝇头小楷的钢板体,把留声机的唱针磨制后刻印,半张纸可以刻两千个字。但是这种方法非常耗费精力,才半年时间,我的眼睛就近视了二百多度,握笔的手指起了厚厚的老茧,但手也练得有劲儿多了。那时我每天从晚上八点开始,要刻写到深夜二点左右,早上八点还要去学校上班,也就是每天要上两个班,忙得连脸、脚都顾不上洗,只有到星期天才能睡一个大懒觉……当时我们和国民党斗争,一靠枪杆子,二靠笔杆子,《新华社电讯》使党中央的声音和各解放区的战况能及时传播到昆明,作用是巨大的。"

手捧一张父亲于1948年亲手刻印并精心珍藏的《新华社电讯》,我的心中充满敬意——正是父亲和他的同志们不顾安危、忘我工作,用一份油印刊物,把相隔遥远的延安与昆明连接在了一起。

身陷囹圄,坚贞不屈

在中共地下党云南省工委的发动和领导下,1948年6月17日,昆明全市40余所大中学校的3万余名师生,突破军警的封锁和阻挠,在云南大学民主广场召开了声势浩大的"反对美国扶持日本"大会,之后游行到美国驻昆明领事馆递交抗议书。为防止运动进一步扩大,国民党云南省政府和云南警备总司令部开始逮捕和镇压参会师生。

6月27日,国民党宪兵十三团按安插在学校内特务学生提供的抓人线索,抓捕了求实中学的一名教师,该校同学群情激愤,

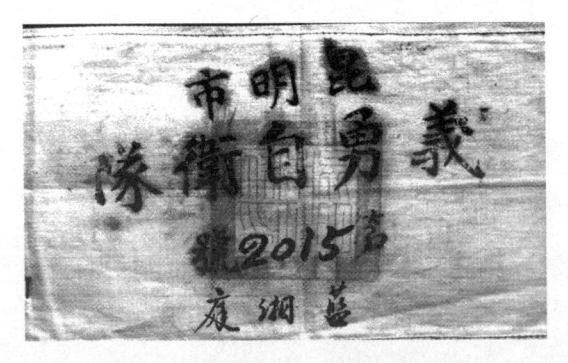

昆明义勇自卫队袖标

自发公审了几名特务学生。6月28日凌晨，国民党军警围攻该校，父亲迅速将刻印工具和文件销毁，和师生们一齐用桌椅将学校大门和教学楼通道堵死，并以木棍、石块、石灰等自卫。与军警对峙到天亮时，昆明市学生联合会派出1000多名学生冲破军警的包围，将父亲等80多名求实中学的师生营救出来，转移到云南大学会泽院楼中。

国民党云南警备总司令何绍周对部下说："昆明是共产党学生运动最强的地区。"7月9日，蒋介石在电报中明确指令："即饬宪警进入云大等校，逮捕奸党。"

对于在云大会泽院与敌人的斗争，父亲曾撰文回忆道："我被转移到云大会泽院后，敌人将会泽院层层包围，并断水、断电、断粮。7月15日凌晨，2000多名军、警、宪、特对集中在云大和南菁中学两地的1000多名师生发起攻击（'七一五'爱国民主运动由此得名）。全副武装的宪兵冲击大门、砸碎玻璃，用消防钩把我们堵在楼梯上的桌椅拉开往楼上冲。一、二楼被攻下后，我们退到了三楼，当天敌人还派出飞机到会泽院上空盘旋侦察。由于有在求实中学抵抗军警的经验，我和一名教师率领十几个同学，把木楼梯砸断后，坚守在三楼楼梯口。敌宪兵施放催泪瓦斯，我们就用尿尿湿毛巾捂住嘴。没水没电，我们就吃自己带来的生米，后来发现可以用敌人高压水枪喷射的水来煮饭。求实中学一位十六七岁、名叫李厚本的小同学，弹弓打得很准，有六七个警察吃过他的弹丸，就连到现场巡视的云南警备总司令何绍周，也被他打伤了手部。我们就这样坚持了一天，敌人一直没能冲上来。7月16日下午，省主席卢汉身披黑色防弹斗篷，来到云大会泽院，经学联负责人和卢汉谈判，卢汉接受了不打不抓学生的条件，我们才同意下楼。卢汉走后，何绍周命令将下楼的师生全部抓捕，我也在被捕之列。"

时任中共地下党云南省工委书记、昆明"七一五"运动主要领导人郑伯克在他的《"七一五"爱国民主运动的回顾》一文中写道："7月15日中午，何绍周（云南警备总司令部司令）到云大督战，开始使用高

我的母亲余国芬。1949年9月，二野四兵团十五军四十五师一三三团解放广东南雄后，母亲参军考入二野军大四分校，跟随四兵团部队，从广东步行走到了昆明

压水枪，机枪向三楼屋顶扫射。学生们用棉被披在身上，头上还顶上一个枕头，一直坚持战斗到7月16日，敌人都无法攻进三楼。学生们坚持斗争了36个小时。7月16日，在市民群集呼吁、学生坚强抵抗下，国民党云南当局到会泽院，我地下党昆明学联党组负责人、云大党支部书记杨志勇代表学生向国民党云南当局提出3个条件：1.立即撤退军警；2.不许逮捕同学；3.不准殴打同学。卢汉许诺：'可以用我生命、财产、人格来担保，决不逮捕人。'在这种情况下，学生们才撤下楼来。

但是，在学生下楼以后，国民党云南当局背信弃义，将学生全部关进了教室里。从15日早晨4时直至16日下午5时止，师生重伤送医院而不治身亡的有百余人，横遭毒打逮捕的1200余人。……解放战争时期，国民党蒋介石及其在云南的代理人妄想一网打尽中共云南地下党，多次对爱国民主运动进行大规模的镇压，其中尤以对'七一五'运动的镇压为最。它是在蒋介石直接指挥下，由国民党云南当局和国民党中央嫡系势力何绍周共同密谋策划进行的空前规模的大镇压。在这次运动中，敌人逮捕的教师和学生数达千人以上，被捕师生中的党员、'民青'成员最多。然而，敌人企图破坏中共云南地下党的阴谋却以彻底失败而告终，这一胜利来之不易。"

父亲生前曾多次带我和哥哥、弟弟去北门街、钱局街、双塔寺、云大会泽院、景星小学、中华小学、建民中学以及滇池边的河尾村等他在昆明战斗、隐蔽过的地方，回忆难忘的岁月；让我们看他身上的伤疤、讲述他如何在云大和监狱中与敌人周旋抗争。我也仔细阅读过他向组织提交的《1948年7月至1949年1月我被捕后在监狱法庭斗争中的情况》报告以及当年的昆明高等特种刑事法庭对他的起诉书、刑事判决书、法庭延长羁押裁定和传票等，父亲当年在监狱中与敌人斗争的情形，历历在目。

父亲被捕后，被关押在设于钱局街的昆明高等特种刑事法庭监狱。他回忆："在特刑监狱里，我被提审十几次，有九次动了电刑。受刑重的有两次，都是在夜里，蒙着眼睛。第一次审问时我的身份还没有暴露，受刑较轻。敌人问：'你为什么在云大楼上闹事？'我回答：'你们攻打我们求实中学，我们就搬到云大来了。'敌人问：'参加过什么组织？'我回答：'什么组织都没有参加过。'见问不出什么名堂，敌人就说要让我尝尝坐'土飞机'的滋味，其实就是电刑。他们将手摇电话机的电线缠在我两手大拇指上，然后转动电话手柄，我被电触得跳了起来，一起一落就像坐飞机，连续摇十几圈，我就昏死过去了。大约一个星期后第二次提审时，由于一同被捕的求实中学的一名教师供出我是'民青'盟员，因此敌人对我严加审问，问我是不是'民青'成员？是不是延安派来的共产党员？但我不承认，敌人又对我动了电刑，并让这名教师来与我当面对质。我当时19岁，年轻气盛、有一股犟劲儿，我对他破口大骂，说他是为了保命胡乱咬人。敌人恼羞成怒，把我绑起来踩杠子，开始是两个人踩，后来又增加为四个人踩，差一点儿把我的左腿弄断，疼得我昏死过去，敌人用冷水将我泼醒，我还是拒不承认。他们又把手枪子弹推上膛，对着我的脑袋搞假枪毙，并在院子里挖坑，威胁要活埋我。他们还对我封官许愿，也被我拒绝了。"

郑伯克在他的回忆录《白区工作的回顾与探讨》中，对父亲在监狱中的表现评价道："在敌人的严刑拷打下，党员、盟员和师生们英勇不屈，保护党的组织，表现出色。求实中学的职员王德（王维彩）因为有人供出他是'民青'便被踩杠子，几乎把脚骨压断。受电刑后，几个星期都不能端碗用筷，敌人还把他拉到挖好的土坑前，以活埋威逼他招供，而他毫不动摇。"

父亲被捕，祖父闻讯赶来探望，被狱方禁止。救子心切的祖父参加了被捕师生家属组织的"家长联谊会"，与被捕师生父母共25人，于1948年11月24日联名向省主席卢汉递交了一封呈文，提出公开审判、允许旁听、准许被告聘请律师出庭答辩、羁押逾期者准许保外候审、准许家属进监探望等要求。

一无所获的敌人随后对父亲做出"违反政府依国家总动员法二十三条所发禁止集会之命令，处有期徒刑六月"的判决。因父亲已被羁押近五个月，折抵之后只需再服刑一个多月。在狱中，地下党市委指示被捕的党员秘密成立了临时党支部，父亲被指定为求实中学秘密小组组长。由于父亲的突出表现，被临时党支部评为"监狱法庭对敌斗争最好的典型"。

"七一五"运动和监狱中的经历，对父亲的人生产生了深刻而重要的影响，他从一个初出茅庐的富家少爷，锻炼成长为一名具有对敌斗争经验、坚强的共产党员。但他也因敌人的酷刑折磨，心脏和双手、双臂肌肉遭受永久性损伤，左腿致残。这些伤病从19岁时起就伴随父亲，使他在之后的几十年中痛苦不已并过早离世。

冲破封锁，转移同志

1949年1月15日，即将满20岁的父亲"刑满释放"。出狱后，他口头和书面向中共地下党昆明市委委员高志远、赖卫民报告了自己在狱中的情况，并接受了党组织的严格审查，在组织做出"经过监狱法庭斗争考验，证明表现是坚定的，对党是忠实的"结论后被安排到中华小学担任教务主任，后又到建新小学以教务员的公开身份，继续承担《新华社电讯》和其他文件、宣传品的刻印工作，同时他还担任中共地下党昆明公立、私立小学教职员总支副书记,其间参与组织领导全市公立小学教职员要求当局增加薪金的斗争。7月初,他改任昆明县特别支部(后改称昆明郊区工作委员会)书记,负责指导昆明、安宁、禄丰、罗茨、盐兴、广通6县的农民运动,同时还负责昆明大中学校教职员联盟党总支的工作。

1949年9月9日,云南省主席卢汉在蒋介石的威逼下解散了省议会,查封进步报馆,大肆逮捕民主人士、中共地下党员和外围组织成员(史称"九九整肃")。但卢汉在行动前故意将消息外泄,中共地下党昆明市委决定立即疏散转移昆明城内的党员和进步分子到农村游击区。市委副书记赖卫民亲自找到父亲,指示由昆明县特别支部负责城外接应工作。父亲他们火速安排相关人员分两路进行转移,陆路从西郊车家壁撤往滇西游击区;水路从大观楼乘船,经滇池到昆阳撤往滇中游击区。父亲从小生长在石屏县的异龙湖畔,对划船和捕鱼等水上把式并不陌生,他化装成渔民,亲自划着一条小渔船在滇池中指挥协调和运送转移同志,到9月下旬,共转移疏散400余人。他还将包括敌特人员照片在内的一批重要情报资料转移至河尾村一个秘密党员家中埋藏,这些情报资料在昆明起义后抓捕潜伏敌特时,发挥了重要作用。

父亲曾回忆说,当时情况十分危急,几乎天天都有军警和特务来搜捕,市委副书记赖卫民指派地下党中学工作组书记倪之栋,给昆明县特别支部的几位领导送来4支手枪防身(父亲得到的是一支美制左轮手枪)。

"你们也是人民的军队"

1949年12月9日,卢汉将军在昆明宣布起义,已逃至台湾的蒋介石气急败坏。为挽救在大陆彻底覆灭的命运,蒋介石于12月10日派出两架飞机到昆明上空抛撒传单,要卢汉"回头是岸",并宣称要"炸平昆明";11日又派飞机给第八军代理军长曹天戈空投手令:"天戈弟鉴:卢汉叛国投匪,张(群)长官、李(弥)司令、余(程万)军长判断已失自由。着弟占领沾益、陆良、呈贡机场,据守宜良、昆明火车站,指挥所部及宪兵十三、十五团占昆明后,再统一行动向开远方向集结待令,此令。 蒋中正 1949年12月11日子"。谁知这封用红绸布包裹着从天而降的手令被我云南地方武装宣威板桥游击大队的队员拾得,也算是昆明保卫战期间有趣的插曲。

围攻昆明的第八军和第二十六军,是当时国民党军队在大陆地区仅剩的两个正规军,共4万余人,国民党陆军总部给两个军各发10万大洋,并允诺"攻下昆明,准许自由行动三天"。从宣布起义后到1950年1月,昆明市区多次遭到国民党军机轰炸,市民被炸死、炸伤者达数百人。1949年12月13日,敌军推进至昆明外围,16日,昆明保卫战打响。

此时二野四兵团尚未到达云南,"边纵"部队也还未赶到昆明,卢汉将军的起义部队只有10个保安团、约2万人,兵力和武器装备都处于劣势,30万人口的昆明势如累卵。卢汉将军一面向二野刘伯承司令员和邓小平政委发出急电,希望火速驰援,同时也向中共地下党提出协助其共同保卫昆明的请求。

同日,中共滇黔桂边区工委副书记郑伯克主持召开地下党昆明市委紧急会议,确定了"放手发动群众、武装群众,坚决保卫昆明"的方针并与卢汉将军商

参加和平起义的昆明市市长兼市公安局长曾恕怀。1949年12月16日,父亲代表中共地下党昆明市委与他协商组建义勇自卫队事宜

定,将昆明市内的起义部队和警察全部调往城外作战,由中共地下党负责组织民众,武装起来维持市内治安、支援起义部队作战,卢汉将军还同意提供一批枪支弹药。

父亲在他撰写的《昆明保卫战中的义勇自卫队》一文中回忆:"16日下午,市委副书记赖卫民派我去找已经参加起义的昆明市长兼市警察局局长曾恕怀联系取枪,我按照约定的代号'林正则'(在义勇自卫队时,我就一直使用这个名字),到市政府找到曾市长,商定第二天(17号)发枪。关于民众武装起来后用何名称,我认为当时地下党组织尚未公开,枪是卢汉将军所发,但人员是由我们组织的,要保持一定的独立性,就提出叫'昆明市义勇自卫队',曾市长表示同意。他对我说:'老百姓尽义务勇敢地来参加保卫昆明的战斗,实在难得。'并说义勇自卫队的袖标由市政府负责赶制,希望我们尽快组织人员。"

经一夜紧张动员,17日上午,昆明地下党各基层组织负责人率领党员、盟员和积极分子从四面八方会集于市政府旁的景星小学,昆明市政府秘书长送来日本"三八式"马步枪1000支,子弹5万发,子弹袋1000

参加义勇自卫队的云南大学教师与起义部队一同守卫在街垒(摄于1949年12月)

条，袖标3000个。中共地下党昆明市委委员兼郊区工作委员会书记、时年20岁的父亲被任命为昆明市义勇自卫队总队长，市委委员兼产业工人工作委员会副书记朱枫任参谋长并兼参谋处长，政工处长为段发和，后勤处长为李家宝。全队共3000余人，共有步枪2200余支，土（猎）枪500余支，机枪50余挺，小炮2门。编为4个大队和1个直属警卫中队：第一大队由钢铁、铁路、纺织、机械、烟草、轻化工等产业工人组成，大队长张尔玺；第二大队由电力、自来水、邮电、五金、航空、公路和水路交通运输、金融等行业的员工组成，大队长金惠霖；第三大队由店员、手工业者、大中学校师生、失业和失学青年等组成，大队长杨时伦；第四大队由郊区农民组成，大队长施万惠。各大队下设若干中队和分队；直属警卫中队，由140余名工人组成，中队长焦荫轩。

编队发枪后，全体队员在景星小学操场集合，父亲站上一辆卡车的车顶，宣布昆明市义勇自卫队正式成立。他分析了当时敌我斗争的严峻形势，进行了简短的动员，强调义勇自卫队是一支革命的人民武装，必须严格遵守人民解放军的"三大纪律，八项注意"，树立必胜信心，全力以赴，保卫昆明。

这支就像突然从地下冒出、颇具规模的队伍，给受到战火惊扰、惶恐不安的昆明市民们吃了一颗定心丸，他们惊喜交加、奔走相告，有的说是"边纵"进城了，有的则认为是共产党出来了。卢汉将军外出巡视时，看到昆明大街小巷遍布佩戴袖标、手持钢枪的义勇自卫队队员，感慨地对下属说："我买一个保安兵，要用几十元'半开'（云南发行的银圆），组建一个保安团，要花很大的力气和时间，共产党一夜之间就能集合几千人，真令人佩服！"

1. 戒严守备

1949年12月17日22时，义勇自卫队从起义部队和警察手中接管了昆明城内的全部哨卡和检查站并在全城戒严，人员和车辆外出必须持通行证。总队部与起义部队指挥部之间架设了电话线，随时相互通报情况。

总队部参谋处将市区划分为6个区域，下发了详细的警备戒严布岗图，全城实行武装巡逻，重点目标附近设有哨兵，严防暗藏的敌特捣乱破坏，确保市区安全。

在昆明保卫战期间和解放军入城初期，卢汉将军、云南省人民政府副主席张冲将军和郑伯克等领导，在不同场合受到义勇自卫队队员的严格盘查，他们对队员们严格履行职责的认真态度都给予赞许和表扬。

2. 支前参战

第二大队三中队负责操作维护设置在五华山瞭望台的防空警报器，及时准确地发出了空袭音响警报。第三大队的队员则在市区各城门楼上悬挂不同颜色的灯笼，向市民报警。一次敌机来袭，隐藏在市区的特务给敌机指示目标时，被自卫队员当场抓获。第一大队和第三大队的队员们还协助市民隐蔽疏散，敌机轰炸后，队员们又及时抢救伤员、财物和灭火，防止了大面积火灾在市区蔓延。

第三大队刚组建就接到为起义部队构筑二线防御工事的命令。队员们冒着枪林弹雨和敌机轰炸，迅速在塘子巷、双龙桥、和平村、前卫营、西站、昆明师范学院、圆通山、一窝羊、灵光街、大古楼、交三桥等处开挖战壕和修筑明碉暗堡。他们还在市民的配合下，将昆明城墙上的四个缺口全部封堵，节省了起义部队的防守兵力，提高了城防的稳定性。

第二大队二中队由560余名汽车司机和维修工组成，他们

担任昆明义勇自卫队总队长时的父亲（摄于1950年初）

以30辆汽车组成运输队,为城防部队运送兵员、弹药、给养和后撤伤病员;抽调100多辆汽车星夜兼程赶赴滇西,接运"边纵"部队驰援昆明;同时还出动几十辆空载汽车,夜间打开大灯在城外道路上往返行驶,造成大批增援部队已到昆明的假象,以迷惑敌军。三中队耀龙电力公司的队员们组建了一个"地下兵工厂",制造了一批地雷和手榴弹武装自己。

第一大队派出由铁路工人组成的两个中队共500余人,武装护卫云南境内的滇越和川滇两条铁路线,他们在沿线工人的配合下,抢修遭到敌人破坏的机车、车辆、线路和桥梁,共开出运送部队的军列22次,确保了两条铁路全线安全通车。

总队部政工处组织了数百名政工人员到前沿阵地,对起义部队进行慰问和宣传鼓动;后勤处也组织了医疗队、担架队赴前线抢救伤员。

昆明保卫战最激烈的战斗发生在12月19日。凌晨,敌军从东、南两路发起全线攻击,突破了盘龙江一带的防线,攻至穿心鼓楼、状元楼、火车南站、双龙桥、黄瓜营等地。当敌军进至双龙桥云南纺纱厂附近时,第一大队一中队的自卫队员和云纺护厂队员200余人直接参加了战斗。他们以棉纱包为掩体,阻击敌军的进攻,协同起义部队坚守阵地。

3. 保厂护产

当敌军逼近东郊时,第二大队在邮电工人配合下,将设在金马寺的载波机务站和电话长途台全套通信设备全部转移到城内。第一大队五中队队长惠荣祥指挥队员,将中央机器厂(现昆明机床厂)的一批精密机床上油装箱,搬进山洞;五三兵工厂也将500余台机器移入山洞,以防敌特破坏和敌机轰炸。

万钟街配电所是当时昆明最大的输电枢纽,70余名自卫队员在此严密守护,他们挖壕布岗、埋设地雷、防敌突入。19日凌晨,玉皇阁电厂附近发现敌军,厂区围墙、屋顶不时被流弹击中,但自卫队员们毫不畏惧,坚守在锅炉和电机前,确保机器正常运转。第二大队三中队耀龙电力公司的几名队员不顾个人安危,在距敌不足200米处冒着枪弹爬上电杆抢修线路。保卫战期间,昆明全市的电力供应从未中断。

为保障市民用水,第二大队抽调20余名自卫队员在昆明唯一的自来水厂的供水源头翠湖九龙池和抽水泵周围设置警戒区,实行24小时严密守卫,严防敌特投毒和破坏,同时加强对水质的化验检测,队员们甚至亲自尝水试毒。敌机将部分水管炸断,自卫队员们立即组织抢修,确保了自来水的正常供应。

昆明起义后,市内32家银行的原高层管理人员弃大量资财于不顾,或逃或藏。第二大队一中队由340余名银行职员组成,他们立刻对各银行账册、档案等资料进行封存,对银行金库严加守卫。第二大队三中队50余名队员在云南银币铸造所封存了一批黄金和银圆,还主动保护厂区内堆放的10余万斤大米,并对昆明城内粮食贮存量最大的西仓坡粮库进行警戒。解放军入城后,义勇自卫队将各银行和银币铸造所贮存的黄金、白银、银圆、外币等悉数移交军管会。

父亲与义勇自卫队第三大队大队长杨时伦(右)合影(摄于1950年1月)

父亲(前左一)与义勇自卫队第一大队大队长张尔玺(后立者)和队员们合影(摄于1950年1月)

4. 镇反肃特

国民党反动派各系统的特务在昆明活动经营多年，敌特分子几乎遍布各个角落。败退台湾前，"国防部"保密局局长毛人凤还亲自到昆明，指挥布置了大量潜伏特务，并制订了各种应变计划。昆明宣布起义后，潜伏在城内的敌特和帮会弟兄、流氓惯匪、散兵游勇等纷纷出笼，他们散布谣言、蛊惑人心、刺探情报、抢劫暗杀，活动十分猖獗。企图与围攻的敌军里应外合，重占昆明。中共地下党昆明市委及时向各级党组织发出了镇反肃特的指示。义勇自卫队配合临时军政委员会公安处，根据地下党掌握的敌特和反动分子的材料及照片，搜捕了包括国民党云南省党部调查室主任、中统特务查宗藩和副主任孙秉礼，原天津警备司令部参谋长严家浩以及刺杀闻一多先生的凶手李正富等700余人，摧毁瓦解了昆明的敌特和反动组织。

5. 控制郊区

由昆明郊区农民组成的第四大队按照部署，迅速解除了横行乡里的地主恶霸武装，缴枪近千支，并通过控制乡（镇）公所和乡（保）里长，使郊区10乡、6镇、560个自然村的实际权力，基本掌握在了义勇自卫队和农民协会手中。他们还筹集了粮、肉、蛋、菜、柴草等支援慰问起义部队和四兵团部队。

12月17日，敌军进至小板桥、九门里一线，四大队的自卫队员们将附近群众转移至安全地带并实行坚壁清野，没给敌人留下一粒粮食。二中队队员拆毁了敌军必经之路上的7座木桥并将100多条木船沉入滇池，使敌军从西郊包抄昆明的企图化为泡影。

6. 山炮为证

就在起义部队和义勇自卫队顽强抗击敌军进攻的同时，解放军四、五两兵团迅速逼近昆明。21日，五兵团十七军四十九师抵达滇东曲靖地区，在"边纵"部队配合下进击敌军。为避免被围歼的命运，进攻昆明的敌军于21日开始向滇南撤退，历时6天的昆明保卫战结束。但12月23

日，蒋介石仍派出6架轰炸机，轰炸巫家坝机场、马街发电厂、安宁钢铁厂、柳坝兵工厂和茨坝中央机器厂等目标，以泄心头之恨。

紧张激烈的保卫战期间，父亲不休不眠、连续工作，他既要全面部署义勇自卫队的任务，又要拖着残腿亲自到大街小巷巡查。第一大队张尔玺大队长给父亲弄来一辆美式吉普车，以方便他出行。时值冬季，为解决队员们衣服单薄的问题，父亲亲自找卢汉将军协商，给队员们拨发了一批御寒军装。敌军撤退后，肩负重任的父亲终于松了一口气。22日，他和后勤处长李家宝等驱车出城，来到敌第八军指挥部所在地大板桥一带，随处可见敌军丢弃的枪炮、弹药、钢盔、大衣、军毯等，敌军真可谓是丢盔弃甲、狼狈逃窜。父亲命后勤处将一门敌军丢弃的美制山炮拉回总队部大院摆放，此炮作为昆明保卫战的实物见证，向市民展示达数年之久。

7. 政权柱石

1949年12月25日，昆明50多个团体，联合组建了"昆明市人民团体联合会"（简称"人联"），"人联"通过各级党组织，在各系统、各行业都建立了临时管理委员会。从1949年12月25日至1950年3月4日，"人联"发挥了临时政权的作用。义勇自卫队作为党领导的人民武装，紧握手中的枪杆子，成为"人联"这一临时人民政权的坚强柱石。

父亲（中)与义勇自卫队第一大队大队长张尔玺（右二）等自卫队员在昆明大观楼合影（摄于1950年1月）

中共地下党昆明市委书记陈盛年在回忆文章中指出:"昆明'人联'和昆明义勇自卫队这两个全市性的组织,在市委领导下,互相配合,统一行动。因为有毛主席、朱总司令和刘伯承司令员、邓小平政委来电以及《中国人民解放军布告》作为指导我们行动的指南纲领,'人联'、昆明义勇自卫队在当时成为全市人民群众拥护的具有权威的组织。"

8. 警卫首脑

为维护好解放军接管前昆明的城市治安,起义部队、市警察局和义勇自卫队成立了昆明市治安联合办事处,暂编十三军军长龙泽汇任主任,父亲任副主任。迎接解放军入城,协助人民政权开展工作,确保大型重要活动和重要领导人的安全,成为义勇自卫队新的任务。

1949年12月25日,中共地下党昆明市委在火车南站召开由全市50多名各级领导干部参加的会议,滇桂黔边区工委副书记郑伯克到会讲话。这是昆明市委第一次召开如此大规模的领导干部会议,第一大队在会场警戒,确保这次重要会议顺利进行。

1949年12月31日,昆明市民5万余人,在拓东体育场召开"昆明各界庆祝中国人民解放军滇桂黔边纵队第一、二支队胜利会师大会",义勇自卫队负责会场内外的警卫任务。

1950年1月下旬,新成立的中共云南省委财经小组到达昆明,着手进行工业和财经部门的接管工作。第一大队专门组建了一支警卫分队,全面负责财经小组的安全工作。

1950年2月初,滇桂黔边区工委副书记郑伯克前往贵州盘县、安龙迎接第四兵团领导时,第一大队派出精干队员警卫护送。

1950年2月中旬,昆明各方面代表组成了云南各界欢迎解放军莅临筹备会,父亲担任筹备会副总指挥,负责安全警卫工作。2月20日,四兵团举行规模宏大的入城式,约12万市民夹道欢迎解放军。父亲率领义勇自卫队在长达10余里的迎军道路上,三步一岗、五步一哨,沿途所有楼房房顶和制高点，均被自卫队员控制，使入城式得以安全进行。四兵团陈赓司令员、宋任穷政委在欢迎现场仔细地看了义勇自卫队政工处副处长杨丽天所佩戴的袖标，陈赓司令员对他说："你们也是人民的军队！"

四兵团进入昆明后，陈赓司令员专门与十三军周希汉军长和父亲共同商议昆明的治安警备事宜；兵团郭天民副司令员召集负责昆明警备任务的三十七师周学义师长、雷起云政委，昆明市警察局局长李志正和父亲开会研究，决定三十七师、义勇自卫队和起义警察三方联防，共同警备昆明市区。

2月22日，昆明各界群众10余万人，在拓东体育场举行迎军大会，三十七师和义勇自卫队负责警卫会场，父亲还亲自携枪在主席台发言桌旁护卫。

2月23日，四兵团保卫部张科长与义勇自卫队政工处处长段发和联系，要求自卫队派人到刚入城的首长住宅外围担任警卫工作。父亲立即

1950年2月22日，二野四兵团司令员陈赓在昆明各界迎军大会上讲话（面对群众发言者），父亲（右一）在讲台旁护卫

抽调6名政治可靠、经验丰富的队员，在陈赓司令员、宋任穷政委等首长的住宅周围布设游动监视哨，确保首长安全。

9. 整编移交

昆明保卫战结束后，义勇自卫队对编制和人员进行了调整，为迅速恢复生产和交通，第一和第二大队的队员大部分都返回了工作岗位；第四大队的队员们也返回农村，成为乡村政权、农民协会、民兵组织的领导和骨干；第三大队保留3个中队，与总队部直属警卫中队共500余人，合编为一个新的大队，杨时伦任大队长，周文斌、叶纪良任副大队长，杨丽天任教导员，父亲仍担任总队长。

1950年3月4日，昆明市军管会成立。16日，义勇自卫队移交市军管会公安部，具有初中以上文化程度的队员被送往云南省公安干部学校参加第一期学习（这批队员之后大多成为云南全省各地、州、市、县公安系统的领导和骨干）；其余队员与四兵团抽调的一个建制连合编为昆明市公安大队。至此，义勇自卫队完成了它的历史使命。

10. 功不可没

卢汉将军毅然宣布起义，使昆明得以和平解放而没有遭受国民党溃军和特务的破坏，使云南避免了更大的战争灾难。但由于当时并不具备发动起义的充分条件，因此昆明成为解放战争中，唯一宣布和平起义后又遭敌军围攻的省会城市。昆明市义勇自卫队是在这一特定历史环境和条件下组建的昆明人民自己的武装，在危急关头协助起义部队保卫昆明，起到了并肩战斗、巩固后方、鼓舞士气、安定民心、维护秩序、确保安全的重要作用，扩大了中共地下党的政治影响，为人民解放军驰援和接管昆明赢得时间并奠定了基础。

1950年4月11日，中共中央西南局第一书记、西南军区政委邓小平，在中央人民政府第六次会议上所做的《关于西南工作情况的报告》中说："云南解放后，曾发生原已被迫宣布起义的李弥、余程万两将军的叛变行为，我云南人民武装及二野一部曾协同卢汉将军进行保卫昆明的战斗，旋以四野、二野各一部由广西赴滇南，因为云南有广大的解放区，有久经锻炼的人民军队，有有组织有觉悟的解放区人民，在他们有力地协同和支援之下，才能迅速地扑灭李、余两匪的叛乱。"

《中国共产党云南地方史》在评价昆明起义的历史地位时指出："人民解放军南下野战军的及时驰援，人民解放军滇桂黔边纵队的有力配合，昆明地下党组织发动人民群众的全力支持和直接参加，是挫败国民党军队反扑，赢得昆明保卫战胜利，使起义最终取得胜利的根本保证。"

被迫参加起义、清楚掌握敌我双方军政情况的国民党国防部保密局云南站站长兼云南绥靖公署保防处少将处长沈醉，也在他的《曲折艰险的昆明起义》一文中总结道："1949年12月9日晚上，云南宣布起义。这是一次十分冒险的行动，因为条件未成熟，是在仓促中提前实施的。失败的危险极大，如果没有地下党发动广大的工人、学生和群众尽全力支持，后果不堪设想。不但领导起义的人员身家性命和财产难保，云南人民也将遭受一场浩劫。"

1950年2月16日是农历除夕，卢汉将军宴请各界人士欢度春节。他特别邀请父亲率义勇自卫队分队长以上干部赴宴，席间卢汉将军频频向父亲等自卫队干部敬酒表示感谢；1、2月间，卢汉将军还两次按职务高低发给自

义勇自卫队第三大队的部分队员（摄于1950年2月）

卫队干部数额不等的奖金（父亲决定将这些奖金集中交后勤处，用于春节期间改善队员们的伙食）。

四兵团入城后，陈赓司令员和宋任穷政委，专门在昆明谊安大厦宴请郑伯克和父亲以及第一大队张尔玺大队长等，对义勇自卫队在昆明保卫战中发挥的独特作用和贡献给予肯定与表扬。

昆明市义勇自卫队数千名队员，怀着义不容辞、勇保昆明的坚定信念，不怕死、不怕苦，招之即来，来之能战，配合起义部队奋勇抗击国民党军的进攻，最终将一个完整的昆明城交给了人民，无愧于父亲亲自确定的队名中的"义勇"二字。义勇自卫队存在的时间虽然不长，但在起义成败难料的关键时刻，发挥了关键作用。队员们在圆满完成党和人民交给的保卫昆明的光荣任务后，功成不居，继续在各自的本职岗位上，积极投入建设新昆明的伟大事业之中，他们的贡献得到了党和政府的肯定。1986年，昆明市人民政府专门下发有关文件，明确规定：昆明市义勇自卫队队员中，凡属于云南民主工人同盟、云南民主青年同盟和新民主主义者联盟三个党的外围组织成员者，可享受离休生活待遇；不属于这三个外围组织的队员，每人每月增发养老金400元。

在1999年12月18日召开的"纪念昆明保卫战暨义勇自卫队成立50周年"大会上，父亲发言时激动地表示，昆明市义勇自卫队的战斗事迹，应当载入史册！

弱冠之年，人生巅峰

1950年3月11日，刚满21岁的父亲脱去身穿的美式军上衣、摘下头戴的美式军帽，换上了一身蓝黑色的棉干部制服和棉帽。服装的更换，也象征着昆明从战乱的旧时代，迈入了和平的新社会。这一天，父亲正式卸下了昆明市义勇自卫队总队长的重担，带着他5支心爱的手枪、700余发子弹、两颗甜瓜式手榴弹，随行的是猎人出身、能使双枪且百发百中、忠心耿耿又脾气火爆的彝族警卫员陆全芳，赴任新成立的中共昆明市委委员（当时未设常委）兼宣传部部长，在十五军政委兼昆明市委书记谷景生的领导下勤奋工作。3月18日晚，中共云南省委在昆明胜利堂召开本地与外来干部团结会师大会。陈赓司令员在会上表扬了四兵团十三军三十八师一一二团副团长、著名战斗英雄张英才；郑伯克则表扬了父亲，他介绍了父亲刻印地下报纸、在监狱法庭与敌人和叛徒斗争、迅速转移干部到游击区以及在昆明保卫战中经

父亲与他义勇自卫队时期的彝族警卫员陆全芳合影（摄于1984年10月）

父亲担任市委宣传部部长时，与昆明市部分领导合影。站立者左二为十五军政委兼昆明市委书记谷景生将军，左七为昆明市长潘朔端，左八为父亲，左蹲者为十四军四十一师政委兼昆明市副市长、市公安局局长丁荣昌将军，右蹲者为昆明市委副书记陈盛年（摄于1950年11月）

受了考验，表现勇敢、突出，称赞父亲是"疾风知劲草，烈火炼真金"的昆明地下党的优秀干部。

1951年5月，父亲出席在北京召开的中国共产党第一次全国宣传工作会议。会议期间，毛泽东、刘少奇、周恩来、朱德等中央领导，都为父亲签名留念并勉励他做好工作，使这个22岁的市委宣传部部长深受鼓舞。

担任市委宣传部部长的父亲与昆明市长潘朔端（左）合影（摄于1950年11月）

1953年，国民经济第一个五年计划开始实行，国家进入大规模经济建设时期，父亲主动要求从市委调到工业战线。他在国家的行业重点骨干企业昆明电线厂（该厂采用英国技术和设备，创建于1936年，是中国自己的第一根电线的诞生地，被誉为"中国电线电缆工业摇篮"，1978年更名为昆明电缆厂）担任厂长兼党委副书记、书记长达12年。父亲在任期间，电线厂年年被评为"先进企业"，他也被时任云南省委第一书记的谢富治上将誉为"最优秀的厂长"，并受邀赴北京参加1959年国庆庆典。

父亲和母亲佘国芬的结婚照（摄于1955年）

"文革"中，父亲遭受冲击和迫害，被下放车间劳动。1973年11月起,陆续担任昆明市委工交部驻昆明火柴厂、昆明卷烟厂工作队队长,昆明机床厂革委会副主任、党委常委,云南汽车厂革委会副主任、党委副书记,云南省机械厅副厅长、党组成员兼省农机公司经理、党委书记,云南省物价局局长、党组书记兼省体改委委员。他还是云南中华职业教育社辅导委员会委员,中华职业教育社全国理事会第五、六、七届理事。

2002年1月9日,73岁的父亲带着对学习、战斗、工作和生活了50余年的昆明的眷念,走完了人生旅程。父亲地下工作时期的老领导、原中共地下党云南省工委书记、中共中央组织部原顾问郑伯克发来唁电;原中共地下党昆明市委书记、云南省政协副主席陈盛年,老地下党员、义勇自卫队队员以及昆明电线厂的老工人1000余人前来为父亲送行。云南省人大常委会原副主任杨一堂因病不能参加遗体告别,他是父亲的同乡,也是1948年7月与父亲一同被捕、一同被严刑拷打、一同蹲监狱的难友,他在病榻上写下一首长诗,追忆他与父亲的"难友情深,乡谊情长"。

父亲(前左三)与义勇自卫队第四大队大队长施万惠(前左二)等老战友合影(摄于1984年10月)

看着父亲亲笔填写的《干部履历表》，我感触良多。一个十七八岁的知识青年，在正义与邪恶激烈交锋的大动荡中，毅然投身革命，成为芸芸众生中努力改造社会的觉悟者。两年多的地下工作经历，是他生命中最精彩的段落，而在弱冠之年，担任昆明市义勇自卫队总队长那叱咤风云的85天，则是父亲人生的最宝贵的经历。一直以为地下工作者们个个都是严肃冷峻、身手不凡、神秘莫测、扭转乾坤的超级英雄，未承想看似体质单薄、略显文弱、平顺温和的父亲，也曾是一名货真价实的"潜伏者"，女儿我永远以他为傲！

历史瞬间，精神永存

光阴似箭，曾经为昆明解放不懈奋斗的中共地下党员和义勇自卫队队员们，多数都像父亲一样已经离开我们。地下党昆明市委的主要成员们几乎都已去世，义勇自卫队的领导者们也仅剩95岁的第一大队张尔玺大队长、90岁的第三大队杨时伦大队长和91岁的政工处段发和处长等几人。虽然解放昆明这一历史进程的参与者们渐渐离世，昆明保卫战也只是历史长河中瞬间闪现的一朵浪花，但中共地下党和义勇自卫队的革命精神及英勇事迹，已为昆明人民所铭记。正是"义勇旗招三千众，故事流传七十年"。

2019年一个温暖的春日，我漫步在昆明街头，徐徐春风轻抚脸颊。蓦地，我仿佛在灿烂的阳光中看见年轻的父亲率领义勇自卫队队员们，步伐

我与父亲（摄于1987年）

相濡以沫40余年的父亲和母亲余国芬（摄于1988年）

整齐、英姿勃发地走来，钢枪在他们的肩头闪闪发亮、左臂白色袖标上鲜红的"义勇"二字格外醒目，他们精神饱满地唱着那首名为《庆祝昆明解放》的歌曲：

> 彩云空中飘荡，
> 红旗迎风飞扬，
> 我们铁的队伍，
> 威武雄壮。
> 走过正义路，
> 穿过金马碧鸡坊。
> 拓东运动场上人山人海，
> 子弟兵，
> 老百姓，
> 会师齐歌唱。
> 人人精神振奋，

> 个个热情高涨,
> 为庆祝昆明解放,
> 大家纵情歌唱!

  父亲和他的队员们渐行渐远,嘹亮的歌声还在春城上空久久回响……

  一次次与那些还健在或已经离开的革命先辈相遇神交,令人感动,也使模糊久远的往事一点点清晰完整。昆明保卫战70周年暨父亲90周年诞辰之际,谨行此文,记录他人生历程中不平凡的片段,是为最好的纪念!

革命者流血不流泪　父母送儿女上战场

◎梁　泽

父亲梁中玉，山西岚县人，1918年9月出生。1937年4月参加革命，8月参军，11月加入中国共产党。历任战士、排长、连长、教导队长、参谋、股长、团参谋长、副团长、团长、师参谋长、军作战处长、副师长、边防区司令员、师长，高等军事学院教员、教研室主任，军参谋长、副军长、军长，昆明军区、成都军区副司令员。曾荣获"头等有功人员""模范干部""劳动英雄"、纵队及旅的"战斗英雄"称号，"立大功"及党外记功各一次。1950年随陈赓援越抗法。1954年赴苏联学习，获苏军"高级军事教育军官"学位。1964年晋升为少将。党的九大代表。1980年5月逝世，被批准为革命烈士。

母亲王邦，河南洛阳人，1932年1月出生，1949年2月参加革命，1951年1月入党。2021年12月逝世。

1978年，多事之秋。中越边境，多事之地。越南当局不断武装侵犯我国边境地区,在中国的领土上,肆无忌惮地修筑工事,埋设地雷,开枪打炮,毁我村寨,杀我军民,袭击火车,抢劫财物,酿成多起流血事件。这种背信弃义的行径,令中国人民极度痛心,极度愤慨。

1979年春,我大军云集广西、云南,浓浓的战争气氛笼罩在中越边境。

箭在弦上,张弓待发。

这一年的春节,对于我们家来说,是一个不寻常的春节,家里的四个孩子齐扑扑参战,其中三人要上战场,随部队开赴广西,参加对越自卫还击战的东线作战。

战争意味着什么,对于戎马一生的父亲来说,再明白不过了,他写道:"战争中,曾多次下过牺牲自己,完成人民的事业的决心。"父亲身经百战,早已过了生死关,从来是抱定必死决心,坦坦荡荡上战场。可是这一回,战争、生死、流血、伤残,轮到了孩子们头上。父亲既是军人,又是孩子的父亲,双重身份下的他,心情极为复杂。

一场会议在梁家召开,这是我们这个军人之家的战前动员会。

母亲一言不发,低头踩着缝纫机,为孩子们准备上前线的行装。会议成了父亲一个人的主讲。

父亲说:

"中国人民长期无私援助越南人民的民族解放事业,帮他们打法国佬,打美国佬,打来打去,打去打来,眼看30年了。你们的爸

1950年,越北边界战役前,父亲梁中玉(右一)与越军侦察兵一起,在越南高平附近山上的大树上侦察法军阵地

爸，1950年曾跟随陈赓大将，参加过越南边界战役。60年代援越抗美，咱们十四军承担着后勤保障、物资运输、架桥修路、通信架线，还直接参加了越南领空的防空作战。美军飞机被咱打掉好几十架呀！咱牺牲指战员的遗骨，还埋在越南呢！

"中国有一句老话：'升米恩人，石米仇人。'黎笋集团恩将仇报，搞霸权主义，搞大国沙文主义，搞到中国头上来了。不收拾他一下，他绝不会老实，还要捣蛋，咱的边界别想太平，别想搞现代化！

"战争有正义、非正义之分。我军是正义之师，被迫自卫还击，师出有名。

"你们的爸爸是一名决死队员，上前线，你们要勇敢作战，为国争光，为军争光，还要为咱这个家争光！无愧于决死队的后代！

"打仗，哪有不死人的？别人的孩子能牺牲年上战场，决心身死，誓杀日寇。枪林弹雨，血雨腥风，打了一百二十几仗，很多战友都牺牲了，爸爸活了下来，不过是战争的幸存者。

"作为军人，你们理应保家卫国。上了，我梁中玉的孩子就不能牺牲？没有这个道理嘛！你们要做好流血的准备、牺牲的准备，爸爸也做好了失去你们的准备。在军区的会议上，爸爸表了态：三个孩子参战，我打算只回来一个！"

动员会后，父亲抓紧时间，跟孩子逐个谈话。

大女婿曾是父亲的警卫员，以后做了梁家的女婿。"一个女婿半个儿"，父亲对他说："你要理解爸爸。爸爸是革命老战士，不会给部队打招呼，把你们留下来，不上前线。那种话，爸爸绝对不会说！"

临走前，部队放假一天。见小儿子脑袋剃得溜光回来，父亲不以为然。

"咦！剃了个光头？"

"统一规定的，头部负伤好清创包扎。"

"光头是好处理伤口，但你不要忘了，越南是热带亚热带地区，气候闷热潮湿，没有头发隔热，阳光直射头部，很容易中暑。"

转念一想，这话跟孩子说，也没用，父亲缓缓语气，"剃就剃了吧，还能长出来。"

接着，他给19岁的小儿子叮嘱了最要紧的几句话。

"儿子，枪弹无心，枪弹无眼。一旦上了战场，不管你怕死不怕死，炮弹子弹照样打过来。你要是勇敢沉着冷静，脑袋就灵光，反应就快，动作就利索，就会充分利用地形地物，保存自己，消灭敌人。自古两军对阵，从来是勇者胜，怂者败。越怕死，越死！"

父亲看着大女儿，眼睛湿润了。当年那个哭得死去活来，不肯睡在驮筐里的"小胖"，眨眼工夫，成长为一名军医，将要奔赴火线，救死扶伤。

"爸爸看这次打仗，是一次有限度的局部战争。两国两军实力不在一个水平上，不可能打成立体战争，会有前方后方之分。医生多半在后方救护伤员，上前沿的机会少，伤亡的可能性比较小。爸爸说的三个孩子只打算回来一个，就是打算你活着回来。"

女儿的眼泪"唰"地流了下来。父亲接着说："但战争就是战争，你

1950年越北边界战役前，父亲梁中玉（穿白衬衣者）在越南高平附近山上的大树上侦察法军阵地

也会碰上危险。要是敌人飞机来轰炸,你往哪里跑,树底下?"

女儿含泪点点头。

父亲瞪大眼睛,提高声调。

"错了!千万不能躲在树底下!你最有可能碰上的危险情况,一是敌机轰炸,一是敌人炮火杀伤。你一定要记住,千万不能待在房子里,也不能躲在树底下,那都是敌人轰炸炮击的重点。你要以最快的速度,就近找个土坎、水沟趴下……"

除了谆谆嘱咐,父亲让母亲给上前线的孩子每人准备两样东西:一双布袜子,一床防潮的棉褥。在热带亚热带山地丛林行军,布袜子可减少蚂蟥叮咬。母亲连夜赶制了三双草绿色的长及膝盖的布袜子,在部队配发的棉褥外,缀上一块兽皮防潮。两个男孩子的棉褥,缝的是狗皮。女儿的棉褥上,缝了一张虎皮。这张虎皮是阿佤山头人"班洪王"胡忠华,1953年送给父亲的。父亲是他的"大军"朋友。

当听大女儿说起,所在部队出发前的电影晚会,放映影片居然是《李二嫂改嫁》时,父亲脸色铁青。"这个俱乐部主任,应该撤职!"

小儿子的部队是最先开拔的。老两口到成都火车东站送行。母亲控制不住情绪,掉了泪。

历来说话温和的父亲,马上制止母亲。"王邦,不能哭!咱革命者,流血不流泪!"

母亲咬咬牙,忍住了泪水。

两天之内,父亲和母亲,把三个孩子接连送上了战场。他们的心,也飞到千里之外。

1979年1月,战争爆发前夕,中央军委颁布命令,父亲任成都军区顾问,他退居二线了。但退居二线的老兵,并不把自己当成战争的局外人。他牵挂的,不仅是三个儿女,更是整个前线的战事。

父亲嘱咐警卫员小张,到军区作战部找一幅战区地图。可惜动手晚,地图已经抢没有了,小张搜罗回来不同版本的地图各半幅。二女儿帮着父亲,把地图一帧一帧折叠好,按顺序拼接在一起挂上墙。地图上半部的山川、河流、公路还能勉强连到一起。

父亲很满意,"不赖!不赖!还能看出个阵势。"

秘书岳广运为四位军区领导服务,文电送首长轮流传阅。历来礼貌谦让的父亲,这回特意叮嘱岳秘书:"每天的电报要先送给我看。搞不好,我可能还要上前线!"

28天中,父亲待在书房里不出来,守着地图,一站就是好久,根据战报,在地图的相应位置做出标记,标出敌我态势。战况如何,战果几何,一一记录在案。广西方向,毙敌多少,俘敌多少,缴获多少;云南方向,毙敌多少,俘敌多少,缴获多少。那股认真的劲头,跟前线指挥所里的指挥员没有两样。

驾驶员刘乾永说:"每天哪个部队走到哪儿,哪个部队走到哪儿,他在地图上都要标出来。同登、高平、谅山、奠边府,他都非常熟悉……部队打到哪里了,他每天看,认真得很……我认为,虽然他已经退居二线了,但在他心里,他还是一个将军。"

战场熟,对手熟,就是捞不着仗打

传说中的宝剑,静卧匣中,每逢战事,便发出"嗡嗡"之声,提醒主人。蛰伏槽头的老马,尽管年老体衰,但胸中依旧豪情万丈,坚信还如同当年,昼行千里,夜走八百,只待驭手扬鞭。父亲像一柄"嗡嗡"作响的宝剑,像一匹刨地嘶鸣的老骥,渴望着披挂上阵,渴望着领兵打仗,渴望着报效祖国。他写道:"我仍然希望有机会再打一次大仗,为人民立点功再死。"

可是,"搞不好,我可能还要上前线"的情况,一直到仗打完,也没有发生。为人民立点功的愿望,也没能实现。

看到父亲如笼中困兽,坐立不安,怅然若失,二女儿才真正懂得了,两千年前,在赵王派来的官员面前,老将军廉颇何以要"饭斗米,肉十斤,被甲上马"。

中央军委的作战方针是:集中优势兵力,迂回包围,速战速决,速歼速回。

越南东北重镇谅山市,有铁路、公路直达河内。1979年3月4日,我军攻占谅山。至此,越北各战略要点均被我军控制,威逼震慑越南首都河内的态势,业已形成,自卫还击作战的战略目的已经达到。次日,中央军委下达撤军命令,各部队于16日前全部撤回中国境内。对越自卫还击作战告一段落。

中国绝不要别国的一寸土地。中国政府说话,是算数的。

先生教训了学生。学生,终究没有打过先生。

部队还未撤回驻地,孩子们的信早已到家。信中说道,我军后撤时,某局部战场秩序一度较为混乱。父亲看了,十分不安。大军后撤好比围棋"收官",若部署不当,使对手有隙反扑,可置胜利之师于死地,古今中外,屡见不鲜。历史的教训值得记取!

原中央军委副主席张震看望母亲王邦

父亲扬起信纸，"几十万人的大兵团作战，应梯次后撤，交替掩护，确保侧翼安全，这不是士兵的问题，不是下级指挥员的问题，这是高级指挥员的问题。我军已多年不打仗，多建制大部队后撤中的协同配合，完全是训练空白，应当列为重要课题，下功夫训练。"

这封信，他小心翼翼收存在抽屉中，直到去世。

从前线回来的大女儿曾对父亲说："爸爸，你说错了，这次对我们后勤部门最大的威胁，不是空袭，不是炮击，而是越军的特工小分队。越军特工穿着我们的军装，说着中国话，长得像两广人，真伪难辨，悄悄摸过来，对我们威胁相当大呢！"

父亲听得很认真，完全不像聊闲天。

我军凯旋，父亲的老部下赵忠厚叔叔从前线返回，专程到成都看望父亲。从赵叔叔口中，父亲得知这支部队的拳拳爱国之心依旧，报国之志依旧，遭受磨难的军人们从"学习班"里出来，立刻领兵上了战场，在他们心中，祖国的利益高于一切。指战员不怕牺牲，英勇作战，仗打得不错，打出了国威，打出了军威。十四军的很多军人家庭，父子两代同上战场，演绎了一出现代版的《杨家将》。

父亲还得知，老战友李亥生、赵志雄的儿子，没有能够从前线回来，化作了国境线上、烈士陵园里冰冷的石碑。

比起这些老战友，父亲知道，他是幸运的，孩子们都从前线平安归来了。

第二年，父亲去世了。在他去世之后，他的小儿子又第二次上前线，第三次上战线，履行军人使命，保家卫国。

父亲和母亲，这两位老军人、老共产党员，在战争来临之际，用他们的实际行动教育了孩子：国家的利益，民族的利益，永远高于小家庭与个人的利益。

爱祖国，爱民族，忠于国家利益的传统，将在我们这个家庭里代代传承。

两代人的军礼
——烈士的遗孀遗孤和我们八一同学

◎高戈里

我的父母亲是八路军老战士，1954年我出生于黑龙江双城志愿军第五十军留守处，童年少年是在部队八一小学度过的。

2007年一天晚上逛书城时，一本解放军文艺出版社出版的《阅读父亲》突然吸引了我的目光。我下意识地抽出这本书，想看看"父亲"是谁，不料，率先跃入我眼帘的是作者的姓名——马晓丽和她的丈夫、我在丹东八一小学的同窗蔡小东。

志愿军第五十军副军长蔡正国烈士遗照

蔡正国、张博夫妇与长子蔡四东

《阅读父亲》，回顾童年的烈士遗孤

我急切要阅读的"父亲"，是我军在抗美援朝战场上牺牲的最高指挥员之一——中国人民志愿军第五十军副军长蔡正国烈士。

虽然，书中收录了蔡小东父亲从红军到抗美援朝时期大量珍贵的日记、笔记、信函、证件等，但我更关注的是，作者对自己母亲和两位父亲的解读。

说来话长，我们丹东八一小学1960级的所有同学，都比蔡小东早地了解到他已经长眠于大地的父亲。

那时，他随继父的姓，叫董耀栋。

董耀栋是四年级转来的。丹东八一小学是全日制寄宿，准军事化管理，早晨铃声一响，所有的学生哪怕是六七岁的一年级学生，都要迅速起床、穿衣、叠被。然后，到操场上做操、跑步，早操完后再洗漱。吃饭也是先整队、集合、唱歌，然后有序入座，由各桌的值日生统一分完菜，才开饭。到了晚上，统一洗漱、上床，在被窝里先听学校小广播站讲一二十分钟故事，再熄灯就寝。

那年月，我们这些顽童特别讨厌睡午觉。只要老师不在，就相约从宿舍窗口跳进"特务小森林"，尽情地挖蚯蚓、逮蚂蚁、爬树、捉迷藏，男生"抓特务"，女生"过家家"，童趣盎然。

虽然，那时的董耀栋是个心性单纯、心思透明的孩子，但转学来不久，就受到同学们的鄙视、疏远，原因很简单，他太"特殊化"了，他妈妈太惯他了。

在少先队中队长陈明敏的记忆里，董耀栋是个得到母亲溺爱的"鹤立群首、娇气十足的白皙的小男生"。她记得，一次自习课，宽敞、静悄悄的课堂里突然响起了"东东、东东"的高声呼唤，随即，董耀栋的母亲"冲"进教室，旁若无人地爱抚着儿子，为儿子整理胸前的红领巾。那一刻，全班同学"几乎没有一丝躁动，秩序归顺井然，唯一有的，是低头歪脸的嗤笑"。

东北城市居民的口粮是粗粮和细粮按比例配给的，粗粮占六成。董耀栋一入学，他妈妈就找校领导提出："孩子有胃病，不能吃粗粮。"到了夏天，他妈妈又来找班主任老师，坚决反对自己的孩子游泳。

全校同学，唯独他一人，床下摆了一个木箱子，里面装着饼干、糖果、小人儿书，还有一大堆药瓶。鱼肝油、维生素和治疗胃病的胃舒平，我就是从他的木箱子里认识的。

蔡小东朝鲜祭父，与刘松林在毛岸英塑像前

学校每周都要组织学生干部检查寝室内务卫生，中队生活委员王伟（当年叫"王伟卫"）记得，每次检查，就属董耀栋同学的褥子最厚，床下的木箱最扎眼。

而所有这一切，都与当时的校风格格不入。

父辈的榜样

与小东同学最初的"娇气""特殊化"格格不入的丹东八一民本主义校风，是随着时代的浪潮逐步形成的。

推动校风的形成，有父辈的言传身教。

丹东八一小学最初的校名，是志愿军第二育才小学。早年就读于八一小学的大哥哥大姐姐们，多是在部队行军的马背上或根据地老乡家里长大的，童年闻着战场上的硝烟、吃着百家的杂粮糠菜，所以，中华人民共和国成立后各地的八一学子，特别是志愿军子弟的学校，理所当然地得到了生活上的种种照顾。

然而，"阴在阳之内，不在阳之对"，正是这种情理之中的"照顾"，滋生了各地八一学子脱离群众的"优越感"。

人民领袖毛泽东最早发现了这个问题，为防止孩子们被培养成新一代的"八旗子弟"，他于20世纪五六十年代多次严厉地批判了当时的教育制度，其中专门批评了各地的"八一学校"。于是，干部子弟不能"特殊化""要夹着尾巴做人"一类的警言，在我们这一代孩子头上，警钟长鸣起来。

中华人民共和国成立之初，为了粉碎西方列强关于中华人民共和国解决不了数亿中国人民吃饭问题的断言，中国共产党首先要求自己的领导干部与广大人民群众同甘共苦，统一实行口粮供给定量，包括对待自己的孩子。

特别是三年困难时期，全国干部群众都在勒紧裤带渡难关，我们

第五十军四四四团助民劳动打硪（打夯）（赵国璋摄）

丹东八一小学的所有师生也一样。一天，几位高年级的同学实在饿得难受，便学着电影里地下党在国民党统治区的做法，在校园里搞了一次"反饥饿游行"。

这事儿，被沈阳军区定性为"严重的政治事件"，虽然，仅仅是把带头的大哥哥们"臭骂"一通，但学校领导着急了。为了孩子们不再挨饿，学校领导调整了所有老师的任课，然后抽出几位年轻力壮的老师，直奔第五十军设在黑龙江讷河县的老莱农场。

农场场长隋增镒叔叔有三个孩子在丹东八一小学读书，挨饿的时候，小儿子隋国涛还带笔者去马厩偷吃过喂马的豆饼，但隋叔叔还是明确告诉丹东八一小学来"讨粮食"的老师们，上级首长有指示，八一小学也不能特殊，农场打出来的粮食一粒都不能卖，更不能白送。

私下，隋叔叔能做到的，只是悄悄盼咐收割机驾驶员：你们收割得粗一点，让跟在后面的老师为学校的孩子们多捡点地上的粮食。

那一年，我们虽然才六七岁，在老师和家长的教导下，根绝旧社会"朱门酒肉臭，路有冻死骨"的社会主义分配理念和价值观，却深深根植于我们的脑海深处。

那个时代对干部子弟的教育，还特别强调"树立劳动观念！"

"劳动创造了世界""劳动者最光荣"，是那个时代颠覆"万般皆下品，唯有读书高"腐朽价值观后，在华夏大地响彻云霄、深得人心的口号。

这不是说说而已，是所有人都在真干啊——军、师、团各级的"家属委员会"还组织干部家属下连队，为战士拆洗被褥。这其中，有开国将军的家属，有退职的老八路，退职的解放军和志愿军老战士，还有退职的起义军官。

1958年，第一四八师部分指战员在辽宁清河水库工地上（刘宇飞提供）

最动人心魄的，是20世纪50年代末60年代初，部队抽出大批指战员勒紧裤腰带帮助地方修河堤、修水库，我们的老爹不但"下连当兵"，还经常下工地参加义务劳动。当年，在丹东铁甲水库、黑沟水库的工地上，在兴隆山围海造田的工地上，我们的父辈漫山遍野，红旗猎猎，人抬肩挑，打夯的号子此起彼伏、响彻云霄，干得热火朝天。

赵俊达同学的父亲赵国璋伯伯生前的笔记记载，部队参加地方水利建设"就像打仗一样"，工地红旗飘扬，劳动号子嘹亮，锣鼓喧天，你追我赶。参加劳动最喜欢的是打硪（念wò，砸地基或打桩等用的一种工具。通常是一块圆形石头，周围系着几根绳子），几个人喊着号子，拉起硪来，再重重地落下，一寸寸夯实了大堤，真是特别开心。

民以食为天。在资金技术匮乏的时代，齐心协力地苦干实干，扎扎

1958年，第五十军一四八师支援地方水利建设的报道

实实地改造了一穷二白"靠天吃饭"的旧中国。如今，保证全国粮食生产免遭旱涝灾害的8万多座水库，多是当时大干苦干修建的。

老师的教诲

推动校风的形成，还有校领导和老师们的谆谆教诲、循循善诱。

记得好像是开始学雷锋那年，学校来了一批刚从师范毕业、意气风发的年轻教师。任瑞章校长和尹维传书记将其中两位老师安排到全校最

调皮的58级班，语文老师胡凤仪兼班主任，数学老师张克义兼少先队中队辅导员。

胡、张两位老师"学习解放军的思想政治工作"，仅仅一年，就让58级班进入了先进行列，战斗英雄郅顺义成了他们班少先队的"校外辅导员"，让低年级同学羡慕不已。

58级班毕业后，胡、张两位老师接手我们60级一班。那时，第一四八师"红心虎胆侦察连"在"大比武"中，刚刚被授予称号。在校领导的安排下，该连优秀战士孔令明担任我班少先队中队的"校外辅导员"。记得孔令明叔叔受邀参加国庆观礼后，来学校做报告的第一句话："报告大家一个特大喜讯，我们伟大领袖毛主席身体非常非常健康！"随即，掌声雷动，经久不息。

胡、张两位老师都是单身，和我们一起住校，朝夕相处。半个多世纪过去了，虽然往事如烟，但老师们的身影还是在我们这些学童的记忆中留下了深深的痕迹。

一件事情，是尹维传书记给全校师生做报告，讲述志愿军叔叔"一把炒面一把雪"痛击"美帝野心狼"的战斗故事。几十年后我写军史才知道，抗美援朝期间，经志愿军总部批准被授予荣誉称号的团一级单位唯有"白云山团"，而尹维传书记时任该团坚守白云山主峰阵地的二营四连副指导员。

另一件事情，是班主任胡凤仪老师找同学们逐一在教室里"谈心"，多数是晚饭后，甚至入夜之时。胡老师谈话，从"无数革命先辈抛头颅洒热血"讲起，要求同学"发扬成绩，克服自身的缺点"，有时，能把同学感动得热泪盈眶。胡凤仪老师参加农村"四清运动"回来后，给我们讲述少数干部蜕化变质的教训，更是令人难忘。

还有一件事情，是胡、张两位老师做了一个"节约箱"，放在教室里，鼓励同学们搜集随手捡到的钉子、螺丝帽、牙膏皮等废物，能用的就用，不能用的就卖废品作班费。还在教室墙上挂了一本"好人好事登记簿",让每一位同学把做的好事,都主动登记在簿。比如,主动关闭"长流水"的水龙头或白天的"长明灯",修理桌椅,拾物上交,劝架,助推拉煤的平板车上坡或过铁道,等等。

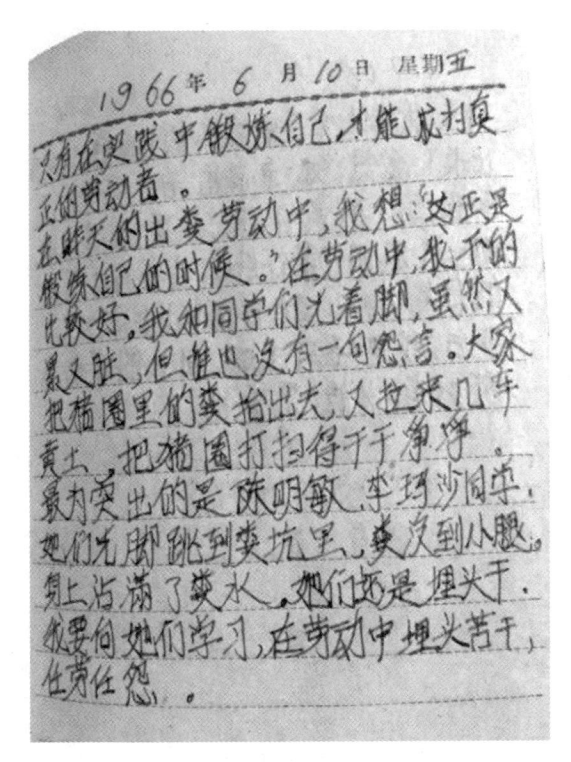

1965年,我们这所八一小学交给地方并开始招收工农子弟入学后,"艰苦奋斗""革命化"的教育更深入了。学校还定期组织学生下乡参加农业生产劳动。那年,学校组织全校师生下乡参加秋收,十余里徒步返程途中,突降大雨,气温急剧降至零下,还飘起了雪花。所有的师生都被雨雪淋成了"落汤鸡",冻得瑟瑟发抖。回到学校后,校领导和老师赶紧分工,一人带一群,护送学生回家。但百密一疏,还是有一位家住军部大院的低年级女生,在快要到家的时候,倒在他人视线之外的路边草丛中。被人发现时,已经没有了生命体征。

当时干部带头参加劳动,全民大干苦干,一辈子吃几辈子的苦,是有代价的,但付出代价换来的,是改革开放得以腾飞的坚实的农业基本建设基础、完整的工业体系基础、先进的科技基础、稳定的社会基础,还有整整一代人的精神风貌。

在王伟当年的日记中记载,有一次我们少先队中队为学校种的稗子积肥,女同学陈明敏和李玛莎(现名李爱武)带头脱下鞋袜,赤脚跳进

王伟半个世纪前的日记

臭气熏天的猪圈，挥锹铲粪，挥汗如雨。那时，我们这些娃娃虽然才十岁多点，但在老师的教育下，却是很理想主义的：我们是共产主义事业接班人，决不能躺在父母的功劳簿上，当娇生惯养的"小少爷""大小姐"！

在那个崇尚"劳动者最光荣"价值观的年代，同学们多以穿打补丁的衣裳为荣，若有同学穿上新衣服，还被嘲笑为"小地主"。我的一些同学不喜欢穿新衣服，就是那时社会风气潜移默化培养起来的习惯。

烈士遗孤变了

正是在这样的时代背景下，小东同学转到丹东八一小学读书。

开始，是同学们看不惯董耀栋的"娇气"，继之是风凉话，是嘲讽，终于，有一次他与同学吵架，一位调皮出了名的同学说了一句令自己懊悔了几十年的话："你不姓董，你姓蔡，叫蔡小东。你爸爸早就死在朝鲜了。"

董耀栋说什么也不信："我就叫董耀栋！"

"你还有个哥哥，叫蔡四东。"

"不对，我哥哥叫董四东！"

此事，很快传到当时在部队主持工作的首长刘伯堂伯伯和学校领导那里。

八一小学多为军人子女，老爹们虽然履行职务严格执行"三大纪律八项注意""不打人骂人"，但收拾自家儿子，没有几个会手软的。那时的校园，调皮捣蛋的小天才太多了。那时的男孩子，不像现在的男孩子那么脆弱，虽然经常挨老爹痛打，但调皮依旧，还能编一首以自嘲为乐能在校园广为流传的歌谣：

天不怕，地不怕，

就怕老师到我家，

到了我家找爸爸，

三拳两脚一个大嘴巴！

然而，在那个崇拜英雄的年代，更能镇住这帮调皮捣蛋娃娃的，是这样一个浅显而又质朴的道理：欺负烈士的孩子，天理难容！

于是，几乎所有的同学都接到了家长和老师的严厉警告，并在老师和家长的指导下迅速调整了与董耀栋的关系。

陈明敏还记得，就是自习课的那一次，当自己周末回家向母亲播报"东东妈妈徜徉自习间"的故事时，明敏的母亲鲁波阿姨出乎意料地厉声斥责："不懂事的孩子！东东爸爸在朝鲜战场为国捐躯。战争年代，你张阿姨三个孩子死了俩，就剩这一棵独苗儿，她容易吗！"

事情虽然过去了，但同学们还是模模糊糊感觉到了对董耀栋自尊的伤害。在相当一段时间里，董耀栋不时地给我们讲述他小时候，父亲（继父）如何把他扛在肩上、抱在胸口或骑在背上，逗他玩，给他讲故事、讲道理的往事。

董耀栋开始变了，在学校，处处抢着吃苦，生怕别人说他"娇气"，就连早晨起床，他也要与同学争谁先到操场跑步。他一次又一次拒绝母亲的关爱，甚至当着同学的面，对母亲使性子。有时，索性躲起来，不见母亲。同学们则帮他"打掩护"。

渐渐，同学们对张博阿姨的看法，也从原来反感她"絮絮叨叨"，转而"怜悯"她找不到爱子的失望神情。

父亲母亲不容易

而如今，所有儿时对张博阿姨的印象，被一部《阅读父亲》用泪水彻底重构了。

原来，张博阿姨是一位伟大的母亲，而我们这些当年的顽童，太不懂事了。

张博阿姨1938年参加八路军，1943年4月与蔡正国伯伯结婚后，第一个孩子生在艰难的战争年代，是个女儿，大大的眼睛，长长的睫毛，像个洋娃娃。分娩的时候，部队已经转移，只给产妇留下一名医生和一个警卫排。女儿一落地，用旧军装一裹，警卫排把产妇抬上担架，迅速冲出村子，消失在茫茫暗夜中。随即，身后响起了敌人的枪声。整整跑了一天一夜，才甩掉追兵。至此，张博阿姨才吃上产后第一顿饭——警卫排排长好不容易找来的一瓢煮玉米水。

没有奶水，女儿从不哭叫，只是瞪着大眼睛静静地望着母亲，望得母亲心酸落泪。

只好抱去找老乡，吃人家孩子吃剩下的奶。

战争年代，老乡也穷，女儿先后共吃过24个人的奶，不到一个月，还是饿死了。

丧子之痛，使张博阿姨久久不能摆脱，直到1948年，第二个孩子蔡四东出生。

四东的出生，给曾经伤感的家庭带来许多欢乐。

在妻子的眼里，丈夫话语不多，别看作战是猛将，却特别爱孩子。每次回家，第一件事情，总是先去抱一下儿子。一次，他刚把儿子抱起来，儿子就在他身上撒了一泡尿，妻子急忙要把儿子抱开，却被丈夫制止了，"别吓着孩子。"尿完了，笑一笑，说了句："这小子！"

丈夫去朝鲜后，妻子在黑龙江双城东北禹职工胡同"志愿军五十五部队留守处"，总共收到丈夫从朝鲜寄来的16封家书，每一封他都要惦记孩子。对妻子，他既严格要求"现在自己改善生活是有条件，不要求组织特殊照顾，也不要哀求别人帮助，以自己的条件来解决问题"，又情真意切心细如丝地叮嘱"能买点鱼肝油每天吃四到六粒，吃对身体营养有好处，每月至多数万元（相当于币制改革后的几元）"。

直到牺牲前一天，丈夫在朝鲜青龙里写下的最后一封家书中，还惦记着15天前刚刚出生他给起了"小东"名字的小儿子，叮嘱妻子"经常买点维生素吃吃，补助下营养"。

1953年4月12日，蔡正国副军长在美军飞机轰炸中永远离开了这个他无限热爱的世界。

追悼大会上，张博阿姨发誓：一定要"积极努力工作学习，完成党所给我们的一切任务，抚养教育好烈士遗留下的孩子，为烈士报仇"！

万万没想到，一年多后，当张博阿姨带着小儿子进京准备给大儿子联系学校的时候，留在家里的大儿子在一次暴雨雷击中，被倒塌的院墙砸死了。

自责未能带大儿子一同进京的张博阿姨，在承受了丧夫之痛之后，未能顶住第二次丧子的打击，一度精神失常。

病愈后，张博阿姨对烈士仅存的骨血，溺爱有加，唯恐再愧对丈夫在天之灵。

作为母亲，张博阿姨承受了太多的苦难，也为孩子奉献了她一生无私的爱。然而，比张博阿姨更伟大的，是孩子的继父董凤奎叔叔。

蔡正国伯伯牺牲时，张博阿姨刚满30岁，虽然美貌依然，之后却守寡6年，并因病失去了工作。

在组织的劝说、安排下，张博阿姨改嫁给董凤奎叔叔。结婚之时，夫妻专程来到沈阳抗美援

幼儿园时期的蔡小东

母亲张博、继父董凤奎和蔡小东

朝烈士陵园，摆放好祭品后，这位善良、质朴的山东汉子庄严地举起了右拳，向烈士宣誓："蔡副军长，请您放心，我一定尽自己的最大能力照顾好张博同志，照顾好您的儿子小东。"

从此，董凤奎叔叔没再让妻子领取烈属抚养费，并给了烈士遗孤一个完整、美满、幸福的家。

"文化大革命"中期，15岁的小东吵着闹着要去当兵，母亲一时未能同意。小东赌气不吃不喝不睡。时任丹东二三〇医院政委的继父在外接受批斗，深夜回到家里，与儿子谈过后，同意了："让他去吧，外面这么乱，送到部队还放心。"

多少年后，小东才知道，在他坐上大卡车离家而去的时候，继父骑着自行车赶到部队，告诉部队领导：这是烈士的遗孤，请多加关照。

18岁那年，沈阳军区副司令员邓岳、旅大警备区副司令员赵国泰（小东同班同学赵丽萍的父亲，在第五十军历任师长、副军长等职）等共和国的开国将军把小东接到了大连黑石礁49号楼，以一个非常正式、非常庄重的会议形式，揭开了小东的身世。

"爸爸，您的儿子、解放军战士蔡小东看您来了！"

那一刻，毫无精神准备的小东在陡然而来的刺激中，休克了过去。

那一刻，也把身经百战看似铁石心肠却是铁骨柔肠的将军们吓得够呛。

为了报答继父的养育之恩，此后，小东依然用着"董耀栋"的名字。直到转业前，继父在与儿子的一次谈话中主动提出："当年，你随我姓是为了保护你，可以减少很多麻烦和不必要的解释。现在没事了，你把名字改回去吧。"

继父晚年得了骨癌，虽然疼痛难忍饱受折磨，但他舍不得花钱买名贵的药，总想给妻子多留点钱。临终，又把干休所的领导请到床前，谈了很久，很久。出了病房，干休所领导红着眼圈告诉张博阿姨："董政委对你不放心啊！"

如今，小东有着两个名字：回继父董凤奎的山东老家时，用"董耀栋"；回生父蔡正国的江西永新老家时，用"蔡小东"。

蔡小东最留恋吃大苦耐大劳创业绩的步兵连长经历

靠自己的努力最光荣

在丹东八一小学的校园里，小东同学曾经被同学们普遍歧视过。

如何看待烈士遗孤所遭受过的委屈，如何看待曾给予烈士遗孤委屈的校园风气，有多种视角。当我们这些儿时的同窗有了儿女并体会了为人父母的心境之后，痛悔当年"少不更事"。

面对父辈一如既往的关爱，转变之后的小东同学始终严守着"靠自己的努力最光荣"的自立精神。

15岁那年，小东参军了。21岁升任连长后，与年长他6岁的指导员同心协力，将百十号人的步兵连带得生龙活虎，队列、射击、投弹等步兵技术主项全部达到优秀标准。

小东同学后来被部队保送上了大学。大学毕业时，外交部何英副部长将小东找去谈话。这位生父的老战友告诉小东：你学的是外语，我希望你考虑转业到北京来。我可以安排你到外交部工作。如果你能尽快过口语关，一年后就有机会把你派到外国去。

小东知道，何英叔叔对自己的儿子都不曾这样用心，但他还是歉疚地予以谢绝：我不想脱这身军装……

小东向往的，是回基层带兵！

在群雕落成典礼上，蔡正国烈士的遗孤蔡小东第一次触摸到了立体的父亲，思念、追怀、感慨汇成一汪晶莹的泪花，洒在了祭奠父亲与志愿军前辈的祭台上，随即，化为一缕轻云，飘向父亲魂魄所在的九霄

2006年9月17日，由雕塑家陈绳正教授设计、主创，以抗美援朝为主题的"为了和平"志愿军青铜群雕在鸭绿江断桥桥头落成。在26位人物雕像中，彭德怀司令员身边左侧是人民领袖毛泽东的长子毛岸英烈士，右侧是志愿军第五十军副军长蔡正国烈士

1966年，丹东八一小学66届毕业生师生合影。本文涉及：前数第一排左二为张克义老师，左六为胡凤仪老师，左七为任瑞章校长，左八为尹维传书记；第二排左九为李玛莎，左十七为陈明敏；第三排左三为王国威，左五为刘念朝，左六为蔡小东，左十为高戈里，左十一为赵俊达，左二十为王伟；第四排左十四为隋国涛

在职场上，能助小东的"贵人"长辈还有很多。小东的父亲在抗战后期，曾任抗大胶东分校的校长。迟浩田任总参谋长时，曾专门探望过"老校长"的遗孀、遗孤，并问小东："有什么要求？"小东坦然回答："我只有一个要求，就是想去朝鲜看一看。"迟总长点了点头："好，我记下了，有机会我会安排。"

1990年，小东得知自己转业的决定后，一夜无眠，日记落笔："矢志报军门，长吁去甲胄，将军墓前愧无容，泪涌无注。"即便如此，也绝不"跑官"！

也就是这一年，一位军人辗转找到小东，递上一份"中华人民共和国国防部批件"。随后，小东于当年10月22日以志愿军烈属代表团成员身份，与毛岸英烈士的夫人刘松林等志愿军烈属一道，随代表团出访朝鲜民主主义人民共和国，参加中国人民志愿军赴朝参战四十周年纪念活动，并在平壤锦绣山议事堂接受朝鲜民主主义人民共和国副主席李钟煜代表金日成主席授予的朝鲜三级国旗勋章。

2020年8月30日，在10月中国人民志愿军抗美援朝70周年纪念之际，蔡小东病逝。父亲、继父，蔡小东、董耀栋，两代中国人民解放军军人的精神与奉献辉耀军旗。

编后记

2021年是中国共产党百年诞辰，2022年是中国人民解放军建军九十五周年。百年前中国共产党在"万家墨面没蒿莱，敢有歌吟动地哀"的旧中国创建了一支"军叫工农革命，旗号镰刀斧头"的人民军队，带领这支军队浴血奋战，跨过万水千山建立了新中国。

我们的父辈都是这支军队的一员，在镰刀斧头旗下坚持信仰，前仆后继地跟着党。而今父辈们已逝去，但镰刀斧头旗帜仍高高飘扬，像父辈们在呼唤后续的队伍。为把父辈的旗帜一代一代往下传，继四川人民出版社出版的《父辈的旗帜1》后，我们又在已出版的《我们的父亲母亲》4、5、6辑中选出二十一篇，汇集成《父辈的旗帜2》出版，致敬中国共产党的百年诞辰，致敬中国人民解放军建军九十五周年。